Was willst du denn im Paradies?

Heidrun Grüttner

Es ist schwieriger, eine vorgefasste Meinung zu zertrümmern als ein Atom.

Albert Einstein

1

„Fass doch mal mit an!“
Trotz des vorwurfsvollen Tons, in dem Sandra ihre Bitte vortrug, rief sie keine Reaktion hervor. Laurenz fuhr ungerührt damit fort, behutsam, als wären es rohe Eier, T-Shirts in seine große Reisetasche zu legen. Erst, als sie sich mit in die Hüften gestemmten Armen und fragendem Gesichtsausdruck vor ihm aufbaute, gab er einen Kommentar ab.
„Kommt doch eh gleich die Meyer, dann kann die das machen.“
Da ihr Freund keinerlei Anstalten machte, ihr zu helfen, hob Sandra den schweren Koffer selbst vom Sofa.
„Die Meyer ist über 60. Ich lasse sie doch nicht meinen schweren Koffer tragen.“
Laurenz widmete sich weiter der Frage, wie er die Kleidungsstücke so platzieren könnte, dass sie möglichst glatt ihren Zielort erreichen würden. Dazu drehte er die zusammengelegten T-Shirts hin und her. Zwischendrin betrachtete er sein Werk, indem er sich aufrichtete und den Zeigefinger mit einer abwägenden Geste an die Unterlippe legte.
„Dann stell’ doch endlich eine Jüngere ein!“
Sandra rollte ihren Koffer an ihm vorbei in den Flur. Sie wusste, dass Laurenz sie provozieren wollte, weil er schlecht gelaunt war. Die Erfahrung hatte sie gelehrt, in dieser Situation ruhig zu bleiben. Sie wollte auf keinen Fall einen Streit riskieren. Alles was sie wollte war in den Urlaub zu fahren.
„Frau Meyer ist zuverlässig und macht ihren Job ganz ausgezeichnet. Warum sollte ich das tun?“
„Weil sie zu alt ist.“
Sandra atmete tief durch. Laurenz wusste nur zu gut, wie er sie reizen konnte. Und Frau Meyer war ein Thema, mit dem ihm dies auch oft gelang. Sie nahm sich vor, dieses Mal

ruhig zu bleiben. Warum nur fiel es ihr so schwer? Lag es daran, dass ihre Streitereien sich seit einiger Zeit stereotyp wiederholten? Oder war sie einfach nur überarbeitet und daher besonders reizbar?

„Ich habe Frau Meyer nicht zum Koffertragen, sondern zum Putzen engagiert. Können wir jetzt endlich los?"

Der Satz verließ ihre Lippen genervter als sie eigentlich wollte. Ein falsches Signal an Laurenz. Dieser stichelte sofort weiter.

„Du kommst noch früh genug in dein Kuhdorf. Siehst du nicht, dass ich noch packe?"

Sandra rollte ihren Koffer zum Ende des Flurs. Außer Hörweite ihres Freundes stieß sie einen Fluch aus und reckte den ausgestreckten Mittelfinger in seine Richtung. Das tat gut und blieb folgenlos. Nur die Flurwände konnten ihren kleinen verbalen Ausrutscher hören und vielleicht Frau Neumann-Degenhardt von gegenüber, falls diese wieder hinter ihrer Wohnungstür stand und lauschte. Noch einmal sammelte sie sich, bevor sie zurück ins Wohnzimmer ging. Dort stand Laurenz vor seiner Reisetasche, die Sonnenbrille auf den Kopf geschoben – wieso trug er die im Zimmer überhaupt? – in seinen superteuren Edeljeans und dem Shirt von diesem französischen Label, das gerade so angesagt war. Er sah gut aus. Nein, er sah sogar hervorragend aus. Warum fand sie seinen Anblick trotzdem nicht erfreulich? Warum hätte sie ihm seine Shirts am liebsten um die Ohren gehauen? Mit einer für ihren Gemütszustand erstaunlich sanften Geste schob sie Laurenz von seiner Reisetasche fort und tat das, was sie jedes Mal tat, wenn sie verreisen wollten: Sie packte seine Sachen. Es war wie ein einstudiertes Theaterstück, in dem jeder seine Rolle kannte. Forderte sie ihn auf, es selbst zu tun, stellte er sich dabei absichtlich ungeschickt an oder tat es so langsam, dass sie diese Arbeit letztlich doch übernahm. Oder beides. Wie jedes Mal sah er ihr auch diesmal beim Einpacken zu. Laurenz

hätte in dieser Zeit ihren Koffer in den Wagen räumen, die Zimmerpflanzen gießen oder irgendetwas anderes Sinnvolles tun können. Nein – er saß wie ein kleiner Junge auf dem neuen und von ihm höchstpersönlich ausgesuchten grauledernen Designersofa und beobachtete interessiert wie der Wäscheberg, den er neben der Reisetasche aufgetürmt hatte, nach und nach in dieser verschwand. Wie gern hätte sie ihm die Meinung dazu gesagt. Aber jedes Mal, wenn sie sich in einer vergleichbaren Situation befanden, wollten sie in den Urlaub fahren. Und Sandra hasste es, wenn die Ferien mit einem Streit und schlechter Stimmung begannen. Also schwieg sie. Auch dieses Mal schluckte sie ihre Vorwürfe hinunter und packte wortlos. Mit einem kräftigen Ruck zog sie schließlich den Reißverschluss des Gepäckstückes zu und sah ihn betont fröhlich an.
„Fertig! Du kannst jetzt die Koffer zum Wagen bringen."
Natürlich machte Laurenz keinerlei Anstalten, ihrer Aufforderung nachzukommen. Es war eben wie immer, wenn er nicht seinen Willen bekam: Er wurde trotzig und spielte nicht mehr mit. Sie kannte ihn so gut – kannte jeden seiner Vorzüge, jede seiner Schwächen. Immerhin hatte sie zehn Jahre Zeit gehabt, seinen Charakter eingehend zu studieren. Kompromisse zu machen, gehörte eindeutig nicht zu seinen Stärken. Eigentlich hätte sie ihn nun liebevoll umarmen, aufmunternde Sachen ins Ohr flüstern oder ihn verführen müssen, um seine Stimmung zu heben. Aber Sandra war dieses Theater einfach leid und müde. Die letzten Wochen hatte sie bis zur Erschöpfung gearbeitet, um mehrere große Events über die Bühne zu bringen. Jetzt wollte sie einfach nur in den Urlaub fahren. Und zwar zum ersten Mal seit zehn Jahren dorthin, wo sie hin wollte. Bisher hatte es sich Laurenz nicht nehmen lassen, ihren gemeinsamen Urlaubsort auszusuchen und zu buchen. Er konnte das wirklich gut, studierte wochenlang Kataloge und Internetangebote, brachte die Leute vom Reisebüro mit seinen Fragen

an den Rand der Verzweiflung und buchte schließlich etwas sehr Exklusives, sehr Teures – ganz weit weg, mit Meer und Sonnengarantie. Doch dieses eine Mal hatte sie selbst das Reiseziel ausgesucht. Ein kleiner Ort in Brandenburg, der inmitten von sieben Seen lag. Nur anderthalb Stunden Autofahrt, kein langwieriger Check-in, kein Jetlag, einfach kein Anreisestress. Eigentlich. Demonstrativ griff sie nach ihrer Handtasche, ihrer Jacke, den Schlüsseln und schlüpfte in die Pumps.

„Wir können los."

Laurenz rührte sich immer noch nicht. Er war es gewohnt, dass sie sich um ihn bemühte. Also wartete er ab. Doch dieses Mal tat Sandra ihm den Gefallen nicht. Sie hatte etwas anderes vor, um ihn vom Sofa zu bekommen. Ob diese Methode dann aber mit dem von ihr so sehr gewünschten, friedlichen Urlaubsbeginn kompatibel sein würde, musste sich erst noch zeigen. Kurz wägte sie die Vor- und Nachteile der geplanten Aktion ab und beschloss dann, es zu versuchen. Zuerst schleppte sie den Koffer hinunter. Doch sie lud ihn nicht, wie mit Laurenz verabredet, in ihr eigenes Fahrzeug, sondern in sein geliebtes BMW Z4 Cabriolet. Immerhin besaß sie den Ersatzschlüssel. Spätestens wenn er hören würde, dass sie seinen Wagen fuhr, würde er sich in Bewegung setzen. Dessen war sie sich sicher. Kaum hatte sie ihn gestartet, den Motor dabei nur ganz leicht aufheulen lassen und begonnen, in der engen, kleinen Straße zu wenden, tauchte ihr Liebster zornig neben der Fahrertür auf. Er öffnete sie mit einem Ruck.

„Spinnst du? Das ist mein Wagen!"

Aus den Augenwinkeln machte Sandra Frau Neumann-Degenhardt auf dem Balkon aus. Und auf der darunter liegenden Terrasse stand ihr männliches Pendant, der olle Spießer Dr. Wolffer, Studienrat a.D. Zum Glück waren beide mittlerweile leicht schwerhörig. Sandra hoffte, sie bekämen nicht viel mit.

„Ich weiß", antwortete sie ruhig.
Laurenz schien diese Ruhe noch mehr aufzuregen.
„Wir haben doch verabredet, dass wir dein Auto nehmen", rief er beinahe fassungslos und so laut, dass die beiden Zuschauer auf dem Rang nun trotz Hörgerät dem Geschehen bestens folgen konnten. Sandra zwang sich, cool zu bleiben, obwohl Laurenz begann, sie am Arm aus dem Wagen zu ziehen. Sie hielt dagegen. Was würde er nun tun? Sie hatte einfach Text und Dramaturgie des Theaterstückes ihrer Beziehung geändert. Und nicht nur das – sie saß auch in seinem geliebten Wagen, versuchte sogar, das teure Teil auf engstem Raum zu wenden. Laurenz zog wieder an ihrem Arm. Zuerst nur leicht. Aber als sie immer noch nicht ausstieg, heftiger. Sandra hatte mit einer verbalen Attacke seinerseits gerechnet. Aber dass er sich anschicken würde, sie handgreiflich aus dem Wagen zu zerren, überraschte sie. Laurenz stand so wütend vor ihr, dass sie die Situation nicht eskalieren lassen wollte. Schon gar nicht vor den Augen der Nachbarn. Warum nur waren sie vor fünf Jahren ausgerechnet nach Zehlendorf gezogen? Es gab so schöne Gegenden in dieser Stadt. Berlin bestand aus netten Kiezen, in denen jeder tun und lassen konnte, was er wollte. Nein – es musste dieser versnobte Teil von Zehlendorf sein. Laurenz hatte es so gewollt. Dieser Bezirk erschien ihm als einzig standesgemäß.
„Ein Managerpärchen in Schöneberg oder gar Neukölln", hatte er gesagt, „bist du noch bei Trost? Da bekommst du doch nur den vollen Sozialneid zu spüren."
Sozialneid gab es hier in der Tat nicht, dafür soziale Kontrolle und Standesdünkel bis zur Unerträglichkeit. Besonders in dieser Vier-Parteien-Villa. Die beiden Alten, die jetzt gespannt auf ihren Balkonen das Schauspiel verfolgten, gingen ihr auf die Nerven. Der Dritte im Bunde war Zahnarzt und zum Glück noch berufstätig. Sie begegneten ihm nur selten. Und wenn, dann regte er sich meist über irgend-

etwas auf. Die volle Mülltonne, einen Schneehaufen vor der Tür, nicht geputzte Fenster – sein Themenspektrum schien unerschöpflich.
Laurenz zog inzwischen noch heftiger an ihr. Es war an der Zeit, nachzugeben. Schließlich hatte sie ihr Ziel erreicht: Ihr Freund stand mit gepackter Reisetasche auf der Straße. Also drückte Sandra auf den Knopf, mit dem die Kofferraumklappe geöffnet wurde, stieg aus und hob ihr Gepäck wieder heraus. Ohne ihr Lächeln zu erwidern, ließ sich Laurenz sofort hinter das Lenkrad gleiten – anders konnte man diese Bewegung nicht bezeichnen – und parkte sein Schmuckstück gekonnt wieder in die enge Parklücke ein. Seine Reisetasche stand derweil unbeachtet am Straßenrand. Sandra rollte ihr Gepäck die wenigen Meter zu ihrem eigenen Wagen, wuchtete es in den Kofferraum und wartete auf dem Fahrersitz auf ihn. Aber Laurenz tauchte nicht auf. Er saß in seinem geliebten BMW und wartete ebenfalls. Warum ließ sie ihn nicht einfach dort schmoren? Dieses Spiel nervte sie nur noch. Aber dann wären alle Anstrengungen zuvor vergeblich gewesen. Eigentlich gönnte sie ihm den kleinen Sieg nicht. Dennoch stieg sie aus, ging die wenigen Meter zu ihm hinüber und öffnete die Fahrertür.
„Komm schon – wir haben endlich Urlaub. Lass uns nicht schon wieder streiten."
Dabei streichelte sie ihm über Hals und Nacken und wuschelte durch seine kurzen, dunklen Locken. Als er immer noch nicht reagierte, griff sie kurzentschlossen nach seiner Hand.
„Los, du sturer Esel – lass uns fahren!"
Es wirkte – wie schon so viele Male zuvor. Laurenz nahm seine Reisetasche, trottete hinter ihr her und warf das Gepäckstück auf den Rücksitz ihres Golf GTI, bevor er neben ihr Platz nahm. Von guter Laune war er allerdings noch weit entfernt. Sandra versuchte, es zu ignorieren. ‚Erst einmal loskommen', dachte sie sich und fuhr besonders schwungvoll aus der Parklücke. Alles andere würde sich

schon irgendwie ergeben. Mit dieser unausgesprochenen Vorhersage lag sie jedoch gründlich daneben, wie sich schon auf der AVUS herausstellte. Gerade als sie den Funkturm passierten, begann Laurenz damit, seinem Ärger Luft zu machen.
„Ich kapiere es nicht", polterte er los, „ich habe für uns ein Traumhaus auf Hawaii gebucht. Was willst du in diesem brandenburgischen Kaff? Und die teuren Flugtickets verfallen einfach!"
Mit einem Mal war auch Sandras Geduld am Ende. Der Stress der letzten Wochen gepaart mit dem Ärger über sein Verhalten ließen sie ihre guten Vorsätze und ihre Zurückhaltung vergessen. Sein Angriff war der berühmte Tropfen, der ein Fass zum Überlaufen brachte.
„Das ist ja wohl die Höhe", rief sie aufgebracht, „ich habe schon im Februar in Brandenburg alles klar gemacht. Und jetzt buchst du, ohne mich zu fragen, einfach eine zweite Reise und unterstellst mir, ich ließe die teuren Flugtickets verfallen. Du hast sie ja nicht mehr alle!"
Nervös schaute sie abwechselnd zu ihm herüber und dann wieder auf den dichten Verkehr der Stadtautobahn.
Schließlich zeterte er weiter:
„Das ist doch kein Urlaubsort. Was du da gebucht hast, taugt vielleicht mal für ein nettes Wochenende. Nach mehr als zwei Tagen langweilen wir uns da zu Tode. Ausgerechnet Brandenburg! Wenn ich das meinem Team erzählt hätte, würden die sich jetzt noch schlapp lachen."
Nachdem sich bei Sandra die Wut erst einmal ein Stück Bahn gebrochen hatte, gab es nun kein Halten mehr.
„Dein Team würde also lachen, ja? Kann es sein, dass dir das wichtiger ist als meinen Wunsch ernst zu nehmen? So wichtig, dass du sogar eine zweite Reise buchst? Was bist du nur für ein eitler Wichtigtuer geworden!"
Jetzt war es raus. Genau das hatte sie die ganze Zeit gefühlt. Laurenz hatte sich im Laufe der Jahre verändert. Aus dem

zielstrebigen, aber auch gutmütigen und vor allem humorvollen, lebenshungrigen 28-Jährigen war ein etablierter Topmanager mit Starallüren und eingefahrenen Verhaltensmustern geworden. Natürlich konnte der Topmanager ihre verbale Attacke nicht auf sich sitzen lassen.
„Ich bin also ein Wichtigtuer, ja?“, schrie er, „Und du? Die ganzen Jahre hat es dir Spaß gemacht, schick in der Welt herum zu düsen. Shoppingwochenende in London oder Paris, Urlaub auf den Seychellen. Bisher hat dir das gefallen. Jetzt plötzlich diese Schnapsidee. Brandenburg! Geht's noch?“
Es entstand eine Pause, als wären die beiden Kontrahenten schon erschöpft. Sandra musste sich zudem auf den Verkehr konzentrieren. Doch Laurenz hatte den „Wichtigtuer“ noch immer nicht verwunden. Er legte nach.
„Als wenn du deinen Job nicht ebenso ernst nimmst. Als wenn du dich nicht auch verändert hättest. Wer ist denn hier ständig und überall erreichbar – auch am Wochenende und im Urlaub? Wer nutzt denn jede Gelegenheit, um schnell noch mal seine Mails zu checken? Du machst das iPhone ja nicht mal beim Sex aus.“
Sandra wusste in ihrem Innersten, dass er Recht hatte. Die letzten Jahre waren auch an ihr nicht spurlos vorübergegangen. Sie hatten beide Karriere gemacht. In diesem Moment war sie jedoch nicht mehr in der Lage, dies ihm gegenüber zuzugeben. Und vor allem war sie über den Punkt hinaus, an dem sie noch zu Kompromissen bereit gewesen wäre. Kurzerhand nahm sie die nächste Ausfahrt von der Stadtautobahn, ignorierte seinen Protest und hielt in einer Seitenstraße. Dann sah sie Laurenz an.
„So geht das nicht. Entweder du fährst mit mir in diese Ferienwohnung und versuchst ernsthaft, dort einen schönen Urlaub mit mir zu verbringen oder du steigst jetzt aus und lässt mich die nächsten drei Wochen in Ruhe.“
Laurenz spürte wohl, dass sie es ernst meinte, denn er

unternahm tatsächlich den Versuch, sie umzustimmen. „Denk doch mal nach: Wir haben Tickets nach Hawaii. Der Flieger geht in sechs Tagen. Wir könnten doch so lange in dein Kaff fahren und danach..."
Er kam nicht dazu, seinen Satz zu beenden. „Steig aus!", rief Sandra so laut, dass er zusammenzuckte.
Als er zögerte, wiederholte sie ihre Aufforderung noch eindringlicher.
„Steig aus! Sofort!"
Während sie dies sagte, löste sie bereits seinen Gurt, griff über ihn hinweg und stieß die Tür auf. Laurenz schien noch immer unschlüssig, ob er einlenken oder ihrer Aufforderung nachkommen sollte. Doch Sandra schien es ernst zu meinen. Nun sprang sie aus dem Wagen, zerrte seine schwere Reisetasche vom Rücksitz und stellte sie an den Straßenrand.
„Raus! Oder ich schreie um Hilfe!"
Langsam stieg er aus, nahm seine Tasche und blieb verdattert am Straßenrand stehen. Sandra setzte sich wieder hinter das Steuer und startete durch ohne sich noch einmal nach ihm umzusehen. Nach wenigen Minuten war sie wieder auf der Autobahn, heilfroh, dass der Verkehr ihre ganze Aufmerksamkeit forderte. So hatte sie keine Gelegenheit, den aufkommenden Tränen nachzugeben.

2.

Maik kniete vor seinem Motorrad und wischte sich den Schweiß aus der Stirn. Was für eine Hitze! Eigentlich sollte er sich einen Schirm aufstellen, damit er keinen Sonnenstich bekam, während er versuchte, die alte Kiste wieder in Gang zu bringen. Aber wenn es ihm gelang, den Fehler schnell zu finden, könnte er sich diese Arbeit sparen. Er

warf noch einen kurzen Blick Richtung Himmel, um festzustellen, ob eine aufziehende Wolkenwand sein Problem beheben würde. Doch von dieser Seite war keine Hilfe zu erwarten. Nicht ein einziges Wölkchen war zu sehen. Nur grenzenloses Blau. Kurz spielte er mit dem Gedanken, vor Beginn der Arbeit eine Runde schwimmen zu gehen. Er verwarf die Idee wieder. Zuerst einmal hier fertig werden. Da er kein Auto besaß, war diese alte MZ sein einziger Garant für Mobilität an einem Ort, der vom Linienbus genau viermal am Tag angefahren wurde. In den Sommerferien noch seltener. Seufzend griff er nach dem Schraubenschlüssel. Eine halbe Stunde später war ihm klar, dass seine Hoffnung enttäuscht wurde. Es war ihm noch immer nicht gelungen, die Ursache dafür zu finden, warum sich das Gefährt nicht mehr starten ließ. Und erst nach einer Stunde, die er schwitzend und schraubend in der prallen Sonne zugebracht hatte, stellte er die Fehlerursache fest. Der Unterbrecher war kaputt. Er fluchte, denn er benötigte einen Neuen. Und das bedeutete, dass er zu Thomas musste – dem Einzigen, der ihm helfen konnte. Thomas besaß nicht nur eine alte, ungenutzte Scheune, er hatte nach der Wende auch einen Haufen DDR-Autos und -Motorräder geschenkt bekommen, die er noch immer dort aufbewahrte. Dieser Schatz machte ihn zu einem begehrten Mann in der Region und bescherte ihm mehr als 20 Jahre nach der Maueröffnung ein solides Nebeneinkommen. Maik zog sein Handy aus der Jeans und begann, die Nummer von Thomas zu wählen, als er seine Mutter um die Ecke kommen sah.
„Hast du die Ferienwohnung hergerichtet?“, fragte sie mit gerunzelter Stirn, „Heute kommen doch neue Gäste.“
„Ja, klar.“
Er konzentrierte sich wieder auf das Handy, doch seiner Mutter schien die Antwort nicht zu genügen.
„Ist das abgebrochene Sofabein wieder dran?“, hakte sie nach.

Maik nickte.
„Und der Wasserhahn ist auch in Ordnung? Geht das Warmwassergerät wieder?"
„Nee. Aber das geht schnell. Mache ich gleich, muss nur vorher zu Thomas."
Die Mutter wurde resoluter.
„Hast du schon mal auf die Uhr gesehen? In einer Stunde werden die spätestens hier eintrudeln. Kümmere dich bitte sofort drum, sonst gibt es wieder Ärger."
Maik gab nur ungern zu, dass er die beiden Reparaturen schlichtweg vergessen hatte. Es blieb ihm nichts anderes übrig, als das Telefonat zu verschieben. Schließlich war er der Vermieter der beiden Ferienwohnungen. Sie sicherten ihm immerhin ein gewisses Grundeinkommen. Leider ging dies nicht, ohne dass wildfremde Leute, die sich Urlauber nannten, über sein Grundstück latschten und sich mit ihm über das Wetter oder die Wassertemperatur des Sees unterhalten wollten. Zumeist waren es Berliner, die sich wie eine Plage in den Sommermonaten über seine idyllische Heimat ergossen. Leute, die entweder eine Outdoor-Ausrüstung mit sich führten, die ihnen das Überleben in der Wildnis des Amazonas ermöglichen könnte – er nannte sie „Expeditionsleiter" – oder aber jene, die mit Stöckelschuhen und Markenklamotten ausgestattet ankamen und sich über das Kopfsteinpflaster auf dem Hof beschwerten. Diese nannte er „Designerbeute". Er war noch nicht einmal neugierig darauf zu erfahren, welcher Spezies die beiden neu eintreffenden Exemplare angehören würden. Er mochte sie schon jetzt nicht. Schweren Herzens ließ er das Motorrad warten und schlenderte zur Ferienwohnung hinüber, in die heute ein Pärchen aus Berlin einziehen sollte. Weil die Buchung per E-Mail erfolgt war, wusste er dank der ausführlichen Signatur auch schon, dass die Frau als Event-Managerin in einer großen Agentur arbeitete. Ihn grauste. Seine letzte Hoffnung war, dass die Urlauber vielleicht krank geworden

oder beruflich unabkömmlich waren. In diesem Fall würden sie gar nicht erst aufkreuzen, müssten aber trotzdem die Unterbringungskosten zahlen. Der Wasserhahn war schnell repariert. Maik tauschte nur ein Dichtungsgummi aus, schon war er wie neu. Nichts spritzte, nichts tropfte mehr. Das Heißwassergerät erwies sich als hartnäckiger. Er würde wohl tatsächlich seinen Kumpel Andreas anrufen müssen. Der hatte etwas Brauchbares gelernt und arbeitete als Gas-Wasser-Installateur. Aber vor morgen Abend würde der vermutlich keine Zeit haben. Schließlich war heute Samstag, und da pflegte Andreas zuerst Fußball zu spielen und anschließend mit den anderen Jungs etwas trinken zu gehen. So schlimm fand Maik das defekte Gerät nun auch wieder nicht. Bei der Hitze benötigte man sowieso kein warmes Wasser. Schließlich konnte man in den See springen ohne das Grundstück verlassen zu müssen. Der Gedanke an das klare, kühle Nass des Sees machte in ihm den Wunsch nach einem erfrischenden Bad unaufschiebbar. Noch während Maik die Tür der Ferienwohnung hinter sich zuzog, begann er, sich sein T-Shirt über den Kopf zu ziehen. Als er nach ein paar Schritten den Bootssteg erreicht hatte, war er bereits nackt. Mit einem gekonnt ausgeführten Kopfsprung setzte er sein Vorhaben in die Tat um. Und wo er schon einmal drin war, überkam ihn die Lust, hinauszuschwimmen. Als Jugendlicher war er DDR-Junioren-Meister im Schwimmen gewesen. Das alte System vermisste er wahrlich nicht, sein regelmäßiges Training schon. Damals hatten sie die jungen Sportler hart rangenommen. Viel zu hart. Später, während des Sportstudiums, war ihm dies erst so richtig klar geworden. Aber er wusste auch, dass er es ohne massiven Druck niemals zu einer solchen Leistung gebracht hätte. Über zwanzig Jahre später bedeutete das Schwimmen für ihn vor allem die Möglichkeit, alles hinter sich zu lassen. Wirklich alles. Er bewegte sich rhythmisch, atmete gleichmäßig und nahm nur das plätschernde

Geräusch der durch ihn verursachten Wasserbewegung wahr. Manchmal schwamm er anderthalb Stunden, bis er endlich ausgepowert, aber auch auf eine unbeschreibliche Weise glücklich wieder aus dem See kam. Heute blieb die erwünschte Wirkung aus. Nach einer dreiviertel Stunde stieg er die kleine metallene Treppe des Steges wieder hinauf und schüttelte sich das Wasser aus dem schulterlangen Haar. Sein Haarband war im Wasser wohl abhanden gekommen, sodass die langen Haare wild an ihm herunterhingen. Genau in diesem Moment kam ein silbergrauer Golf GTI staubaufwirbelnd auf das Grundstück gerast. Die neuen Gäste schienen von der ganz schnellen Truppe zu sein. Maik schob mit einer kurzen Handbewegung die Haare aus seinem Gesicht und sammelte rasch seine Klamotten vom Steg. Dann stieg er nass und ohne Unterhose in die Jeans. Nun beobachtete er amüsiert, wie eine schlanke Frau mit langen blonden Haaren ausstieg und mit ihren recht hohen Pumps als erstes beinahe auf der Nase landete. Sie musste mit dem linken Bein in einem der noch unausgefüllten Löcher hängengeblieben sein. Er wollte diese wenigen Stellen längst ausgebessert haben, war nur irgendwie bisher nicht dazu gekommen. Während sie sich zuerst suchend umsah und dann auf ihn zugestöckelt kam, überlegte er, ob er der guten Form halber auch noch das Shirt überstreifen sollte, ließ es aber. Es genügte schon, dass seine Hose feucht am Körper klebte. Sie war also der Typ „Designerbeute". Mit denen konnte er noch weniger anfangen als mit den Expeditionsleitern. Letztere brachten wenigstens echtes Interesse an der Landschaft, an Flora und Fauna mit. Die anderen wollten doch immer nur wissen, wo sich die nächste Bar oder die Shoppingmeile befanden und waren tief enttäuscht, weil es beides hier in Lychen nicht gab. Letztlich waren sie Gefangene ihres eigenen Lebensstils. Sie wollten Luxus und Konsum. Dafür hetzten sie nicht nur in ihre Büros, sondern auch durch ihre Leben. Ihre innere

Hektik sorgte dafür, dass sie den Augenblick nicht genießen konnten. Immer hatten sie schon die nächste Aktivität im Kopf, alles war durchgeplant, und meist dachten sie an den nächsten Tag bevor der aktuelle zu Ende war. Was diese Leute taten, erschien Maik sinnentleert. Die gerade eingetroffene „Designerbeutenfrau" war außerordentlich hübsch, wenn auch für seinen Geschmack viel zu stark geschminkt. Hatte sie gar nicht nötig. Auch der albern kurze Rock und das edle Ledertäschchen passten nicht wirklich zu ihr. Wobei die Kürze des Rocks nicht das Problem war. Sie verfügte über wohl geformte Beine, soweit er das aus dieser Entfernung feststellen konnte. Aber das ganze Outfit wirkte so bemüht sexy und edel, dass es nicht authentisch sein konnte. Wo war eigentlich der dazugehörige, angemeldete Mann?
„Hallo", begrüßte sie ihn forsch und musterte ihn dabei, „sind Sie hier der Hausherr? Ich habe eine Ferienwohnung gemietet."
„Ja."
Es entstand eine kurze Pause, vermutlich erwartete die Designerbeutenfrau eine längere Erklärung. Zu dieser war Maik jedoch nicht bereit. Was sollte er ihr auch mitteilen? Sie hatte die Wohnung gemietet und er musste ihr einfach nur den Schlüssel geben und den Eingang zeigen. Also ging er an ihr vorbei zum Haus, griff nach dem Schlüsselbund neben der Tür und lief dann die wenigen Meter zur Ferienwohnung weiter. Der Eingang war ebenerdig gelegen. Sie folgte ihm, ohne weitere Fragen zu stellen. Immerhin schien sie schnell zu kapieren. Als Maik die Tür zur Wohnung öffnete, kam seine Mutter aus dem Haupthaus. Sie band sich die Schürze ab und eilte schnurstracks, mit einem Lächeln im Gesicht, das etwas aufgesetzt wirkte, auf den neuen Feriengast zu.
„Guten Tag", rief sie schon von weitem, „Sie müssen Frau Schalenbach sein."

Erfreut drehte sich die Angesprochene um und schüttelte die Hand der gut gelaunten, pummeligen Frau, die nun einen kleinen Schwall Begrüßungsworte über sie ergoss.
„Kommt Ihr Mann nach?", hörte er seine Mutter fragen.
„Nein, er kann leider nicht kommen.", antwortete die Frau.
Maik fand sowohl die Worte als auch das aufgesetzte Lächeln entbehrlich. Um die Sache abzukürzen, schloss er auf und betrat die Wohnung. Wie erwartet folgten ihm die beiden. Als sie das Wohnzimmer erreicht hatten, drückte er dem neuen Feriengast den Schlüssel in die Hand und machte Anstalten zu gehen. Doch er hatte nicht mit seiner Mutter gerechnet, die er nun wortreich erklären hörte, dass ihr Sohn dem neuen Feriengast alles zeigen werde. Nur um seine Mutter nicht zu verärgern, machte er erneut kehrt und ging, immer noch barfuß, vor Sandra Schalenbach die kleine Treppe hinauf.
„Oh, eine Maisonette-Wohnung, wie hübsch", kommentierte die Neue.
Als sie beim Bad angekommen waren, sagte Maik:
„Durchlauferhitzer ist kaputt. Wird morgen Abend repariert."
Die Frau hatte ihn trotz seiner klaren Worte offenbar nicht recht verstanden.
„Wie – kaputt? Heißt dass, es gibt kein warmes Wasser?"
„Ja."
Wieder Stille. Maik machte nun endgültig kehrt und ging die Treppe hinab.
„Im Vertrag stand ‚fließend warmes und kaltes Wasser'", kam es nun aus dem oberen Stockwerk.
„Ja. Aber der Boiler ist kaputt."
„Kann er nicht heute noch repariert werden?"
„Nein."
Maik war mittlerweile an der Wohnungstür angekommen.
„Dann werde ich entsprechend die Miete für den Zeitraum um die Hälfte kürzen", rief sie von oben.

Er hatte schon geahnt, dass diese Frau schwierig war, aber das hier war ja wohl der Gipfel. Verärgert drehte er sich noch einmal um, wollte etwas erwidern. Als er sie dann grinsend am oberen Ende der Treppe stehen sah, unterließ er es. Vielleicht auch, weil er nicht genau wusste, ob sie einen Scherz gemacht hatte oder es tatsächlich ernst meinte.

3.

Nachdem der wortkarge, halbnackte, ziemlich zerzauste, aber erstaunlich gut gebaute Vermieter gegangen war, schleuderte Sandra die Pumps von den Füßen, um sich auf das breite Doppelbett zu werfen. Dummerweise traf einer der Schuhe eine Bodenvase, die daraufhin umfiel und in drei Teile zersprang. Erschreckt starrte sie auf die Scherben. Natürlich wusste sie, dass sie jetzt eilig die Einzelteile der Vase zusammensuchen, den Boden fegen und den Schaden dem Vermieter melden müsste. Doch sie tat nichts dergleichen. Wenn jetzt alles anders war als sonst, dann wenigstens konsequent. Stattdessen ließ sich Sandra aufs Bett fallen, beobachtete mit Unbehagen drei fette Spinnen an der Zimmerdecke und zog eine kurze Zwischenbilanz ihres ersten Urlaubstages: Erst ein formidabler Streit mit Laurenz, dann hatte sie ihn auch noch aus dem Wagen geschmissen und nun war sie an einem Ort, an dem man sich über ihre Ankunft nicht besonders zu freuen schien. Merkwürdigerweise fühlte sie sich trotzdem gut, irgendwie abenteuerlustig. Wie ein Kind, wenn es etwas ausprobiert, das es noch nie getan hat. Der griesgrämige Vermieter war ihr schnuppe. Immerhin schien seine Mutter ganz nett zu sein. Außerdem wollte sie doch Land und Leute näher kennenlernen. Der Griesgram stellte ein gutes Studienobjekt dar. Wahrscheinlich war er einer von denen, die vor der

Wende Traktor gefahren waren und nachher beruflich keine Chance mehr hatten. Vielleicht gehörte er auch zu jenen Überlebenskünstlern, die sich selbst verwirklichen wollten und sich mit kleinen Arbeiten oder eben der Vermietung von Ferienwohnungen irgendwie über Wasser hielten. Wenigstens im Sommer. Im Winter gingen sie dann zum Amt und beantragten Unterstützung. So konnte man sich ein feines Leben machen ohne jemals richtig arbeiten zu müssen. Woher das Geld kam, das vom Amt ausgezahlt wurde, war dieser Sorte Mensch doch völlig egal. Von seinem Benehmen her erinnerte sie der Vermieter ein bisschen an ihren letzten Auftraggeber – einen Unternehmer aus Frankfurt/Oder. Der war auch so ein wortkarger Typ gewesen, hatte es ihr wirklich nicht leicht gemacht, ständig an ihren Ideen rumgekrittelt, um dann letztendlich das Event genau so umzusetzen wie sie vorgeschlagen hatte. Nachdem sein 20-jähriges Firmenjubiläum erfolgreich über die Bühne gegangen war, hatte er ihr auf die Schulter geklopft und jovial gelächelt. Kein Wort des Dankes. Bei der Rechnung dürfte ihm sein Grinsen dann wenigstens vergangen sein. Doch Sandra wollte nicht an die Arbeit denken. Jetzt nicht! Dann lieber an Laurenz. Merkwürdigerweise vermisste sie ihn bisher nicht und die Aussicht auf einen Single-Urlaub vermieste ihr auch nicht die Stimmung. Warum nur? In den letzten zehn Jahren waren sie immer gemeinsam in Urlaub gefahren. Überhaupt hatten sie viele Freizeitaktivitäten gemeinsam unternommen. Laurenz konnte so charmant, witzig und liebevoll sein. Jedenfalls früher. Wann hatte es eigentlich angefangen, dass sie immer mehr stritten, dass sie sich nachts nicht mehr aneinander kuschelten? Sie wusste es nicht. Es war wohl ein schleichender Prozess gewesen. War dieser getrennte Urlaub nun auch das Ende ihrer Beziehung? Um nicht noch mehr ins Grübeln zu geraten, stand Sandra auf, umrundete die zerbrochene Vase und begann, die Ferienwohnung näher zu inspizieren. Das Bad war klein und mit hässlichen ockerfarbenen Fliesen versehen, auf denen ein rotes Blumenmotiv prangte. Da die Fliesen noch keine Makel aufwiesen und noch nicht allzu lange die Wand zieren dürften, hatte der Vermieter entweder einen sehr gewagten Geschmack oder aber, was bei diesem Mann wahrscheinlicher war, die Dinger standen schon so lange als Restposten im Baumarkt, dass er sie fast geschenkt bekommen hatte. Sonst fand sie den Raum brauchbar. Die Dusche war recht neu, auch das Waschbecken. Zum Föhnen allerdings ein bisschen dunkel. Das Schönste war, dass nicht nur in den Zimmern, sondern auch hier dicke, sichtbare Stützbalken aus Holz verliefen und dem ganzen ein rustikales Ambiente verliehen. Gut, dass Laurenz diese Wohnung nicht sah. Er hätte an allem etwas rumzumäkeln gehabt – von den angeschlagenen Tellern und dem alten Elektroherd in der Küche über die schon etwas zerfranst wirkenden Teppichbrücken in Wohn- und Schlafzimmer bis hin zur Häkeldecke auf dem Esstisch. Wahrscheinlich hätte er sich darüber lustig gemacht. Ihr war das nicht so wichtig. Jedenfalls nicht im Urlaub. Sie richtete ihr Augenmerk vor allem auf das, was ihr gut gefiel. Und dazu gehörten die gemütliche Wohnzimmercouch im skandinavischen Stil, die Bodendielen und auch das große Bett mit einem Haupt aus schön geschwungenen eisernen Gitterstäben. In der Küche gab es sogar eine Geschirrspülmaschine. Das Modell war zwar schon in die Jahre gekommen, wie so manches hier, aber Hauptsache, sie brauchte das Geschirr nicht zu spülen. Das Allerbeste ihrer Ferienwohnungsbegehung hob sie sich aber bis zum Schluss auf: die Terrasse. Im Internet waren keine Fotos der Wohnung zu sehen gewesen – nur von der Terrasse und der Aussicht auf den See. Nur wegen dieser zwei Bilder hatte sie die Wohnung ausgewählt. Nun öffnete sie endlich die Flügeltür und trat hinaus. Das Foto war keine Übertreibung gewesen. Direkt vor ihr breitete sich ein wunderschöner See aus, der im

Sonnenlicht glitzerte. Sanfte kleine Wellen spülten an das Ufer und den Bootssteg, der sich rechterhand nur wenige Meter entfernt befand. Irgendwo war Kinderlachen zu hören. Paddelboote, bemannt mit sonnengebräunten Menschen, glitten in einiger Entfernung leise vorüber. Sandra atmete die frische Luft tief ein und freute sich, dass sie Laurenz nicht nachgegeben hatte. Sie wollte nicht nach Hawaii. Hier war sie richtig. Sie überlegte kurz, ob sie den kräftigen Vermieter beim Ausladen um Hilfe bitten sollte, verwarf diesen Gedanken mangels Erfolgsaussicht aber schnell wieder. Kurzerhand holte sie barfuß ihren Koffer selbst aus dem Auto und wuchtete ihn die steile Treppe zum Schlafzimmer hinauf. Dann hängte Sandra ihre Urlaubsgarderobe sorgfältig in den Schrank. Auch die zerbrochene Vase räumte sie aus dem Weg und brachte die drei Einzelteile in die Küche, wo sie sie erst einmal neben den Mülleimer legte. Noch immer schien die Sonne und lockte sie wieder hinaus auf die Terrasse. Im Wohnzimmer hatte sie hinter der Tür einen knallroten Sonnenschirm und ebensolche Auflagen für die Gartenstühle gefunden. Mit beidem machte sie es sich draußen gemütlich. Es dauerte nicht lange und sie war eingeschlafen. Der aufregende Tag, aber vor allem die anstrengenden letzten Monate forderten ihren Tribut. Sandra schlief so fest, dass sie weder bemerkte, wie der Wind an Stärke zunahm, noch, dass ihr Sonnenschirm begann, sich mächtig hin und her zu biegen. Der mit Wasser gefüllte Plastikständer hüpfte leicht auf und ab. Erst als ein richtig kräftiger Windstoß den Schirm endgültig aus seiner Halterung riss und ihn mit einem knarzenden Geräusch ein gutes Stück hinaus auf den See wehte, schreckte sie hoch. Da es vom Ufer aus schnell steil bergab ins tiefere Wasser ging, drohte der kleine Schirm einfach unterzugehen. Sandra sah noch, dass er unsanft landete und sogleich begann zu versinken. Sie erfasste zwar recht schnell die Lage, sprang auf, brachte aber erst einmal nur einen Fluch über die Lippen.

Mittlerweile schaute nur noch eine größere Ecke des Schirmstoffes aus dem Wasser heraus. Dennoch stand sie versteinert da und sah dem Schauspiel zu statt tätig zu werden. Plötzlich rannte der Vermieter von links durch den Garten heran, riss sich sein Shirt vom Leib und sprang, nur mit kurzer Hose bekleidet, in den See. Kurz bevor die letzte Spitze des Schirmes untergehen konnte, bekam er ihn zu fassen und zog ihn gekonnt zuerst ein Stück nach oben, dann zurück zum Land. Ohne Worte, aber mit einem Grinsen im Gesicht, brachte er ihn tropfnass zurück, spannte ihn ebenso wortlos auf und band ihn mit einem Stück Schnur an einem hölzernen Pfahl fest, dessen Funktion Sandra bis dahin nicht erklärlich gewesen war. Nun wusste sie, wozu er und sein Pendant auf der anderen Terrassenseite bestimmt waren. Der tropfende, blöd grienende Mann drehte wortlos ab und verließ den Ort des Geschehens. Derweil bildeten sich unter dem nassen Schirm mehrere kleine Pfützen.
„Danke", rief sie dem Vermieter hinterher, „ich muss wohl eingeschlafen sein. Habe nicht bemerkt, dass…"
„Nicht schlimm", rief der große Kerl zurück, ohne sich umzudrehen, „im Mietvertrag steht, ‚Gegenstände, die vom Mieter beschädigt werden, sind dem Vermieter finanziell zu ersetzen. Es zählt der Wert der Neuware.'"
So ganz auf den Kopf gefallen schien der Typ doch nicht zu sein. Wie hieß er doch gleich? Sandra ging hinein und kramte den Vertrag aus ihrer Handtasche: „Maik Schlicht" stand in Druckschrift unter der unleserlichen Unterschrift. ‚Nun gut, mein lieber Maik', dachte sie, ‚knurrig sein kann ich auch.'

Mittlerweile knurrte jedoch nur noch eines – und das war ihr Magen. Von daheim hatte sie sich nichts mitgenommen, weil sie eigentlich mit Laurenz essen gehen und dann die wenigen Dinge einkaufen wollte, die sie zum Frühstück benötigten. Immerhin hatte sie gesehen, dass es sogar einen Supermarkt im Ort gab, der auch am Samstag bis 21:00 Uhr geöffnet hatte. Also erst essen gehen, dann war immer noch genug Zeit, einzukaufen. In diesem Moment klingelte ihr Handy. Wie sie mit schnellem Blick feststellte, war es ihr Chef, der versuchte, sie zu erreichen. Sie hätte ihm nicht sagen sollen, dass sie in Deutschland Urlaub machte. Nun dachte er wohl, sie wäre prima erreichbar. Eigentlich hatte nicht sie selbst es ihm verraten, sondern Kristin, ihre Assistentin. Sie hätte damit rechnen müssen, dass Kristin sich früher oder später verplappern würde. Sandra holte tief Luft, dann nahm sie das Gespräch an. Immerhin verdiente sie gutes Geld in ihrem Job – das forderte eben auch Abstriche im Privatleben. Zum Glück war das Gespräch kurz – der Chef suchte nur eine Fotodatei. Sie sah ihn förmlich vor sich sitzen, mit den Fingern nervös auf den Tisch trommelnd, dann verschmitzt lächelnd. Er wirkte mit Ende fünfzig immer noch irgendwie jungenhaft – trotz schütteren Haares und Bauchansatz. Eigentlich hieß er Volker, ließ sich aber nur Henri nennen, damit internationale Kunden keine Probleme mit der Aussprache seines Namens hatten. Franzosen sprachen ihn „Enri“ aus, Briten „Henry“. Jetzt nicht länger an die Arbeit denken! Sandra schlüpfte in ihre Pumps und griff nach der Handtasche. Nach kurzer Überlegung streifte sie die feinen Stadtschuhe wieder ab, stieg in ihre Jeans und wählte dazu Turnschuhe. Als sie an der Tür war, betrachtete sie sich in dem großen Eingangsspiegel. Hatte sie wirklich das richtige Outfit gewählt? Waren die Turnschuhe nicht doch zu salopp für einen Restaurantbesuch? Selbst hier? Noch einmal drehte sie sich um, legte die Jeans zurück in den Schrank und streifte sich ein schickes Sommerkleid über. Dazu wählte sie ihre schönsten Sandaletten und warf sich eine kleine Strickjacke über die Schulter. Endlich machte sie sich auf den Weg. Sie überquerte den Vorplatz des Anwesens und schlenderte durch das große Tor hinaus. Der Ort wirkte wie ausgestorben. Es waren doch Schulferien in Berlin. Gab es hier denn keine anderen Urlauber? Nachdem Sandra den Supermarkt und später auch die Apotheke links liegen gelassen hatte, lief sie eine Straße entlang, deren Häuser fast allesamt stark renovierungsbedürftig aussahen. Laurenz hätte sie wohl „rott" genannt und irgendetwas davon gefaselt, dass die DDR hier noch am Leben zu sein schien. Alle Geschäfte in dieser Straße standen leer. Manchmal konnte man noch erkennen, welche Produkte hier einst über den Ladentisch gegangen waren. Ein Laden für Angelzubehör und eine Fleischerei waren darunter. An der nächsten Ecke entdeckte sie endlich ein Geschäft, in dem noch etwas angeboten wurde. Hier gab es Gewebtes, Filztaschen und Tücher. Allerdings – wie auf dem handgeschriebenen Schild zu lesen war – nur dreimal in der Woche für wenige Stunden. Und das auch nur während der Sommermonate. Sandra wollte ihren Weg fortsetzen, da entdeckte sie im nächsten Schaufenster eine hübsche, aus Lammwolle gewebte Tasche. Das war doch mal etwas Anderes. Damit konnte sie sogar in der Firma punkten. Leider war der Laden schon zu. Am Rathaus sah alles ein wenig schöner und bunter aus. Es gab ein Eiscafé, gleich zwei Bäcker, einen Fleischer und einen Blumenladen. Nur das alte „Ratseck" stammte definitiv aus der DDR und machte einen völlig verfallenen Eindruck. Bewirtschaftet wurde es jedenfalls schon länger nicht mehr. Aber noch immer kein Restaurant? Sie wollte gerade enttäuscht umkehren und sich im Supermarkt aus dem Tiefkühlregal eine Fertigpizza holen, als sie Musikfetzen hörte. Es klang nach irischer Folkmusik. Neugierig folgte sie den Geräuschen von Banjo und Geige bis sie in einem sehr gemütlichen Biergarten stand, der zu ihrer großen Überraschung brechend voll war. Sämtliche Biertische waren besetzt, die Leute aßen, tranken, lachten oder klatschten zur Musik, die eine vierköpfige Band produzierte. Spontan beschloss sie, zu bleiben, obwohl sie vermutete, dass das Essen eher einfach sein würde. Aber Sandra war froh, überhaupt etwas gefunden zu haben. Und hier schienen alle gut gelaunt. Nach einem kurzen, geübten Blick in die Runde war klar, dass sie mit dem Chanel-Sommerkleidchen völlig overdressed war. Die meisten Frauen trugen Jeans, Pulli und feste Schuhe dazu. Doch sie hatte Hunger und wollte nicht mehr weiter allein durch den sonst völlig menschenleeren Ort irren. Also quetschte sie sich mit entschuldigendem Blick an einen Biertisch, an dessen Rand noch ein kleines Eckchen frei war. Neben ihr saß ein distinguiert wirkender Herr mit Halbglatze, der teure Outdoorklamotten trug und dessen rechter Arm eine etwas füllige Frau mit großer Oberweite umfing. Mit der linken Hand hielt er sein Guinness-Glas fest. Als sich Sandra auf den schmalen Rand der Bank niederließ und ihn dabei ein wenig anstieß, schaute er verärgert herüber. Sandra rechnete mit einer unfreundlichen Bemerkung. Doch nachdem er sie kurz gemustert hatte, lächelte er. Noch bevor Sandra dem Mann etwas sagen konnte, stand eine schlanke blonde Frau mit Pferdeschwanz vor ihr, die ihre Bestellung entgegennehmen wollte.

„Kann ich die Karte bekommen, bitte?", fragte Sandra freundlich die Bedienung, während gleichzeitig ein halbes Dutzend Männer versuchten, ihre Biernachbestellungen zu ordern. Die junge Frau nickte den Durstigen beruhigend zu, dann deutete sie an Sandra gewandt auf kleine Pappaufsteller, die auf jedem Biertisch standen.

„Heute ist Live-Musik, da haben wir nur ein kleines Angebot."

Und schon huschte sie wieder davon, um Guinness, Kilkenny, Pils und Radler zu besorgen. Skeptisch ließ Sandra ihren Blick über das Angebot schweifen. Zwei Gerichte mit Fisch aus regionalem Fang standen zur Auswahl. Aber es gab auch ein Fleischgericht, einen Salatteller, Bratkartoffeln und – das amüsierte sie – Schmalzstullen. Da stand wirklich

„Schmalzstulle" auf der Karte. Die letzte, die ihr das angeboten hatte, war ihre Großmutter gewesen. Da sie den Künsten des Kochs dieses Etablissements nicht recht traute, wollte sie auf Fisch und Fleisch lieber verzichten. Zehn Minuten später war die blonde Bedienung wieder bei ihr.
„Wie bereiten Sie den Salat zu?", fragte Sandra.
Im Gesicht der Kellnerin spiegelte sich ein Gemisch aus Erstaunen und Ratlosigkeit wieder.
„Na, der wird gewaschen, geschnitten und..."
„Ich meine, ob Sie ihn mit Essig und Öl servieren", unterbrach Sandra, „oder mit Dressing..."
„Na ja,...halt wie Sie wollen."
„Gut, dann nehme ich den Salatteller mit Essig und Öl. Bitte nur ganz wenig Öl. Bitte eine kleine Portion Bratkartoffeln dazu. Bitte nicht so scharf gebraten, dass sie schwarze Stellen haben. Und bitte wenig Zwiebeln."
Die junge Frau musterte sie einen Moment sprachlos, dann nickte sie.
„Geht, klar. Bratkartoffeln ungebraten und das Essig-Öl-Dressing ohne Öl. Möchten Sie auch etwas trinken?"
„Ein alkoholfreies Bier bitte."
„Dachte ich mir."
Die Bedienung wollte gerade wieder gehen, als der Halbglatzennachbar sich Sandra zuwandte.
„Das ist ein irischer Abend. Trinken Sie ein kaltes Guinness – es wird Ihnen schmecken", empfahl er ebenso freundlich wie leise.
Sandra wusste nicht genau, warum sie seinen Rat annahm. Vielleicht, weil es schön war, dass sich jemand um sie kümmerte und sie sich mit einem Mal nicht mehr so allein fühlte. Jedenfalls stoppte sie erneut die viel beschäftigte Kellnerin und bestellte ein großes Guinness zum Essen. Der Tischnachbar nickte ihr dabei aufmunternd zu, die Bedienung konnte sich allerdings ein leichtes Kopfschütteln nicht verkneifen. Diese Geste entging Sandra völlig, denn sie hatte

damit begonnen, der Band zuzusehen. Die vier Musiker beherrschten ihr Fach. Singen konnten sie auch. Wenige Stunden und einige Guinness später, fand sich Sandra auf der Straße wieder, im linken Arm von Halbglatze. In seinem rechten befand sich noch immer die Üppige mit der großen Oberweite, die eigentlich Marion hieß und seine Frau war. Halbglatze hieß Dr. Dr. Schmidt, wobei er immer wieder betonte, Sandra solle ihn doch einfach nur „Jürgen" nennen. Jürgen war Chefarzt und Chirurg an einer Hamburger Privatklinik und nicht zum ersten Mal in Lychen. Sandra fand Dr. Dr. Jürgen nicht besonders attraktiv. Seine Umarmung ließ sie einzig aus dem Grund zu, weil sie allein nicht mehr so richtig stehen konnte. Auch das Laufen fiel ihr irgendwie schwer. Merkwürdiges Gebräu, dieses Guinness. Erst merkte sie gar nichts und dann kam sie kaum noch von der Bank hoch.

„Wo musst du denn nun eigentlich hin, schöne fremde Lady?", fragte Jürgen, „Wo wohnst du denn?"

„Gaaaanz weit weg", antwortete Sandra wahrheitsgemäß, „in Berlin. In Zehlendorf."

Er lachte. „Oh, dann hast du ja jetzt einen ziemlich langen Heimweg"!

Er hatte ein merkwürdiges Lachen – aber immerhin klang es ehrlich und unbeschwert.

„Ich meine doch, wo du hier wohnst."

Sandra dachte nach. Wo wohnte sie eigentlich? Auch das Nachdenken war viel anstrengender als sonst. Dann fiel es ihr wieder ein.

„Direkt am See. Der Mensch da spricht überhaupt nicht viel und hat sooooo ein breites Kreuz."

Sie holte aus, um mit den Armen anzudeuten, wie gut ihr Vermieter gebaut war. Dabei traf ihre rechte Hand allerdings die Nase der Frau von Dr. Dr. . Zum Glück nur ein bisschen. Die Gattin stieß ein kurzes „Autsch" aus, dann war sie wieder still – wie den ganzen Abend über. Dass sie eigentlich

Physiotherapeutin war, hatte Sandra von ihrem Mann erfahren. Auch, dass die beiden Campingurlaub liebten und mit ihrem Wohnwagen an diesem See mit „W“ standen, dessen Namen sie sich nicht hatte merken können.
Dr. Dr. lachte wieder sein lustiges Lachen.
„Mensch Mädchen, hier gibt es sieben Seen und gut gebaute Kerle, die nicht viel reden, gibt es noch viel mehr. Hast du keine Adresse?“
Sandra dachte wieder nach. Warum war ihr bisher noch nicht aufgefallen, wie anstrengend das sein konnte? Ihr fiel immerhin ein, dass sie ihre Handtasche dabei hatte. Da musste noch der Vertrag drin sein. Sie öffnete die Tasche, fingerte darin herum und da war tatsächlich etwas, dass sich wie Papier anfühlte. Sie übergab den Zettel sofort Halbglatze Jürgen, der kurz seine Marion losließ, um ihn auseinanderzufalten. Marion wankte bedenklich. Wahrscheinlich war sie es nicht gewohnt, ohne seine Unterstützung zu stehen. Gut, dass sie sich gerade direkt unter einer Straßenlaterne befanden, sonst wäre es unmöglich gewesen, etwas auf dem Blatt zu erkennen.
„Das ist die Rechnung für ein Paar Schuhe“, stellte Halbglatze Jürgen fachmännisch fest und pfiff durch die Zähne, „400 Euro. Nicht schlecht.“
Sandra fingerte erneut in ihrer Tasche. Kurz darauf zog sie noch einen Zettel heraus. Jürgen ließ seine Marion, die er zwischenzeitlich wieder umarmt hatte, erneut los. Sie taumelte ein wenig, fiel aber nicht hin.
„Du bist bei Maik Schlicht untergebracht. Prima, das ist auch am Wurlsee. Da haben wir denselben Weg. Wir bringen dich hin.“
Genau. Jetzt fiel es Sandra wieder ein, der W-See hieß Wurlsee. Wie sollte man sich auch diesen Namen behalten. Wurl.... Um zu bestätigen, dass man das kaum ordentlich aussprechen konnte, versuchte sie es den ganzen Weg über immer wieder.

„Wurlsee, Wurl..., Wuuuuurrrlll, Wurrrrrlllll...."
Dr. Dr. Halbglatze schien nicht besonders traurig darüber zu sein, sich von Sandra verabschieden zu müssen, als sie endlich vor ihrer Ferienwohnung standen. Es dauerte jedoch noch ein Weilchen, bis sie ihren Schlüssel gefunden hatte. Ganz Gentleman, wartete er solange, bis sie aufgeschlossen hatte. Da stand sie nun. Schließlich kam sie zu dem Schluss, es wäre wohl das Beste, einfach schlafen zu gehen. Merkwürdig, wie lang der Weg ins obere Stockwerk war. Viel länger, als sie ihn in Erinnerung hatte. Unendlich lang. Sie musste zwischendrin sogar kleine Pausen einlegen. Oben angekommen, ließ sie sich sofort aufs Bett fallen. ‚Die Bratkartoffeln waren gut', dachte sie noch ‚und die Band, die war auch klasse. Wie hieß die gleich?' Sie hatte keine Chance mehr, sich an den Namen der Gruppe zu erinnern, denn in diesem Moment schlief sie ein.

4.

„Die Tür ist offen", stellte Maik fest, „sie scheint auf der Terrasse zu sein."
Er stieß die Tür zur Ferienwohnung etwas weiter auf und rief: „Frau Schalenbach – sind Sie hier?"
Als keine Reaktion kam, drehte er sich zu seinem Begleiter um.
„Sie ist nicht da. Kannst in Ruhe den Boiler reparieren."
Zwei Stufen auf einmal nehmend, stürmten die beiden Männer nach oben. Aus den Augenwinkeln nahm Maik dabei die kaputte Vase zur Kenntnis, die neben dem Mülleimer lag und überlegte, wie viel er der Designerbeutenfrau für das alte Ding berechnen konnte. Hundert Euro sollten drin sein. Während sein Kumpel das Werkzeug auspackte und sich an die Reparatur des Warmwassergerätes machte,

schaute sich Maik in der Ferienwohnung um. Am Treppenabsatz lag ein Paar Sandalen und eine offene Handtasche baumelte am Stützpfosten des Geländers. Geldbörse, Autoschlüssel und einige Papiere lugten übermütig hervor. Angst vor Einbrechern schien die Managertussi jedenfalls nicht zu haben. Maik schien es sicherer, die Tasche in den Schrank zu legen. Bevor etwas wegkam und er haftbar gemacht würde. Im Besenschrank war sie wohl am besten aufgehoben. Dort würde ein vorbeikommender Dieb bestimmt nicht nach Wertgegenständen suchen. Schließlich gesellte er sich zurück zu seinem Kumpel, wartete in der Badezimmertür auf dessen Diagnose.

„Nicht so einfach“, murmelte Andreas, während er an dem Gerät herumschraubte, „muss ein Ersatzteil besorgen, improvisieren. Mal sehen, ob es erst einmal so geht.“

Er wollte gerade zu einer Erklärung ansetzen, als sie eine aufgeregte Frauenstimme vernahmen.

„Kommen Sie schnell“, hörten sie sie laut flüsternd sagen, „dann können Sie die Einbrecher noch auf frischer Tat ertappen.“

Und nach einer kurzen Pause, „Ja, ich bleibe hier im Zimmer.“

Maik schaute erstaunt seinen Freund an.

„Sie hat die Wände hier überschätzt.“

„Vielleicht solltest du mal rübergehen“, erwiderte dieser, „sonst steht gleich der Günter Lustig mit gezogener Pistole vor uns.“

Die Hände lässig in den Jeanstaschen, machte Maik die zwei Schritte zum Nebenzimmer und wollte gerade anklopfen, als die Tür aufgerissen und ihm etwas in die Augen gesprüht wurde. Stechende Schmerzen, so heftig wie er sie noch nie gespürt hatte, setzten ihn mit sofortiger Wirkung außer Gefecht. Er hörte noch, wie die Designerbeutenfrau „Oh, nein, das wollte ich nicht“, rief und nahm verschwommen wahr, dass sie sich neben ihn auf den Boden kniete.

Dann war er so mit sich selbst beschäftigt, dass alles andere belanglos wurde. Brennen, tränen, jucken. Er wusste nicht, was schlimmer war. Den Polizeieinsatz nahm er ebenso verschwommen wahr wie die fürsorglichen Wiedergutmachungsversuche des Feriengastes und die beruhigende Stimme seiner Mutter. Irgendwann tauchte ein Arzt auf. Sehen konnte er immer noch nichts – aber hören. Es war Dr. Muckwitz, der Kinderarzt. Seine ruhige, sonore Stimme stach aus dem Geräuschwirrwarr um ihn hervor.
„Daran stirbt er nicht", hörte Maik ihn sagen, während Dr. Muckwitz ihn zuerst mit irgendetwas verarztete, das sich wie Öl anfühlte. Anschließend stank es nach Alkohol. Der Arzt brachte ihn auch noch dazu, sich mit Wasser und Seife in einer Schüssel die Augen auszuwaschen. Dann war Muckwitz wieder fort. Die ganze Zeit hockte Maik im dunklen Flur der Ferienwohnung. Schließlich wurde es still um ihn. Endlich waren alle weg – bis auf diese überdrehte Stadttussi, die ihn so zugerichtet hatte. Pfefferspray! In Lychen! Was dachte die denn, in welchem Ort des Schreckens sie hier Urlaub machte? Die war doch völlig bescheuert. Wenigstens hielt sie jetzt die Klappe. Sie hatte sich wohl auf eine Treppenstufe gesetzt. Als er die Augen wieder öffnen konnte, saß sie immer noch bei ihm.
„Besser?", fragte sie besorgt.
Langsam rappelte Maik sich hoch. Wortlos taumelte er an ihr vorbei die Treppe hinab und verließ das Haus. Kaum draußen, war sie schon wieder neben ihm, griff nach seinem Arm, um ihn zu stützen. Er schüttelte sie ab.
„Lassen Sie mich in Ruhe."
Sie wich nicht von seiner Seite.
„Entschuldigung. Sonst bin ich nicht allein unterwegs – ich hatte einfach Angst, als ich hörte, dass jemand direkt vor meiner Tür steht."
„Sie hätten nicht sofort zum Angriff übergehen dürfen ohne nachzusehen", erwiderte Maik ruppig. Am liebsten hätte er

diese Frau rausgeworfen. Aber trotz seiner Schmerzen war ihm nur allzu klar, dass er das Geld für die Vermietung der Wohnung dringend brauchte.
„Sie hätten nicht unangemeldet in aller Herrgottsfrühe einfach in die Ferienwohnung kommen dürfen", verteidigte sie sich.
„Herrgottsfrühe?", blaffte er sie an, „Es war neun Uhr am Vormittag."
„Nein, es war neun Uhr morgens! Und ich habe noch geschlafen. Ich bin im Urlaub. Schon vergessen? Außerdem schleicht man sich nicht einfach so ins Haus, nur weil man einen Zweitschüssel hat."
„Die Tür stand offen. Das kann mein Freund bezeugen."
Erstaunt blieb seine Peinigerin stehen.
„Freund? Welcher Freund? Da war niemand außer Ihnen. Und die Haustür war zu. Warum geben Sie nicht zu, dass Sie Ihren Ersatzschlüssel benutzt haben?"
In Maiks Kopf schwirrte es durcheinander. Sollte sich Andreas einfach aus dem Staub gemacht haben? Doch wie war er rausgekommen? Und vor allem: Warum war er einfach getürmt?
„Wahrscheinlich haben Sie ihn in die Flucht geschlagen mit Ihrer Attacke. Er hat das Warmwassergerät repariert."
Ihr Tonfall schlug um, wurde ironisch.
„Dann müsste es jetzt ja funktionieren. Tut es aber nicht. Sonst hätten Sie sich die Augen mit warmem Wasser auswaschen können."
Mittlerweile waren sie an seiner Haustür angekommen. Maik registrierte erstaunt, dass die eben noch kleinlaute Stadtmaus wieder Oberwasser zu bekommen schien. Beinahe anklagend stellte sie fest:
„Schwarzarbeit, was? Mal wieder Vater Staat ein Schnippchen geschlagen? Reicht ja auch, wenn andere Steuern zahlen, die blöd genug sind, sich an Gesetze zu halten. Kein Wunder, dass Ihr Kumpel nicht gesehen werden wollte."

Maik ahnte, dass diese These durchaus im Bereich des Möglichen angesiedelt war.
„Pah – Schwarzarbeit“, erwiderte er trotzdem, „hier auf dem Land hilft man sich eben noch gegenseitig.“
„Ja, klar. Und natürlich völlig ohne Gegenleistung. Hier leben ja nur uneigennützige Gutmenschen.“
Ihr Sarkasmus ging ihm ebenso auf die Nerven, wie die Schmerzen und seine tränenden Augen. Mit einer raschen Geste drückte er die Klinke hinunter und öffnete die Tür. Bevor er im Haus verschwand, hörte er sie zum hundertsten Mal „Es tut mir leid“ sagen, dann war er endlich allein. Durchs Fenster beobachtete er, wie sie sich entfernte. Wie sah sie überhaupt aus: ihr Kleid war zerknittert, die Haare standen ihr wild zu Berge und barfuß war sie auch. Sollte sie im Kleid geschlafen haben? Solche Frauen blieben ihm einfach ein Rätsel. Allerdings gefiel sie ihm so deutlich besser, als überschminkt und zurechtgemacht wie bei ihrer Ankunft. Eigentlich konnte sie ihm egal sein. Diese ganze Person war ihm einfach nur lästig. Die nächsten drei Wochen würde er sie jedoch wohl ertragen müssen. Drei unter normalen Umständen schöne Sommerwochen lang. Er beobachtete, wie sie, als sie das kleine Ferienhäuschen erreicht hatte, noch einmal zurückschaute. Ihm schien, als wirke sie tatsächlich etwas unsicher. Maik befeuchtete zwei Lappen mit kaltem Wasser, warf sich auf sein Sofa und legte das kühle Nass auf seine schmerzenden Augen. Es tat gut. Er begann gerade, sich etwas zu entspannen, als es wild klopfte. Noch bevor er etwas tun konnte, wurde die Tür aufgerissen. Schon stand die Berlinerin an seiner Couch.
„Sorgen Sie sofort dafür, dass Ihr Kumpel hier erscheint oder ich rufe die Polizei“, herrschte sie ihn an.
Maik hatte nicht vor, dieser hysterischen Person noch mehr Lebenszeit zu opfern. Die war ja völlig überdreht.
„Ich werde gar nichts tun“, erwiderte er leise, die Augen nur einen Spalt breit geöffnet, „aber Sie werden jetzt auf

der Stelle mein Haus verlassen. Sonst rufe ich wegen Hausfriedensbruch höchstpersönlich die Polizei. Sie können die Schwarzarbeit sowieso nicht beweisen."
„Schwarzarbeit?", schrie sie, „Viel schlimmer. Meine Handtasche ist weg – mit allen Papieren, Geld, EC-Karten. Und außer Ihrem getürmten Kumpel, Ihnen, Ihrer Mutter und dem Arzt war keiner im Haus."
Er zwang sich, weiterhin ruhig zu bleiben. Die Schmerzen in Kopf und Augen halfen ihm dabei. War ja klar, dass diese Art Frauenzimmer sofort an Diebstahl dachte. Besitz war alles, was sie interessierte und sie schien ja auch eine Menge davon zu haben. Aber Besitz machte eben auch misstrauisch.
„Oh – da bin ich aber froh, dass Sie ihn und nicht mich verdächtigen", entgegnete Maik so ruhig es ihm möglich war, „aber ich kann Sie beruhigen. Ihre Tasche befindet sich im Besenschrank."
Die Augen noch immer geschlossen, hörte er sie tief Luft holen. Er beschloss, eine Erklärung hinterherzuschicken, um einer erneuten verbalen Attacke zuvorzukommen.
„Als wir kamen, stand die Haustür offen und die Tasche baumelte am Geländer. Ich habe sie weggeräumt, weil ich dachte, Sie wären schwimmen gegangen und wenn nun ein Dieb vorbeigekommen wäre...."
Weiter kam er nicht. Das nächste, was er hörte, war das laute Zuschlagen seiner Haustür. Dann war es endlich wieder still um ihn. Maik stand auf und verriegelte die Tür.

5.

Sandras Kopf dröhnte. Am liebsten hätte sie sich noch etwas ins Bett gelegt und ausgeruht. Doch sie war gleichzeitig so aufgewühlt, dass sie wohl doch nicht würde schlafen können. Nachdem sie ihre Tasche aus dem Besenschrank gezogen und kurz auf Verluste untersucht hatte, stand sie unschlüssig in der Küche. Mit einem Mal bemerkte sie, dass sie nicht nur sehr erschöpft, sondern vor allem hungrig war. Sie fluchte, als ihr bewusst wurde, dass sie gestern Abend vergessen hatte, einkaufen zu gehen. Und am Sonntag würde hier sicher kein Laden geöffnet haben. Was nützte es ihr, die volle Geldbörse wiederzuhaben, wenn die Geschäfte geschlossen waren? In einer Schale, die auf dem Küchentisch stand, lagen drei Äpfel. Sie griff nach einem, wusch ihn ab und biss hinein. Köstlich. Kauend und immer noch unschlüssig, was sie nun tun sollte, schlenderte sie in der Ferienwohnung umher, dachte an den verkorksten Morgen. Dieser Vermieter – wie hieß er gleich – ach ja, Maik – der war einfach unmöglich. Was bildete er sich ein, zu behaupten, die Tür wäre offen gewesen! Sie konnte niemals einschlafen, wenn nicht richtig abgeschlossen war. Und dann hatte er auch noch einfach aufgeschlossen und war ins Haus spaziert – völlig klar, dass sie denken musste, er wäre ein Einbrecher. Bei ihrem Rundgang kam Sandra schließlich am Flurspiegel vorbei und erschrak. Die Schminke von gestern war zum Teil verwischt. Ihre Frisur verdiente diese Bezeichnung nicht mehr und ihr Kleid war völlig zerknautscht. Sie schüttelte den Kopf. Alle hatten sie so gesehen: Dieser Maik, dessen Mutter, der Arzt … . Schnell ging sie nach oben ins Bad, griff sich die Haarbürste und versuchte, ihre Frisur in einen ansehnlicheren Zustand zu versetzen. Noch bevor sie damit fertig war, blieb ihr Blick am Fenster hängen. Draußen war schönstes Wetter. Der See erstreckte sich blau und einladend vor ihren Augen. Mit einem Mal wusste sie, was sie als Nächstes tun würde. Schnurstracks lief sie ins Schlafzimmer, riss sich das Kleid vom Leib und wusch sich das Gesicht. Schon hatte sie den Bikini in der Hand, als das Handy klingelte. Wieder Henri – der Chef. Den Bikini in der einen und das Telefon in der anderen Hand, ging sie ran.

„Sandra – schön, dass ich Dich erreiche“, flötete er freundlich, „Der Marketingchef von der Tabakfirma hat sich gemeldet. Er will die Präsentation eine Woche früher. Kriegst du das hin? Hast du die Unterlagen dabei?“
Sie überlegte kurz. Den Rechner hatte sie natürlich eingepackt – wie jedes Mal, wenn sie Urlaub machte. Aber die Fertigstellung der Präsentation würde einige Zeit in Anspruch nehmen. Henri spürte ihre Zurückhaltung und versuchte es mit Manipulation:
„Du weißt doch, wie wichtig der Auftrag für die Agentur ist. Es ist unser größter derzeit. Und du wolltest die Aufgabe unbedingt übernehmen...“
Er kam nicht weiter, Sandra gab ihm zu verstehen, dass sie es irgendwie hinbekommen würde. Nicht gerade von der Vorstellung begeistert, im Urlaub arbeiten zu müssen, legte sie das Handy beiseite, schlüpfte in den Bikini und griff sich ein Handtuch. Kurz darauf stand sie endlich am See. Von der Terrasse der Ferienwohnung nebenan, die durch eine kleine Hecke abgetrennt war, hörte sie leise Stimmen. Es waren also noch weitere Feriengäste da. Schnell lief sie die wenigen Meter zum Ufer, legte ihr Handtuch auf dem Steg ab und stieg über das kleine, seitlich am Steg angebrachte Treppchen hinein. Als sie bis zu den Knien drin war, hielt sie inne. Das Wasser war nicht nur kalt, es war eisig. Und das mitten im Sommer. Nur kurz tauchten Erinnerungen an exotische Strände und Meerestemperaturen auf. Laurenz hätte wahrscheinlich geflucht, wenn er hier gewesen wäre. War er aber nicht! Angesichts der Wassertemperatur war sie einmal mehr froh, sich nicht seine ständigen Beschwerden anhören zu müssen. Unentschlossen, ob sie auf das Bad verzichten sollte, schaute sie auf die kleinen Wellen, die ihre Beine umspülten. Obwohl der See an dieser Stelle schon recht tief zu sein schien, konnte Sandra bis zum Grund schauen. Kleine Fische zischten arglos vorbei. Noch immer zögerte sie, während sie spürte, wie ihre unteren

Gliedmaßen zu schmerzen begannen. Ihr war klar, dass sie sich entscheiden musste, ob sie ins Wasser gehen sollte oder nicht. Der See lockte. Doch konnte sie sich überwinden, sich ihm auch anzuvertrauen?
„Das Schwerste im Leben ist nicht die Tat, sondern der Entschluss", hörte sie eine tiefe Stimme sagen. Ein schlanker älterer Herr mit schütterem, grauem Haar, ausgeprägten Lachfältchen und spitzbübischem Grinsen, war auf den Steg gekommen. „Ganz schön kalt, was?"
Sandra nickte. „Viel kälter, als ich gedacht habe."
„Man gewöhnt sich dran", erwiderte der Grauhaarige, streifte sich die Shorts ab, unter denen er eine etwas altmodische karierte Badehose trug, trat ans Ende des Stegs und sprang mit einem überaus gekonnt ausgeführten Kopfsprung ins Wasser. Als er wieder auftauchte, winkte er ihr zu.
„Nur Mut."
Dann schwamm er zügig hinaus. Sandra hatte den Eindruck, ihre Beine würden langsam absterben und wäre am liebsten wieder zurückgegangen. Nachdem der ältere Herr – ohne sich abzukühlen – einfach in den See gehopst war, stand diese Option jedoch nicht mehr zur Verfügung. Die Situation war jetzt schon peinlich, wie sie da noch immer bibbernd auf der Leiter verharrte. Sie biss die Zähne zusammen. So schnell gab sie nicht auf. Langsam ließ sie sich ins Wasser gleiten. Warum nur hatte sie den Bikini und nicht den Badeanzug gewählt? Was für eine Kälte! Als sie endlich bis zum Bauch im See war, stieß sie sich ab und schwamm mit kräftigen, schnellen Zügen los, um ihren Körper zu erwärmen. Der ältere Herr hatte Recht. Schon nach ein paar Stößen gewöhnte man sich an die Temperatur. Das Kältegefühl ließ nach. Es begann, ihr Spaß zu machen. Sie vergaß den Streit mit Laurenz, das Telefonat mit dem Chef. Vielleicht könnte Kristin schon ein paar Vorarbeiten erledigen, dann würde sie vielleicht vier bis sechs Stunden benötigen. Also jetzt an etwas Anderes denken.

Eine Schar großer schwarzer Vögel kreiste über dem See, ein Entenpaar mit Jungtieren glitt vorüber und in einiger Entfernung entdeckte sie einen Haubentaucher, der erfolgreich Jagd gemacht hatte. Im Schnabel trug er einen kleinen Fisch. In der Mitte des Sees nahm sie drei Kanus wahr. Auch ein Tretboot konnte sie ausmachen. Kaum war sie aus der kleinen Bucht heraus geschwommen, tat sich vor ihr der See in seiner ganzen Pracht und Ausdehnung auf. Er war viel größer, als sie vermutet hatte. Am anderen Ende schien ein Badestrand zu sein. Sie hörte Kindergeschrei über das Wasser schallen und sah einen kleinen Sandstrand schimmern. Wo war denn nur der ältere Herr geblieben? Suchend sah sie sich um. Schließlich entdeckte sie ihn mindestens 50 Meter vor sich. Mit einem Mal geschah etwas Erstaunliches mit ihr: Sie wurde ruhiger, begann, die Stille um sich herum wahrzunehmen und zu genießen. Auf den Rücken gedreht, ließ sich Sandra ein wenig treiben und blinzelte in den fast wolkenlosen Himmel. Erst, als sie zu frösteln begann, schwamm sie weiter. Von dem älteren Herrn war nun gar nichts mehr zu sehen. Vielleicht war er umgekehrt. Sandra machte sich erst auf den Rückweg, als das Knurren ihres Magen unüberhörbar wurde. Sie nahm sich vor, zunächst die beiden verbliebenen Äpfel zu essen und sich dann im Ort nach einem Restaurant umzusehen. Vielleicht hatte nachmittags doch ein Bäcker geöffnet oder ein Café. Irgendwie würde sie den Sonntag schon herumbekommen. Bester Laune näherte sie sich dem Ufer. Als sie es fast schon erreicht hatte, sprang plötzlich ein großer weißer Hund auf den Steg. Sie erschrak. Der Vierbeiner fixierte sie schwanzwedelnd. In der Stadt konnte sie ihre Angst vor des Menschen bestem Freund ganz gut verbergen. Sie wechselte einfach die Straßenseite. Dieses Exemplar hier lief jedoch frei herum und war so groß, dass sie sich nicht traute, aus dem Wasser zu steigen. Was sollte sie tun? Weit und breit war keine Menschenseele zu entdecken. Wem gehörte das Vieh nur? Auf der Stelle mit den Armen rudernd, wartete sie – den Steg direkt vor Augen. Was, wenn er die Frechheit besäße, in den See zu springen? Manche dieser Exemplare konnten wohl verdammt gut schwimmen. Eine gewisse Panik stieg in Sandra auf. Der Hund schien ihr Verhalten als Aufforderung zu verstehen oder ihre Anwesenheit machte ihn einfach nur neugierig. Jedenfalls setzte er sich in Bewegung, tapste bis zum äußersten Ende des Stegs, wedelte mit dem Schwanz und bellte zweimal. Jetzt wagte Sandra es erst recht nicht mehr, herauszukommen. Leichte Panik ergriff sie. Sie sah sich schon schwimmend auf der Flucht vor dem weißen Ungetüm. Mit den Augen das Ufer absuchend, hoffte sie darauf, woanders an Land gehen zu können. Aber überall stand entweder Schilf oder dichte Seerosenteppiche verhinderten ein Durchkommen. Allen Mut zusammennehmend, schwamm sie nun doch an den Steg heran, griff nach dem metallenen Geländer und zog sich etwas nach oben. Der große Weiße schaute zunächst interessiert, dann kam er auf sie zu. Um ihn zu vertreiben, verpasste sie ihm eine Wasserdusche. Noch bevor das Tier so richtig verstanden hatte, was geschehen war, schwappte sie ihm die nächste Ladung Seewasser auf die Schnauze. Der Vierbeiner schüttelte sich kräftig. Irritiert trat das Tier zunächst einen Schritt zurück. Doch dann überwog seine Neugier – er kam wieder. Irgendwie sah er aus, als frage er sich, ob diese Menschenfrau mit ihm spielen wollte. Sandra deutete sein Verhalten jedoch als Dummheit.

„Verschwinde, du Köter", schrie sie ihn an und spritzte wieder mit Seewasser. Dem so Titulierten schien nun klar zu werden, dass es sich nicht um die Aufforderung zum Spiel, sondern um einen Angriff handelte. Knurrend und bellend lief er auf dem Steg hin und her. Jetzt wirkte er noch bedrohlicher. Natürlich war auch Sandra in diesem Moment klar, dass die von ihr gewählte Taktik nicht zielführend gewesen war. Mit einer Hand am Steg hängend, wusste sie nicht, was sie nun noch hätte tun können. Ihre untere Körperhälfte schien ob der Kälte langsam taub zu werden. Wollte sie sich nicht erkälten, blieb ihr nichts anderes übrig, als erneut eine kleine Runde zu schwimmen. Sie hoffte, der Hund würde zwischenzeitlich das Weite suchen. Tatsächlich hörte er auf zu bellen, als sie sich entfernte. Weitere zehn Minuten später versuchte sie noch einmal, zurück ans Ufer zu kommen. Schon von weitem sah sie, dass der Köter es sich auf dem Steg bequem gemacht hatte. Lag da in der Sonne, den Kopf auf die Vorderpfoten gestützt. Ob er auf sie wartete? Wie wurde sie dieses blöde Vieh nur los? Wo war überhaupt der Besitzer? Als sie näher kam, sprang der Hund auf und bellte ihr aufgeregt entgegen. Irgendwo musste doch ein dazugehöriger Zweibeiner sein. Sie versuchte es mit Rufen.

„Haaaaaallooo – könnten Sie bitte Ihren Hund an die Leine nehmen?"

Aber es war niemand zu sehen. Nur dieses wie verrückt bellende Tier, das nun wieder aufgeregt hin und her lief. Sie versuchte es noch lauter als zuvor. Irgendwer musste sie doch hören. Leider geschah nichts. Also zurück in den See. Dann kam ihr eine andere Idee. Im Wasser trieb ein kleines Ästchen. Sie nahm es, schwamm zum Steg und versuchte zunächst, mit ein paar Worten den Hund zu beruhigen. Zumindest gelang es ihr, seine Neugier zu wecken. Er hörte kurz auf zu bellen und sah sie an, den Kopf dabei zur Seite gelegt.

„Hol' das Stöckchen", rief sie dann laut und warf das kleine Reisig über ihn hinweg auf den Bootssteg. Doch ihre heftige Bewegung brachte den Hund noch mehr auf. Er bellte wieder, zwischendrin knurrte er sie an. Das Stöckchen beachtete er überhaupt nicht. Sandra war der Verzweiflung nahe, als plötzlich ein strenger Pfiff ertönte. Der Vierbeiner drehte sofort ab und rannte fort. Da die Wiese vom Wasser aus wegen einer Vielzahl von kleinen Büschen nicht richtig

einsehbar war, musste sie sich auf das Wagnis einlassen, herauszukommen ohne zu wissen, wo sich das Tier nun befand. War der Hund jetzt angeleint oder lief er noch frei herum? Mit zitternden Knien kam sie an Land. Kaum war sie draußen, schaute sie sich zaghaft um. In diesem Moment hechtete der weiße Riese erneut auf sie zu. Erschreckt drehte sie ab und wollte wieder in den See springen, als ein erneuter Pfiff den Vierbeiner auf der Stelle kehrt machen ließ. Schnell griff sie nach dem Handtuch und trat auf die Wiese. Sie wollte sich mit einem kurzen Spurt in die Ferienwohnung retten, als sie sah, dass ihr Vermieter das Tier fest am Halsband gegriffen hatte. Maiks Augen sahen schlimm aus – dick, rot und noch immer tränennass.
„Ganz ruhig, Brutus “, sagte er leise und streichelte dem Ungeheuer über den Kopf.
Sandra wunderte sich nicht im Mindesten darüber, dass jenes vierbeinige Monster diesem Maik gehörte.
„Bitte halten Sie Ihre Bestie fest, bis ich im Haus bin“, stieß sie hervor, und so schnell dies halbwegs würdevoll möglich war, lief sie an Hund und Herrchen vorbei.
„Das ist nicht meiner“, hörte sie Maik noch hinter sich sagen, „der gehört Ihren Nachbarn. Wie haben Sie ihn dazu gebracht, sich so aufzuführen? Und überhaupt: Wo hatten Sie denn Ihr Pfefferspray?“
Sie hörte die Herablassung – nein, den Spott in seiner Stimme. Am liebsten hätte sie diesem ungehobelten Klotz eine passende Antwort entgegen geschleudert, aber sie plagte noch immer ein schlechtes Gewissen. Und jetzt wollte sie vor allem eines: in Sicherheit kommen. Kaum hatte sie die Tür der Ferienwohnung hinter sich zugeworfen, ärgerte sie sich wieder einmal über sich selbst. Diese blöde Angst vor Hunden. Eigentlich war sie kein ängstlicher Typ. Im Gegenteil. Sie sprach auf Kongressen vor hunderten Teilnehmern, fuhr gern mit rasanter Geschwindigkeit Auto, ging allein im Dunkeln durch die Stadt und war sogar schon einmal

Fallschirm gesprungen. Ihre panische Angst vor Hunden war ein gut gehütetes Geheimnis, von dem außer Laurenz kaum jemand etwas wusste. Ausgerechnet dieser arrogante Brandenburger Depp kannte jetzt ihre Schwachstelle. Wahrscheinlich erzählte er bereits im Ort herum, dass bei ihm eine Großstadtpflanze wohnte, die vor niedlichen Hunden wegrannte. In ihren Bademantel gewickelt, ließ sich Sandra erschöpft aufs Sofa fallen. Am liebsten hätte sie ihre Sachen gepackt und wäre abgereist. Aber diese Genugtuung gönnte sie weder Laurenz noch diesem furchtbaren Vermieter. Neben ihrem Ärger gab es nur eines, dass sie ähnlich stark beschäftigte: Hunger. Die beiden verbliebenen Äpfel verschafften etwas Linderung, aber lange würde sich ihr Magen damit sicher nicht zufrieden geben. Noch immer barfuß, trat sie ans Fenster. War das Tier fort? Jedenfalls war es nicht zu sehen. Trotzdem wagte sie sich nicht auf die Terrasse. So ein Hund konnte wie aus dem Nichts plötzlich angerannt kommen. Sie würde mit ihren Nachbarn reden müssen, wollte sie den Rest des Urlaubs nicht im Haus verbringen. Nachdem Sandra ihre Haare geföhnt, sich geschminkt und angezogen hatte, griff sie nach ihrer Handtasche. Vorsichtig öffnete sie die Tür einen kleinen Spalt und spähte hinaus. Kein Hund zu sehen. Um notfalls einen Sprint einlegen zu können, hatte sie sich Jeans und Turnschuhe angezogen. Schnell überquerte sie den Platz vor dem Haus und rannte zur Hoftür. Zum Glück war diese heute zu. Erst, als sie das Tor zwischen sich und dem vermeintlichen Angreifer gebrachte hatte, kam so etwas wie ein Gefühl von Sicherheit zurück. Wider Erwarten musste sie nicht lange suchen, um ihren Hunger zu stillen. Sie hatte die Ortsmitte mit dem Marktplatz noch nicht erreicht, als ihr ein mit Hand beschriebener Aufsteller auffiel, auf dem „Mühlencafé“ stand. Ein Pfeil wies in die kleine Seitenstraße. Sie folgte dem Hinweis und stand nach einigen Metern vor einem Gartentor. In einem lang gestreckten, großen,

historisch anmutenden Backsteingebäude befand sich ein zweigeschossiges Gasthaus. Zum Café ging es nach oben. In der unteren Etage hing ein Schild mit der Aufschrift „Mühlenwirtschaft".
Sandra stieg die Stufen hinauf – nicht ohne bewundernd das alte Gemäuer zu betrachten. Dieses Gebäude musste wirklich alt sein. Ob es tatsächlich einmal eine Mühle gewesen war? Jedenfalls floss ein Flüsschen darunter hindurch. Der Gastraum war wunderschön gestaltet. Eine gelungene Kombination aus altem Ambiente und modernem Landhausstil. Eine Speisekarte gab es nicht, aber an einer Tafel, die an der Wand hing, fand sie das Angebot und die Preise. Und erst die Kuchentheke – lauter Köstlichkeiten. Kuchen und Torten sahen richtig lecker und selbstgemacht aus. Nicht das Bäcker-Einerlei, was es sonst so gab. Und dann sah sie ihn – den ultimativen Apfelkuchen, der genauso ausschaute wie der, den Oma immer gebacken hatte. Sandra lief das Wasser im Mund zusammen. Apfelkuchen gab es oft bei ihrer Großmutter. Leider war sie schon vor längerer Zeit gestorben. Erwartungsvoll nahm Sandra an einem der Tische Platz. Eine freundliche Frau mit großen, lustig hin- und her schaukelnden Ohrringen eilte herbei. Es kam Sandra so vor, als würde die Bedienung sie etwas komisch anschauen, aber diesen Gedanken verdrängte sie schnell. Wenige Minuten später aß sie genussvoll den Kuchen. Er schmeckte wirklich fast wie der bei Oma – nach Zimt und nach Kindheit. Er erinnerte sie an die Nachmittage im Kleingarten ihrer Großmutter. Das einfache kleine Gartenhäuschen mit den alten Möbeln, zwei Apfelbäume, süße Kirschen, Himbeeren – Omas Garten war ein Naschparadies. Ihre Erdbeeren mit Sahne – unbeschreiblich. Süße Wehmut zauberte ihr ein Lächeln ins Gesicht zurück. Der blaue Himmel und die Tatsache, dass sie nicht ins Büro musste, taten ein Übriges. Endlich entspannte sie sich und vergaß, dass sie vor einer Stunde am liebsten abgereist

wäre. Eine Frau mit frechem Kurzhaarschnitt durchquerte dynamischen Schrittes den Gastraum. Die Kellnerin fragte sie etwas. Es schien sich um die Chefin zu handeln. Die Frau kam ihr bekannt vor. Trotz Grübelns wollte ihr einfach nicht einfallen, wo sie sie schon einmal getroffen haben konnte. Voller Zuversicht überlegte Sandra schließlich, wie sie den restlichen Tag gestalten könnte. Als sie sich den letzten Bissen des köstlichen Kuchens in den Mund geschoben hatte, stand plötzlich Dr. Dr. Halbglatze Schmidt, nebst Gattin Marion, vor ihr. Natürlich hatte er wieder fest den Arm um seine Frau gelegt. Sandra fragte sich ernsthaft, ob die Gattin die Stütze aus medizinischen Gründen benötigte. Da es keinen Sinn hatte zu fliehen, denn es gab hier augenscheinlich keinen Hinterausgang, ergab sich Sandra in ihr Schicksal.
„Dürfen wir näher kommen oder bist du noch bewaffnet?“, eröffnete Dr. Dr. die Unterhaltung. Marion lächelte gequält. Die Verblüffung musste Sandra ins Gesicht gestanden haben, denn Dr. Dr. lachte kehlig.
„Ist ein kleiner Ort“, ergänzte er, „solche Ereignisse machen schnell die Runde.“
„Der Apfelkuchen schmeckt lecker“, erwiderte Sandra und selbst Dr. Dr. Halbglatze Jürgen hatte kapiert, dass sie über die morgendlichen Ereignisse nicht sprechen wollte. Bevor ihr Gatte den jovialen Spruch, den er schon auf den Lippen hatte, aussprechen konnte, schaltete sich Marion ein: „Hört sich gut an. Ich nehme auch ein Stück.“
Marion konnte also sprechen. Sie konnte sogar lächeln. Und dieses Lächeln war alles andere als schüchtern. Verblüfft winkte Sandra der Kellnerin und bestellte zwei Portionen Apfelkuchen. Eine zweite für sich und eine für Marion. Dr. Dr. zog derweil unwillig die Augenbrauen zusammen und orderte Torte. Zwei Stunden, drei Tassen Kaffee und einen nicht enden wollenden Monolog von Halbglatze Jürgen über die Entfernung von Varizen später, hatte Sandra endlich eine Idee, wie sie die beiden loswerden konnte.

6.

Den Hund am Halsband fest im Griff, ging Maik zielstrebig über das Grundstück und zu der Ferienwohnung hinüber, in die das Ehepaar Jansen vor zwei Tagen erst eingezogen war. Noch immer brannten seine Augen. Er blinzelte, um sie nicht öffnen zu müssen. Am liebsten hätte er Brutus einfach wieder freigelassen. Aber mehr, weil er sich nicht wohl fühlte als dass er die Designerbeutenfrau ärgern wollte. Nachtragend zu sein, gehörte nicht zu seinen Charaktereigenschaften. Spätestens morgen, wenn der Schmerz hoffentlich vorbei war, würde er kein Wort mehr darüber verlieren. Und jetzt hielt er es für angebracht, den Jansens deutlich zu machen, dass sie ihren Hund nicht einfach so frei herumlaufen lassen konnten. Auch wenn er es der Managertussi gegenüber anders dargestellt hatte, es war leider nicht das erste Mal, dass sich Brutus daneben benommen hatte. Im letzten Jahr hatte er eine Mutter mit zwei Kindern so erschreckt, dass diese vorzeitig abreisen wollte. Eigentlich waren die Jansens erträgliche Gäste der Sorte Expeditionsleiter. Und der Hund ein freundlicher Kerl mit ausgeprägtem Spieltrieb. Jansens interessierten sich für alles, was die Lychener Landschaft betraf – von der Wassertiefe der einzelnen Seen bis zu neuen Fahrradwegen oder kommunalpolitischen Angelegenheiten. Immer, wenn sie ihm über den Weg liefen, hatten sie eine neue Frage im Gepäck, die auch er manchmal nur mittels Anruf bei einem der zuständigen Ämter beantworten konnte. Frau Jansen sah ihn schon mit Brutus an der provisorischen Leine kommen. Erschreckt schaute sie ihm entgegen. Scheinbar ahnte sie schon, dass etwas passiert sein musste.
„Hat er etwas ausgefressen?“, fragte sie auch sofort in ihrem sympathischen Hamburger Dialekt. Dabei schaute sie so bestürzt, dass es Maik schwerfiel, mit der nötigen Strenge aufzutreten.

„Er hat ihrer Nachbarin am Steg solche Angst eingejagt, dass sie sich nicht mehr aus dem Wasser traute. Wahrscheinlich wäre sie an Unterkühlung gestorben, wenn ich es nicht bemerkt hätte. Bitte geben Sie besser auf ihn acht. Er darf nicht frei auf dem Grundstück herumlaufen."
Frau Jansen wirkte geknickt.
„Ja. Ich weiß. Er muss entwischt sein, als mein Mann schwimmen ging. Ich habe es gar nicht bemerkt, weil ich im Haus telefoniert habe. Es tut mir wirklich schrecklich leid."
„Sagen Sie das am besten Ihrer Nachbarin."
Frau Jansen nickte betreten. Dann sah sie Maik genauer an. „Ist aber bannig nett von Ihnen, dass sie sich um die junge Frau so kümmern, obwohl sie Ihnen doch das Pfefferspray..."
„Es geht hier nicht nur um Frau Schalenbach", unterbrach Maik etwas ärgerlich, „sorgen Sie bitte dafür, dass Ihr Hund niemanden mehr bedroht."
Er verstand selbst nicht, warum er auf diesen freundlich gemeinten Satz so heftig reagierte. Jedenfalls kehrte er um und ging zurück zum Haus. Am liebsten hätte er sich wieder hingelegt. Seine Augen brannten, der Kopf schmerzte. Aber nun hatte sich Thomas angesagt – mit dem Ersatzteil für sein immer noch defektes Motorrad. Also nahm er eine Schmerztablette und schob die Maschine in den Hof.

Nachdem Thomas wieder fort war, öffnete sich das Tor erneut. Diesmal war es Andreas, der geflohene Klempner, der mit seinem Motorrad einfuhr. Ohne die Arbeit zu unterbrechen, beobachtete Maik aus den Augenwinkeln, wie er die Maschine abstellte. Maik schaute nicht einmal hoch, als Andreas langsam näher kam.
„Hey", grüßte der Freund.
„Hallo".
Danach herrschte Stille. Maik tat so, als schraube er verbissen an seinem Motorrad herum, obwohl er das Ersatzteil

längst eingebaut hatte. Andreas bohrte derweil mit der Schuhspitze Löcher in den Kiesboden. Er kannte Maiks Einstellungen nur zu gut. Einen Kumpel im Stich lassen war schlicht unvorstellbar – eine Form von Verrat.
„Mein Chef macht Stress, wenn ich nebenbei arbeite", sagte er nach einer Weile, „deshalb habe ich mich lieber verdrückt".
Maik antwortete noch immer nicht. Er sortierte beflissen sein Werkzeug und reihte alle Teile fein säuberlich nebeneinander auf. Andreas bohrte weiter Löcher in den Boden. Wenn Maik Zeit brauchte, um zu überlegen, bekam er sie. Auch wenn er noch zwei Stunden auf die Antwort warten musste. Einige Minuten verstrichen auf diese Weise.
„Wie bist du überhaupt rausgekommen?", eröffnete Maik endlich das Gespräch.
„Bin sofort abgehauen, als du im Flur zusammengebrochen bist und sie sich um dich gekümmert hat."
„Feiner Freund."
„Mann – ich brauche den Job!"
„Ist bekannt."
Maik wusste, dass Andreas das regelmäßige Einkommen dringend benötigte. Immerhin hatte er drei Kinder.
„Echt hübsch, die Kleine", unterbrach Andreas Maiks Gedanken, „die hat richtig Feuer."
Es dauerte einen Moment, bis Maik verstanden hatte, von wem sein Kumpel gerade sprach.
„Ist mir egal, wie die aussieht", entgegnete er barsch, „und dir sollte es erst recht egal sein."
Andreas hob abwehrend die Hände.
„Ich mein' ja nur".
Der Kumpel wollte sich auf den Heimweg machen. Doch Maik ließ ihn nicht gehen, bevor er zusagte, die morgendliche Arbeit sofort zu Ende zu bringen. Andreas stimmte seufzend zu, blickte aber etwas besorgt in Richtung der Ferienwohnung.

„Diesmal ist sie wirklich weg", beruhigte ihn Maik, während er die Tür zur Ferienwohnung aufschloss. Dreißig Minuten später tauchte ein sichtlich erleichterter Kumpel wieder auf. Er hatte eine vorläufige Lösung gefunden. Es kam warmes Wasser – die Frage war nur, wie lange. Das Ersatzteil hatte er bestellt , aber es war noch nicht da. Maik war gerade dabei, auszuprobieren, ob sein Motorrad wieder funktionierte. Sein Gesicht erhellte sich, als er das gleichmäßige leise Röhren des Motors wahrnahm.
„Na bitte – sie läuft wieder. Drehen wir 'ne Runde?", fragte er versöhnlich.
Andreas schaute etwas sehnsüchtig zuerst auf ihrer beider Motorräder, dann auf die Uhr, bevor er den Kopf schüttelte. „Geht nicht, muss heim."
So fuhr Maik allein los. Er genoss die Fahrt durch die Umgebung – vorbei an jenen alten Häusern, die schon renoviert und frisch angestrichen worden waren und an denen, die seit der Wende noch keine Farbe gesehen hatten. Letztere erfüllten aus seiner Sicht eine durchaus wichtige Funktion – es waren stumme Zeugen einer versunkenen Welt. Mahnmale, die an das erinnerten, was sie hinter sich gelassen hatten. Für ihn symbolisierte das alte System vor allem Zwang und Unfreiheit. Seine Heimat war im alten System heruntergewirtschaftet worden und drohte nun, endgültig vor die Hunde zu gehen. Alles war anders und trotzdem brach vieles zusammen. Die Jungen waren längst fortgezogen und die, die hier blieben, hielten sich gerade so über Wasser. In den Ferien kamen die Weggezogenen heim, stürzten sich in einen der Seen und erzählten den Daheimgebliebenen von ihrem Leben, als befänden sie sich im Exil. Vor acht Jahren wäre auch er fast gegangen. Ein phänomenales Angebot vom Bodensee hatte ihn damals über Wochen gedanklich hin- und hergerissen. Privat-Schwimmlehrer für Kinder reicher Eltern hätte er werden sollen. Maik war hingefahren, um sich alles anzuschauen.

Die Bedingungen wären hervorragend gewesen. Das Angebot wies nur einen Haken auf: Der Bodensee lag am anderen Ende der Republik. Maik hatte es einfach nicht geschafft, alles aufzugeben und neu anzufangen. Um das seiner Mutter und seinen Freunden gegenüber nicht zugeben zu müssen, hatte er alle möglichen Ausreden erfunden. Die Leute seien zu elitär gewesen, die Vorgesetzten zu spießig, das Gehalt zu niedrig. Er hatte tatsächlich geschwindelt, nur, um nicht zugeben zu müssen, dass er daheim bleiben wollte. Wenn er jetzt durch die Landschaft fuhr, wusste er, dass seine Entscheidung damals richtig war. Er wollte nicht weg – nein schlimmer: Er konnte nicht fort. Er liebte alles hier. Die Seen, die Wälder, die Weite, die Leute. Selbst im Winter, wenn die Uckermark sich rau, dunkel und noch einsamer zeigte, wollte er nirgendwo anders sein. Lieber schlug er sich hier mit den Ferienwohnungen und Gelegenheitsjobs durch, als irgendwo hinzugehen, wo er zwar Geld verdienen, sich aber nicht zu Hause fühlen konnte. Bisher war er ohne staatliche Almosen ausgekommen und er würde alles tun, damit dies auch so bliebe. Viel benötigte er bei seiner genügsamen Lebensweise ohnehin nicht. Ein Donnergrollen unterbrach seine Gedanken. Von ihm unbemerkt, war ein Gewitter herangezogen. Dicke schwarze Wolken verdeckten plötzlich die Sonne. Es würde wohl nicht mehr lange dauern, bis das Unwetter richtig losbrach. Maik wollte umkehren, um noch vor dem Regen daheim zu sein. Seine Augen brannten auch wieder. Dieses verdammte Pfefferspray! Zu Hause könnte er sich noch eine Stunde aufs Ohr legen, bevor er zu Marco ins Restaurant fuhr, um ihm zu helfen. Wenn er den direkten Weg nahm, konnte er den Rückweg in wenigen Minuten schaffen. Nur einen kurzen Moment des Innehaltens wollte Maik sich noch gönnen, denn gerade erreichte er einen seiner Lieblingsorte – die kleine Brücke, die den Übergang zwischen den beiden schönsten Seen Lychens markierte. Wie ruhig es hier war.

Nur der aufkommende Wind, der durch die Bäume fegte und die Seen zum Schäumen brachte, verursachte ein mächtiges Rauschen. Es wurde von den Wellen verstärkt, die nun heftig ans Ufer schlugen. Der Himmel verdunkelte sich immer mehr, wirkte irgendwie bedrohlich. Was für ein Schauspiel! Sein Blick streifte fasziniert über den Zenssee und blieb mit einem Mal hängen. Was war denn das? Es sah aus, als triebe ein Kanu im See. Tatsächlich. Aber in dem Boot hockte jemand und versuchte, etwas aus dem Wasser zu holen. Angestrengt kniff Maik die Augen zusammen, dann erkannte er, dass der Person das Stechpaddel über Bord gegangen war. Das Paddel trieb durch den Wellengang immer weiter weg. Der Kanute beugte sich vor, streckte die Arme weit aus, um es greifen zu können. Doch es war zu spät. Es befand sich außer Reichweite. So etwas passierte vor allem Anfängern. Eigentlich war die Lösung dieses Problems nicht schwierig. Entweder, man holte sich Unterstützung von einem anderen Boot, das gerade vorbeikam oder man sprang ins Wasser, zog das Boot schwimmend zum Ufer und machte sich dann daran, das Paddel zu bergen. Doch bei dieser Wetterlage war natürlich kein anderes Boot mehr draußen. Was machte dieser verrückte Kanute kurz vor Ausbruch eines Gewitters überhaupt noch auf dem Wasser? Schon zuckte der erste Blitz am Himmel und erhellte die Umgebung. Es war nur der Bruchteil einer Sekunde, aber Maik erkannte nun nicht nur, dass es eine Frau war, die steuerlos auf dem Wasser trieb, sondern auch, welche. Es handelte sich um niemand anderes als seinen neuen Feriengast – die Designerbeutentussi aus Berlin. Kopfschüttelnd beobachtete er ihre Versuche, das Paddel zurückzuerlangen. Ihm war klar, dass sie unweigerlich kentern würde, wenn sie sich noch etwas weiter nach vorn beugte. Gebannt verfolgte er das Geschehen. Wie in Zeitlupe erschien es ihm, als das Boot tatsächlich kippte und die Insassin ins Wasser fiel. Das Kanu drehte sich dabei und drohte nun zu sinken. In Maik rumorte es. Selbst dazu war die Großstadttussi zu blöd. Nun brauchte sie Hilfe. Warum fuhren solche Leute nicht einfach nach Teneriffa oder Mallorca? Er riss sich von seinen Gedanken los und überlegte, was zu tun sei. Zunächst musste er näher an das Geschehen herankommen. Also raste er los. Mit Vollgas trieb er die Maschine vom Weg ab und ein Stückchen durch den Wald. Wenige Sekunden später erreichte er einen dem Geschehen näher gelegenen Uferbereich, legte die frisch reparierte Maschine sanft ins Gras und zog sich das Shirt über den Kopf. Schon stand er im Wasser. Dort spielte sich eine dramatische Szene ab. Sein Feriengast versuchte verzweifelt, das auf die Seite gedrehte Boot zu halten. Doch es war schon sehr viel Wasser hineingelaufen. Maik war klar, dass sie es auf keinen Fall schaffen konnte. Das Gewitter wurde derweil immer stärker. Regen peitschte herab und Blitze zuckten. Der See war an dieser Stelle fast dreißig Meter tief. Was auf dem Grund landete, würde dort für immer bleiben. So sehr er verstand, dass sie um das Kanu kämpfte, so töricht fand er diese Aktion angesichts des Gewitters, das über ihnen hing. Wieder zuckte ein Blitz vom Himmel. Warum nur schwamm sie nicht einfach zum Ufer zurück? Sie hatte doch sicher genug Geld, um das Ding zu ersetzen. Ohne zu zögern, kraulte er zu ihr hinaus. Sie schien bereits am Ende ihrer Kräfte. Trotzdem versuchte sie verbissen weiter, das Boot an Land zu ziehen. Die Wellen klatschten immer wieder über sie hinweg. Das schwere Boot war voller Wasser und zur Seite gebeugt. Nur kurz versuchte Maik, die Berlinerin dabei zu unterstützen das Ding zu retten, indem er sich an die andere Bootsseite hängte, um ein Gegengewicht zu schaffen. Als er merkte, dass auch sein Gewicht und seine Kraft nicht ausreichten, war ihm klar, dass das Kanu unweigerlich sinken würde. Wieder donnerte es so gewaltig, als stünde das Gewitter direkt über ihnen. Maik war von Natur aus ein verbissener Kämpfer, aber er wusste immer, wann er verloren hatte. Hier war alle Mühe vergeblich. Jetzt sollten sie vor allem ihre Haut retten. Die Designerbeutenfrau versuchte es immer noch allein weiter. Wellen peitschten ihnen beiden Wasser ins Gesicht, Blitz und Donner kamen in immer kürzeren Abständen. Was war es nur, dass sie davon abhielt, sich in Sicherheit zu bringen? Nachdem Maik das Boot losgelassen hatte, verschwand es ein ganzes Stück weiter im See. Die Tussi gab aber immer noch nicht auf. War die völlig bescheuert? Es reichte ihm. Mit zwei Schwimmstößen war er bei ihr, packte sie am Handgelenk und zog sie mit aller Kraft fort. Wieder erhellte ein Blitz die Umgebung. Verdammt – das war hier richtig gefährlich. Er sah Erschöpfung in ihren Augen und Verzweiflung. Immerhin konnte sie gut schwimmen, wie er feststellte, auch wenn er merkte, dass ihre Schwimmstöße kraftloser wurden. Wie erschöpft sie wirklich war, merkte er jedoch erst, als sie das Ufer erreicht hatten. Sie brach einfach weinend im schlammigen Sand zusammen. Er zerrte sie die wenigen Meter zu einer kleinen Schutzhütte, wo sie sich auf die hölzerne Bank im Inneren des offenen Unterstands fallen ließ. Blitze und Donner wechselten nun in schneller Folge. Dazu regnete es so heftig, dass es schwerfiel, die Umgebung zu erkennen. Zusammengekauert, erschöpft und frierend saß sie neben ihm, wischte sich die Tränen vom Gesicht. Eigentlich war Maik wütend auf sie. Wie hatte sie sich nur in solche Gefahr begeben können? Warum war sie nicht einfach an Land geschwommen und hatte Hilfe geholt? Er würde diese Art Menschen nie verstehen. Sie waren ihm in ihrem Denken und Handeln fremd. Materielle Dinge schienen wichtiger als die eigene Gesundheit. Das Festhalten an Besitz hatte sich in ihr Denken so eingegraben, dass sie alles dafür gaben. Nun hockte diese Frau verzweifelt und frierend neben ihm. Er brachte es nicht übers Herz, ihr die Meinung zu sagen. Stattdessen legte er den Arm um sie und zog sie etwas an sich, um sie zu wärmen. Vielleicht auch, um sie zu trösten. So genau wusste er nicht, warum er es tat. Es passierte einfach. Eigentlich rechnete er sogar ein wenig damit, dass sie ablehnend reagieren und sich distanzieren würde. Aber das Gegenteil trat ein. Sie hielt sich an ihm fest. Er spürte ihren Puls, so nah war sie bei ihm, spürte, wie ihr Herz raste. Sie stand wohl noch unter Schock. Beruhigend streichelte er ihr über den Kopf. Eine Weile saßen sie wortlos beieinander, während das Gewitter weiter tobte und der Regen bis in die kleine Hütte gedrückt wurde. Maik hielt die zitternde Frau fest und spürte, wie seine Wut verebbte. Auch die Berlinerin in seinem Arm wurde langsam ruhiger, zitterte aber immernoch am ganzen Körper. Natürlich hätte er ihr raten sollen, die nasse Kleidung auszuziehen, doch er fürchtete sich vor so viel Nähe und davor, wie sie auf diesen Vorschlag reagieren würde. Unterdessen prasselte der Regen weiter auf das kleine Holzdach, als hätte der Himmel sämtliche Schleusen geöffnet. Ganz dicht war das Dach der Schutzhütte auch nicht. An mindestens drei Stellen tropfte es durch. Unter anderem direkt auf seinen linken Fuß. Im Sekundentakt prallte ein kalter Tropfen oberhalb des großen Zehs auf. Er zog das Bein ein wenig zur Seite, doch jetzt stand er in der Pfütze, die sich unter der undichten Stelle gebildet hatte. In diesem Moment löste sie sich aus seinem Arm, stand auf und streifte sich das T-Shirt über den Kopf. Darunter trug sie einen teuer aussehenden, spitzenbesetzten, schwarzen BH. Irgendwie erleichtert stellte er fest, dass sie nicht vorhatte, diesen auch abzulegen. Schließlich stieg sie aus ihrer Hose. Maik bemerkte, dass sie gut trainiert war. Oberschenkel und Waden zeigten eine gute Muskulatur. Wahrscheinlich erfüllte sie auch hier jedes Klischee und ging regelmäßig ins Fitness-Studio. Ihr langes Haar hing wild an ihr herab, Sand klebte darin ebenso wie an ihrem ganzen Körper. Noch immer schlotterte sie und klapperte tatsächlich mit den Zähnen. Das leichte

Aufeinanderschlagen ihrer Zähne war neben dem Getöse des Regens das einzig wahrnehmbare Geräusch. Er wehrte sich nicht, als sie sich feucht und kühl wieder an ihn lehnte. Er fühlte sogar ihre Gänsehaut, als er sie an sich drückte. Bis jetzt hatten sie kein Wort miteinander gesprochen. Sie weinte nicht mehr und auch ihr Puls hatte sich beruhigt. Umso mehr er spürte, wie es ihr besser ging, desto mehr kam sein Ärger zurück. Was hatte sie sich bei der Aktion nur gedacht? Doch noch bevor er ihr seine Fragen und Vorwürfe an den Kopf werfen konnte, löste sie sich erneut aus seiner Umarmung, stand auf und sagte:
„Danke. Mein Verstand scheint beim Kentern gleich mit über Bord gegangen zu sein. Ich hätte niemals so lange versuchen dürfen, das Boot zu retten. Ich habe uns beide in viel zu große Gefahr gebracht. Das tut mir leid. Ich hoffe, Sie nehmen meine Entschuldigung an."
Als er ein wenig lächelte, fügte sie hinzu:
„Könnten Sie mich jetzt bitte zurückbringen? Ich weiß nicht einmal, wo ich mich hier eigentlich befinde."
Sie sprach völlig klar und fest, sah ihn dabei voll an. Als hielte sie einen Vortrag. Wie viel Willensstärke musste es sie kosten, in ihrer Situation – fast nackt, nass und frierend – die Contenance zu bewahren? Noch bevor er einhaken oder antworten konnte, sprach sie weiter.
„Keine Sorge, ich werde die Konsequenzen aus meinem Verhalten ziehen, sobald wir zurück sind."
Schon sammelte sie ihre Kleidungsstücke vom Boden und trat an den Eingang des Unterstandes, um nach draußen zu sehen. Maik war zu verblüfft, um irgendetwas zu erwidern. Er hielt es für ratsamer, den Mund zu halten. Reden konnten sie später immer noch. Vielleicht stand sie ja immer noch unter Schock. Blitz und Donner hatten aufgehört, doch es regnete weiter in Strömen. Der Wald duftete wunderbar herb nach der Hitze der letzten Tage. Nebelschwaden stiegen auf. Die Managertussi stand immer noch am Eingang

und zitterte wie Espenlaub. Warm war ihm auch nicht gerade. Vielleicht hatte sie recht und es war besser, schnellstmöglich zurückzufahren. Also holte er seine nassen Sachen und das Motorrad von der Wiese, setzte sich den Helm auf den Kopf und gab ihr ein Zeichen, hinter ihm aufzusitzen. Vergeblich versuchte sie noch, sich das hautenge tropfnasse Shirt wieder überzuziehen. Nach drei vergeblichen Anläufen warf sie das Kleidungsstück wütend in die Ecke der Schutzhütte, bevor sie sich – so wie sie war – hinter ihm auf das Bike schwang. Schlamm spritzte auf, als sie sich in Bewegung setzten. Während er mit ihr durch den Regen fuhr, versuchte er sich vorzustellen, wie sie beide gerade aussahen. Ein halbnackter, völlig verdreckter Kerl und eine nur mit Slip und BH bekleidete Schönheit hintendrauf, die nicht weniger schmutzig und verstrubbelt aussah als der Fahrer. Wunderbarer Gesprächsstoff für den kleinen Ort. Über das in seinem Kopf entstandene Bild grinsend, wählte er lieber den Weg an der Kienofenpromenade entlang. Hier standen fast nur Lauben und es gab kaum Verkehr. Erst so spät wie möglich bog er auf die Hauptstraße ein und hoffte, dass sie auf den wenigen Metern höchstens auf Touristen, nicht aber auf Einheimische treffen würden. Bekannte Gesichter begegneten ihnen auf der Fahrt zum Glück nicht. Aber Maik war klar, dass bei diesem Wetter die Leute gern mal am Fenster standen und sich das Naturschauspiel draußen ansahen. Er konnte sich durchaus vorstellen, dass seine Mitfahrerin und er deutlich größeres Interesse hervorrufen würden, als es ein im Abziehen befindliches Gewitter vermochte. Der nächste Tag würde zeigen, ob sie beobachtet worden waren – spätestens wenn ihm jemand jovial auf die Schulter schlagen und verschwörerisch grinsen würde, gäbe es hierüber Klarheit. Doch irgendwie war es ihm das wert. Eigentlich fühlte es sich gerade gar nicht so schlecht an, mit ihr auf dem Sozius. Sandras Haut war feucht, kühl und seidig. Er sah ihre schlanken Beine an seinen, wenn er sich beim Abbiegen umdrehte. Seit seiner Zeit als Leistungssportler stand er auf drahtige Frauen, die so aussahen wie seine Kolleginnen damals. Besonders die Turnerinnen hatten es ihm angetan. Sie waren kräftig, aber zugleich auch feminin. Selbst die oft recht kleine Oberweite seiner Kolleginnen hatte ihm irgendwie gefallen. Was war das damals für ein Spaß gewesen, bei Turnieren im Inland den Trainern und anderen Betreuern – er hatte sie innerlich immer „Bewacher" genannt – zu entkommen und Übungen anderer Art durchzuführen. Meist blieb das Ganze recht harmlos. Bis auf ein Mal. Er schüttelte sich ein bisschen, um die Gedanken, die ihn jetzt einholten, loszuwerden. Bei seiner Begleiterin löste das scheinbar Irritationen aus, denn sie klammerte sich noch enger an ihn. Das Tor zu seinem Grundstück stand glücklicherweise offen. Der Wagen der Hamburger war nicht zu sehen, sie machten wohl einen Ausflug. Kaum, dass die Maschine zum Stehen gekommen war, sprang seine Mitfahrerin ab und rannte barfuß den Schotterweg zur Ferienwohnung hinab. Hier blieb sie jedoch hilflos vor der verschlossenen Tür stehen. Wahrscheinlich ruhte der Schlüssel bei dem gesunkenen Kanu in 30 Metern Tiefe auf dem Grund des Zenssees. Maik bockte das Motorrad auf, ging zum Haus hinüber und drückte die Klinke hinunter. Einen weiteren Schlüssel zur Ferienwohnung in der Hand, kam er zurück und öffnete. Sie trat ein, nahm den Schlüssel, den er ihr reichte, lächelte ihn kurz gequält an und schloss schließlich wortlos die Tür von innen.

7.

Sandra stürmte die Treppe der Ferienwohnung hinauf ins Badezimmer und drehte den Warmwasserhahn der Badewanne auf. Sie konnte sich nicht erinnern, jemals so gefroren zu haben. Und sie hatte sich auch noch nie zuvor derart geschämt. Während das Wasser einlief, saß sie, den Kopf in die Hände gelegt, auf dem Bett, die Decke fest um den Körper geschlungen. Was war nur in sie gefahren? Wie eine Idiotin hatte sie sich benommen. Und das auch noch vor diesem Vermieter-Macho. Er musste sie für völlig bescheuert halten, für komplett neurotisch. Das Boot war auch futsch. Eigentlich war ihr das Kanu egal – die Versicherung würde es sicherlich ersetzen. Viel schlimmer war, dass sie diesem schrecklichen Bootsverleiher ihr Versagen eingestehen musste. Jenem Kerl, der sie und ihr Outfit so abschätzig betrachtet und dann eine Flut von Warnungen ausgestoßen hatte. Sie solle bei dieser Wetterlage nicht so weit rausfahren, eine Schwimmweste anlegen, ihre Wertsachen in eine seiner wasserfesten Taschen packen und so weiter und sofort. Warum hatte sie seine Warnungen in den Wind geschlagen? Lange nachzudenken brauchte sie über diese Frage nicht. Es waren zwei Gründe: Zum einen wollte sie schnellstens Dr. Dr. Jürgen loswerden, der wie gehofft keine Kanutour machen wollte. Wahrscheinlich, weil er dabei seine Marion nicht festhalten konnte. Zum anderen hatte sie sich so über das blasierte Verhalten des Bootsverleihers geärgert, dass sie trotzig wie ein Kind alles genau anders machte als empfohlen. Mit einem Mal fiel ihr ein, dass der Warmwasserboiler kaputt war. Auch das noch. Die Decke noch um die Schultern gelegt, ging sie zurück ins Bad. Wider Erwarten schlug ihr hier Wasserdampf entgegen. Das Gerät funktionierte! Der Vermieter musste wohl ein weiteres Mal unangekündigt in die Wohnung gekommen sein. Dieses Mal war Sandra ihm dafür jedoch ausgesprochen dankbar. Bibbernd öffnete sie die Flasche mit dem Badeschaum. Doch das Fläschchen entglitt ihr und die Hälfte des teuren und edlen Inhalts ergoss sich in die Wanne. Vor Schreck machte sie eine ungelenke Bewegung, rutschte aus und wäre beinahe ebenfalls kopfüber in der Wanne gelandet.

Zum Glück erlangte sie ihr Gleichgewicht rechtzeitig wieder. Die an einer Ecke feucht gewordene Decke fest um die Schultern gelegt, beobachtete sie nun irgendwie fasziniert, wie sich mehr und mehr Schaum bildete. Ein ordentlicher Berg von Millionen winzig kleiner Bläschen türmte sich auf. Ein paar Schaumwölkchen schafften den Sprung aus der Wanne in die Luft und auf den Boden. Sandras innere Starre wich einer unbeschreiblichen, aber leider nur sehr kurzen Heiterkeit. Was für ein Ferienauftakt. Lachend tauchte sie in den Schaumberg ein und versuchte, die Bilder und Ereignisse dieses Tages aus ihren Gedanken zu verdrängen. Obwohl sie nur Schaumbläschen vor Augen hatte, blieb dies ein vergebliches Unterfangen. Wahlweise sah sie sich mit dem Pfefferspray in der Hand, vor Angst schlotternd am Badesteg, als wütende Furie im Haus des Vermieters oder als naive Stadttussi bei Sturm am Boot klammernd. Zur Krönung noch die Heimfahrt auf einem Motorrad in Unterwäsche. Sie schüttelte heftig den Kopf. Wenn sie ihre Ferien weiterhin in diesem Ort verbrachte, würde sie drei Wochen lang für Gesprächsstoff sorgen. Und immer, wenn sie irgendwohin käme, würden sich die Leute grinsend anschauen.
„Da kommt die Stadtmaus, die ihren Vermieter schachmatt gesetzt und ein Boot versenkt hat."
Es gab nur eine Lösung, um aus diesem Schlamassel herauszukommen – nach Hause zu fahren. Dann müsste sie zwar gegenüber Laurenz klein beigeben, aber letztlich würde er sich freuen, dass sie nun doch mit ihm nach Hawaii führe. Dort konnte man wenigstens nicht mit einem Kanu absaufen. Schon sah sie Laurenz' Gewinnergrinsen vor sich. Beinahe körperlich konnte sie fühlen, wie er sie mit einer betont großherzigen Geste in die Arme schließen würde. Bei diesem Gedanken wurde ihr übel. Abgesehen davon hatte sie keine Lust, Laurenz schon wiederzusehen. Nein – nach Hause fahren kam doch nicht in Frage. Dann kam ihr

eine andere Idee: Bis an die Ostsee war es nicht weit. Sie könnte sich in ein schickes Hotel einbuchen und den Rest des Urlaubs dort verbringen. Sandra sah sich am Strand entlang schlendern und die Boutiquen leerkaufen. Das war zwar nicht der Urlaub, auf den sie sich gefreut hatte, aber allemal besser als das, was sie hier erwartete. Wie auch immer – Hauptsache, sie kam weg von diesem merkwürdigen Ort, an dem ihr so viele schreckliche, peinliche Dinge passierten. Nach einer dreiviertel Stunde, in der sie immer wieder heißes Wasser in die Badewanne einlaufen ließ, fühlte sie sich wieder so weit aufgetaut, dass sie ihre Abreise vorbereiten konnte. Zuerst föhnte sie sich die Haare und legte Make-up auf. Derart wiederhergestellt begann sie, ihren Koffer einzuräumen. Eine weitere halbe Stunde später stand sie in Turnschuhen und Jeans fertig vor dem Haus, schloss ordnungsgemäß hinter sich ab und lief zielstrebig zur gegenüberliegenden Seite, auf der der Vermieter wohnte. Wie hieß der gleich? Richtig, sein Name war Maik. Maik Schlicht. Das passte irgendwie zu ihm. Er schien tatsächlich etwas schlicht zu sein. Andererseits – er hatte ihr geholfen, war nicht einfach weitergefahren. Das sprach für ihn. Große Worte hatte er darüber auch nicht verloren. Aber wahrscheinlich prahlte er jetzt im Dorfgasthaus mit seiner Rettungstat und machte sich über sie lustig. Morgen würde der ganze Ort über ihr Missgeschick lachen. Vielleicht besaß dieser Maik auch gar keinen großen Wortschatz. Über sein Schweigen vorhin im Wald war sie ihm dankbar gewesen. Nur so hatte sie sich von ihm trösten lassen können. Und noch etwas musste sie sich eingestehen. Dieser Kerl hatte sich ziemlich gut angefühlt. Bestimmt handelte es sich um die animalische Anziehungskraft, die solche einfach gestrickten Naturburschen auf Frauen ausübten. Vor allem auf Frauen in Notsituationen. Sandra nannte es den Tarzan-Effekt. Aber wo steckte dieser Tarzan nun? Ihr Klingeln blieb erfolglos. Also legte sie den Schlüssel auf dem

Fenstersims neben der Tür ab und ging zu ihrem Wagen, um den Koffer einzuladen. Erst, als sie vor dem GTI stand, wurde ihr klar, dass sowohl der Wagenschlüssel als auch alle ihre Papiere auf dem Grund dieses teuflischen Sees lagen. Warum war ihr das nicht früher eingefallen? Was geschah hier mit ihr? So etwas passierte ihr doch sonst nie. Sie war es doch, die bei den Events immer alles im Griff hatte. Sie war jederzeit Herrin des Geschehens. Weil sie immer mögliche Komplikationen vorab durchspielte, auf fast alles vorbereitet war. Jetzt stand sie hier und kam nicht weg. Hatte nicht einmal vorher darüber nachgedacht. Immer wieder tauchte diese Feststellung in ihren Gedanken auf: „Du kommst nicht weg." Am Sonntag hatte hier in der Provinz sicher noch nicht mal eine Werkstatt offen. Sie war gefangen in diesem Kaff, in dem spätestens ab morgen jeder über sie lachen würde. Sandra wusste nicht, wie lange sie ratlos vor dem Auto verharrt und mit den Tränen gekämpft hatte. Irgendwann stand die Mutter des Vermieters neben ihr, legte ihr fürsorglich den Arm um die Schulter und zog sie mit sich. Sandra fand sich in einer gemütlichen, großen Wohnküche wieder. Auf dem alten Herd stand ein Topf, aus dem es dampfte. Es roch nach einer merkwürdigen Mischung aus gekochten Äpfeln, Zimt und Eintopf. Frau Schlicht trug eine altmodische weiße Küchenschürze um die Hüfte und rührte in dem großen Topf herum, aus dem immer stärker der Geruch von grünen Bohnen strömte und die Apfel-Zimt-Mischung überlagerte. Auf einem hölzernen Schneidebrett lagen noch die benutzten Küchenwerkzeuge. Mehrere große und kleine Messer, Töpfe, ein Sieb. Sandras Magen begann trotz allen Kummers zu knurren. Seit den zwei Stücken Apfelkuchen hatte sie nichts mehr gegessen. Bevor sich die Vermietermutter zu Sandra auf die Eckbank setzte, holte sie eine Tasse aus dem Schrank und goss aus einer Thermoskanne Kaffee hinein. Dann stellte sie sie vor Sandra auf den Tisch. Es folgte eine große Schale Apfelmus.

Daher kam also der Geruch. Wie bei Oma, dachte Sandra und dieser Gedanke war erneut ungeheuer tröstlich. Bis Sandra den letzten Löffel des Apfelmuses aufgegessen hatte, sprachen sie beide nicht. Erst, als ihr Gast das Schälchen mit zufriedenem Lächeln fortschob, sagte Mutter Schlicht: „Mein Sohn hat mir erzählt, was passiert ist. Grämen Sie sich nicht. Sie sind nicht die Erste, die ein Boot auf diese Weise verliert."
„Hat er Ihnen denn die ganze Geschichte erzählt?", wollte Sandra wissen.
Ihre Gastgeberin schaute sie fragend an.
„Maik hat gesagt, Sie hätten das Paddel verloren und sind dann gekentert. Und dass das Kanu gesunken ist. War es nicht so?"
Sandra rechnete ihm hoch an, dass er selbst seiner Mutter nicht die vollständige, peinliche Story zum Besten gegeben hatte.
„Ich hatte meine ganzen Papiere dabei", gestand Sandra zerknirscht, „ich kann im Augenblick nicht mal meine Rechnung bei Ihnen bezahlen. Abgesehen davon, dass ich nicht wegkomme, weil der Autoschlüssel auf dem Grund des Sees liegt. Außerdem ist Sonntag und es dürfte keine Werkstatt offen haben."
Beim letzten Satz kämpfte sie erneut mit den Tränen. Mutter Schlicht reichte ihr ein Taschentuch und legte wieder den Arm um sie.
„Warum wollen Sie denn überhaupt schon wieder weg? Sie sind doch gerade erst angekommen."
Jetzt rollte an Sandras Wange eine Träne hinab. Sie wusste nicht warum, aber sie erzählte der älteren Dame die vollständige Geschichte ihres gescheiterten Urlaubsbeginns. Dabei vergaß sie auch nicht zu erwähnen, wie viel Spaß es ihr gemacht hatte, mit dem Kanu auf dem See unterwegs zu sein, dass sie sich einfach hatte treiben lassen, weil sie die Technik nicht beherrschte und Schlingerkurven gefahren war.

Darüber war sie dann eingeschlafen. Als sie aufwachte, war das Paddel über Bord gerutscht und das Gewitter hatte praktisch schon begonnen. Ihre Zuhörerin unterbrach sie nicht. Ab und an stand sie auf, um ihren Eintopf umzurühren. Als Sandra geendet hatte, beugte Mutter Schlicht sich zu ihr.

„Und wegen dem Quatsch wollen Sie Ihren Urlaub abbrechen und nach Hause fahren? Zu diesem Schnösel, der einfach doppelt bucht? Kindchen, das würde ich mir nochmal überlegen. Außer der Pfeffersprayattacke auf Maik, die aus Ihrer Sicht durchaus verständlich ist und dem gesunkenen Boot, weiß doch hier keiner von ihren anderen Missgeschicken. Und Maik verrät Sie bestimmt nicht."

„Wieso sind Sie sich da so sicher? Die meisten Männer würden die Gelegenheit nutzen und ihren Kumpels davon erzählen. Und die erzählen es ihren Frauen und die wieder ihren Freundinnen und so weiter."

„Mag sein, dass es solche Leute gibt. Maik ist nicht so. Er würde nie Vorteil aus dem Schaden eines anderen Menschen ziehen. Glauben Sie mir. Ich kenne ihn gut – mit allen Vorzügen und Schwächen. Schließlich bin ich seine Mutter."

Sandra schnäuzte sich noch einmal die Nase und versuchte, die Angelegenheit mit den Augen von Mutter Schlicht zu sehen. Vielleicht hatte sie recht. Abreisen konnte sie immer noch, sollte sie merken, dass im Ort über sie getratscht würde. Jetzt war sie sowieso genötigt, erst einmal zu bleiben, weil ihre Flucht mangels Autoschlüssel wenig sinnvoll schien. Während Sandra ihre Lage noch einmal überdachte, nahm Frau Schlicht erneut Teller aus dem Schrank und stellte dieses Mal auch sich selbst einen hin. Dann hob sie den schweren Topf vom Herd, stellte ihn auf den Tisch und füllte mit einer für Sandras Verhältnisse riesig groß erscheinenden Kelle Suppe auf. Ihre Nase hatte sie nicht getäuscht. Es gab Eintopf von grünen Bohnen. Wenn sie nicht zu denen gehören würde, die weder an den lieben Gott noch an eine Wiedergeburt glaubten, hätte sie meinen können, ihre Großmutter wäre in Form dieser Lychnerin wieder aufgetaucht, um sie zu trösten. Die Suppe schmeckte etwas mehr nach Bohnenkraut als bei Oma, aber sie war nicht weniger köstlich. Dafür, dass sie für den heutigen Tag nichts eingekauft hatte und das Frühstück ausgefallen war, hatte sie es noch auf eine erstaunliche Anzahl an Kalorien und Genuss gebracht, konstatierte sie und diese Überlegung ließ sie sogar ein wenig schmunzeln. Kaum hatte Mutter Schlicht ihren Teller ausgelöffelt, band sie sich die Schürze ab und lehnte sich zurück.

„So", sagte sie dann, „und jetzt machen wir beide einen Schlachtplan für morgen."

Der fragende Blick ihres Gastes ließ sie eine Erklärung hinterherschicken.

„Na, Sie haben doch keine Papiere, kein Geld, keine EC-Karte und kein Auto, oder?"

Sandra nickte und gab damit ihrer Gastgeberin das Signal, weiterzusprechen.

„Und deshalb überlegen wir jetzt zusammen, wie Sie alles am schnellsten neu bekommen."

Kurz vor Mitternacht fiel Sandra völlig erschöpft, aber viel besserer Dinge als noch vor ein paar Stunden endlich ins Bett. Mutter Schlicht hatte sich als grandiose Schlachtplanentwicklerin herausgestellt. Sie wäre eine gute Event-Managerin geworden, wenn es diesen Beruf früher schon gegeben hätte. Am besten fand sie ihre Idee, dass nicht sie selbst, sondern Maik dem Bootsverleiher den Verlust des Kanus melden sollte. Es stellte sich nur die Frage, warum er sich darauf einlassen sollte. Doch Frau Schlicht hatte nur abgewunken und gemeint, das regele sie mit ihrem Sohn. ‚Vielleicht wird es doch noch ein schöner Urlaub', dachte Sandra kurz bevor sie einschlief.

In ihren Träumen kamen das Gewitter, der See und der Vermieter ausgesprochen häufig vor. Jedes Mal blieb er stumm – auch wenn sie ihn etwas fragte. Und immer wieder spürte sie seine warme Haut an ihrer. Dieser Teil ihres Traums war ungemein angenehm, weil sie sich so geborgen fühlte wie lange nicht mehr. Plötzlich tauchte seine Mutter auf. Sie schrie und hämmerte an die Tür. Immer wieder und wieder ertönte dieses dumpfe Klopfen. Warum hörte dieses Gehämmere nicht auf? Ihr Traum-Maik löste sich auf. Wie schade. Jetzt gab es kein Zurück mehr in dieses warme Gefühl. Langsam kam Sandra zurück in die Wirklichkeit und stellte fest, dass das Klopfgeräusch zur realen Welt gehörte. Es dauerte noch einen weiteren Moment, bis ihr klar wurde, dass jemand an der Tür war und scheinbar nicht vorhatte, wieder zu gehen. Sie schob die Bettdecke von sich, tapste im Nachthemd die Treppe hinunter und öffnete die Tür einen Spalt breit. Draußen stand Frau Schlicht in der obligatorischen Kittelschürze.
„Machen Sie sich schnell fertig“, rief sie ein wenig aufgeregt, „in einer halben Stunde haben Sie einen Termin bei der Meldestelle. Und ich weiß jetzt auch, was Sie tun müssen, um einen neuen Autoschlüssel zu bekommen.“
„Aber ich…“
Ihr Versuch, einen Aufschub zu erwirken, schlug fehl.
„Ziehen Sie sich etwas an und kommen Sie. Ich habe alles organisiert. Auch eine Mitfahrgelegenheit nach Templin – dann können Sie zur Bank gehen.“
Nach dieser Mitteilung drehte die alte Dame ab und ließ Sandra verblüfft im Türrahmen zurück. Die große Wohnzimmeruhr sagte ihr, dass es gerade 7:30 Uhr war. Sie benötigte genau 35 Minuten, um wach zu werden, sich anzuziehen, die Zähne zu putzen und zu frisieren. Zum Schminken blieb keine Zeit. Ein wenig Puder musste genügen. Vor der Tür wartete schon ungeduldig die Vermietermutter, die sie anschließend zum Rathaus schleppte. Dafür hatte sie die Schürze gegen

einen schwarzen, ein wenig altmodisch anmutenden Rock und eine grün-blaue Rüschenbluse getauscht. Kaum hatten sie die erste Station erledigt, wurde Sandra in einen sehr alten Lada bugsiert und fuhr mit einem gewissen Udo nach Templin. Udo war ungefähr 50 Jahre alt, besaß einen mächtig dicken Bauch, war schlecht rasiert, schwitzte schrecklich und fuhr Auto als säße er im Porsche. Der dicke Udo war sicher nett, aber Sandra gelang es nicht, einen Beweis dieser Annahme zu bekommen. Er schwieg noch ausdauernder als Maik Schlicht. Ein komisches Volk, diese Brandenburger. Udo wartete geduldig, während sie in der Bank versuchte, mit ihrem behelfsmäßigen Personalausweis eine neue Geldkarte zu bekommen. Ging natürlich alles nicht so schnell. Aber Geld vom Konto abheben war möglich. Freudig stopfte sie mangels Geldbörse die Scheine in ihren Rucksack. Udo wartete genauso wortlos auch, als sie noch einkaufen ging. Sogar bei ihrem kleinen Abstecher in das Lederwarengeschäft murrte er nicht. Jetzt besaß sie wieder eine Geldbörse und eine einfache schwarze Handtasche. Zufrieden saß Sandra anschließend wieder neben dem Brandenburger Schweiger, der nun noch mehr schwitzte, weil es draußen erheblich wärmer geworden war. Er fuhr so rasant, dass sie sich unwillkürlich am Sitz festkrallte. Auch auf der Rücktour scheiterten ihre Versuche, eine Unterhaltung in Gang zu bringen. Udo beantwortete höflich, aber eben auch kurz alle ihre Fragen. Dann schwieg er wieder. Sandra gab auf und machte sich lieber Gedanken darüber, wie sie sich bei ihm für seine Hilfe erkenntlich zeigen könnte. Nach einem Seitenblick auf ihren Fahrer, entschloss sie sich, ihm einfach einen Geldschein in die Hand zu drücken. Wahrscheinlich war er arbeitslos, sonst hätte er sie sicher nicht mit dieser Engelsgeduld durch die Gegend kutschiert. Leider stellte sich heraus, dass Udo diese Form des Dankes völlig unangemessen fand. Fast angeekelt sah er den Geldschein an, den sie ihm überreichen wollte, kaum dass sie ausgestiegen war.

„Ich weiß nicht, wie das bei Ihnen in Berlin ist", erklärte er, „aber hier bei uns hilft man einander ohne Gewinn daraus zu schlagen."
Mit diesen Worten ließ er sie aussteigen und brauste im gewohnten Tempo vom Hof der Schlichts. Da stand sie nun, die drei vollen Einkaufstaschen neben sich. Von ihrem Vermieter war immer noch nichts zu sehen. Zeit zum Nachdenken blieb Sandra jedoch nicht. Mutter Schlicht hatte sie kommen sehen und eilte ihr entgegen – die weiße Schürze wieder um die stämmige Figur gebunden.
„Kommen Sie doch rein. Ich habe Buchteln gebacken."
Sandras gerade erstandenes Müsli hatte keine Chance dagegen und blieb in der Einkaufstasche. Nachdem Sandra die erste Buchtel nur aus Höflichkeit gegessen hatte, um ihre Gastgeberin nicht zu verstimmen, landeten die zweite und dritte auf ihren ausdrücklichen Wunsch hin auf dem Teller. Ihr schlechtes Gewissen in Hinsicht auf die Anzahl an Kalorien, den Zuckergehalt und den Gesundheitsaspekt dieses Frühstücks verdrängte sie erfolgreich. Immerhin hatte sie das echte Frühstück praktisch ausgelassen, denn jetzt war es bereits 11:00 Uhr und somit Mittagszeit. Dazu kam die Tatsache, dass die leckeren Hefeteilchen mit Äpfeln – also Obst – und damit irgendwie gesundheitsfördernd, gefüllt waren. Schließlich erkundigte sie sich danach, wo denn der Hausherr abgeblieben war.
„Maik hat gestern bei einem Freund im Restaurant ausgeholfen und heute hilft er dem Bootsverleiher. Nach dem Wochenendbetrieb müssen die Kajaks und Kanus immer gesäubert werden. Und manchmal müssen auch Boote zu anderen Einsatzstellen gebracht werden – die Fahrten macht dann auch mein Sohn."
Sandra unterdrückte ihre Frage danach, ob all diese Nebenjobs auch angemeldet waren und lehnte sich genüsslich auf der Bank zurück. Immerhin arbeitete dieser Tarzan und lag nicht nur auf der faulen Haut. Wie sich in diesem Moment

herausstellte, war das von Mutter Schlicht zusammengestellte Programm aber noch nicht zu Ende – sie war wirklich eine Frau der Tat.
„Ich habe mit der Werkstatt gesprochen", verkündete die alte Dame stirnrunzelnd, „die Sache mit dem Schloss ist ganz schön aufwändig. Wenn Sie den Ersatzcode nicht da haben, müssen Sie zuerst mit der Versicherung sprechen, dann erst kann die Werkstatt ran. Aber für all das benötigen Sie die Wagenpapiere. Und vor allem wird das richtig teuer. Da können schon ein paar hundert Euro draufgehen, hat der Manni gesagt. Am besten, Sie sprechen selbst noch einmal mit ihm. Jetzt ist gerade Mittagspause, aber um eins ist er wieder da."
Als Sandra nach diesen Ausführungen erstaunt schwieg, deutete Mutter Schlicht dies als Erschrecken über die zu erwartenden hohen Kosten. Schnell fügte Sie hinzu:
„Könnte Ihnen Ihr Freund nicht den Ersatzschlüssel schicken? Das wäre viel einfacher und preiswerter."
Genau dieser Gedanke war auch Sandra sofort durch den Kopf geschossen. Allerdings nicht wegen der Kosten, sondern weil dies sicher die schnellste Lösung darstellte. Aber sofort hatte sie das triumphierende Lächeln ihres Lebensgefährten vor Augen gehabt. Dieser Blick, der sagte, sie hätte lieber mit ihm nach Hawaii fahren sollen. Nein. Laurenz kam für diese Aufgabe nun gar nicht infrage. Er durfte von ihren ganzen Missgeschicken nichts mitbekommen. Aber jemand anderes fiel ihr ein. Froh darüber, dass ihr Handy den gestrigen Tag überlebt hatte, weil sie es durch den vorangegangenen Trubel vergaß mitzunehmen, zog sie es, eine Erklärung an Mutter Schlicht murmelnd, aus der Tasche und wählte die Nummer ihrer Haushaltshilfe. Frau Meyer versprach, den Schlüssel zu holen und zu versenden. Sandra hoffte, dass Laurenz bei dem schönen Wetter an die Havel gefahren und daher nicht zu Hause war. Dann würde er gar nichts mitbekommen. Spätestens in zwei Tagen könnte

sie also abreisen. Bis dahin würde sich zeigen, ob sie das überhaupt musste. Erschöpft von dem turbulenten Tagesstart lehnte Sandra sich auf der Bank zurück und schloss die Augen. Doch sie hatte nicht mit der Energie ihrer Gastgeberin gerechnet.

„Sie haben gesagt, das Kanufahren hat Ihnen Spaß gemacht, oder? Dann lernen sie es doch jetzt richtig."

Schon der Gedanke daran, diesen Bootsverleiher noch einmal aufzusuchen und sich von ihm etwas beibringen zu lassen, rief in Sandra einen solchen Widerwillen hervor, dass sie vehement den Kopf schüttelte.

„Da geh ich ganz sicher nie mehr hin."

„Dachte ich mir schon", lächelte Mutter Schlicht, „ich habe auch eine viel bessere Idee."

Sandra wollte jetzt von weiteren Ideen eigentlich nichts mehr wissen und setzte zu einer Unterbrechung an, doch die alte Dame fuhr ungerührt fort.

„In Feldberg gibt es einen Sportlehrer, der verleiht ebenfalls Boote und so. Sie haben doch Urlaub, Kindchen, warum nehmen Sie nicht einfach ein paar Privatstunden?"

„Und Sie kennen nicht ganz zufällig diesen Herrn?", lachte Sandra, „So wie die Mutter der Frau vom Amt und den Bankangestellten und Udo?"

„Auf dem Land hilft man sich eben", erwiderte Frau Schlicht und grinste spitzbübisch, „vor allem, wenn man hier früher Kindergärtnerin war. Ich habe sie alle in den Schlaf geschaukelt und anschließend ihre Kinder. Jetzt schaukeln sie eben manchmal was für mich."

„Wo ist denn überhaupt dieses Feldberg?", erkundigte sich Sandra, „Ich habe doch derzeit keinen Wagen."

„Knapp 25 Kilometer von hier. Aber das ist kein Problem, Udo fährt sie bestimmt. Seine Mutter wohnt da und er muss sowieso oft hoch zu ihr."

Abwehrend hob Sandra die Hände.

„Nicht mit Udo. Erstens weiß ich nicht, ob ich das überlebe

und zweitens“, sie zögerte etwas, „habe ich ihn wohl brüskiert, weil ich ihm zum Dank Geld geben wollte.“
„Naja, Udo fährt schon rasant“, gab Mutter Schlicht zu, „aber er hat noch nie einen Unfall gebaut, soweit ich weiß.“
Nach kurzem Schweigen fügte sie nachdenklich hinzu: „Warum müsst Ihr Wessis eigentlich immer gleich das Portemonnaie zücken, wenn Euch mal jemand hilft? Gibt es denn bei Euch keine Leistungen ohne finanziellen Gegenwert?“
Etwas überrascht dachte Sandra über diese Frage nach.
„Doch“, erwiderte sie, „wenn sich Freunde helfen, bedankt man sich mit einer Flasche Wein oder so, aber nicht mit Geld.“
Mutter Schlicht schüttelte nachdenklich den Kopf.
„Das ist eine merkwürdige Sache in dieser neuen Zeit, dass alles einen Preis zu haben scheint.“
„Er sah irgendwie arm aus“, verteidigte sich nun Sandra, „ich dachte, er könnte es brauchen.“
Einem nochmaligen Kopfschütteln ihres Gegenübers folgte wiederum ein breites Grinsen der alten Dame.
„Udo ist der Hausmeister in unserer Grundschule und vermietet auch noch ein paar Ferienwohnungen in Feldberg“, erklärte sie ihrem verblüfften Feriengast, „er ist nicht so arm, wie er in Ihren Augen aussieht.“
Etwas schuldbewusst senkte Sandra den Blick. Als sie nichts mehr sagte, fügte Mutter Schlicht hinzu:
„Lassen Sie mal, das biege ich schon wieder hin.“
Dann zog sie einen alten Schulblock und einen Stift aus der Schublade ihres Küchentisches, notierte etwas darauf und schob Sandra den abgerissenen Zettel zu.
„Und da melden Sie sich jetzt für die Privatstunden an. Sie werden sehen, das Ganze ist kinderleicht. Ich lege mich mal ein wenig aufs Ohr!“

8.

„Wieso hast du sie nicht gesucht nachdem das Gewitter vorbei war?“
Die Art, wie Maik seine Frage vortrug, machte deutlich, dass es sich eigentlich um einen nett verpackten Vorwurf handelte. Die Spannung zwischen den Freunden war in dem kleinen Büro deutlich zu spüren. Schon dreimal hatte zwischendrin das Telefon geklingelt, ohne dass Heiko die Gespräche entgegen nahm.
„Habe ich dir doch schon mal erklärt“, entgegnete sein Gegenüber genervt, „es war verdammt viel los an dem Tag. Zuerst habe ich gar nicht gemerkt, dass die Stadttussi nicht zurückkam. Als es mir auffiel, war es bereits dunkel. Ich hätte sowieso nichts mehr ausrichten können. Außerdem bin ich davon ausgegangen, dass sie aus Angst vor dem Gewitter das Kanu irgendwo festgebunden hat und es später zurück bringt. Jeder mit ein bisschen Verstand hätte das so gemacht.“
„Du hättest sie gar nicht erst rausfahren lassen dürfen!“
Maik redete sich nun so richtig in Rage.
„Hast du nicht gemerkt, dass sie keine Ahnung hat? Es hätte nicht viel gefehlt und nicht nur das Boot wäre auf dem Grund des Zenssees geendet. Schon mal was von einer Schwimmweste gehört? Und wieso hast du ihr keine wasserfesten Taschen mitgegeben? Das wäre doch wohl das Mindeste gewesen.“
Die Stimmung bei seinem Streitpartner schlug um. Hatte er sich zunächst noch schuldbewusst und zerknirscht gezeigt, wurde er nun ärgerlich.
„Wieso ich sie habe rausfahren lassen? Ich lebe davon, dass ich Boote vermiete. Schon vergessen? Natürlich hat sie Taschen von mir bekommen. Gewarnt habe ich sie auch. Hat sie etwa etwas anderes behauptet?“

Es dauerte einen Moment bis die Nachricht bei Maik wirklich angekommen war.
„Wie bitte? Sie hatte die Taschen dabei? Wirklich? Ich habe sie nicht danach gefragt, weil ich davon ausgegangen bin, dass du ihr keine gegeben hast. Warum um alles in der Welt hat sie die dann nicht benutzt?"
„Fragst du mich gerade, ob ich dich anlüge?"
Schnell schüttelte Maik den Kopf, was Heiko veranlasste, weiterzusprechen.
„Sie wirkte meinen Ratschlägen gegenüber nicht gerade aufgeschlossen. Die war trotzig und besserwisserisch. Wenn du mich fragst, dann wollte die eigentlich nur Dr. Klammergriff nebst Gattin entkommen. Sie ist aufs Wasser geflüchtet."
Erneut sah Maik den Freund aufs höchste überrascht an.
„Sie war nicht allein?"
„Nee, sage ich doch", wiederholte der andere, „die Schmidts waren neben ihr. Der ist um sie herumscharwenzelt wie 'ne dicke Fliege. Die konnte einem fast leid tun."
Nachdem Maik nichts mehr erwiderte, hakte der Bootsverleiher nach:
„Was regst du dich überhaupt so auf? Hast du dich etwa in die West-Tussi verguckt?"
Maik schnaubte verächtlich.
„Quatsch. Aber sie wohnt bei mir und ich habe sie aus dem Wasser gefischt. Da fühlt man sich verantwortlich."
Das Telefon klingelte wieder. Maik verließ das Büro und machte sich daran, die Boote zu reinigen. Dank seines Ärgers, den er ja irgendwo lassen musste, erfuhren diese die gründlichste Reinigung seit Saisonbeginn. In Maiks Kopf überschlugen sich die Gedanken. Was für eine schreckliche, wichtigtuerische Person diese Berlinerin war. Benutzte nicht einmal die Taschen. Das grenzte tatsächlich schon an Dummheit. Und seine Mutter nahm sich sogar die Zeit, ihr zu helfen. Er selbst war bei Gewitter in den See gesprungen.

Und das nur, weil diese Managertante sich für schlauer hielt als den erfahrenen Bootsverleiher. Wie konnte man nur so hochnäsig und ignorant sein? Und vor allem: wie wurde man so? Bestimmt war sie auch so ein Kind reicher Eltern. Von Anfang an auf Elitedasein getrimmt. So was ließ man dann auch noch als Chefin auf Mitarbeiter los. Wahrscheinlich verdiente die im Monat so viel wie er im halben Jahr – wenn nicht noch mehr. Warum machte die überhaupt hier Urlaub? Das passte doch gar nicht – Leute wie sie gehörten auf die Seychellen oder an die Côte d'Azur oder wie diese Orte alle hießen, wo man seine neuesten Modefummel präsentieren konnte. Diese Frau war ohne Zweifel sein bisher schlimmster Feriengast. Sämtliche Expeditionsleiter und Designerbeuten vorher waren harmlos gewesen gegen sie. Wenn die dachte, er würde jetzt die nächsten Wochen weiter den Retter spielen, täuschte sie sich gewaltig.
Zwei Stunden später legte Maik Eimer und Lappen beiseite und gönnte sich einen langen Blick über den See, den die Sonne wie in Gold getaucht glitzern ließ. Heute war wenig Betrieb auf dem Wasser. So wie montags fast immer. An den Wochenenden fielen die naturhungrigen Städter über die Gegend her. In der Woche kehrte die Ruhe zurück. Natürlich wusste er, dass Lychen vom Tourismus lebte. Er selbst hielt sich auch nur mit Hilfe der Ferienwohnungen über Wasser. Es ging ihm gar nicht darum, die Schönheit der Umgebung nicht teilen zu wollen. Im Gegenteil. Warum nur machten die meisten Touristen so viel Lärm? Warum nur waren sie so oberflächlich? Denen ging es nur darum, ob die Sonne schien, das Wetter zum Baden taugte und sie irgendwo eine schnelle Bratwurst oder Pommes Frites kaufen konnten. Oder – noch viel schlimmer – ob sie irgendetwas mit geräuschvollem Motor auf dem Wasser oder an Land unter ihren Hintern bekamen, um damit die eigene Frau, die Kinder, sich selbst oder wen auch immer beeindrucken zu können. Frei nach dem Motto: ich lärme, also bin ich. Maiks Gedanken wurden

unterbrochen, als er einen Fischadler ausmachte. Fasziniert beobachtete er, wie der Vogel im Sturzflug nach Beute in den See stieß und mit einem prächtigen Fisch im Schnabel wieder auftauchte. Eine grandiose Darbietung in Flugkunst, Geduld und Fangtechnik. Er liebte diese majestätischen, großen Vögel. Leider gingen die Bestände im Moment stark zurück. Maik verfolgte das Tier am Himmel in Richtung Platkowsee bis es kaum noch zu erkennen war, dann ging er zu seinem Motorrad und machte sich auf den Weg. Als er heimkam, war weder von der Managertussi noch von den Hamburger Gästen etwas zu sehen. Wunderbar. Anscheinend waren sie alle ausgeflogen. Feriengäste, die viel unterwegs waren, mochte er am liebsten. Schon auf dem Hof strömte ihm der Duft von Buchteln entgegen. Ohne sich weiter aufzuhalten, öffnete er die Tür zur Wohnung seiner Mutter, die direkt neben seiner lag. Er traf seine Mutter dort an, wo er sie vermutete – in der Küche. Wie immer stand schon ein Teller für ihn bereit, ebenso ein Glas selbstgepresster Apfelsaft. Die alte Presse funktionierte nur im Handbetrieb, aber der Saft war köstlich. Nach einer kurzen Begrüßung setzte sich Maik an den großen Küchentisch. Hier hatte er schon in seiner Kindheit gesessen und Mutter beim Werkeln zugesehen oder seine Hausaufgaben gemacht. Das gute Stück hatte einiges mitgemacht, was man ihm aber kaum ansah. Er stapelte sich einen kleinen Berg Buchteln auf den Teller und begann genüsslich, ihn zu verspeisen.
„Willst du einen Kaffee?"
Die Gabel mit dem nächsten Bissen vor sich schwenkend, nickte Maik und erzählte, was er von Heiko erfahren hatte.
„Sie hat nicht einmal die wasserfesten Taschen benutzt", beendete er den Bericht. Seine Mutter hatte ihn weder unterbrochen, noch hatte sie bis dahin überhaupt irgendeine Bemerkung gemacht. Erst als Maik ein „um die brauchst du dich nicht zu kümmern, sie hat selber Schuld" hinterher schob, reagierte die alte Dame.

„Ich weiß das alles längst. Sie hat es mir erzählt. Es tut ihr leid. Sie schämt sich dafür. Lass es also einfach gut sein. Und wem ich helfe, entscheide ich immer noch selbst."
Überrascht schnappte Maik nach Luft.
„Du bist ihr ja voll auf den Leim gegangen. Wenn sie die Taschen benutzt hätte, wäre es ein Leichtes gewesen, ihre Unterlagen zu retten. Dann hättest du nicht deine Zeit mit ihr verschwenden müssen!"
Mutter Schlicht band sich nach diesem Wutausbruch langsam die Schürze ab, schob sich einen Stuhl an den Tisch, goss sich heißen Kaffee in einen Pott und legte sich selbst ein Stück des Gebäckes auf den Teller.
„Was hast du eigentlich gegen die junge Frau? Ich finde sie ganz nett. Sie hat ein bisschen Pech gehabt und sich falsch verhalten. Na und? An hundert anderen Sommertagen ohne Gewitter wäre gar nichts passiert. Und sie ist doch nicht die erste Touristin, die kentert und das Boot absaufen lässt. Warum regst du dich so auf?"
Maik schnappte nach Luft.
„Sie hat ein bisschen Pech gehabt? Sie hat mich mit Pfefferspray attackiert. Schon vergessen?"
„Weil du dich wie ein Einbrecher benommen hast", murmelte Mutter Schlicht leise, was Maik hörte, aber ignorierte.
„Und ich habe sie bei Gewitter aus dem Wasser fischen müssen. Das ist passiert. Seit sie hier ist, habe ich nur Ärger. Und sie verdächtigt mich auch noch der Schwarzarbeit. Was will die überhaupt hier? Passt sowieso nicht hierher."
Für Maiks Verhältnisse war das ein sehr langer Redebeitrag. Wütend stocherte er in den verbliebenen Buchteln herum als hätte er vergessen, dass er sie eigentlich essen wollte.
„Du hast Andreas also tatsächlich über seine Firma angefordert?", provozierte ihn seine Mutter, „Da bin ich ja beruhigt. Ich habe nämlich immer Angst, dass er rausfliegt, wenn sein Chef mitbekommt, dass er nebenbei noch woanders arbeitet."

Maik schaute seine Mutter ernst an.
„Wir sind Freunde. Wir helfen uns eben gegenseitig."
„Auch gut", erwiderte sein Gegenüber beinahe belustigt, „dann hast du ihm also diesmal kein Geld gegeben? Ist ja nett, dass er dir einfach so aus der Patsche hilft."
Jetzt schob Maik seinen Teller mit einer heftigen Geste beiseite.
„Hat sie dich etwa schon umgedreht in der kurzen Zeit? Die paar Euro hier sollen also versteuert werden. Diese ganze Managermeute schafft ihre Millionen am Fiskus vorbei in die Schweiz. Aber hier tönen sie etwas von Schwarzarbeit. Und du fällst auch noch darauf herein. Die Konzernbonzen kriegen doch selbst den Hals nicht voll."
„Mein lieber Sohn, du verallgemeinerst schon wieder. Ob Frau Schalenbach die Steuer hinterzieht, weißt du nicht. Auch nicht, ob sie ihr Geld nicht doch mit einem ordentlichen Beruf und harter Arbeit verdient."
„Pah, harte Arbeit. So sieht die gerade aus."
Des Konfliktes überdrüssig und noch immer hungrig, zog er den Teller wieder zu sich heran und aß weiter. Seine Mutter reagierte zunächst nicht. Erst, als er das letzte Stück in den Mund geschoben hatte, sagte sie ruhig:
„Frau Schalenbach hat mir erzählt, dass sie oft mehr als zehn Stunden am Tag arbeitet. Und sie wollte nicht mit ihrem Freund nach Hawaii, weil sie dafür weder Lust noch Kraft aufbringen konnte."
Maik schwieg verbissen, trank den Apfelsaft in einem Zug aus und stand auf.
„Für mich ist sie ein Gör aus reichem Hause. Die Frau hat sich nie etwas erkämpfen müssen. Eine aufgebrezelte, oberflächliche Westtussi ist das! Hast du gesehen, in was für Schuhen sie hier angekommen ist? Solchen Leuten wie ihr geht es doch nicht um echte Werte, sondern nur um den Wert ihrer Aktien. Du hättest sehen sollen, wie sie sich an das Boot geklammert hat, statt sich selbst in Sicherheit zu

bringen. Gegenstände haben mehr Wert in ihrer Welt als alles andere. Ich werde das nie verstehen. Nie."

„War lecker", rief er seiner Mutter noch zu, dann war er endgültig aus der Tür.

Unschlüssig stand Maik im Hof. Eigentlich hätte er noch eine ganze Menge zu tun gehabt. Holz musste gehackt werden und nicht zu Unrecht hatte ihn seine Mutter am Morgen daran erinnert, die Kirschen von den zwei Bäumen im Garten zu ernten damit sie sie verarbeiten konnte. Wie ein Kind freute er sich jedes Jahr auf den ersten eigenen Saft, die köstlichen Kuchen und natürlich die Konfitüre nach Mutters Geheimrezept. Keine schmeckte wie ihre. Was sie nicht selbst benötigten, konnten sie an Feriengäste verkaufen, die ihnen die Gläser nur so aus den Händen rissen. Also würde er sich jetzt um die Kirschen kümmern. Gerade in diesem Moment fuhr der Audi der Jansens wieder auf den Hof. Die Frau winkte ihm im Vorbeifahren fröhlich zu. Kaum ging die Autotür auf, rannte Brutus laut bellend durch den Hof. Maik seufzte. Kam es ihm nur so vor, oder machten Wessi-Gäste Ferienhausvermietern besonders viel Ärger? Sie schienen einfach nicht zu kapieren, dass Freiheit nicht die Abwesenheit von Regeln bedeutete. Von so altmodischen Werten wie Rücksicht mal ganz abgesehen. Die hatten scheinbar nicht genügend reale Wertschöpfung. Der vielen Auseinandersetzungen und nutzlosen Gespräche dieses Tages müde, ging er ohne Kommentar und Ermahnung wegen des herumspringenden Hundes in seine Wohnung, um sich umzuziehen.

„Brutus! Kommst du jetzt wohl her!"

Von drinnen hörte er, wie Frau Jansen erneut nach ihrem Hund rief. Durchs Fenster beobachtete Maik, wie Brutus, ungeachtet der Rufe seines Frauchens, laut kläffend das Hoftor ansteuerte.

9.

Schon wieder saß Sandra neben Udo in dessen Kleinwagen. Und es war nicht das, was man als angenehm bezeichnen konnte. Zum einen, weil er jetzt mit 50 km/h durch die Gegend schuckelte, obwohl 80 km/h erlaubt waren. Eine Klimaanlage gab es in diesem Gefährt natürlich auch nicht. Die Hitze im Inneren des Wagens war kaum auszuhalten. Zum anderen, weil er ausdauernd schwieg und gar nichts mehr sagte. Er schwitzte nur so vor sich hin. Sie konnte sehen, wie die Schweißperlen an seinem Gesicht herunter und in sein Shirt rannen, zog es aber vor, aus dem Fenster zu schauen. Auf ihre Fragen und anderen Versuche, ein Gespräch zu beginnen, reagierte er entweder mit einem eintönigen „Hm“ oder mit „So?“. Dabei war der Inhalt ihrer Frage völlig irrelevant. Die beiden Alternativen wurden hübsch abwechselnd eingesetzt. Auf die Frage, „Wirklich schönes Wetter heute, oder?“ reagierte er zum Beispiel mit „So?“, ohne seine in der Antwort mitschwingenden Zweifel an diesem Umstand näher auszuführen. Bei 28 Grad Celsius und sonnigem Himmel hätte Sandra interessiert, was ihm an der Wetterlage nicht passte. Auf „Kennen Sie den Bootsverleiher in Feldberg näher?“ antwortete er „Hm“.
Sandra fasste dies zunächst als Zustimmung auf. Als sie nachhakte und fragte, „Wie alt ist er denn eigentlich?“, lautete die Entgegnung ihres Fahrers: „So?“.
Selbst die ganz einfache Frage nach dem Namen des Sees, an dessen Ufer sie entlangfuhren, wurde mit „Hm“ beantwortet. Sie verbiss sich die Feststellung, dass der „Hm-See“ wunderschön sei. Das hätte Udo sicherlich auch nicht versöhnlicher gestimmt. Dieser Sturkopf. Was wollte er denn noch? Sie hatte sich doch letztens schon entschuldigt. Aber gut – sie war bereit, ihre Entschuldigung zu wiederholen, doch wollte sie den richtigen Zeitpunkt dafür erwischen.

Beim Einsteigen war Mutter Schlicht dabei gewesen. Da ging es nicht. Udo hatte Sandra wortlos die Wagentür geöffnet und bis sie losfuhren, rührte sich Mutter Schlicht nicht vom Fleck. Während der Fahrt demonstrierte er nun so etwas wie passiven Widerstand. Warum hatte er zugesagt, sie nach Feldberg zu fahren, wenn er es innerlich so sehr ablehnte? Was hatte Mutter Schlicht gegen ihn in der Hand, das ihn zwang, Dinge zu tun, die er eigentlich nicht tun wollte? Während Sandra über ihren störrischen, stark schwitzenden Sitznachbarn nachdachte, schaute sie weiter aus dem Fenster. Wälder, Felder, Seen, Pferde, Kühe und kleine verträumte Ortschaften flitzten an ihr vorbei. Schön war es hier. Fast noch schöner und abwechslungsreicher als sie erwartet hatte. Immer, wenn sie an einem See vorbeifuhren, versuchte sie ihn so lange wie möglich im Auge zu behalten. Dank Udos veränderter Fahrweise gelang dies heute besser als am Vortag. Dennoch war sie froh, als die gut viertelstündige Autotour vorbei war. Udo benutzte offensichtlich kein Deo, was es nicht angenehmer machte, neben ihm zu sitzen. Gekämmt hatte er sich auch noch nicht. Die wenigen verbliebenen Haarsträhnen standen ihm vom Kopf ab. Es wirkte, als wäre er direkt aus dem Bett aufgestanden und ins Auto gestiegen. Hatte Mutter Schlicht nicht erzählt, er sei Schulhausmeister? Wie passte sein recht verwahrlostes Äußeres mit dieser Aufgabe zusammen? Naja – sie befand sich hier eben auf dem Land. Da war alles etwas einfacher. Auch die Schulhausmeister. Udo hielt auf einer freien Fläche, die wohl auch als Parkplatz genutzt wurde, irgendwo im Grünen und wies mit der Hand nach vorn.
„Immer geradeaus. Drei Minuten."
Dann hüllte er sich wieder in Schweigen. Sandra hätte gern noch etwas nachgefragt, verbot es sich aber. Sie öffnete die Wagentür. Jetzt war es wohl an der Zeit, ihr Vorhaben in die Tat umzusetzen.

„Ich wollte ihre Gefühle neulich nicht verletzen. Es tut mir leid. Ich habe Ihnen Geld angeboten, weil ich dachte, Sie könnten es brauchen."
Udo guckte nach vorn aus der Windschutzscheibe, sah sie nicht an, sagte nichts. Erst als Sandra die Tür von außen schließen wollte, drehte er sich zu ihr um.
„Schon in Ordnung ", murmelte er, bevor er wieder nach vorn starrte.

Da stand sie nun. An einem Platz, den sie nicht kannte, in einem Ort, dessen Namen sie vorher noch nie gehört hatte. Wenigstens versagte die Kartenfunktion des Handys nicht. Der Ortsname klang merkwürdig: „Feldberger Seenlandschaft". War es nun eine Landschaft oder ein Ort? Egal. Wenn ihr aktueller Standort richtig angezeigt wurde, befand sie sich am Rand einer Halbinsel. Sogar der Bootsvermieter war eingezeichnet. Dank moderner Technik etwas sicherer, machte sie sich umgehend auf den Weg. In genau fünf Minuten sollte die erste Privatstunde beginnen. Sandra folgte einem schmalen Pfad, der direkt an einem wunderschönen See entlangführte. Beim Gehen schaute sie so fasziniert aufs Wasser, dass sie über eine Wurzel stolperte und beinahe hinfiel. Verärgert über ihre eigene Unachtsamkeit schritt sie schnell weiter. Den See würde sie gleich eine volle Stunde lang betrachten können, sagte sie sich, der Umgang mit einem Kanu würde ja wohl auf dem Wasser stattfinden. Wie von Udo vorhergesagt, war sie nach wenigen Minuten an der Verleihstelle. Dort erwartete sie ein großer, breitschultriger Mann. Hätte er ihr nicht entgegengelächelt, sie wäre vielleicht wieder umgekehrt. Der bärige Kerl streckte ihr zur Begrüßung eine große Prankenhand entgegen. Ja – so konnte man sich einen Sportlehrer durchaus vorstellen. Doch der Prankenmann war leider nicht nur reiner Praktiker. Von den vereinbarten anderthalb Stunden verbrachte sie zunächst eine Stunde mit Theorie und Trockenübungen.

Sie lernte die wichtigsten Wasserstraßenschilder kennen, den Aufbau von Kajaks und Kanus und auch, warum letztere schneller kenterten als Kajaks. Anschließend präsentierte er ihr die unterschiedlichen Paddeltechniken. Merkte er, dass seine Schülerin abgelenkt auf den glitzernden See starrte, fragte er sofort das soeben Vorgetragene ab. Sandra musste sich höllisch konzentrieren. Schließlich wollte sie nicht schon wieder versagen. Irgendwann, rund 20 Minuten vor Ende der Stunde, holten sie endlich ein Boot aus einem großen, scheunenartigen Gebäude. Doch noch immer wurde es nicht zu Wasser gelassen. Sandra sollte an Land in das Kajak einsteigen, lernte, wie der Sitz und das Ruder eingestellt werden und durfte die Paddelbewegung üben. Ohne auch nur am kleinen Finger nass geworden zu sein, machte sie sich schließlich ein wenig enttäuscht auf den Rückweg zum Parkplatz. Schon während des kurzen Spaziergangs über die Insel bereitete sich Sandra innerlich auf die schweigsame Rückfahrt vor, auf diese fühlbare Spannung, die wieder im Wagen liegen würde. Sie nahm sich vor, jedes Gespräch vermeidend einfach aus dem Fenster zu sehen und mit den Augen zu genießen, was an ihr vorüberziehen würde. Udo war pünktlich. Ohne Worte stieg sie ein, innerlich hoffend, er würde nicht wieder so schleichen, damit dieses erzwungene Beieinander möglichst schnell beendet werden konnte. Doch Sandra hatte nicht mit Udos Stimmungswechsel gerechnet.
„Na – wie war et denn?“ fragte er zunächst freundlich, lachte darüber, dass sie nicht näher als zehn Meter ans Wasser herangekommen war und begann dann nicht nur ungefragt die Namen sämtlicher Seen, ihre jeweilige Wassertiefe und anderen Spezifika mitzuteilen. Er berichtete auch recht unterhaltsam über Anekdoten und Sagen. Wie Sandra erfreut feststellte, war Udo nicht nur ein großer Kenner seiner Heimat, er hatte sich zwischenzeitlich auch gewaschen, gekämmt und ein frisches Shirt angezogen. Ihr blieb nur

wenig Zeit, um über seine Verwandlung nachzudenken. Es machte mehr Spaß, ihm und seinen Erzählungen zu folgen. Gerade, als sie beide über einen seiner recht derben Witze lachten, erreichten sie den Hof der Schlichts. Unbeschwert und gut gelaunt stieß Sandra die Wagentür auf, stieg aus und griff nach ihrem kleinen Rucksack. Die Privatstunde, die frische Luft und die Erlebnisse mit Udo hatten sie hungrig und etwas müde gemacht. Sie freute sich auf eine kleine Brotzeit und einen ordentlichen Mittagsschlaf. Sandra liebte Mittagsschläfchen im Urlaub. Anders als Laurenz, der sie immer damit aufzog, wenn sie sich ein schattiges Plätzchen suchte, um ein halbes Stündchen zu schlafen. Manchmal wurde auch eine ganze Stunde daraus. Und von wem hatte sie diese Angewohnheit? Natürlich von ihrer Großmutter. Sandra verabschiedete sich vom gut gelaunten Udo, der ihr kräftig die Hand drückte und das rechte Auge verschwörerisch ein bisschen zukniff. Doch kaum hatte sie sich drei Schritte vom Auto entfernt, stand es da wieder. Das Ungeheuer. Dieser weiße Köter. Er blickte grimmig und knurrte leise. Stocksteif war Sandra stehengeblieben. Nur wenige Meter trennten sie von dem Tier. Dahinter der rettende Eingang zu ihrer Ferienwohnung. Versperrt. Am liebsten wäre sie umgekehrt und zum Wagen gerannt, aber das hätte das Ungeheuer bestimmt als Aufforderung zur Jagd verstanden. Sie wagte nicht, sich zu bewegen. Der große Weiße knurrte weiter böse und rührte sich ebenfalls nicht von der Stelle. Wo waren nur die Besitzer von diesem Mistvieh? Den knurrenden Hund nicht aus den Augen lassend, wich Sandra einen Schritt zurück. Definitiv das falsche Signal. Der Angreifer kam ihr etwas entgegen. Wo war denn dieser Maik? Letztens hatte er das Tier doch so schnell zur Räson gebracht. Angstschweiß brach aus, sie begann zu zittern. Mit einem Mal stand Udo neben ihr und griff einfach nach ihrer rechten Hand. Als wäre sie ein Kind sagte er: „Keine Angst zeigen. Wir gehen jetzt einfach zusammen ins Haus."

Schon allein die Nähe des anderen Menschen bedeutete Sandra in dieser Situation unendlich viel. Zuerst sträubte sie sich noch gegen das Weitergehen, doch Udos fester Händedruck machte ihr Mut.
„Schauen Sie woanders hin“, riet er ihr, „am besten in die andere Richtung.“
Wie bitte? Sie sollte den Köter aus den Augen lassen? Nein – das konnte sie nicht. Sie war es gewohnt, Gefahren ins Auge zu blicken. Wieder drückte Udo aufmunternd ihre Hand.
„Schauen Sie zum See.“
Es beruhigte sie kein bisschen, dass Udo nun auch woanders hin sah. Wer passte denn dann auf, was diese Bestie vorhatte? Von wegen bester Freund des Menschen. Wieder ein ermunterndes Drücken von Udo, der jetzt den Kopf Richtung See gedreht hatte.
„Sie müssen ihm signalisieren, dass er völlig uninteressant ist für Sie. Versuchen Sie es.“
Sandra nahm allen Mut zusammen und blickte an dem Tier vorbei Richtung Ferienwohnung. Die rettende Haustür. So nah und doch so fern. Aber was geschah jetzt? Der große Weiße wirkte irritiert. Zuerst knurrte er noch. Als sie dann auf ihn zuschritten, wich er einfach aus. Der ging tatsächlich weg! Noch bevor Sandra die Tür geöffnet hatte, war der Hund schon am Bootssteg. Noch immer zitterte sie am ganzen Körper, doch sie waren endlich im Haus.
„Danke“, stieß sie hervor, bevor ihre Beine nachgaben und sie sich in einen der beiden Sessel fallen ließ.
„Keine Ursache“, erwiderte Udo, schon wieder an der Tür, „wenn Sie wollen, kann ich Ihnen bei Gelegenheit ein paar Tricks zeigen. Ist gar nicht so schwer, mit Hunden klarzukommen.“
Bevor Sandra antworten konnte, war ihr Retter wieder draußen und pfiff nach diesem Köter, der sofort angerannt kam. Ihn am Halsband haltend, klopfte er bei Mutter Schlicht. Durch das Fenster beobachtete Sandra noch, wie

Maik herauskam. Er trug eine Schürze, die mit roten Flecken übersät war und hielt die Hände nach oben als wären sie schmutzig. Wahrscheinlich hatte er gerade geschlachtet. Natürlich – auf dem Land war so etwas üblich. Sie schüttelte sich bei dem Gedanken, dass gegenüber gerade ein Tier abgestochen worden war. Dieser Maik schien zu allem fähig. Was für ein roher Kerl. Angeekelt wollte sie sich abwenden, als sie sah, dass ihr Vermieter es offensichtlich auch noch ablehnte, den Hund zu seinen Besitzern zu bringen. Sandra beobachtete wie Udo, auf ihren Hauseingang deutend, etwas erzählte. Jetzt machte also ihre Hundestory die Runde. Achselzuckend ließ Maik nun endlich den Hund in die Wohnung. Udo zog von dannen. Das erste Mal an diesem Tag dachte Sandra daran, doch abzureisen. An einen erholsamen Mittagsschlaf war jedenfalls nicht mehr zu denken. Ihr Puls raste. Wenigstens gelang es ihr, eine Brotzeit vorzubereiten. Erst während sie aß, beruhigte sie sich langsam. Was hatte ihre Großmutter immer gesagt: „Angst ist nichts für Frauen."

Und wenn Sandra doch welche hatte, hieß es: „Nur nicht unterkriegen lassen. Niemals weglaufen. Egal, was für Prüfungen dir bevorstehen."

Ihre Großmutter vor Augen, straffte Sandra die Schultern. Nein – sie würde sich doch nicht von einem Hund den Urlaub verderben lassen. Vor einem Hund wird nicht geflohen. Sie hatte schon so viel in ihrem Leben gemeistert – an diesem blöden Vieh würde sie nicht scheitern. Außerdem hatte sie ja immer noch das Pfefferspray. Warum war ihr das nur nicht früher eingefallen?

10.

Zufrieden betrachtete Maik das Ergebnis seiner zweistündigen Arbeit. Fünf große, randvoll mit reifen Kirschen gefüllte Eimer standen in der Küche. Jetzt kam der unangenehmere Teil der Marmeladenproduktion. Während seine Mutter die Kirschen nach und nach durch den elektrischen Entsteiner jagte, war es seine Aufgabe, dafür zu sorgen, dass nicht die halbe Küche mit roten Kirschflecken übersät würde. Das elektrische Gerät entsteinte zwar leidlich schnell und sorgfältig, nur war bei dessen Herstellung der Spritzschutz vergessen worden. Vor allem zu einer Seite verteilte sich der Fruchtsaft in die Umgebung. Also platzierte er sich mit einem Tuch so vor dem Gerät, dass er die Spritzer abbekam und nicht die Küche. Was allerdings nicht hundertprozentig funktionierte. Sich selbst vor den Flecken zu schützen, war unmöglich. Daher besaß Maik eine Kirschen-Schürze, ein Kirschen-T-Shirt und eine Kirschen-Hose. Alle Kleidungsstücke waren nach mehreren Jahren dieser Prozedur durchtränkt von Kirschsaft und auch durch häufiges Waschen nicht mehr sauber zu bekommen. Aber was machte das schon – außer Mutter sah ihn ja niemand. Gerade hatten die beiden begonnen, den vierten Eimer zu entkernen, als es an der Tür klingelte. Zuerst bemerkten sie es gar nicht, denn die Maschine spritzte nicht nur, sie war auch ziemlich geräuschvoll. Erst als es laut klopfte, unterbrachen die beiden ihre Arbeit. Mürrisch, denn er hasste Störungen, öffnete Maik. Natürlich steckten hinter dieser Unterbrechung wieder seine Urlauber. Die einen, weil sie es nicht schafften, ihren Hund unter Kontrolle zu bringen, die andere, weil sie wegen des Köters die Nerven verlor. Notgedrungen ließ er Brutus erst einmal ins Haus. Bevor die Kirschen nicht fertig entsteint und er wieder umgezogen war, würde er nichts unternehmen. Schon gar nicht zu den Hamburgern rübergehen und ihnen das Vieh zurückbringen. Sollten sie es doch ruhig ein bisschen suchen. Vielleicht kümmerten sie sich dann künftig besser um Brutus.

Zwei Stunden später tauschte Maik seine Kirschklamotten gegen saubere und brachte den inzwischen leicht rot eingefärbten Hund zu seinen zerknirschten Besitzern zurück. Jetzt hatte er sich eine Pause redlich verdient. Mit der Zeitung in der Hand steuerte er das Sofa an. Natürlich musste genau in diesem Moment das Telefon klingeln. Zunächst reagierte er nicht. Hatte sicher auch bis später Zeit. Aber es hörte nicht auf. Trotzig schlug er die Zeitung auf und versuchte, sich zu konzentrieren. Ging nicht. Dann hörte das Klingeln plötzlich auf. Ruhe kehrte ein. Maik lehnte sich zurück. Endlich Pause. Kaum entspannte er sich, setzte das Klingeln erneut ein. Ärgerlich über so viel Unverfrorenheit ging er ran. Unfassbar. Es war die Designerbeutenfrau. Dachten diese Urlauber eigentlich, er hätte nichts anderes zu tun, als sich permanent um ihre Probleme zu kümmern? Bevor er ihr die Meinung sagen konnte, brach eine Tirade von Beschwerden über ihn herein. Er solle sich endlich um die frei umherlaufende Bestie kümmern, forderte die Schalenbach ihn auf. Was glaubte die eigentlich, habe er gerade getan? Von wegen Bestie. So schlimm war der nun wirklich nicht. Bei seiner Mutter hatte er die ganze Zeit friedlich in der Ecke gelegen und ihnen bei der Arbeit zugesehen. Die Stadttussi drohte damit, die „Hundehalter" wie sie sich ausdrückte, anzuzeigen, sollte es zu einer erneuten Attacke des Vierbeiners kommen. Und wenn er ihr nicht helfen würde, gäbe es andere Mittel und Wege, um das Vieh loszuwerden. Maik rieb sich die Augen bei dem Gedanken daran, welche Waffen diese Frau besaß. Warum hatte sie das Pfefferspray nicht längst bei Brutus eingesetzt? Das hätte sowohl den Hund als auch seine Besitzer mit Sicherheit beeindruckt. Natürlich hütete er sich, ihr diesen Rat auch tatsächlich zu geben. Sie schien sich abreagieren zu müssen. Wie machte sie es nur, unaufhörlich zu reden? Er ließ sie zetern und studierte währenddessen den Gebrauchtwarenteil der Tageszeitung. Manchmal waren dort ganz erstaunliche Schnäppchen zu machen. Die Fliesen für die Ferienwohnungen und einen Teil der Einrichtung hatte er auf diese Weise fast geschenkt bekommen. Doch diesmal schien nichts Passendes für ihn dabei zu sein. Er lauschte mal wieder kurz in den Hörer. Tatsächlich – es hatte gewirkt. Sein Feriengast sprach schon viel ruhiger und schickte sich sogar an, das Gespräch zu beenden. Freudig wollte er sich verabschieden, als plötzlich ihre Litanei noch einmal begann. War diese Frau hartnäckig! Um endlich in Ruhe Zeitung lesen und einen Kaffee trinken zu können, gab er nach und versprach, SOFORT zu den anderen Feriengästen hinüberzugehen und ihnen die Botschaft zu überbringen. Dann legte sie tatsächlich auf. Maik schüttelte den Kopf, holte erst einmal tief Luft und setzte Wasser auf, um sich einen Kaffee zu brühen. Diese Tussi ging ihm unglaublich auf die Nerven! Warum musste bei solchen Leuten immer alles „sofort" geschehen? Nicht „gleich" oder „im günstigsten Augenblick". Nein – sofort. Dabei genügte es doch vollkommen, wenn er das in einer Stunde erledigte oder noch später. Brutus lag derzeit sowieso an der Leine, die Jansens tranken gerade Kaffee. Wenn er das schon hörte: „Sofort." Abgesehen mal davon, dass er sich seit seiner Zeit im Schwimmverein von niemandem mehr Befehle erteilen ließ, hatte er nicht vor, für diese Frau den Lakaien zu spielen. Ihm wäre es sowieso am liebsten gewesen, wenn die Stadtdame vom platten Land die Nase voll hätte und abreiste. Dann müsste sie die gesamte Buchungszeit bezahlen und er hätte trotzdem seine Ruhe. Vielleicht, sinnierte er, könnte er die Wohnung sogar noch an jemand anderes vermieten und doppelt kassieren. Ein äußerst reizvoller Gedanke. Leider ließ dieser sich wohl weder mit dem Gesetz noch mit seinem Gewissen

vereinbaren. Fünfzehn Minuten später, Maik schlürfte gerade genüsslich den Kaffee und lag Zeitung lesend auf dem Sofa, klopfte es an der Tür. Hatte er denn niemals seine Ruhe? Nicht einmal für eine halbe Stunde? Er überlegte noch, ob er sitzen bleiben und Abwesenheit vortäuschen sollte, da ging die Tür ohne sein Zutun auf. Seine Mutter kam herein. Vorwurfsvoll blickte sie auf ihn herab, wie er da so lag. Maik setzte sich auf.
„Was du versprichst, solltest du auch halten.“, hörte er sie ernst sagen.
Fieberhaft überlegte Maik, was er seiner Mutter versprochen und nicht eingelöst hatte. Aber es wollte ihm nichts einfallen. Dann begriff er – sie war von der Stadttussi aufgehetzt worden. Das konnte doch nicht wahr sein! Wütend stand er auf.
„Auf wessen Seite stehst du eigentlich?“, fragte er laut, „Bist du schon zur Erfüllungsgehilfin dieser Frau geworden?“
„Sandra fürchtet sich. Kannst du das nicht verstehen?“
Per „du“ waren die beiden also auch schon. Nein, er verstand nicht, dass sie vor einem weißen, verspielten und etwas übermütigen Hund panische Angst hatte. Er gab sich auch keine Mühe, das zu verstehen. Für ihn waren das nichts als Stadtkind-Allüren. Vor allem Angst haben, was mehr als zwei Beine hat. Einfach lächerlich. Seine Mutter stand schweigend da. Wartete sie etwa darauf, dass er tätig werden würde? Was sollte das? In diesem Augenblick riss sein Geduldsfaden gegenüber dieser Managertussi. Er schob seine Mutter beiseite und spurtete, nur mit Jeans und Unterhemd bekleidet, zu der gegenüberliegenden Wohnung und klingelte Sturm. Als sich von drinnen nichts regte, rannte er ums Haus herum, direkt auf ihre Terrasse. Die Schalenbach lag mit einem Hauch von Bikini auf einem Sonnenstuhl, den Kopfhörer auf den Ohren und die Augen geschlossen. Hübsch war sie. Das musste er sich eingestehen. Kurz

überlegte er, wie er am besten auf sich aufmerksam machen konnte. Dann fiel ihm ein Handtuch ins Auge, das über dem zweiten Stuhl lag. Er nahm es und warf es ihr auf den Bauch. Fast wäre sie vom Stuhl gefallen. Der Anblick ihrer erschreckt aufgerissenen Augen, der Versuch, sich mit dem Handtuch etwas zu bedecken und die Empörung, die sich sekundenschnell nachdem sie ihn erkannt hatte, in ihrem Gesicht widerspiegelte, lenkten Maik ein wenig von seinem Vorhaben ab. So verpasste er es, als erster seine Wut in Worte zu fassen. Die Berlinerin war schneller.

„Haben Sie sie noch alle?“, herrschte sie an und sprang dabei vom Liegestuhl auf, „Verschwinden Sie.“

Nun wurde er wieder abgelenkt, denn die rechte Seite dieses klitzekleinen Bikinioberteils war bei ihrer heftigen Bewegung zur Seite gerutscht und gab mehr preis, als es der Besitzerin recht sein konnte. ‚Sexy‘, dachte er, dann stand sie drohend so nah bei ihm, dass er sich auf sein eigentliches Anliegen konzentrieren musste. Fast hätte er vergessen, weshalb er überhaupt bei ihr war.

„Wie kommen Sie dazu, meine Mutter so auszunutzen?“, fragte er zwar immer noch verärgert, aber deutlich sanfter, als er eigentlich vorhatte, „Wir sind nicht ihre Befehlsempfänger, die sie herumkommandieren können. Spielen Sie Zuhause die Chefin, aber nicht hier. Wir sind auch keine Personenschützer, sondern lediglich Vermieter von Ferienwohnungen.“

Er fand, er hätte damit das Wichtigste gesagt und wollte abdrehen. Doch Maik hatte nicht mit Sandra gerechnet.

„So sehen Sie das also“, retournierte sie lautstark, „und ich dachte, Sie wären auf Ihrem Grund und Boden für die Sicherheit Ihrer Feriengäste zuständig. Aber ich hätte mir gleich denken können, dass Ihnen dafür das Verantwortungsbewusstsein fehlt.“

Nach einer sehr kurzen Pause, die sie zum Luft holen benötigte, fügte sie hinzu.

„Sie sind ja nicht mal in der Lage, Ihre Ferienwohnungen in Schuss zu halten. Der Boiler ist schon wieder kaputt. Ich werde das alles von der Miete abziehen."
Maik schnappte nach Luft. Das war ja wohl die Höhe.
„Jedenfalls bin ich ganz sicher nicht für Ihre Neurosen zuständig. Suchen Sie sich besser einen guten Psychiater. Der Hund hat Ihnen nichts getan."
Etwas über sich selbst erschreckt, wartete er gespannt die Reaktion seines Gegenübers ab. Die Berlinerin war etwas zurückgewichen. Ihr Oberteil hing immer noch schief, was ihn schon wieder ablenkte, weil er natürlich hinsah. Sie bemerkte es nicht einmal, so aufgeregt war sie. Ihr Blick bohrte sich schier in ihn und ihre Augen hatten sich zu Schlitzen verengt.
„Das sagt ja der Richtige", erwiderte sie durch die Zähne zischend, „wie wäre es denn mal mit regelmäßig arbeiten gehen statt Selbstverwirklichung? Mit Steuern zahlen statt schwarz arbeiten? Mit Verantwortung übernehmen statt abhängen? Kein Wunder, dass Sie keinen anständigen Job haben und anderen auf der Tasche liegen."
Jetzt war es an Maik, tief Luft zu holen. Was bildete sich diese Person eigentlich ein?
„Mein Verantwortungsbewusstsein hat immerhin gereicht, um im See Ihren Arsch zu retten", zischte er nun ebenfalls im Ton gedämpft, aber nicht weniger wütend, „Ihr Weltbild ist sehr schlicht. Aber was soll man auch von jemandem erwarten, der Gucci-Taschen trägt und Shopping für den Sinn des Lebens hält. Mir ist egal, was Sie über mich denken, aber hören Sie auf, meine Mutter für Ihre Zwecke zu missbrauchen."
Maik warf ihr noch einen bösen Blick zu, dann drehte er sich um und ging.
„Wer nutzt hier eigentlich Ihre Mutter aus?", rief ihm die Designertussi laut hinterher, „Sie können sich ja nicht mal selbst eine Stulle schmieren."

Eigentlich nur, weil er ihr nicht gönnte, das letzte Wort zu behalten, drehte sich Maik noch einmal kurz um, deutete mit dem Zeigefinger in Richtung ihres Busens und sagte:
„Da hängt was schief."
Mehr Boshaftigkeiten fielen ihm nicht ein. Aber wie er sie einschätzte, reichte das auch völlig aus, um sie zu treffen.
In seiner Wohnung zurück, musste er schmunzeln. Nervig, diese Sandra. Aber streiten konnte sie, das musste er ihr lassen.

11.

War ihr das peinlich! Die ganze Zeit hatte sie diesem Provinz-Macho ihren blanken Busen präsentiert. Warum hatte sie nicht den vernünftigen Bikini eingepackt, den sie sich selbst vor einem Jahr gekauft hatte? Nein – um Laurenz zu gefallen, hatte sie diesen Hauch von Nichts mitgenommen. Er liebte es, die Blicke der anderen Männer zu erhaschen, wenn sie mit diesem Teil am Strand waren. Eigentlich auch nichts als dumme Macho-Allüren. Nichts als dieses ewige „Seht her, das ist meine Frau, die gehört zu mir". Sie hatte mitgespielt, weil sie es genossen hatte, dass er sie begehrte. Und weil er in der Lage war, ihr das Teil in unnachahmlich erregender Weise vom Leib zu streifen. Mit einem Seufzer zupfte sie den Bikini gerade und ließ sich zurück in den Liegestuhl fallen. Sandra mochte lautstark ausgetragene Streitereien nicht. Aber sie konnte damit besser umgehen, als mit den hinterhältigen Boshaftigkeiten, wie sie manche ihrer Kollegen einsetzten. Immerhin hatte sie diesem Kerl mal die Meinung gesagt. Kaum hatte sie es sich wieder etwas bequem gemacht, hörte sie ein Geräusch an der hölzernen Wand, die die Terrassen der Ferienwohnungen voneinander trennte. Zuerst maß Sandra diesem leisen Klopfen keine

Bedeutung bei. Sie vermutete, jemand hätte die Holzwand mit einem Gartenstuhl gestreift. Als sich das Geräusch etwas lauter wiederholte, horchte sie auf. Doch noch bevor sie reagieren konnte, schob sich eine zierliche Gestalt am Ende der Abtrennung nach und nach auf ihre Terrassenseite hinüber. Zuerst sah sie nur den grauhaarigen Kopf einer älteren Dame, die sie freundlich anlächelte. Als Sandra keine Gegenwehr erkennen ließ, trat die Person kurzerhand ganz auf die Terrasse. Die Frau trug Badelatschen, kurze Outdoorhosen und ein T-Shirt, das ebenfalls dieser Kategorie Kleidung zuzuordnen war. Sandra schätzte sie auf Anfang siebzig.
„Entschuldigen Sie die Störung", hörte sie die Besucherin sagen, die etwas schüchtern am anderen Ende der Terrasse verharrte, „wir haben soeben Ihren Streit mit Herrn Schlicht mitbekommen. Es tut uns so leid, dass Sie unseretwegen Ärger haben. Brutus – also ich meine unser Hund – ist noch jung und manchmal etwas rüpelig. Wir möchten uns entschuldigen."
In diesem Augenblick schob sich eine zweite Person an der Trennwand vorbei und kam auf Sandras Terrassenseite zum Vorschein. Es war der nette ältere Herr, den sie am Steg getroffen hatte. Ebenso gewinnend lächelnd wie die Grauhaarige, ergänzte er die Ausführungen: „Er ist mir einfach entwischt."
Dabei legte er den rechten Arm um seine Frau, während er den anderen hinter seinem Körper versteckte. Als hätte es einer weiteren Unterstützung der Aussagen bedurft, war nun von nebenan ein kleines trauriges Jaulen zu hören.
„Wir haben ihn angekettet", erklärte die Nachbarin in schönstem Hamburger Dialekt, „das ist er nicht gewöhnt."
Als Sandra noch immer nichts sagte, kam der Mann etwas näher und zog die linke Hand hinter dem Rücken hervor. Zum Vorschein kam eine Flasche Wein mit edlem Etikett, die er der verblüfft dreinschauenden Sandra in die Hände drückte.

„Eigentlich wollten wir Sie auch einladen, den Wein morgen Abend mit uns gemeinsam zu trinken."
Sandra spürte, dass es an der Zeit war, irgendwie zu reagieren. Also schüttelte sie dem Herrn die Hand und sagte, während sie auf die Dame zuging, um sie ebenfalls zu begrüßen: „Ich bin einfach nicht erfahren im Umgang mit Hunden. Es wäre schön, könnten Sie besser auf Ihr Tier aufpassen."
Die Grauhaarige nickte beflissen.
„Natürlich. Wir nehmen ihn jetzt immer an die Leine."
„Dann also morgen Abend um sieben Uhr", bekräftigte der Gatte nun seine Einladung, „der Hund bleibt natürlich an der Leine und ich koche uns etwas Schönes."
Die beiden waren so sympathisch, dass Sandra schließlich einwilligte. Warum auch nicht. Sie hatte sowieso nichts anderes vor. Hoffentlich hielten sie ihr Versprechen und der Köter blieb derweil angekettet. Sichtlich zufrieden zogen ihre Nachbarn ab. Kaum waren sie auf der anderen Terrassenseite angekommen, verstummte das schreckliche Gejaule. Ruhe kehrte ein. Jetzt hätte Sandra sich wieder auf den Gartenstuhl legen und diese Ruhe auch genießen können – wenn sie nicht auf die Uhr geschaut hätte. Diese sagte ihr, dass es an der Zeit war zu überlegen, wo und was sie heute Abend essen wollte. Vor ihren Augen glitzerte der See wellenlos. Er schien auf sie zu warten. Nicht einmal ein Segler war unterwegs. Die andere Uferseite lag schon im Schatten, der See aber noch nicht. Selbst der blöde Hund war vermutlich wirklich gerade angeleint und konnte ihr nicht gefährlich werden. Schnell ging sie ins Haus, tauschte den Bikini gegen einen sportlichen Badeanzug und streifte sich ein dünnes Strandkleid über. Auf dem Steg lag ein dunkelgrünes altes Handtuch mit ausgefransten Seitennähten und einem großen Loch in der Mitte – an der Stelle, die besonders zerschlissen aussah. Sandra vermutete, es handele sich um ein Putztuch, das aus Versehen liegen geblieben war. Schnell schlüpfte sie aus ihren Badelatschen und legte den Schlüs-

sel zu ihrer Wohnung in die Schuhe. Dann zog sie sich das dünne Strandkleid über den Kopf und deckte über alles ihr Handtuch. Nun war sie bereit. Sich am Geländer festhaltend, stieg sie langsam die wenigen Stufen der Metallleiter hinab. Wie beim ersten Mal, kostete es sie ein wenig Überwindung, in dieses kalte Wasser einzutauchen. Ihr war klar, dass sie sich beeilen musste, wollte sie nicht zu frieren beginnen. Also nahm sie ihren ganzen Willen zusammen und ließ sich ins Wasser plumpsen. Brrr, war das kalt. Mit ein paar schnellen Schwimmstößen entfernte sie sich vom Ufer. Bibbernd begann sie, zu kraulen. Auf dem riesigen See war niemand weit und breit zu sehen. Die Sonne blendete, aber sie nahm einfach den Kopf kaum noch aus dem Wasser. Schwimmen war ihr Lieblingssport. Schon als kleines Mädchen war sie mit ihrer Oma gern zum Wannsee gefahren, an den Teufelssee oder einfach in eines der Freibäder. Beigebracht hatte Sandra das Schwimmen allerdings ihr älterer Cousin Leonhard, der im Schwimmverein war. Kaum konnte sie mehr als fünf Minuten hintereinander im Wasser paddeln ohne unterzugehen, meldete Oma sie dort ebenfalls an. So verbrachte sie als Kind viel Zeit damit, zu trainieren und an Wettbewerben teilzunehmen. Damit war Schluss, als sie kurz vor dem Abitur stand. Zum einen musste sie ganz schön pauken, um die Schule zu schaffen, zum anderen weckten alternative Beschäftigungsmöglichkeiten ihr Interesse. Jungs zum Beispiel. Aber auch, wenn ihre Vereinszeit schon ein Weilchen her war, verlernt hatte sie nichts. Kraulen, Brustschwimmen, Rückenschwimmen, Delfin – sie beherrschte alle Schwimmstile so weit, dass sie damit zügig vorankam und eine gute Figur machte. Und wann immer sie Zeit hatte, fuhr sie raus. Endlich wurde ihr warm. Sie hörte und sah nichts mehr außer dem Plätschern des durch ihre Armbewegungen aufgewirbelten Wassers und das gleichmäßige Blubbern der Luftblasen, die sie beim Ausatmen im Wasser erzeugte. Das hier war besser als jede Wellnessanwendung. Pure Medita-

tion. Alles Bedrückende fiel einfach von ihr ab. Die Streitereien, der peinliche Bikini, der blöde Hund – einfach alles. Die letzten Wochen war sie nur ab und an ins Schwimmbad gekommen und jedes Mal war es dort so voll gewesen, dass das Schwimmen eher einem Hindernisparcours geglichen hatte. Aber hier war so viel Platz – einfach herrlich. Sie brauchte nicht aufzusehen, nicht aufzupassen. ‚Wann bist du eigentlich das letzte Mal Delfin geschwommen?', schoss es ihr durch den Kopf. Und auch die Antwort blieb sie sich nicht schuldig. Vor einem Jahr – am späten Abend im Pool einer sündhaft teuren amerikanischen Hotelanlage. Und natürlich hatte Laurenz sich beschwert und gemeint, dieser Schwimmstil sei zutiefst unerotisch. Es sähe so grobmotorisch aus. Ihr hatte es trotzdem immer Spaß gemacht. Nur war diese Schwimmtechnik in normalen Schwimmbädern mit den vielen Badegästen praktisch nicht durchführbar. Aber jetzt und hier... Sandra überlegte nicht lange, ließ sich kurz treiben. Dann startete sie los, dass es nur so spritzte. Wie schnell sie vorankam! Die Tatsache, dass sie noch nichts verlernt hatte und hier in tüchtigem Tempo den See umpflügte, machte sie richtig glücklich. Unbeschwert tobte sie durchs Wasser. Mit einem Mal stieß ihr rechter Arm plötzlich auf Widerstand. Irgendetwas Großes, Hartes musste sich direkt neben ihr befinden. Voller Panik hielt sie inne und sah hoch. Direkt neben ihr, zum Greifen nah, befand sich ein anderer Mensch im See, den sie vermutlich getroffen hatte. Noch bevor sie richtig sehen konnte, was passiert war, hörte sie den anderen schimpfen.
„Sie schon wieder! Können Sie mir nicht einmal im See meine Ruhe lassen? Warum passen Sie nicht auf, wo sie hinschwimmen?"
Jetzt konnte sie die Person auch sehen, obwohl das gar nicht mehr nötig war, denn die Stimme ihres Vermieters war ihr mittlerweile vertraut. Er paddelte im Wasser herum und hielt sich den linken Unterarm fest.

„Tut mir leid“, quetschte sie, noch immer starr vor Schreck, hervor, „ich habe Sie wirklich nicht gesehen.“
Sein schmerzverzerrtes Gesicht sorgte bei ihr für ein schlechtes Gewissen.
„Was machen Sie überhaupt so weit draußen?“, blaffte er sie nun an, „hier ist sonst nie jemand außer mir.“
„Ich glaube, die Tätigkeit nennt sich ‚schwimmen‘“, gab sie zurück.
War das ein abschätziger Blick, der sie streifte? Oder eher ein amüsiert herablassender? Jedenfalls, so viel war sicher, kein anerkennender. Sandra schaute sich um. Sie befanden sich ungefähr in der Mitte des Sees. Sie schätzte die Entfernung zum Ufer auf einen Kilometer. Für einen Verletzten eindeutig zu weit, um allein zurückzuschwimmen.
„Soll ich Sie abschleppen?“, fragte sie, mit den Augen auf seinen Arm deutend.
Wieder dieser Blick.
„Ganz sicher nicht“, ließ er sie wissen, „es geht schon.“
Um zu demonstrieren, dass er ihre Hilfe nicht benötigte, begann er seinen Weg Richtung Ufer fortzusetzen. Die Kollision hatte Sandra den Spaß am Weiterschwimmen verdorben. Also machte sie ebenfalls kehrt. Außerdem wollte sie den Vermieter im Auge behalten. Vielleicht war er doch schwerer verletzt als er zugab. Kurz beobachtete sie, wie er mit kraftvollen Bewegungen davon kraulte. Das sah professionell aus. Dieser Mann machte beim Schwimmen eine erstaunlich gute Figur. Die Kollision schien keine größeren Folgen zu haben. So genau wusste sie nicht, warum sie sich vornahm, ihn zu überholen, schneller zu sein als er. Was wollte sie ihm beweisen? Es blieb keine Zeit, darüber nachzudenken, denn kaum hatte sie ihn eingeholt, bemerkte er sie und zog das Tempo an. Er war schnell. Sehr schnell. Aber auch, wenn sie anschließend vor Erschöpfung nicht würde stehen können, diesen Wettkampf wollte sie unbedingt für sich entscheiden. Nach zwei-, dreihundert Metern schmerzten die Beine und die

Arme wurden müder. ‚Nichts da', trieb sie sich an, ‚hier wird nicht schlapp gemacht'. Sie sah den kurzen irritierten Blick des Kontrahenten nicht, beachtete nicht, dass er ebenfalls das Tempo anzog. Nur ab und an überprüfte sie den Abstand zwischen ihnen beiden, um nicht wieder zu kollidieren. Sandra gab wirklich alles, aber es reichte nicht aus. Er zog vorbei, erreichte das Ziel deutlich vor ihr und kletterte sofort auf den Steg. Während er begann, sich mit dem grünen Putzlappen abzutrocknen, grinste er ihr entgegen. Am liebsten wäre sie noch etwas ausgeschwommen. Doch sie konnte einfach nicht mehr. Schade – jetzt musste sie ihm zeigen wie heftig sie atmete, wie angestrengt sie war. Beinahe ein weiterer Beweis ihrer Niederlage gegenüber diesem Landburschen.
„Nicht übel", kommentierte der Kontrahent und beobachtete, wie sie nach ihrem Handtuch griff.
„Gleichfalls."
Mit einem Seitenblick musterte sie ihn kurz. Er trug eine richtige Badehose, nicht diese merkwürdigen Shorts, die gerade modern waren. Sein Körperbau ließ wirklich nicht zu wünschen übrig. Er war kräftig, ohne übertrieben muskulös zu sein, besaß Taille und kein Gramm Fett am trainierten Bauch. Eine richtige Schwimmerfigur. Allerdings standen seine schulterlangen Haare wild vom Kopf ab. Das wiederum sah schrecklich aus und gab Punktabzug. Wenigstens war er auch noch außer Atem. Sein Brustkorb hob und senkte sich recht schnell. Ihre gute Laune kehrte zurück. Jetzt wickelte er sich den durchscheinenden Putzlappen um die Hüfte. War er so arm, dass er das Ding noch nicht weggeworfen hatte?
„Revanche?", fragte er, „Morgen Abend?"
In seinen Augen lag ein leichtes Lächeln. So freundlich hatte er sie noch nicht angesehen, seit sie angekommen war. ‚Sieh an, den gab es auch noch in gut gelaunt', dachte Sandra.
„Gern", stimmte sie zu, konnte sich aber den herausfordernden Blick dabei nicht verkneifen.

Da er scheinbar nicht vorhatte, dezent in eine andere Richtung zu blicken, verzichtete sie darauf, den Badeanzug auszuziehen. Also band sie sich das Handtuch ebenfalls um den Körper und nahm das Strandkleid in die Hand. Was war das nur für eine merkwürdige Spannung, die zwischen ihnen lag? Warum konnten sie nicht ganz normal miteinander umgehen? Warum ging er nicht einfach zurück zum Haus? Nein – er blieb auf diesem kleinen Steg stehen und musterte sie. Wie sollte sie an dem breiten Kerl vorbeikommen, um den Steg zu verlassen? Was waren denn das für Macho-Allüren?

„Ist noch etwas?", fragte sie keck und ging einfach auf ihn zu. Wieder so eine alte Weisheit ihrer Großmutter: „Zeig' den Jungs nicht, wenn du unsicher bist. Sie halten dich sonst in jeder Hinsicht für leichte Beute. Wenn du dann mit ihnen was anfängst, bist du nie auf Augenhöhe."

Wie kam sie jetzt denn darauf? Das war ja wohl das letzte, was sie wollte. Während Sandra innerlich diesen absurden Gedanken verdrängte, sah sie ihren Vermieter belustigt mit dem Kopf schütteln. Was war denn an ihr so komisch: Unwillkürlich überprüfte sie, ob ihr Badeanzug korrekt saß.

„Dann wäre es nett, wenn Sie mich vorbeilassen würden."

Der Vermieter drehte sich etwas zur Seite, um sie passieren zu lassen.

„Schönen Abend noch", verabschiedete er sie, „passen Sie auf, dass Ihnen niemand mehr in die Quere kommt. Der Doc ist heute nicht in der Stadt."

War ja klar, dass er noch einen dummen Spruch machen musste. Aber auf den Kopf gefallen war sie diesbezüglich auch nicht. In der Hoffnung, ihr Blick möge genauso herablassenden rüberkommen wie sie ihn plante, drehte sie sich zu ihm um.

„Falls Sie noch mal den Einbrecher spielen, um den Warmwasserboiler zu reparieren, brauchen Sie keinen Arzt mehr, nur noch den Bestatter."

„Na dann gehe ich mich besser schon mal einölen", gab Maik zurück, „man weiß ja nie."

12.

Maik stand noch immer kopfschüttelnd in seinem Wohnzimmer. War er tatsächlich eben mit der Trulla aus Berlin um die Wette geschwommen und hatte sich sogar ein bisschen anstrengen müssen, um sie zu besiegen? Das letzte Mal, als er eine Frau so hatte schwimmen sehen, war er selbst noch im Wettkampftraining gewesen. Elke war damals fünfzehn und eine der Anwärterinnen für die Olympia-Teilnahme. Dummerweise hatte sie vorher einen Unfall und Olympia fiel für sie aus. Danach kam sie nicht mehr zu alter Form zurück. Aus war der Traum vom großen Erfolg. Was blieb, war der Traum vom großen Glück. Sie waren unzertrennlich und als Elke 18 wurde, heirateten sie. Es schien so selbstverständlich zu sein, dass sie für immer zusammen gehörten. War es aber nicht. Kaum öffnete sich der eiserne Vorhang, zog es seine große Liebe in die Ferne. Zuerst hatte sie noch versucht, ihn zum Mitkommen zu überreden. Doch dazu hätte er sein Studium schmeißen und Deutschland verlassen müssen. Er hatte sie ausgelacht, als sie von einem Studium in den USA sprach, vom Auswandern. Niemals hätte er geglaubt, dass sie ernst machte – ihn verlassen würde. Für immer. Er hielt es für eine kurze Träumerei, die wieder vergehen würde. Nur fünf Wochen später war sie weg. Das letzte Mal hatte er von ihr gehört, als sie Professorin wurde und die Scheidung einreichte. Irgendwie hatte sie es sogar geschafft, beim Scheidungstermin nicht anwesend sein zu müssen. Nur die Fotos von der Hochzeit, die seine Mutter noch immer sorgsam aufbewahrte, und der ihm verbliebene Ehering bewiesen, dass es diesen Teil seines Lebens überhaupt gegeben hatte. Er warf Handtuch und Badehose auf den Wäscheständer im Bad, ging nackt ins Wohnzimmer und stieg in seine Jeans. Das war alles lange her und endgültig vorbei. Merkwürdig, dass diese Erinnerungen zurückkamen nur weil die Berlinerin in der Lage war, richtig sportlich zu schwimmen. Aber das kam hier eben nicht so oft vor. Gar nicht – um ganz genau zu sein. Die Feriengäste machten meist nur ein paar Züge, dann kamen sie zurück ans Ufer. Auch die Einheimischen machten es nicht anders. Immer nur kurz rein in den See und dann wieder raus. Man hätte vergessen können, dass Schwimmen eine Sportart war. Aber heute – das war anders, das hatte richtig Spaß gemacht. Vielleicht war es ja doch nicht so übel, dass die Stadtmaus noch fast drei Wochen bleiben würde. Während er sich das T-Shirt überstreifte, ging er zum Fenster und sah hinaus in den Hof. Er wollte den Blick gerade wieder abwenden, als ein ihm unbekanntes Auto vorfuhr. Was sollte das denn? Nur, weil die Hoftür offen stand, war das keine Einladung zum freien Parken. Ein Stück vom Nummernschild war erkennbar: HH – natürlich von auswärts, was sonst. Vielleicht Bekannte der Jansens? Jedenfalls fuhren sie einen Protzwagen. 7er BMW. Ein Pärchen stieg aus. Jetzt erkannte Maik die ungeladenen Besucher: Es handelte sich um niemand anderes als Dr. Dr. Klammergriff und seine Gattin. Belustigt beobachtete er, wie der Mann sofort wieder den Arm um seine Frau legte, bevor er an der Ferienwohnung klingelte. Hatte Heiko nicht erzählt, Sandra wäre vor den beiden regelrecht ins Kanu geflohen? Das versprach, lustig zu werden. Maik stellte sein Vorhaben zurück, die ungebetenen Gäste des Hofes zu verweisen. Gespannt verfolgte er vom Fenster aus das Geschehen. Normalerweise war es ihm egal, was seine Feriengäste trieben und wer wen wann abholte. Warum ihn das, was da gerade vor sich ging, interessierte, wusste er selbst nicht.

Seine Mieterin öffnete. Sie war schon umgezogen. Trug sie tatsächlich einen Schlafanzug? Um kurz nach 20 Uhr? Es war nicht ganz auszumachen, weil die beiden Besucher sich direkt vor ihr postiert hatten. Aber vorher hatte er noch einen Blick erhascht. Es war ihm wenigstens gelungen festzustellen, dass ihr Haar noch nass war. Durch das leicht angelehnte Fenster drangen Stimmen. Leider konnte er aber nicht verstehen, was gesagt wurde. Mit einem leichten Händedruck stieß er das Fenster weiter auf und musste über sich selbst lächeln. Hatte er das wirklich getan? Er – der Bespitzelungen jeder Art hasste? Die Stimmen draußen lenkten ihn von seiner selbstkritischen Überlegung ab.
„Habe ich es nicht gesagt?", tönte Dr. Dr. Klammergriff, „Sie ist allein."
Ob seine Frau etwas sagte, konnte Maik nicht verstehen, aber er vernahm Sandras Stimme, die versuchte, dem Besucher klarzumachen, dass sie nicht mehr weggehen wolle.
„Papperlapapp", widersprach der Doppeldoktor, „wer wird denn so einen schönen Abend in der Ferienwohnung vertrödeln. Im Kirchlein im Grünen gibt es ein Konzert."
Maik sah, wie Sandra weiterhin den Kopf schüttelte und von „Essen auf dem Herd" sprach. Doch Dr. Dr. hörte gar nicht richtig zu, pries stattdessen das hübsche Kirchlein, die Musik und den Abend. Seine Frau blieb, wie so häufig, stumm. Wieder hörte er die Stimme der Berlinerin. Hatte der Kerl sie etwa schon so weit, mitzugehen obwohl sie gar keine Lust hatte?
„Ach was.... Essen auf dem Herd. Schalte das einfach aus und komm mit! Essen gehen können wir vorher auch noch. Und die Küchenmamsell kannst du doch zu Hause wieder spielen, was?"
Seine komische Lache schallte über den Hof. Irgendwie tat die Berlinerin ihm leid, wie sie versuchte, möglichst höflich aus der Nummer rauszukommen. Eigentlich hatte er sich

ja vorgenommen, ihr nicht mehr zu helfen. Aber in diesem Fall schien ihm die Lösung so einfach, dass er eine Ausnahme machte. Schnell griff er sich die Schüssel mit dem Kirschquark, den er für sich als Nachtisch vorgesehen hatte und marschierte nach gegenüber. Mittlerweile schien Sandra mit ihrem Latein am Ende. Würde sie in letzter Minute noch nachgeben und mit dieser Nervensäge losziehen? Maik kam nicht eine Minute zu früh. Sandra erklärte gerade in Verteidigungsstimmlage, dass ihre Haare noch nass und sie nicht zurechtgemacht sei. Etwas erstaunt blickte sie auf, als sie ihn ankommen sah. Geschickt schlängelte er sich an den beiden Besuchern vorbei in ihre Wohnung.
„So – wie versprochen – der selbstgemachte Nachtisch“, ließ er die Umstehenden wissen und trug die Schüssel in die Küche, bevor er zum Erstaunen aller wieder zur Tür kam und nun – wie Sandra – von drinnen im Türrahmen stand.
So enttäuscht wie möglich, die Hausherrin ansehend, fragte er:
„Hast du es dir doch anders überlegt? Willst du noch weg? Dann müssen wir unsere Versöhnung eben ein andermal feiern.“
Endlich kapierte Sandra.
„Nein, nein, natürlich bleibe ich. Die Schmidts waren so nett, mich zu einem Konzert abholen zu wollen. Aber ich bin ja schon verabredet.“
Bedauernd sah sie die beiden Besucher an. Während es dem Doppeldoktor praktisch die Sprache zu verschlagen schien, reagierte nun seine Frau.
„Verabredet ist verabredet. Da kann man nichts machen. Es gibt bestimmt in den nächsten Tagen noch andere Gelegenheiten, sich das Kirchlein gemeinsam anzusehen.“
Sie wollte losgehen, aber ihr Gatte hielt sie zurück.
„Da sieht man mal, wie dumm Gerüchte sind“, sagte er und es klang ironisch, „im Ort heißt es, Sie beide seien sich spinnefeind.“

„Das kommt davon, wenn die Leute aus Mücken gleich Elefanten machen“, erklärte Maik freundlich. Und an Sandra gewandt, fügte er hinzu:
„Soll ich dir beim Kochen behilflich sein?“
Selbst Dr. Dr. Klammergriff war dies nun zu viel. Er drehte ab und stiefelte mit beleidigtem Gesichtsausdruck zurück zum Wagen – seine Frau wie immer fest im Arm. Sandra schloss die Tür.
„Puh, das war knapp.“, seufzte sie und sah ihren Retter an, der ihr gegenüber stand.
„Danke. Ich glaube, ich hätte das nicht geschafft ohne unhöflich zu werden.“
Maik grinste nur.
Gemeinsam sahen sie nach draußen. Das Auto von Dr. Dr. Schmidt stand immer noch auf dem Hof. Auf was wartete er denn noch?
„Er glaubt uns nicht“, vermutete Sandra.
„Hmmm.“
„Setzen wir uns doch einen Moment. Er rauscht bestimmt gleich ab.“
Maik trat näher ins Wohnzimmer. Komische Situation. Er befand sich in seiner Ferienwohnung und fühlte sich doch wie ein Fremder, wie ein Eindringling. Dann stellte er fest, dass die Berlinerin die Möbel etwas umgeräumt hatte. Das Sofa stand jetzt mitten im Raum statt an der Wand. Auch die Sessel hatte sie umgestellt. Das typische Ferienhausflair war einer moderneren Optik gewichen. Es gefiel ihm. Er beschloss, beim ‚Du‘ zu bleiben.
„Du hast umgeräumt.“
Etwas verlegen machte sie sich auf den Weg zur Küche, um seine Schüssel zu holen. Das ‚Du‘ schien sie nicht zu stören.
„Im Vertrag stand nichts davon, dass ich die Möbel nicht verrücken darf.“
Er folgte ihr.
„Sieht gut aus.“

Warum schaute sie so überrascht?
Sandra hatte jetzt seine Schüssel in der Hand. Bevor sie sie ihm zurückgab, schnupperte sie kurz.
„Riecht nach Kirschen, Vanille und ..."
Sie schnupperte noch einmal.
„Alkohol?", fragte sie dann ungläubig.
„Nur ein kleiner Schuss Kirschwasser", gab Maik grinsend zu, „für das gewisse Etwas."
Von draußen war ein Motorengeräusch zu hören.
„Dr. Dr. Klammergriff gibt die Belagerung auf", kommentierte Maik und nahm ihr die Schüssel aus der Hand, „möchtest du kosten?"
„Wie nennen Sie – nennst du – Dr. Dr. Schmidt?"
„In Lychen nennen ihn alle so."
Sie lachten.
„Ja", meinte sie dann, „ich würde gern kosten."
Gemeinsam gingen sie zurück in die Küche und Sandra holte eine Nachtisch-Schale und einen großen Löffel aus dem Schrank.
Maik nahm beides und füllte einen Teil der Nachspeise um. Zwischendrin wagte er einen Seitenblick in den Kochtopf, der auf dem Herd stand und aus dem es köstlich duftete.
„Kartoffelgulasch", erklärte Sandra.
Nun zeigte er sich etwas erstaunt. Mit einem einfachen Eintopf hatte er nicht gerechnet.
„Reicht für Zwei", fügte Sandra hinzu.
Maiks Erstaunen wuchs. Was wurde das hier gerade? Er hatte sie mal wieder gerettet, aber dabei sollte es auch bleiben. Er würde jetzt nicht mit ihr hier zu Abend essen. Ganz gewiss nicht. Sie schien seine Gedanken zu erraten.
„Ich könnte dir auch etwas abfüllen. Kleines Dankeschön für die erneute Rettung."
Zwei Schüsseln in der Hand, trat Maik den Rückweg zu seiner Wohnung an. Beim Schließen der Tür sah er noch einmal hinüber. Sein Feriengast stand im kurzen Schlafanzug

in der Tür und winkte ihm. Zurückwinken konnte er mit den Schüsseln in den Händen nicht, also blieb es bei einem Lächeln, bevor er seine Tür mit dem Ellbogen zudrückte.

13.

Was für ein schöner Morgen. Sandra ließ sich durch die aufgehende Sonne wecken, blinzelte kurz ins Licht und schloss die Augen wieder. Sie genoss es, ohne den typischen morgendlichen Stress und den Kampf ums Bad einfach noch so vor sich hin dösen zu dürfen. Zuhause gab es oft schon zu Tagesbeginn Streit. Laurenz benötigte viel Zeit im Badezimmer. Eigentlich von Jahr zu Jahr mehr. Als sie sich kennenlernten, war er ein unkomplizierter Typ gewesen. Auch in dieser Frage. Duschen, rasieren, Haare kämmen, Zähne putzen – das war sein damaliges Programm. Da blieb auch für sie noch genügend Zeit, um sich für den Tag zurecht zu machen. Heute brauchte Laurenz schon zwanzig Minuten, um seine Haare perfekt zu stylen. Das Rasieren dauerte ebenfalls lange, weil er sich einen modischen Bart stehen ließ, der millimetergenau zurechtgestutzt wurde – teilweise zupfte er störende Härchen sogar aus. Manchmal entfernte er sich auch ein paar Brusthaare, von denen er glaubte, dass sie nicht vorteilhaft genug platziert waren. Warum dies unbedingt morgens geschehen musste, blieb ebenso sein Geheimnis wie die Antwort auf ihre Frage, warum er sich auch noch im Bad den gesamten Körper eincremen musste. Um nicht mitten in der Nacht aufstehen zu müssen, hatte sie sich angewöhnt, bereits abends zu duschen. Trotzdem blieb es stressig. In der Wohnung befand sich zwar eine weitere Toilette – aber eben nur ein Badezimmer. Und dieser Umstand führte immer häufiger zu Streit. Was war nur aus ihnen geworden? Sie verhielten sich wie ein Ehepaar aus derben Kneipenwitzen. Dabei waren sie nicht einmal verheiratet. Laurenz hatte das Thema einmal erwähnt, aber nur im Zusammenhang mit der zu erwartenden Steuerersparnis. Nun war sie wirklich nicht im Übermaß romantisch veranlagt, aber aus Steuergründen zu heiraten, kam für sie dann doch nicht in Frage. Merkwürdig war, dass sie Laurenz im Augenblick überhaupt nicht vermisste, obwohl er der Mann war, mit dem sie ihr Leben teilte. In den ersten Jahren hatte die Sehnsucht nach ihm geschmerzt, wenn er auf Dienstreise war. Jetzt freute sie sich darüber, die Wohnung für sich zu haben. Bisher war sie fest davon ausgegangen, dass sie Laurenz liebte. Wenn sie sich nachts an ihn kuschelte, fühlte es sich immer noch gut an. Sie hatten weniger Sex als früher – aber war das nicht normal? Umso länger ihre jetzige Trennung andauerte, desto unsicherer wurde sie in der entscheidenden Frage. Vor dem Fenster begann plötzlich eine Amsel ihr Lied zu trällern und gab ihr einen Grund, die dunklen Gedanken zu verdrängen. Die konnten warten, der Tag nicht. Er hatte begonnen. Und sie wollte ihn genießen. Außerdem hatte sie einen Termin. In einer Stunde würde Udo sie mit dem Auto abholen kommen, um sie nach Feldberg zu ihrer nächsten Paddel-Übungsstunde zu fahren. Eine gute Gelegenheit, sich den Ort einmal genauer anzusehen. Also schwang sie sich aus dem Bett, machte sich gut gelaunt zurecht und frühstückte ausgiebig auf der Terrasse, den Blick auf den See gerichtet, der im Sonnenschein auch vor sich hin zu dösen schien. Ein paar Paddler waren in größerer Entfernung zu sehen und einige Krähen flogen krächzend über sie hinweg. In Ufernähe schwamm eine Entenfamilie vorbei und auch die Fische schienen gut gelaunt. Sie sprangen und hinterließen Kreise auf dem Wasser, die schnell wieder verschwanden. Danach war der See erneut spiegelglatt. Genau so hatte sie sich ihren Urlaub vorgestellt. Jedenfalls fast. Dass sie allein frühstücken musste, hatte sie nicht eingeplant. Ob sie mit Laurenz an ihrer Seite solche

Momente hätte gebührend genießen können? Nein – jetzt nicht an Laurenz denken. Genüsslich lehnte sie sich zurück, schloss die Augen und gab sich diesem Moment hin. Als sie die Augen wieder öffnete, stockte ihr der Atem. Keine drei Meter vor ihr stand der weiße Hund und sah sie schwanzwedelnd an. Was machte dieses Vieh schon wieder hier? Noch bevor sie irgendetwas unternehmen konnte, war vom Nachbargrundstück ein lauter und strenger Pfiff zu hören. Das Ungetüm lauschte kurz und beschloss dann, ausnahmsweise mal zu hören. Traurigen Blickes drehte der Köter ab und trollte sich wieder. Sandras Herz raste. Mit leicht wackligen Knien und dem Bedauern darüber, dass der schöne Augenblick zerstört worden war, trat sie den Rückzug in die Wohnung an. Sie musste sich sowieso beeilen. Udo würde sicher pünktlich kommen.

Eine Minute vor der verabredeten Zeit fuhr der alte Lada vor. Udo riss einladend die Beifahrertür auf. Er hatte sich heute richtig herausgeputzt, trug eine neu aussehende Jeans und ein modernes, kurzärmeliges Sommerhemd darüber, das den Bauch kaschierte. Die Fahrt über plauderten sie angeregt. Gerade als sie in den Ort einfuhren, berichtete Sandra vom gestrigen Wettschwimmen. Udo, eben noch gut gelaunt, legte die Stirn in Falten.
„Soso, Maik ist mit dir um die Wette geschwommen", stellte er fest und Sandra wusste nicht so recht, ob dies eine Frage oder eine Feststellung war. Bevor sie Udo um diesbezügliche Auskunft bitten konnte, hatten sie ihr Ziel schon erreicht. Die Tasche geschultert, machte sie sich auf den kurzen Weg über die kleine Halbinsel zu ihrem Lehrer. Dieser war auf dem Boden kniend dabei, ein Boot zu reinigen. Als er sie kommen sah, sprang er behänd auf die Beine und winkte ihr fröhlich zu. Dann verschwand er in seinem Bootshaus. Als Sandra eintraf, kam er mit einer Schwimmweste über dem Arm wieder heraus.

„Guten Morgen“, begrüßte er sie, „heute geht's raus aufs Wasser.“
Mit diesen Worten drückte er ihr die Schwimmweste in die Hand.
„Ziehen Sie die schon mal über, dann lassen wir gemeinsam das Kajak zu Wasser.“
Es folgte ein aufmunternder Blick, weil Sandra wie angewurzelt stehen geblieben war. Verwundert starrte sie die voluminöse Schwimmweste an.
„Die brauche ich nicht“, stellte sie dann fest und legte sie ins Gras, „ich kann schwimmen.“
„Das sagen alle“, erwiderte der Lehrer gut gelaunt, „und dann kriegen sie plötzlich Panik oder schaffen nur drei Stöße und nennen das schwimmen.“
Nachdrücklich fügte er hinzu: „Und wenn etwas passiert, bin ich dran. Ohne Schwimmweste fahre ich nicht mit Ihnen raus.“
Sandra überlegte fieberhaft, wie sie ihn überzeugen konnte. „Ich habe den Rettungsschwimmschein in Gold,“ ließ sie ihn wissen, „reicht das als Beweis dafür aus, dass ich schwimmen kann?“
Nachdenklich rieb sich der große Mann das Kinn. Überlegend schaute er sie an, bevor sich endlich ein Lächeln in sein Gesicht schlich und er sich entschlossen das Basecap nach oben schob, „also gut, das sollte genügen.“
Die Schwimmweste blieb im Gras liegen.
„Dann mal los.“
Sandra fühlte sich regelrecht übermütig. Endlich konnte sie aufs Wasser und musste keine Trockenübungen mehr absolvieren. Während der Lehrer hinten im Boot saß, hatte sie vorn Platz genommen. Da er deutlich schwerer war als sie, hing das Kajak hinten etwas tiefer im Wasser. Den Anweisungen des Lehrers folgend, paddelten sie im Gleichklang los. Wie herrlich, so über den See zu gleiten. Außer den gelegentlichen Anweisungen von hinten und den

Paddelschlägen war kaum etwas zu hören. Ein paar Möwen flogen kreischend über sie hinweg und irgendwo in weiter Entfernung bellte ein Hund. Sie hätte sich gern ein bisschen treiben lassen und dieses wunderbare Dahingleiten genossen. Ihr Lehrer schien zu spüren, dass sie abgelenkt war und forderte mit weiteren Übungen ihre Aufmerksamkeit ein. Nach rechts, links und rückwärts fahren, wenden, drehen usw. Die Übungsstunde verging viel zu schnell. Zeit zum Müßiggang blieb nicht. Kurz darauf stand sie wieder an Land und drückte seine große Prankenhand.

„Wir können morgen noch einmal üben, wenn Sie möchten", sagte er, „aber das sollte dann reichen. Sie machen das wirklich sehr gut."

Sie wollte ihre Hand aus seiner ziehen, doch er hielt sie noch einen Augenblick lang fest.

„Warum wollten Sie diesen Kurs überhaupt machen?", fragte er und ließ sie nun los, „Frau Schlicht hat nur ein paar merkwürdige Andeutungen gemacht."

Einen kurzen Augenblick überlegte Sandra, ob sie ihm ihr Missgeschick verraten und die Wahrheit sagen konnte. Er schaute sie so freundlich und vertrauenswürdig an, dass sie beschloss, es zu wagen.

„Mir ist ein Kanu von einem Ihrer Kollegen in Lychen abgesoffen."

Ein breites Grinsen zog sich über sein Gesicht.

„Ach, Sie waren das. Ich hörte davon."

Unglaublich. Dieser Ort hier lag rund 25 Kilometer von Lychen entfernt und in einem anderen Bundesland. Wie konnte sich so etwas Unwichtiges wie ihr Kentern in dieser Geschwindigkeit bis hierher rumsprechen? Er schien ihre Gedanken zu erraten, griente aber immer noch.

„Ich war gestern kurz in Lychen und da habe ich gehört, wie jemand die Geschichte in der Kneipe erzählte."

Sandra konnte sich gut vorstellen, wie sich das abgespielt hatte und vor allem, wie sehr im Ort über sie gelacht wurde.

Einerseits machte sie das wütend. Andererseits – und das war die Reaktion, die jetzt auch der Kajakverleiher wahrnehmen konnte – war es ihr peinlich. Sie wurde rot bis unter die Haarwurzeln.
Der große Mann klopfte ihr freundschaftlich auf den Rücken. „Machen Sie sich nichts draus. Wenn über einen nicht mehr getratscht wird, ist man tot. Und wiedererkennen würde man Sie nach dieser Schilderung sowieso nicht. In der Kneipe wurde gesagt, Sie seien ein klapperdürres Model aus München, würden nur Salat essen und in Designerklamotten rumlaufen. Angeblich seien Sie mit hohen Hacken ins Boot gestiegen und könnten nicht schwimmen. Daher hätte ein ehemaliger Leistungsschwimmer Sie vorm Ertrinken retten müssen. Und dann seien Sie noch nackt mit ihm auf dem Motorrad gefahren."
Er lachte lauthals.
„So einen Unsinn glaubt doch keiner. Und auf Sie passt die Beschreibung ohnehin nicht."
Sandras Versuch, in sein Lachen einzustimmen, schlug gründlich fehl. Er merkte es, musterte sie und legte ihr noch einmal seine Hand auf die Schulter.
„Bis morgen dann. Sie machen das wirklich sehr gut. Vielleicht erzählen Sie mir dann mal, wie Sie es geschafft haben, das Boot zu versenken. So einfach ist das nämlich nun auch wieder nicht."
Sandra nickte kurz und machte sich dann nachdenklich auf den Weg zurück zum Parkplatz. Merkwürdigerweise hatte sie trotz der Schilderungen und der Tatsache, dass in der Stadt über sie getratscht wurde, keine Lust mehr, einfach abzuhauen und wegzufahren. Was kümmerte es sie, wenn die Leute über sie redeten. Wahrscheinlich passierte in diesem Kaff so wenig, dass jeder Fehltritt eines Feriengastes willkommene Abwechslung bot. Udo wartete schon auf sie und riss sie aus ihren Gedanken, indem er ihr wieder galant die Wagentür öffnete. Doch Sandra stieg nicht ein.

„Hast du noch etwas Zeit?", fragte sie ihn, „Wir könnten irgendwo einen Kaffee trinken gehen."
Udo schlug die Wagentür wieder zu.
„Wie wäre es mit einer heißen Schokolade statt Kaffee? Ich wüsste da was."
„Ich liebe heiße Schokolade."
Gemeinsam schlenderten sie den kurzen Weg von der Halbinsel herunter und schließlich eine Kopfsteinpflaster-Gasse entlang. Nach wenigen Minuten standen sie vor einer wunderbar gemütlich aussehenden Chocolaterie, aus der köstliche Düfte strömten. Der kleine Gastraum war mit schönen alten Möbeln aus Großmutters Zeiten ausgestattet. Die Wände zierten handgemalte Motive der Stadt. Außer ihnen saß noch ein Pärchen an einem der drei Tische und turtelte vor sich hin. Die beiden schienen die neu angekommenen Gäste gar nicht zu bemerken. Sandra ließ sich auf einem größeren Sofa nieder, Udo nahm ihr gegenüber auf einem schönen alten Sessel Platz. Die Wirtin, um die 40, braune Haare, muntere Augen, duzte ihn. Die Schokolade schmeckte vorzüglich. Sandra genoss es, Udo zuzuhören, der ihr ein paar Geschichten aus der Wendezeit erzählte. Er schien jedes Haus, jeden Laden, jeden Winkel hier zu kennen. Sandra hätte nie gedacht, dass dieser Udo, der vorher kaum ein Wort mit ihr gesprochen hatte, ein so guter Unterhalter sein könnte. Merkwürdige Leute, diese Brandenburger. Nach der zweiten Tasse starker, heißer Schokolade und einem Stück Kuchen stellte sie die Frage, die ihr schon länger im Kopf herum spukte.
„Warum hat Maik Schlicht eigentlich keinen richtigen Job? Der macht doch einen ganz hellen Eindruck, ist noch nicht so alt und gesund."
Statt einer Antwort schaute Udo plötzlich erschreckt auf die Uhr.
„Ohje, ich muss in einer halben Stunde in Lychen sein. Ich glaube, ich hab mich mit dir ein bisschen verquatscht."

Schnell sprang er auf und zückte sein Portemonnaie, aber Sandra winkte ab.
„Lass mich bitte wenigstens hier die Rechnung übernehmen.“
Diesmal ließ er sich nicht lange bitten. Den Rückweg zum Auto legten sie so schnellen Schrittes zurück, dass ihr keine Gelegenheit blieb, ihre Frage zu wiederholen. Überhaupt wirkte Udo ein bisschen als würde er flüchten. Im Auto telefonierte er längere Zeit mit seiner Mutter – natürlich ohne Freisprechanlage und ohne das Tempo auch nur annähernd zu drosseln. Als er sein Gespräch beendet hatte, waren sie fast da. Sandra bat ihn, sie etwas früher rauszulassen, damit sie noch ein Stück des Weges zu Fuß zurücklegen konnte. Fast dankbar über diesen Vorschlag, ließ er sie rund fünf Kilometer vor der Stadt aussteigen. Direkt an einem schönen Radweg, der durch den Wald führte und auch für Fußgänger taugte. Sandra genoss die kleine Wanderung, freute sich über den Gesang der Vögel, über die Sonne, die alles golden glänzen ließ, den Geruch des Waldes und das Rauschen der Blätter im leichten Wind. Weil sie sich unbeobachtet fühlte, hopste sie ab und an wie ein Kind den Weg entlang. Nach ein paar Minuten erreichte sie einen kleinen See. Fast hätte sie ihn übersehen, weil das Ufer völlig zugewachsen und auch die winzige Badestelle durch das hohe Gras kaum zu erkennen war. Die ungemähte Wiese nicht beachtend, trat sie ans Ufer. Was für ein schöner Anblick bot sich dort. Idyllisch lag der See in den Wald eingebettet. Freundlich winkte das Schilf ihr zu und ein leichter Wind streichelte ihre Haut. Schnell streifte sie sich die Sandalen ab und dann stand sie auch schon im Wasser, spürte, wie die angenehme Kühle ihre Beine umfing. Am Ufer war die Wasseroberfläche bedeckt mit den kleinen Blättern der Wasserlinse. Und auf dem Baumstamm der ins Wasser ragte, saß eine größere Ansammlung von Enten, die sich durch ihre Anwesenheit nicht stören ließen. Sandra stellte sich

vor, sie hielten gerade Siesta. Die Sonne stand hoch, es war gegen Mittag und ihr war warm. Am liebsten wäre sie sofort in den See gesprungen. Nur eine Überlegung hielt sie ab: Ihr fehlte ein Badeanzug. Ein kleines Handtuch hatte sie jedoch in der Tasche. Skeptisch wagte sie einen Blick auf den Weg. Niemand zu sehen. Unentschlossen wartete sie noch einige Minuten, in denen sie immer weiter ins Wasser ging. Schließlich, als sie mit den Oberschenkeln drin war, blickte sie sich noch einmal um. Keine Menschenseele weit und breit. Also los. Schnell watete sie zurück zum Ufer, streifte sich die Kleidung ab und stürzte sich in Unterwäsche, einen kleinen Juchzer ausstoßend, ins kalte Nass. Dieser See war deutlich wärmer als der Wurlsee, aber nicht so klar. Auf dem Rücken schwimmend schaute sie in den blauen Himmel und wollte in diesem Moment nirgendwo anders sein als genau hier. Schon lange hatte sie sich nicht mehr so unbeschwert und fröhlich gefühlt wie gerade jetzt, wo sie allein in diesem Waldsee planschte. Ab und an kitzelten sie die Wasserpflanzen am Bauch oder am Rücken, je nachdem, wie sie gerade schwamm. Einmal blieb sie kurz mit dem Fuß in einer Art Seerose hängen, konnte sich aber durch eine kräftige Beinbewegung befreien. Erfrischt und auf unbeschreibliche Weise belebt, kam sie zurück ans Ufer. Die Enten schauten ihr immer noch unbeeindruckt und träge zu. Sandra trocknete sich mit dem kleinen Handtuch ab so gut es ging, steckte die nasse Unterwäsche in ihre Tasche und schlüpfte wieder in ihre Jeans. Die ganze Zeit hatte sich niemand hierher verirrt. Nicht einmal ein Radler. Der wunderschöne See und die verwunschene Natur gehörten im Moment ganz allein ihr. Die restliche Strecke zurück nach Lychen absolvierte sie wie schwerelos, lächelte Alle, die ihr im Ort begegneten, freundlich an und schloss bester Stimmung ihre Ferienwohnung auf. Der schöne Vormittag hatte sie hungrig gemacht. Auf der Terrasse aß sie voller Appetit und ohne schlechtes Gewissen drei Scheiben Brot, dick mit

Butter bestrichen. Dazu gönnte sie sich ein kleines kühles Bier – wie gut, dass sie sich einige Vorräte aus dem Supermarkt mitgebracht hatte. ‚Wie damals bei Oma', dachte sie noch, bevor ihr die Augen zufielen und sie in einen schönen Traum entglitt.

14.

Maik hatte den ganzen Vormittag über gearbeitet. Zuerst reinigte er mit Heiko die Boote, dann half er einem Bauern bei der Getreideernte und anschließend reparierte er bei seiner Mutter ein Abflussrohr. Die körperliche Arbeit, die Hitze und nicht zuletzt das Mittagessen hatten ihn müde gemacht. Er gönnte sich ein Nickerchen im Garten. Um nicht ständig von Feriengästen beobachtet oder angesprochen zu werden, hatte Familie Schlicht den eigenen Garten auf dem Teil des Grundstückes angelegt, der den Ferienwohnungen gegenüber lag. Eine hohe Hecke erledigte den Rest. In diesem Garten standen eine ganze Reihe Obstbäume, träumte Maiks ehemaliges Baumhaus von alten Zeiten, in denen noch Kinder auf ihm herumsprangen, reihten sich Zwiebeln, Bohnen, Petersilie, Möhren und Kartoffeln ordentlich hintereinander. Auch Beerensträucher fehlten nicht und verführten im Sommer zum Naschen. Maik hatte sich zwischen die beiden großen, alten Apfelbäume eine Hängematte gespannt, in der er nun, vom Blätterdach vor der Sonne geschützt, seine Siesta verbrachte. Er schlief tief und fest bis dieser durchdringende, erschütternde Schrei ertönte. Ein Schrei, der sofort hellwach machte. Nicht nur wegen der exorbitanten Lautstärke. Nein – es war die Art des Schreies. Das war kein Juchzen und kein kurzes Aufheulen, weil man gestolpert war oder sich in den Finger geschnitten hatte. In diesem Schrei lag Todesangst. Maik fiel förmlich aus der Hängematte. Er rappelte sich hoch und ging über den Hof auf die gegenüberliegende Gartenseite – in die Richtung aus der jener verzweifelte Ruf gekommen war. Wie immer, wenn er sich schnell einen Überblick verschaffen wollte, spurtete er zuerst ans Ufer, da er von hier am besten das Gelände überblicken konnte und die Trennwände zwischen den Terrassen der Ferienwohnungen ihm nicht die Sicht versperrten. Auf der Terrasse der Großstadttussi war schon viel los. Die Hamburger waren dort, auch seine Mutter kam gerade dazu. Stimmengewirr empfing ihn. Die Jansens sprachen gleichzeitig auf Sandra ein, die kreidebleich, mit dem Rücken an die Wand gelehnt und zitternd wie Espenlaub einfach da stand. Seine Mutter eilte auf sie zu und nahm sie in den Arm, was die Designerbeutenfrau auch noch dazu animierte, laut zu schluchzen. Die Hamburger schwiegen mittlerweile und guckten betreten, ihren Hund fest am Halsband gepackt. Einerseits wäre Maik am liebsten umgekehrt, denn schließlich war seine Mutter zur Stelle und augenscheinlich niemand schwer verletzt. Andererseits war er ungewohnt neugierig zu erfahren, was geschehen war. Die Großstadtmaus mochte ja ein Modehäschen sein, aber sie wirkte nicht so zart besaitet, dass sie bei der erstbesten Gelegenheit wie am Spieß schrie und dann auch noch heulte wie ein Schlosshund. Etwas widerstrebend trat er näher an das Schauspiel heran. Gerade rechtzeitig, um die Schilderung der Geschehnisse mitzubekommen. Sandra hatte sich auf Geheiß seiner Mutter in einen der Sonnenstühle gesetzt, herzhaft in ein Taschentuch geschnäuzt und stieß nun, immer noch geschockt, unter Schluchzen einige Halbsätze hervor. Er verstand: „Fest geschlafen“, „merkwürdiges Gefühl an der Hand“, „Augen aufgemacht“, Ungeheuer hat an ihrer „Hand herumgebissen“. Es ging also mal wieder um Brutus. Wieso konnten diese Leute eigentlich nicht auf ihr Tier aufpassen? Und warum in aller Welt machte die Großstadttrine so ein Gehabe um den harmlosen Köter? Die Jansens schilderten den Fall nun aus ihrer Sicht, zwischendrin

Entschuldigungen murmelnd. Demnach hatte Brutus Sandra die Hand abgeschleckt, so dass diese erwachte und sich mit dem Tier, das sie Ungeheuer nannte, direkt konfrontiert gesehen habe. Frau Jansen brachte nun endlich den Stein des Anstoßes, also das weiße Ungeheuer, auf die andere Terrassenseite und aus den Augen der bleichen Berlinerin. Seine Mutter beschwerte sich, wenn auch in gedämpftem Ton, bei den Hundehaltern darüber, dass sie ihr Tier nicht ordentlich anleinten, während sie Sandra fürsorglich und beruhigend über das Haar strich. Etwas verwundert über diese mütterliche Geste, trat Maik näher. Sofort wandte sich Frau Jansen entschuldigend an ihn.

„Er hat die Leine durchgebissen. Sehen Sie doch."

Sie hielt ihm einen Teil dessen entgegen, was wohl noch vor kurzem eine Hundeleine gewesen war. Brutus hatte ganze Arbeit geleistet. Aber das, was die Jansens benutzten, um den großen Hund zu führen, passte wohl eher zu einem Zwergpudel. Maik setzte sich zunächst zu Sandra und sah sie an. „Geht's wieder?", fragte er so freundlich, wie ihm das angesichts des Spektakels, das sie veranstaltete, möglich war. Er wollte ja nicht unhöflich sein. Sie wich seinem Blick aus, wurde rot und nickte nur still.

„Dann ist ja alles gut!"

Er erhob sich wieder und sah die Hamburgerin an.

„Besorgen Sie sich bitte eine der Größe des Hundes angemessene Leine!"

Aus seiner Sicht war nun alles gesagt und geregelt. Er drehte ab und marschierte zurück zu seiner Hängematte. Allerdings war an Ruhe nun nicht mehr zu denken. Kaum lag er drin, stand seine Mutter vor ihm. Die Schürze wieder um die Taille gewickelt und ein Geschirrhandtuch über die Schulter geschwungen.

„Bitte such Frau Jansen ein dickes Seil heraus, damit sie den Hund anbinden können bis sie eine neue Leine haben."

Maik schloss die Augen.

„Gleich."
„Nicht gleich", unterstrich seine Mutter nun energisch ihre Anordnung, „sofort! Außerdem wolltest du den Zaun heute streichen."
Er öffnete die Augen, sah seine Mutter vorwurfsvoll an, stellte fest, dass sein Blick sie nicht im Geringsten irritierte und schloss die Augen wieder.
„Wenn ich schon mal einen Mittagsschlaf machen möchte..."
„Den kannst du machen, wenn du alt bist", entgegnete seine Mutter, „jetzt hast du zu tun."
Sie wich keinen Meter von der Hängematte, wippte ungeduldig auf und ab. Also setzte er sich auf und kam schließlich in die Senkrechte – nicht ohne noch einen vernehmlichen Seufzer auszustoßen. Seine Mutter lachte. Da kam ihm eine Idee. Er fasste sie blitzschnell um die Taille, hob sie hoch und setzte sie auf die Hängematte.
„Dann darfst du ja jetzt."
Es dauerte einen Moment bis sie begriff, was er ihr sagen wollte. Es war der Augenblick, in dem sie das Geschirrhandtuch nach ihm warf bevor sie sich aus dem hängenden Ungetüm herauswand, was ihr gar nicht so leicht fiel. Maik war unterdessen schon in den Schuppen marschiert und wühlte in einer großen alten Truhe. Beinahe triumphierend hielt er das Ende eines Seils in der Hand und zog kräftig daran. Nach und nach kamen rund drei Meter zusammen. Allerdings hatte sich in dem einen Ende des Stricks ein Stück bunten Stoffes verfangen. Er wollte es schnell abstreifen, hielt aber abrupt inne. Das war ja ein Fetzen seiner alten Jeans. Seiner ersten echten Jeans, die ihm der Vater auf nicht ganz legale Weise beschafft hatte. Was hatte ihm diese Hose damals bedeutet! Mit ihr war er zum Training gefahren, hatte Elke zum ersten Mal geküsst. Und als er drohte, aus ihr herauszuwachsen, hatte Mutter die Hosenbeine verlängert und sie irgendwie auch in der Taille weiter gemacht. So konnte er sie noch ein paar Monate länger tragen. Elke meinte damals, er

hätte darin einen Knackarsch. Schon sah er sie vor sich, wie sie, nur mit Bikini und hohen Schuhen bekleidet, bei ihm auf dem Hof aufkreuzte. Durch den halben Ort war sie in diesem Aufzug stolziert. Jeder sollte sehen, wohin sie ging. Vor allem aber wollte sie ihn scharf machen. Kein Wunder, dass es ihr jedes Mal gelang. Er war blutjung. Sie waren beide blutjung und nicht so angepasst. Ob in seinem Zimmer, abends am See, auf dem alten Schrottplatz – es war häufig abenteuerlich mit ihr. Aber niemals langweilig. Er hatte sie dafür geliebt, dass sie ein bisschen frech war, mutig und Widerworte gab, wenn sie es für richtig hielt – ganz gleich, wer vor ihr stand. Auch wenn das manchmal durchaus für Schwierigkeiten sorgte. Sie waren ein unglaubliches Gespann, unternahmen alles gemeinsam, trösteten sich, machten sich Mut, hatten so viele Träume. Niemals hätte er es für möglich gehalten, dass sie von einem Tag auf den anderen einfach gehen und ihn zurücklassen würde. Aus den Augenwinkeln nahm Maik seine Mutter wahr, die zum Scheunentor gekommen war. Rasch rollte er den Strick über der Hand zu einem Knäuel zusammen.
„Gefunden."
Sie nickte nur kurz, bevor sie weiterging und Maik machte sich auf den Weg zu seinen Feriengästen. Irgendwie froh, dabei die Vergangenheit im Schuppen lassen zu können.

Die Jansens saßen auf der Terrasse und pulten frische Erbsen. Brutus lag friedlich vor dem Tisch. Seine Besitzer hatten ihn mit dem Rest der Leine recht eng an ein Stuhlbein angebunden. Er wedelte nur müde mit Schwanz, als er Maiks Kommen registrierte. Ganz im Gegensatz zu seinen Besitzern, die ihn überschwänglich begrüßten und sogleich einen weiteren Stuhl heranzogen. Maik setzte sich zu ihnen, obwohl es eigentlich keinen Grund dafür gab. Den Blick auf den arg eng angebundenen Hund gerichtet, überreichte er ihnen das Seil.

„Damit hat er etwas mehr Bewegungsfreiheit."
Herr Jansen führte es sofort seiner neuen Bestimmung zu und Brutus nutzte die neu gewonnene Freiheit, um sich unter den Tisch zu verziehen.
„Wir haben Frau Schalenbach für heute Abend zum Essen eingeladen", erklärte Herr Jansen. Etwas nachdenklich fügte er hinzu: „Ich hoffe, sie kommt überhaupt noch, nach dem Zwischenfall vorhin."
Jetzt schaltete sich seine Frau ein.
„Wollen Sie nicht auch kommen? Sie hatten schon so viel Ärger durch uns. Wir würden uns auch bei Ihnen sehr gern entschuldigen."
„Ich habe heute schon eine Verabredung mit Frau Schalenbach. Sie möchte mir beweisen, dass sie schneller schwimmen kann als ich."
Er erhob sich.
„Aber vielen Dank für das Angebot."
„Umso besser", entgegnete Herr Jansen, „zuerst messen sie ihre Kräfte, dann helfen wir dabei, dass sie wieder neue bekommen. Und einen guten Wein haben wir auch, um auf den Sieger anzustoßen."
„Oder auf die Siegerin", ergänzte seine Frau, „Ich habe Frau Schalenbach schwimmen sehen und war beeindruckt."
Maik machte sich auf den Weg.
„Ich werde heute Abend wahrscheinlich noch arbeiten müssen. Aber danke für die Einladung."
Warum hatte er geschwindelt? Eigentlich sprach nichts dagegen, sich von den netten Hamburgern einladen zu lassen – außer seinem Grundsatz, niemals engeren Kontakt zu Feriengästen zu pflegen. Diese Regel war einfach einzuhalten, da die meisten seiner Gäste ihn sowieso nur nervten. Er drehte sich noch einmal um.
„Ich könnte den Dienst auch tauschen."
„Tun Sie das", erwiderte Frau Jansen aufmunternd, „wir freuen uns auf Sie."

15.

Nach einer halben Tafel Schokolade, die Sandra eingekuschelt in den Ohrensessel im Wohnzimmer verdrückt hatte, wurde sie langsam ruhiger. Nein – sie wollte sich diesen wunderbaren Tag auf keinen Fall verderben lassen. Sie musste den Schock überwinden und einfach weitermachen. Schließlich war gar nichts passiert. Ihr fehlte nichts. Der Hund hatte tatsächlich nur an ihrer Hand herumgeschleckt. Von dem Kitzeln war sie aufgewacht. Und dann stand er da, wedelte mit dem Schwanz und schaute sie an. Warum nur konnte sie diese Hundephobie nicht loswerden? Schließlich war sie eine erwachsene Frau und wusste nur zu gut, dass Hunde nicht per se bissig waren. Im Gegenteil – manche sahen eigentlich ganz nett aus. Aber irgendetwas in ihr bewirkte, dass ihr Herz schneller schlug, sie zu zittern und zu schwitzen begann. Ein Albtraum. Vielleicht sollte sie den Stier bei den Hörnern packen oder den Hund beim Ohr oder so. Dieser Urlaub schien geeignet, um sich mit ihrer Angst auseinanderzusetzen. Weder war Laurenz mit seiner Lästerzunge da, noch kannte sie hier jemand. All die Leute hier würde sie vermutlich niemals wiedersehen. Selbst wenn sie sich blamieren sollte – nach dem Urlaub wäre alle Schmach vergessen. Abgesehen davon hatte sie sich bereits bis auf die Knochen mit ihrer bescheuerten Angst blamiert. Nur – wie sollte sie es angehen? Vielleicht bot das heutige gemeinsame Abendessen mit ihren Nachbarn eine erste Chance. Eigentlich hatte sie in einem Anflug von Panik und Ärger den Termin absagen wollen. Doch nun nahm sie sich vor, hinzugehen. Schon, damit niemand sie für einen Feigling hielt. Wie dieser Maik geguckt hatte. Richtig herablassend. Schade, gestern war er so nett gewesen. Aber natürlich hielt er sie jetzt erst recht für ein verwöhntes Großstadtmäuschen. In diesem Moment fiel ihr wieder ein, dass am Abend auch noch das Revanche-Schwimmen anstand. Noch immer müde beschloss Sandra, erst einmal einen kleinen nachmittäglichen Mittagsschlaf einzulegen. Erschöpft tauschte sie den Platz auf dem Ohrensessel gegen ihr Bett. Wenigstens hier konnte sie sich sicher fühlen. Die weiße Töle öffnete keine abgeschlossenen Türen – so viel stand fest. Mit diesem tröstlichen Gedanken im Kopf schlief sie sofort ein und erwachte erst, als ihr Handy klingelte. Dummerweise hatte sie es in der Hose gelassen, die neben ihrem Bett lag.

Warum nur hatte sie den Klingelton noch nicht geändert? Laurenz hatte ihr diesen schrillen Pfeifton heruntergeladen. Zweimal hatte sie ihn bereits wieder eliminiert, doch er machte sich einen Scherz daraus, diesen Ton immer wieder einzustellen, sobald er ihr Handy in einem unbeobachteten Moment erwischte. Auf dem Display blinkte der Name ihres Chefs. Vor ihrem geistigen Auge sah sie ihn ungeduldig mit den Fingerkuppen auf die schwarze Glastischplatte trommeln und leise fluchen, weil sie nicht sofort ranging. Er war eigentlich immer in Eile und immer unter Druck. Zeitdruck, Erfolgsdruck, Finanzdruck – irgendetwas drückte immer. Manchmal auch alles gleichzeitig. Henri erwartete immer mindestens 150% und nur wer die zu geben in der Lage war, hatte eine Chance auf dauerhafte Beschäftigung und Anerkennung. Bisher gehörte sie zu den wenigen Mitarbeitern, die bei ihm hoch im Kurs standen. Doch schon, wenn sie im Urlaub nicht ununterbrochen erreichbar war, sank sie in seiner Gunst. Sie wusste, dass sie übermorgen ihre Präsentation liefern musste. Bisher hatte er sich immer auf sie verlassen können. Kristin hatte ihr bereits ein paar Vorlagen zugeschickt. Warum also rief er an? Angespannt nahm sie das Gespräch entgegen. Er war schon wieder übernervös wegen des Termins für die Präsentation, weil sie nicht dabei sein würde, wenn sie vorgetragen werden sollte. Wäre sie in der Türkei oder auf den

Malediven – er hätte sicher nicht versucht, sie davon zu überzeugen, dass sie ihren Urlaub unterbrechen und für diesen Termin zurückkommen sollte. Sandra war seinem Anspruch, der perfiden Mischung aus Anerkennung und Drohung, einmal mehr nicht gewachsen. Nach einer Viertelstunde, in der sie mehrfach versucht hatte abzulehnen, sagte sie ihr Kommen zu. Am anderen Ende der Verbindung spürte sie Erleichterung und Siegeslaune. Sie selbst fühlte sich übertölpelt und ausgenutzt. Natürlich wusste sie um die Wichtigkeit des Auftrags für die Agentur – doch schließlich war Henri persönlich da. Sie würde ihm eine fertige und in sich schlüssige Präsentation erstellen. Seufzend stand sie auf, ging ins Wohnzimmer hinunter und schaltete den Tablet-PC an. Dann wählte sie die Nummer von Kristin. Wie immer kaute diese irgendetwas als sie ranging. Kristin pflegte ununterbrochen zu essen. Seit Sandra sie vor mehr als sechs Jahren kennengelernt hatte, nahm ihre Assistentin kontinuierlich zu. Es schien sie aber nicht zu stören, dass sie mittlerweile Konfektionsgröße 44 trug. Kristin war ein ausgesprochen fröhlicher Typ mit wirrer Lockenpracht. Sie schaffte es, selbst in den stressigsten Zeiten immer ein Lächeln auf den Lippen zu haben – wenn sie nicht gerade in irgendetwas hineinbiss. Kristin schickte die benötigen Dateien und weitere Infos über den potenziellen Kunden. Es konnte losgehen.

Sandra wusste nicht genau, wie viele Stunden sie bereits an der Erstellung der Präsentation saß. Nur, dass sie eine Kanne Kaffee ausgetrunken und eine Packung Kekse nebenbei gegessen hatte. Etwas anderes war auf die Schnelle nicht greifbar gewesen. Gerade als sie nun die erste Rohfassung fertiggestellt und sich ausgiebig gestreckt hatte, klopfte es an der Haustür. Es war ein selbstbewusstes Klopfen. Nein – ein forderndes. Noch halb in der anderen Welt, aus der sie gerade erst wieder aufgetaucht war, öffnete sie die Tür.

Sie hatte nicht einmal vorher in den Spiegel geschaut, um nachzusehen, ob sie vorzeigbar aussah. Sie öffnete einfach. Vor ihr stand Maik Schlicht – in Badehose und mit dem bekannten alten Handtuchlappen über der Schulter. Was wollte der? Fragend sah sie ihn an. Dann endlich fiel ihr ein, warum ihr Vermieter in diesem Aufzug an ihrer Tür klopfte.
„Ist es schon so spät?"
Halb verwundert, halb schmunzelnd, nickte er nur.
Wieder einmal fand sie, dass sein Gesicht unheimlich ausdrucksstark war. Er sagte kein Wort und doch hatte sie genau verstanden, was in ihm vorging. Wie in einem Spiegel sah sie, was er nicht mit Worten ausdrücken konnte oder wollte. Auch die Aufforderung hinter der etwas hochgezogenen rechten Augenbraue. ‚Wie ein Indianer aus einem Karl May-Buch', dachte Sandra, die benötigten auch nur Rauchzeichen und ein paar Worte. Dazu passte das zum Zopf gebundene Haar und der athletische Körperbau. Er sah nicht aus, als würde er eine Absage dieses Revanche-Schwimmens akzeptieren. Also versuchte sie es gar nicht erst. Abgesehen davon schmerzte ihr Rücken von der halb gebückten Haltung, in der sie stundenlang am Wohnzimmertisch gearbeitet hatte. Die Bewegung würde ihr guttun. Draußen schien immer noch die Sonne, aber es war nicht mehr so warm wie noch gegen Mittag.
„Bin gleich da", ließ sie ihn wissen und schloss die Tür wieder. Zwei Stufen auf einmal nehmend gelangte sie zum Schlafzimmer, tauschte die kurze Hose und das T-Shirt gegen ihren Badeanzug, schlüpfte in die Badelatschen und griff sich ein Handtuch. Schon rannte sie die Treppe wieder hinunter und riss die Tür auf. Aus irgendeinem Grund war sie davon ausgegangen, Maik stünde noch dort. Tat er aber natürlich nicht. Also machte sie sich allein auf den Weg zum Steg. Neben ihrem Kontrahenten hatten sich auch seine Mutter sowie die Hamburger – netterweise ohne Hund – eingefunden. Was wollten die hier? Nachdem sie die Trillerpfeife

um den Hals von Herrn Jansen bemerkte, war ihr alles klar. Dieser Maik war ganz schön siegessicher. Wollte alle an seinem Triumph teilhaben lassen. Was für ein Held. Tritt gegen eine Frau an und hält sich für 'nen Champion, wenn er gewinnt. Na, dem würde sie es zeigen. Wenn er gewinnen sollte, dann wenigstens sehr, sehr knapp.

16.

Was hatte die Stadttussi nur die ganze Zeit im Haus gemacht, fragte sich Maik, während er am Steg wartete. Draußen schien die Sonne und diese Frau saß drinnen. Ihre Angst vor Hunden schien krankhaft zu sein, wenn sie sich so lange von der kurzen Begegnung mit Brutus erholen musste. Schon allein dieser Schrei vorhin. Als wäre sie von einer Schlange gebissen worden. Wobei selbst dieser Grund Maik nicht wirklich ausreichend erschien für das, was sie von sich gegeben hatte. Jetzt sah er sie endlich kommen – mehr als zehn Minuten zu spät. Außerdem ärgerte er sich darüber, dass er den Hamburgern von diesem Wettschwimmen erzählt hatte. Wie die Geier hatten sie gelauert, damit sie es nicht verpassten. Und jetzt stand Herr Jansen mit der albernen Trillerpfeife da und spielte den Schiedsrichter. So viel wollte er der Sache gar nicht beimessen. Er wusste sowieso, dass er gewinnen würde, denn trotz ihres tollen Schwimmstils – es wäre verwunderlich, wenn sie schneller wäre als er. Schließlich war er leidlich trainiert und es dürfte ihr als Frau schwerfallen, ihn aus dem Feld zu schlagen. Aber allein der Anblick, wie sie jetzt über den Hof ging, mit dem Sportbadeanzug, den hochgebundenen Haaren und dem quietschegelben Handtuch in der Hand war die Mühen und das ganze Drumherum irgendwie wert. Es war wirklich lange her, seit sich eine derart schöne Frau in

seine Ferienwohnung verirrt hatte. Von anderen Teilen seines Anwesens ganz zu schweigen. Heute war sie praktisch kaum geschminkt. Sie wirkte natürlich und ... ja anmutig. Kaum zu glauben. Andererseits – das musste er zu ihrer Ehrenrettung eingestehen – war sie auch am gestrigen Abend sehr nett und authentisch erschienen, als sie gemeinsam Dr. Dr. Klammergriff vom Hof getrieben hatten. Vielleicht war sie doch nicht so schlimm, wie er bisher angenommen hatte. Auch den Hamburgern blieb nicht verborgen, dass seine Kontrahentin eintraf. Sie winkten ihr freundlich entgegen.
„Hallo Frau Schalenbach. Wir haben uns erlaubt, die Schiedsrichterfunktion zu übernehmen", verkündete Herr Jansen gut gelaunt und hielt sein Trillerpfeifchen hoch.
„Sehr nett von Ihnen", antwortete die Schalenbach, „mein Herausforderer hat an alles gedacht. Selbst an das Publikum. Er sollte nicht zu siegessicher sein, das rächt sich manchmal."
Sie hatte es heiter gesagt, aber er spürte ihre Verwunderung über den kleinen Menschenauflauf. Zu längeren Erklärungen konnte er sich jedoch nicht aufraffen und fand sie auch überflüssig. Sollte sie doch denken, was sie mochte. Mit einer kurzen Umarmung begrüßte sie seine Mutter sehr herzlich, während sie an ihm wortlos vorbeigegangen war. Flüsterten die beiden jetzt sogar miteinander? Was gab es denn da zu tuscheln? Auf welcher Seite stand seine Mutter eigentlich? Maik beantwortete sich seine ungestellte Frage selbst. Seine Mutter war immer auf der Seite des vermeintlich Schwächeren. Noch bevor er sich weiteren Gedanken hingeben konnte, ergriff Herr Jansen wieder das Wort und teilte mit, dass er früher einmal ehrenamtlicher Schiedsrichter beim Jugendfußball gewesen war.
„Wir haben uns überlegt, dass es am besten messbar wäre, wer gewonnen hat, wenn Sie beide einmal zum Steg am gegenüberliegenden Ufer schwimmen, dort antippen, wenden

und zurückschwimmen. Wir schätzen, das ist eine Strecke von rund 1,5 Kilometern. Ist das für Sie beide zu schaffen?" Beim letzten Satz schaute er ausgerechnet die Schalenbach an, die das natürlich wieder missverstand.
„Für mich kein Problem", erwiderte sie dann auch, „allerdings macht sich echte Kondition und Können eher an etwas weiteren Etappen bemerkbar."
Der Hamburger bemerkte ihre leichte Verstimmtheit scheinbar gar nicht. Um das ganze Geplänkel abzukürzen, gab Maik nur durch ein kurzes Kopfnicken zum Ausdruck, dass er bereit und einverstanden war. Dann ging es endlich los. Sie bauten sich nebeneinander auf dem engen Steg auf. Es sollte mit Kopfsprung gestartet werden. Beim Weg ans Stegende berührte er aus Versehen kurz ihren Arm. Da war es wieder, dieses kribbelnde Gefühl, das er schon kaum noch in Erinnerung hatte. Warum er es ausgerechnet bei dieser Tussi wiederentdeckte, blieb ihm unerklärlich. Sie war eigentlich gar nicht sein Typ. Bis auf die Tatsache, dass sie eine ausgezeichnete Figur hatte und schwamm als hätte sie bisher nichts anderes gemacht. Nach der Berührung schaute Sandra ihn etwas irritiert an. Dachte die etwa, er hätte sie mit Absicht angestupst? Kaum standen sie in Position, ertönte der durchdringende Pfiff des Schiedsrichters oder zumindest des Mannes, der sich zu demselben erklärt hatte. Sandra zeigte sich reaktionsschneller als Maik und war schon im See als er hinterher sprang. Die ersten hundert Meter schwammen sie etwa gleichauf. Beide hatten sich entschieden, zunächst zu kraulen. Maik ließ sich durch ihre anfängliche Ebenbürtigkeit nicht irritieren – sie würde dieses Tempo nicht lange durchhalten können. Auch als sie nach der Hälfte der Strecke zur anderen Seeseite nur ein wenig hinter ihn zurückgefallen war, irritierte ihn das nicht. Noch gab er nicht 100 Prozent und seine Kraft reichte deutlich weiter, dessen war er sich nur zu bewusst. Seine Trainingsstrecke war fast doppelt so lang.

Wie sollte die Stadttrulla ohne See vor der Haustür eine derartige Kondition aufgebaut haben?
Der Abwechslung halber ging er zum Brustschwimmen über. Sie holte ihn ein. Aus den Augenwinkeln sah er nicht nur, mit welch filigraner Technik sie schwamm, sondern auch, wie verbissen sie es tat. Ihr schien der Sieg sehr viel zu bedeuten. Wahrscheinlich mehr als ihm. Überhaupt schien sie vieles ziemlich verbissen zu tun. Auch als sie versucht hatte, das Kanu vor dem Absaufen zu retten. Unglaublich verbissen. Vielleicht wurde man so, wenn man zwischen Millionen anderer Menschen wohnte und als Managerin arbeitete. Irgendwie wirkte diese Frau immer angespannt und nervös – als müsste sie ständig auf der Hut sein. Vor was auch immer. Gerade schwammen sie am Steg der Datsche von Marlies, der Buchhändlerin, vorbei. Ab und an vermietete sie die kleine Herberge an Feriengäste. Da sich auf dem Steg Kinder tummelten, die er nicht kannte, ging er davon aus, dass es auch jetzt so war. Seine Unkonzentriertheit hatte ihn den Vorsprung gekostet. Also kraulte er wieder und hatte seine Kontrahentin bald eingeholt. Ihr erstes Ziel, der Steg der Müllers, lag nun direkt vor ihnen. Nur wenige Sekunden vor Sandra schlug er an. Bei der Kehrtwende berührten sie sich wieder. Dieses Mal aber kam sie ihm beim Drehen zu nah. Er erhaschte einen kurzen Blick auf ihr Gesicht. Mit Genugtuung stellte er fest, dass ihr die Anstrengung anzusehen war. Sie blieb beim Kraulen. Es gab wirklich wenig Frauen, die diesen Schwimmstil so beherrschten. Was für eine Freude, ihr zuzusehen. Wieder gewann sie etwas an Vorsprung. Er legte Tempo zu, um sie einzuholen. Merkwürdigerweise dauerte dies länger als er erwartet hatte. Als er sie erreichte, wechselte er erneut zum Brustschwimmen und gönnte sich immer beim Luftholen den Bruchteil einer Sekunde, um durch den Wasserschleier, der seine Augen umfing, die Umgebung zu sondieren. Die Kinder spielten immer noch auf dem Bootssteg. Er schätzte

die drei nicht älter als vier Jahre. Wo waren eigentlich die Eltern? Verwundert behielt er den Kopf beim Schwimmen oben. Was machten die Kids denn da? Besorgt drosselte Maik das Tempo, als er sah, wie sie ausgelassen auf dem kleinen Steg fangen spielten. Bei Marlies ging es vom Steg direkt ins tiefe Wasser – genau wie bei seinem Grundstück. Andere Anlegestellen verfügten über einen sandigen und weniger steilen Einstieg. Sandra gewann währenddessen deutlich an Vorsprung. Er ließ die Kinder daher aus den Augen und widmete sich seiner Aufgabe. Doch kaum war er wieder näher an seine Kontrahentin herangekommen, hörte er ein lautes Platschen, gefolgt von Geschrei. Er sah auf und bemerkte, dass zwei der Kinder ins Wasser gefallen waren und nun wild herumruderten, während das dritte Kind auf dem Steg aus Leibeskräften schrie. Die beiden ins Wasser Gefallenen konnten wohl noch nicht schwimmen. Maik drehte sofort ab, wechselte die Richtung und schwamm auf den Steg zu. Eines der Kinder paddelte hilflos und mit sichtbarer Panik mit den Armen, das andere ging immer wieder unter, bevor es für Augenblicke zurück an die Wasseroberfläche kam. Es fehlten vielleicht noch fünfzig Meter bis zum Ort des Geschehens. Innerlich fluchend sah er sich nach den Eltern um, doch es war niemand zu sehen. Maik gab alles. Das zweite Kind ging gerade wieder unter. Wie konnte er es nur schaffen, sich gleichzeitig um beide zu kümmern? Plötzlich spürte er eine kleine Wellenbewegung neben sich. Sandra. Sie war ihm gefolgt. Jetzt konnten sie es schaffen. Gemeinsam erreichten sie die Unglücksstelle. Nicht eine Sekunde zu früh. Eines der Kinder war plötzlich nicht mehr auszumachen. Panik stieg in ihm auf. Wo war es abgeblieben? Er vermochte hervorragend zu schwimmen, tauchen konnte er aber nur mittelmäßig. Doch bevor er dazu ansetzen konnte, war Sandra schon unter der Wasseroberfläche verschwunden. Das zweite Kind zappelte verzweifelt und hatte schon so viel Wasser geschluckt, dass es kaum noch Luft bekam. Er griff sich das kleine Mädchen und sprach beruhigend auf es ein. Endlich erschienen weitere Leute auf der Wiese vor dem Steg. Scheinbar intuitiv erfassten sie die Lage. Sein Blick ging zurück. Wo war das andere Kind? Wo war Sandra? Er konnte nichts erkennen, musste das zappelnde Mädchen festhalten. Die Sekunden verstrichen. Müsste sie nicht längst auftauchen? Da – endlich kam sie wieder zum Vorschein. Hatte sie das Kind? Erleichterung durchflutete ihn, als er sah, dass sich der kleine Junge an ihr festgekrallt hatte. Es war eindeutig – er lebte. Mit Unterstützung der Hinzugeeilten zogen sie die Verunglückten ans Ufer.

„Rufen Sie einen Notarzt!", ordnete Sandra an.

Ein Befehl, der keinen Widerspruch zuließ. Dann ließ sie sich ins Gras fallen. Zitternd vor Aufregung saß sie einfach nur da, die Arme um die Knie geschlungen und starrte vor sich hin. Die Urlaubsgäste liefen aufgeregt hin und her, jemand tippte auf einem Handy herum. Die anderen kümmerten sich um ihre Kinder. Maik saß neben ihr auf der Wiese. Tränen liefen über ihr Gesicht. Vom anderen Ufer hörte er Rufe. Sie wurden vermisst. Vermutlich fragten sich die Hamburger und seine Mutter, was geschehen war. Mangels Fernglas dürfte es schwierig für sie gewesen sein, das Geschehen mitzubekommen. Ohne Sandras Tauchkünste wäre der kleine Junge vermutlich ertrunken. Maik legte den Arm um sie, zog sie ein wenig an sich. Wie schon nach dem gescheiterten Kanu-Bergungsversuch, ließ sie die Umarmung zu, lehnte ihren Kopf an seine Schulter und wurde ruhiger.

„Das war großartig", flüsterte er.

Sie sah ihn an und es schien, als wüsste sie nicht, ob sie vor Erleichterung über die geglückte Rettung weinen oder sich über seine anerkennenden Worte freuen sollte. Auf jeden Fall war dies ein merkwürdig gelöster, unverkrampfter Moment. Nicht nur, dass diese gespannte Atmosphäre völlig

verschwunden war, die sich zwischen ihnen aufgebaut hatte. Da war noch etwas anderes. Es fühlte sich an, wie nach einem langen Arbeitstag, an dem man etwas Gutes zustande gebracht hatte. Doch die Ruhe währte nicht lange. Maik hörte Schritte hinter sich. Dies würde das Ende eines Augenblicks sein, den er als kostbar empfand. Die Feriengäste stürmten zu ihnen – junge Leute mit sächsischem Dialekt – und überschütteten sie mit Worten, brachten Decken. Doch Maik wollte so schnell wie möglich weg. Sandra schien es ähnlich zu gehen. Sie stand auf, lächelte den Leuten zu und ging einige Schritte Richtung See. Verwundert nahm Maik es wahr, während er gleichzeitig mehrere Hände schüttelte und sich verabschiedete. Wollte Sandra wirklich weiterschwimmen? Tatsächlich – kaum war sie am Steg, sprang sie auch schon rein. Schnell folgte er ihr, hatte jedoch den Spaß am Wettschwimmen verloren. Seine Kontrahentin schien die Wette sogar gänzlich vergessen zu haben. Auf den Rücken gedreht, machte sie nur langsame Bewegungen. Ihre schlanke Gestalt ruhte förmlich auf dem Wasser. Es wirkte sehr harmonisch. Sie war in ihrem Element. Irgendwie freute es ihn, dass sie ihm in diesem Punkt ähnlich war. Eigentlich könnte es ihm gleichgültig sein. Vielleicht überwältigten ihn mal wieder nostalgische Gefühle. Das letzte Mal, als er mit einer Frau so geschwommen war, hieß sie Elke und er war mit ihr verheiratet. Wie unendlich lange das her war! Eine Möwe zischte über seinen Kopf hinweg und riss ihn aus seinen Gedanken. Vor ihm schwamm die Berlinerin gleichmäßig – aber noch immer auf dem Rücken. Er blieb dicht neben ihr, nicht so recht wissend, wie er sich verhalten sollte.
„Wie kann man nur so unvorsichtig sein", sagte sie plötzlich laut und richtete sich im Wasser auf. Beinahe wäre er mit ihr kollidiert. Dabei schaute sie ihn entrüstet an.
„Die waren noch sehr jung", versuchte Maik eine Erklärung, die er eigentlich selbst nicht akzeptieren konnte.

Sandra drehte sich auf den Bauch und schwamm langsam weiter.
„Aber nicht zu jung zum Kinderkriegen", stieß sie aus, „das hätte echt schiefgehen können."
Maik hatte dieser Aussage nichts hinzuzufügen und so schwammen sie wortlos weiter. Von fern hörten sie die Sirene des Notarztwagens. Am eigenen Steg wurden sie von den Jansens mit Schulterklopfen, Handtüchern und Decken begrüßt. Herr Jansen besaß scheinbar doch ein Fernglas und hatte die Rettungsaktion verfolgt. Mutter Schlicht war schon auf dem Weg zu der Datsche. Maik wusste, dass sie es bewerkstelligen würde, den jungen Eltern die Leviten zu lesen und ihnen gleichzeitig zu helfen. Nachdem die Hamburger sich mit dem Hinweis verabschiedet hatten, sie würden nun das gemeinsame Abendessen vorbereiten, stand er allein neben Sandra, die sich sowohl ein Handtuch, als auch eine Decke um den Körper geschlungen hatte. Da war wohl noch eine Menge Adrenalin im Spiel. Sie fror viel zu heftig für die warmen Temperaturen. Zwar hatte der Wind zugenommen und Wolken mitgebracht, aber es war noch immer angenehm.
„Sie sollten sich umziehen", riet er ihr.
„Ich dachte, wir sind schon beim ‚Du'", antwortete Sandra.
Er wusste nicht warum, aber plötzlich spürte er, wie er rot wurde.
„Ja, klar. Entschuldige."
„Bist du auch zum Essen bei Jansens eingeladen?"
Er nickte.
„Dann bis gleich."
Sie zog sich zitternd die Decke fester um die Schultern, schlüpfte in ihre Badelatschen und machte sich auf den Weg zu ihrer Ferienwohnung. Maik stand noch einen Augenblick da und sah ihr nach. Eine merkwürdige Frau.

17.

Kaum war sie im Haus, hatte Sandra sich heißes Wasser in die Badewanne eingelassen und genoss nun die Wärme, die ihren Körper umfing. Wenn sie aufgeregt war, begann sie immer zu frieren. Bei Prüfungen, wenn sie spannende Filme sah oder wenn sie vor etwas Angst hatte, zitterte sie wie Espenlaub. Beruflich hatte sie das weitgehend unter Kontrolle gebracht – privat gelang es ihr nicht immer. Was aber auf jeden Fall half, war ein schönes heißes Bad. So wie auch jetzt. Erstaunlich, wie oft sie in diesem Sommerurlaub die Badewanne frequentiert hatte. Mittlerweile ging es ihr gut, aber die Ereignisse tauchten immer wieder vor ihrem geistigen Auge auf. Nur weil das Wasser des Sees so klar war, hatte sie das Kind finden können. Wenn es an dieser Stelle deutlich tiefer gewesen wäre, hätte sie es wahrscheinlich nicht geschafft. Sie sah vor sich diesen kleinen Körper, die Ärmchen, nach denen sie gegriffen hatte. Und der Moment, als sie sich fragte, ob das Kind noch am Leben war. Dann das Anklammern. ‚Alles ist gut', sagte sie sich immer wieder, ‚alle gesund und munter.'

Dann war da noch dieser Maik. Irritierend irgendwie. Einerseits ein Typ, der in den Tag hinein lebte und von ‚der Hand in den Mund', der ein Handtuch benutzte, dass bei ihr noch nicht einmal als Putzlappen durchgegangen wäre und fast nie mehr als zwei Sätze herausbekam. Dann aber war er plötzlich einfühlsam und wie ein Fels in der Brandung. Mal schien er sie nicht leiden zu können, ja regelrecht abzulehnen, dann war er wieder nett, charmant und freundlich. Sie wurde nicht so recht schlau aus ihm. Nur eines wusste sie genau: Er schwamm wie man es nur im Verein lernte. Und er war sehr gut trainiert. Wahrscheinlich hätte er sie beim Wettschwimmen heute locker geschlagen. Sandra hoffte inständig, er würde ihr nicht eine zweite Revanche

anbieten. Viel lieber als mit ihm um die Wette zu schwimmen, würde sie mit ihm gemeinsam schwimmen wollen. Ohne diese merkwürdige Spannung, die immer zwischen ihnen zu liegen schien. Nach der Rettungsaktion, als er sie auf der Wiese in den Arm genommen hatte – da war es anders. Irgendwie schön. Oder es war wieder nur dieses Tarzan-Syndrom – auch wenn sie heute ausnahmsweise mal nicht gerettet werden musste. Jedenfalls nicht von ihm. Ihr Magen knurrte und erinnerte sie daran, dass sie zum Abendessen eingeladen war. Der Blick auf die Uhr ließ sie hochschnellen. Ihr blieben noch 15 Minuten.
Natürlich rutschte sie in der Wanne ein wenig aus und landete unsanft wieder im Wasser. Eine ordentliche Portion davon schaffte den Sprung über den Wannenrand und verteilte sich auf dem Fußboden.
Zum Glück war ihr nichts geschehen. Sie rechnete jedoch mit einem blauen Fleck an ihrem Allerwertesten. In aller Eile trocknete sich Sandra ab, warf ihr Handtuch auf die Wasserpfützen und stürmte aus dem Bad ins Schlafzimmer. Was sollte sie anziehen? Sie entschied sich für das Chanel-Sommerkleid, weil sie es einfach nur überstreifen musste und sie bei den Hamburgern nicht den Eindruck hatte, sie könnte wieder overdressed sein. Außerdem stand es ihr besonders gut – jedenfalls meinte das Laurenz. Zum ausführlichen Schminken blieb keine Zeit, also legte sie nur ein wenig Makeup auf. Dann griff sie zum Föhn. ‚Reicht', befand sie nach einem Blick in den Spiegel, griff nach ihrer Handtasche, steckte das Pfefferspray ein – immerhin wagte sie sich zu diesem Hund – und machte sich auf den Weg zu ihren Nachbarn. Fünf Minuten nach der vereinbarten Zeit klopfte sie dort an die Tür – eine Hand am Pfefferspray.
Doch von drinnen war nicht einmal ein Bellen zu hören. Dafür vernahm sie Schritte. Schon wurde die Tür stürmisch aufgerissen. Herr Jansen stand mit heller Leinenhose und weißem Kurzarmhemd im Türrahmen, um die Hüften ein

Geschirrhandtuch gebunden. Aha – hier kochte der Mann. Mit einer einladenden Geste forderte er sie auf, einzutreten.
„Wir haben auf der Terrasse gedeckt."
Der Hund war nirgendwo zu sehen, daher blieb sie besonders aufmerksam. Nur zaghaft kam sie näher, was dem Gastgeber nicht verborgen blieb.
„Brutus ist bei Frau Schlicht. Sie war so nett, ihn heute Abend zu übernehmen, damit Sie in Ruhe mit uns zu Abend essen können."
Tatsächlich entspannte sich Sandra sofort. Die Jansens hatten sich auch in Hinsicht auf das Ambiente richtig Mühe gegeben. Der Esstisch war hübsch gedeckt, das eher einfache Ferienwohnungsgeschirr durch frische Wiesenblumen und eine himmelblaue Tischdecke veredelt. Hübsch gefaltete blau-weiße Servietten und ein paar Lampions taten ein Übriges. Anders als auf ihrer eigenen Terrasse waren die Auflagen der Stühle ebenfalls blau – alles passte also perfekt zusammen und sah sehr einladend aus.
Die Gastgeberin war nicht zu sehen. Herr Jansen werkelte weiter in der Küche, nachdem er Sandra gebeten hatte, sich einen Platz auszusuchen. Kaum hatte sie es sich auf einem der Gartenstühle bequem gemacht, rauschte er wieder heran.
„So – das Essen ist fertig. Meine Frau holt noch eine weitere Flasche Wein vom Bioladen. Wir sollten Ihre Heldentat gebührend feiern können."
Sandra hatte nicht vor, mehr als ein Glas Wein zu trinken. Inständig hoffte sie, ihre Nachbarn gehörten nicht zu der Art Menschen, die beleidigt waren, wenn ihre Gäste nicht sturzbetrunken und Lieder singend nach Hause wankten. Erfreut stellte sie fest, dass kein Grill aufgebaut worden war. Sie gehörte eindeutig nicht zur Grillfraktion. Der Gestank nervte, die Speisen waren meist zu fettig und die Esskultur bestand aus Papptellern und scharfen Fertigsaucen, die einem die noch verbliebenen Geschmacksnerven raubten.

Hierin war sie sich mit Laurenz ausnahmsweise einig und sie hatten schon ein paar Feiern ausfallen lassen, weil sie kein Grillfleisch mehr sehen konnten.
Ein Geräusch von der Haustür signalisierte, dass die Gastgeberin zurück war. Nur Sekunden später stand sie auf der Terrasse, stellte zwei Flaschen Rotwein auf den Tisch und entschuldigte sich dafür, dass der Gast hatte warten müssen. Sandra fiel auf, wie geschmackvoll die ältere Dame gekleidet war. Eine elegante weiße Hose, dazu eine moderne bunte Bluse. Beides stand ihr ausgezeichnet. Und für ihr Alter sah sie wirklich hervorragend aus. Sandra musste über sich selbst schmunzeln. Was bedeutete „für ihr Alter"? Und ab wann galten solche Überlegungen überhaupt? Über Personen, die Mitte dreißig waren, hatte sie das noch nie jemand sagen hören. Doch wann ging es los? Mit 40 oder 50? Was für ein Blödsinn. Sie korrigierte sich innerlich. Diese Hamburgerin sah flott, munter und außerordentlich sympathisch aus. Punkt. Seit ihrer Ankunft war eine Viertelstunde vergangen. Von Maik Schlicht noch keine Spur. Hätte sie sich denken können, dass er zu spät oder gar nicht erschien. Es passte zu seiner vertrödelten Art. Ob andere mit dem Essen warteten, war dem doch egal. Sandra fiel zwar ein, dass er am Nachmittag pünktlich gewesen war, aber da wollte er ja auch den Super-Sportler geben und hatte somit ein anderes Interesse an der Verabredung. Die Gastgeber traten gemeinsam auf die Terrasse. Herr Jansen hatte das Handtuch von der Hüfte genommen und fragte bester Laune, was Sandra trinken wolle. Als das Glas Saft vor ihr stand, setzten sich die Nachbarn endlich mit zu ihr an den Tisch.
„Das ist wirklich schön dekoriert", lobte Sandra. Frau Jansen fragte darauf: „Wissen Sie, warum Herr Schlicht nicht da ist? Er wollte doch auch kommen."
„So wie ich ihn einschätze, kommt er öfter zu spät", antwortete Sandra. Die Gastgeber nickten.

„Warten wir noch ein paar Minuten."
„Was hat Sie eigentlich in die Uckermark verschlagen?", fragte Herr Jansen, „Sie wirken eher wie eine Ferntouristin, die es sich an südlichen Stränden gut gehen lässt".
Die Frage irritierte Sandra, aber er stellte sie so freundlich und offenherzig, dass sie wohl nicht als Kritik zu werten war.
„Sie haben Recht, sonst bin ich nicht die typische Deutschlandtouristin. Aber ehrlich gesagt, hatte ich dieses Jahr keine Lust auf irgendwelche Impfungen, stundenlange Flugreisen und Essen, an das sich mein Magen erst tagelang gewöhnen muss. Ich wollte einfach mal schauen, wie es um meine Heimatstadt herum aussieht."
Die Hamburger nickten unisono.
„Wir sind früher viel nach Skandinavien gefahren: Schweden, Finnland, Norwegen. Besonders Norwegen. Aber dann wollten wir mal sehen, wo unser Solidaritätszuschlag so ankommt und was damit gemacht wird."
„Interessanter Ansatz", kommentierte Sandra, „und zu welchem Schluss sind Sie gekommen?"
„Unter uns", antwortete Herr Jansen, beugte sich etwas vor und dämpfte die Stimme ein wenig, „in den neuen Bundesländern ist ja mittlerweile alles ganz schön schick. Die Straßen sind sogar deutlich besser als bei uns. Es ist auch schon viel Geld in den regionalen Aufbau geflossen – aber ich kann nicht so recht entdecken, was daraus geworden ist."
„Da fehlt wahrscheinlich einfach ein Wessi, der das richtig dynamisch anpackt", kommentierte Maik plötzlich, der die Abkürzung gewählt und direkt von der Seeseite auf die Terrasse getreten war. Die Hamburger wurden rot und senkten den Blick, während Sandra, die das Anschleichen und auch seine beleidigte Art einfach frech fand, seinen Redebeitrag aufgriff.
„Stimmt. Hier fehlt es tatsächlich an etwas Dynamik. Wie lange sollen die Menschen in den alten Bundesländern eigentlich noch für den Aufbau Ost zahlen? Wo sind denn die

vielen Betriebe, deren Gründungen wir mit Milliarden finanziert haben? Wo sind die Ideen, mit denen man diese Region entwickeln könnte? Ich finde es wirklich schön hier, aber nicht, weil ich als Touristin etwas Besonderes geboten bekomme, sondern weil ich diesen See atemberaubend herrlich finde. Und dessen Existenz wurde nicht mit dem Soli-Beitrag finanziert, der war schon da. Wo also sind die Gelder abgeblieben? Wo sind die Pläne für einen schönen Marktplatz? Wie holt ihr junge Leute her? Ich habe nicht den Eindruck, dass viel Innovatives geschieht."
Während sie sprach, war Maik näher gekommen. Die Hamburger, die keinen Streit beginnen wollten, waren aufgesprungen und nutzten das Ende von Sandras Antwort, um den neu eingetroffenen Gast zu fragen, was er trinken wolle. Sandra musterte ihn kurz. Er hatte sich die langen Haare zum Pferdeschwanz zusammengebunden und trug eine enge, verwaschene Jeans sowie ein ausgeleiertes schwarzes T-Shirt. Er grinste. Ihr Disput schien ihm zumindest nicht die Laune zu verderben. Während die Gastgeber geschäftig in die Küche stürmten, um den ersten Gang zu servieren, wandte sich Maik an Sandra.
„Du glaubst gar nicht, wie viele sogenannte Investoren aus dem Westen schon hier waren, Geld abzockten und wieder verschwunden sind. Und wie schwer es ist, etwas aufzubauen, wenn die jungen Leute alle schon abgeworben sind und ihr Glück anderswo versucht haben. In Lychen sind noch die Alten übrig. Was erwartest du?"
Sie holte Luft. Wenn er das wissen wollte, sollte er es auch erfahren.
„Ich erwarte, dass Leute wie du hier nicht abhängen, sich im Sommer mit Ferienwohnungen durchschlagen und im Winter Stütze kassieren. Ich erwarte, dass Menschen wie du hier die Zukunft selbst in die Hand nehmen. In Berlin tun das Viele. Mit den verrücktesten Ideen und oft funktioniert es."
Maik schüttelte den Kopf.

„In Berlin sind auch die Leute, die die spleenigen Ideen dann konsumieren. Hier aber nicht. Weil Leute wie du nach Honolulu reisen oder weiß ich wohin. Weil Leute wie du sich einen Scheißdreck drum scheren, wie es vor der eigenen Haustür aussieht und nicht mal wissen, in welcher Himmelsrichtung man Fürstenberg und Templin überhaupt verorten soll."
Bevor sie etwas erwidern konnte, kamen die Hamburger mit einer großen Salatschüssel zurück. Sandra wusste nicht, ob die Beiden besonders höflich oder eher feige waren – jedenfalls waren sie fast zwanghaft bemüht, das Thema zu wechseln. Doch die Gäste spielten nicht mit. Verbissen diskutierten sie weiter.
„Ja klar", retournierte Sandra, „ihr armen Ossis. Wundert mich nicht, dass jetzt wieder Andere an eurem Unglück Schuld sein sollen. Aber man kann es auch so sehen: Ihr habt hier alles, was man braucht, um die Gegend touristisch zu entwickeln. Und was macht ihr seit 25 Jahren draus? Es gibt zwei Paddelbootvermietungen, vielleicht ebenso viele brauchbare Restaurants, einen Solarbootverleiher und einen Dampfer. Dabei könnte man zusätzliche Gelder von der EU beantragen. Oder einfach mal ein Alleinstellungsmerkmal der Region entwickeln, mit dem man die Berliner und Hamburger am Wochenende und in den Ferien hierher lockt. Unternehmungen für sportlich motivierte Leute oder Wellnessangebote für gestresste Manager. Es gäbe so viele Möglichkeiten, wenn ihr mal den Hintern hochbekommen und etwas Neues denken würdet."
„Ja, natürlich. Uns fehlt hier so ein richtiger Macher aus dem Westen. Wir Ossis kriegen das allein ja doch nicht hin", höhnte Maik zurück, „wir sind faul, motivationslos, rückwärtsgewandt und stur. Oder einfach nur zu blöd. Ich kann es nicht mehr hören!"
„Das habe ich nicht gesagt. Ich glaube eher der Ausdruck ‚resigniert' wäre die bessere Umschreibung. Dass etwas getan

werden muss, dürfte doch Allen klar sein. Schau dir nur mal den wichtigsten Ort der Stadt an: den Marktplatz oder auch die Berliner Straße. Die Geschäfte zu, die Schaufenster leer und heruntergekommen. Ihr braucht hier eine anständige Beratung in Sachen Tourismusentwicklung! Ihr lebt doch nicht hinter dem Mond. Da müssen ein paar Fachleute ran, die sagen, wie man den Tourismus in der Gegend weiterentwickeln kann. Klar – das gibt es auch nicht umsonst, aber letztlich geht es um die Zukunft der Region, darum ob eure Kinder hier bleiben können oder weggehen. Diese Jammernummer kann ich echt nicht mehr hören."

Über sich selbst erschreckt, hielt sie inne. Eigentlich hatte sie gar nicht so viel sagen wollen. Doch dann war einfach ihr Temperament mit ihr durchgegangen. Sie hoffte nur, sie wäre nicht allzu hart rübergekommen. Maik reagierte unerwartet gelassen.

„Geh' ins Rathaus und schau dir die Planung für den neuen Hafen an. Das Projekt dürfte nach deinem Geschmack sein. Lychen als Motorsportparadies."

Er sagte es ruhig, doch der Sarkasmus in seiner Stimme war nicht zu überhören. Und dabei sah er sie mit einem Blick an, als verkörpere sie alles, was er nicht ausstehen konnte.

„Ein neuer Hafen? Für Motorboote?", fragte sie interessiert, ohne auf seine Ironie einzugehen.

„Wir haben uns die Planung schon angesehen", schaltete sich jetzt Herr Jansen ein, „aus meiner Sicht völlig überzogen. Und wieder keine neue Lösung für die nichtmotorisierten Wasserwanderer."

Sandra schüttelte den Kopf.

„Ich bin keine Expertin in Sachen Tourismus, aber mir scheint, hier wird aufs falsche Pferd gesetzt. Doch immerhin geschieht mal etwas."

Ihr Gastgeber legte sich nachdenklich den Finger ans Kinn.

„Das Projekt wirkt ziemlich überdimensioniert. Wenn es durchkommt, wird sich die Stadt über lange Zeit verschulden.

Ein Umlenken wird dann nicht mehr so einfach möglich sein. Mir scheint, hier werden entscheidende Weichen für die Zukunft gestellt."
Maik stimmte ihm zu.
„Ich sehe das auch so – aber das Projekt wird als enormer Fortschritt gefeiert."
„Ich finde, hier sollten erst einmal die wichtigsten Sachen in Ordnung gebracht werden, bevor man so etwas versucht", stimmte Sandra zu, „Die Innenstadt sieht traurig und langweilig aus. Ein paar Blumenkübel, ein bisschen Farbe und eine Zwischenlösung für die leer stehenden Läden wären schon ein Gewinn. Man könnte Künstlern die Läden für wenig Geld anbieten – das würde auch Touristen interessieren. Und Handwerk wäre super – ein Keramikladen oder so, wo es etwas Schönes aus der Region zu kaufen gibt."
„Und eine bessere Umtragestelle für die Wasserwanderer", ergänzte Herr Jansen, während seine Frau dazu nickte, „es ist einfach schrecklich, dass man jetzt das Boot immer über die am meisten befahrene Straße der Stadt schleppen muss. Manchmal kommt man minutenlang nicht weiter und blockiert den Bürgersteig. Das schwere Boot können Ältere sowieso nicht mehr so lange halten."
Maik grinste, hüllte sich wieder in Schweigen und griff zu Messer und Gabel. Sandra war froh darüber. Sie hatte keine Lust zu streiten. Sie wollte viel lieber das gute Essen und den lauen Sommerabend genießen. Jansens hatten sich richtig ins Zeug gelegt. Es gab ein sehr leckeres Hirsegericht mit viel Gemüse und Kräutern. Belustigt beobachtete sie, wie Maik das Ganze skeptisch betrachtete. Er bevorzugte augenscheinlich eher die regionale Küche. Aber außer diesem interessiert-skeptischen Blick ließ er sich nichts anmerken und aß seine Portion auf. Wahrscheinlich wusste er nicht einmal so genau, was er da auf dem Teller hatte. Zum Nachtisch gab es frische, gekühlte Melone und Eis. Köstlich. Vielleicht war es das gute Essen oder

aber der Wille aller Beteiligten – jedenfalls wurde es doch noch ein schöner Abend. Jansens berichteten von ihren Norwegen-Reisen, von Wanderungen durch die Tundra, einsamen Begegnungen mit wilden Tieren, Nordlicht und beängstigenden Stürmen. Die Zeit verging wie im Flug, die Weinflaschen leerten sich und rings um die Gruppe wurde es dunkel. Als die beiden Windlichter auf dem Tisch heruntergebrannt waren, brachen sie auf. Maik nahm diesmal ordentlich den Weg durch das Haus. Sandra wechselte einfach die Terrassenseite.
Plötzlich war sie wieder allein, dachte über den Tag nach und fragte sich, warum dieser Maik keine Frau hatte. Eigentlich ungewöhnlich. Als sie dann im Bett lag und einschlafen wollte, kamen Bilder in ihren Kopf, die sich einfach nicht verdrängen ließen. Sie sah den kleinen Jungen im See versinken, sah sich verzweifelt nach ihm tauchen. Sie fühlte die Wellen um sich herum, hörte laute, aufgeregte Rufe und das Weinen von Kindern. Irgendwann schlief sie zwar ein, doch der Unfall verfolgte sie auch in ihren Träumen. Sie tauchte nach dem Kind. Immer wieder und wieder. Aber sie bekam den Jungen nie zu fassen. Sie griff ein ums andere Mal ins Leere. Irgendwann wachte sie verschwitzt und unruhig auf. Auf keinen Fall wollte sie riskieren, dass dieser Traum sich wiederholte. Sie musste die Geschehnisse aus ihrem Kopf bekommen. Vielleicht half es, ein Weilchen aufzustehen. Sandra zog sich den Bademantel über und trat auf die Terrasse. Der Mond schien aufs Wasser. Ihr war, als würde es am Horizont sogar schon etwas heller werden. Ein leichtes Morgenrot deutete sich an. Ringsum war es absolut ruhig. Nur leise Wellen plätscherten ans Ufer, ein Vogel zwitscherte ab und an, Grillen zirpten. Ein paar Mücken umschwirrten ihren Kopf. Sie beschloss, zum Bootssteg zu gehen. Von dort aus war der Blick auf den See am schönsten. Sie freute sich, ganz allein diesen frühen Moment am Morgen zu genießen. Es war niemand

da, der sie in Bademantel und Hausschuhen sehen konnte. Die Welt schlief noch. Schon die wenigen Schritte zum Bootssteg empfand sie als wohltuend. Die Luft war lau, wie es sich für eine Sommernacht gehörte. Kaum war sie auf dem Steg und schaute fasziniert über das Wasser, hörte sie neben sich ein Geräusch. ‚Der Hund!', schoss es ihr durch den Kopf, ‚Dieser blöde Hund'. Mit einer Mischung aus Panik und dem Mut der Verzweiflung wandte sie ihren Blick zu der Seite, von der das Geräusch gekommen war. Aber es war nicht Brutus, der ihr interessiert entgegenblickte, sondern Maik. Das Gesicht des Menschen konnte sie zwar nicht erkennen – dazu war es noch nicht hell genug. Aber sie hatte sich seine Gestalt schon so eingeprägt, dass es keinen Zweifel gab. Er war es, der dort im Gras saß und kurz beruhigend winkte. Was machte der denn um diese Zeit hier? Er stand auf und trat zu ihr auf den Steg. In der Hand hielt er seinen Handtuchfetzen. Dazu trug er eine Sporthose und ein langärmeliges Shirt. Ohne etwas zu sagen, ging er an ihr vorüber, berührte dabei kurz ihren Arm und setzte sich im Schneidersitz an den vordersten Rand des Bootsstegs. Sandra überlegte kurz, ob sie bleiben oder wieder ins Haus gehen sollte. Mittlerweile umschwirrte sie ein Haufen Mücken penetrant und sie versuchte, die Blutsauger wegzuwedeln. Gerade wollte sie umdrehen, um zurückzugehen, als Maik sie leise ansprach.
„Auch Lust auf ein Bad bei Sonnenaufgang bekommen?"
Sandra schüttelte den Kopf.
„Hab' schlecht geträumt."
„Der Unfall?"
„Hmm. Gehst du wirklich um diese Zeit schwimmen?"
„Noch ein paar Minuten – dann gibt es das schönste Licht des Tages. Nicht mehr dunkel, aber auch noch nicht hell. Gleich wachen die Vögel auf. Sie liefern das Konzert dazu."
Sandra setzte sich neben ihn auf den Steg. Es lag ein Zauber auf der Landschaft, den sie einen Augenblick lang genießen

wollte. Nach einigen Minuten, die sie schweigend nebeneinander gesessen hatten, erhob sich Maik und zog sich das Shirt über den Kopf.
„Kommst du mit?"
Sandra sah an sich herab.
„So?"
„Nein, so."
Maik streifte sich die Hose ab. Darunter war er nackt. Es schien ihn nicht zu kümmern, dass sie neben ihm saß. In Sandras Kopf spielte sich ein kleiner, unsichtbarer Kampf ab. Einerseits fand sie den Gedanken, eine Runde zu schwimmen, ungeheuer reizvoll. Maik hatte Recht – das Licht war großartig. Andererseits – mit einem Mann, den sie kaum kannte, nackt baden gehen? Sich vor Maik auszuziehen, kam ihr merkwürdig vor, obwohl er sie längst halbnackt gesehen hatte. Ihre Antwort schien zu lange auf sich warten zu lassen. Maik stellte sich am Rande des Steges auf. Sandra blieb nur ein kurzer Moment um seine Rückseite zu betrachten. Ein durchaus erfreulicher Anblick. Sein Po war so weiß, dass er im Dunkeln zu leuchten schien. Mit einem leisen Klatschen landete er im See und einige kleine Spritzer schafften es bis zu Sandra hinauf. Noch immer rang sie mit sich. Maik war im Wasser, konnte gar nicht mehr sehen, wenn sie sich auszog. Nur einen kurzen Moment dachte sie an ihre Großmutter. „Wenn du etwas wirklich möchtest", hatte sie immer gesagt, „dann tu es. Ganz egal, was Andere darüber denken."
Mit einem Satz war sie aufgesprungen, der Bademantel fiel ebenso schnell auf den Steg wie die kurze Hose des Schlafanzugs und das Oberteil. Etwas verlegen sah sie sich noch einmal um. Maik schwamm und beachtete sie nicht. Andere Menschen waren nicht zu entdecken. Sie wählte den Weg über die Treppe. Merkwürdigerweise kam das Wasser ihr jetzt viel weicher und angenehmer vor als die Male zuvor. Schnell ließ sie sich hineingleiten und schwamm mit kräftigen

Zügen ihrem Vermieter hinterher. Das kühle Nass umfing ihren Körper. Es fühlte sich richtig gut an. Maik schien sie zu hören, denn er drehte sich um, wartete, bis sie ihn erreicht hatte. Eine Zeitlang schwammen sie nebeneinander her durch den spiegelglatten See, der aussah, als hätte ihn jemand gebügelt. Sandra vermied es, Rückenkraul zu schwimmen. Ab und an kraulte sie ein wenig. Maik hatte es einfacher. Er wechselte die Schwimmart alle paar Minuten. Kurz bevor sie das andere Ufer erreichten, kehrten sie um. Sandra ließ Maik etwas vorausschwimmen, dann wagte sie es endlich, drehte sich auf den Rücken und genoss es, in den langsam heller werdenden, rosaroten Himmel zu schauen.

18.

Maik sah zu, wie Sandra völlig in Gedanken versunken, auf den Rücken gedreht an ihm vorüberglitt. Schon merkwürdig: Zuerst hatte sie sich geziert, wollte gar nicht ins Wasser – und jetzt gab sie sich völlig der Bewegung und dem Moment hin. Ein merkwürdiges Wesen. Aber nicht so schlimm, wie sie ihm anfangs vorgekommen war. Sie hatte richtig nette Züge. Nein – das traf es noch nicht. Sie war irgendwie sonderbar wundervoll. Schon allein, dass sie schweigen konnte, wenn es angebracht war. Nicht zu vergessen, schwamm sie unglaublich gut und war verdammt hübsch – vor allem, wenn sie darauf verzichtete, allzu viel Schminke aufzutragen. Sobald sie in ihren Designerfummeln steckte, schien sie in eine andere Haut zu schlüpfen. Er kannte das sonst nur bei Uniformen. Diese Sandra wurde in teuren Fummeln etwas überheblich, übertrieben ehrgeizig und ein wenig zickig. Er schwamm mit einem kleinen Abstand neben ihr, beobachtete ab und an, wie sie dahinglitt. Was für eine Figur! Und so schöne, fließende Bewegungen.

In diesem Moment fand er sie anziehender und erotischer als in jeder ihrer schicken Klamotten – auch wenn er zugeben musste, dass ihre Kleidung Stil hatte. Sie trug nur, worin sie wirklich gut aussah. Jetzt hatte sie bemerkt, dass er nicht mehr vor ihr schwamm. Natürlich wechselte sie sofort zum Brustschwimmen. Er tat, als hätte er in die andere Richtung geschaut und nicht bemerkt, wie sich ihr Busen bei jedem Stoß ganz leicht aus dem Wasser gehoben hatte. Schade. Jetzt kraulte sie wieder und legte sich mächtig ins Zeug. Maik beeilte sich, ihr zu folgen. Was machte sie denn jetzt? Tatsächlich – sie schwamm Schmetterling. Und wie elegant sie es vermochte – bei vielen sah es einfach nur plump aus. Das konnte er doch auch mal. Er hatte es lange nicht geübt, aber es funktionierte. Als sie beide den Steg erreichten, lächelten ihre Augen, ihr Gesicht wirkte rosig. Sie schien bester Laune. Dennoch hielt sie Abstand. War sie verklemmt oder nur zurückhaltend? Er tat ihr den unausgesprochenen Gefallen, vor ihr aus dem Wasser zu steigen. Irgendwie wurde er dabei das Gefühl nicht los, dass sie ihn völlig unverblümt betrachtete. Mit Erstaunen über sich selbst stellte er fest, dass es ihm nicht nur nichts ausmachte. Nein, es gefiel ihm sogar. Während er sich mit dem Gesicht zur Wiese abtrocknete, kam auch Sandra zum Bootssteg und wickelte sich mangels eines Handtuches schnell in ihren Bademantel. Maik setzte sich auf den Steg. Vielleicht blieb sie auch noch ein wenig. Auf der Landschaft und zwischen ihnen beiden lag ein Zauber, eine wunderbare Ruhe. Ein Augenblick, den man gern erinnert. Sandra gähnte ausgiebig. Würde sie jetzt gehen? Unentschlossen sah sie ihn an. Erwartete sie eine Aufforderung? Nein – bitten würde er sie nicht. Zum Glück war es nicht nötig, denn sie setzte sich mit dem größtmöglichen Abstand neben ihn auf den schmalen Steg – nicht jedoch, ohne dreimal die Enden ihres Bademantels zusammenzuziehen. Da saßen sie nun: ein nackter Mann und eine nur mit einem Morgenmantel bekleidete Frau, die nichts weiter taten als zuzusehen, wie der Himmel farbiger und heller wurde. Mit einem kleinen Seitenblick stellte er fest, dass sie fror. Es freute ihn diebisch, dass sie trotzdem blieb. Eigentlich hätte er nichts dagegen gehabt, sie etwas zu wärmen, aber der Abstand zwischen ihnen war zu groß. Unterdessen fingen immer mehr Vögel an zu singen. Dies war der romantischste Augenblick seit langem. Dabei war die Frau an seiner Seite nicht einmal seine Geliebte. Schade, dass er sie nicht in den Arm nehmen und wärmen konnte. Mehr wollte er ja gar nicht. Oder doch? Nein – es wäre zu kompliziert. Jetzt kratzte sie sich schon wieder an den Beinen. Wahrscheinlich hatten die Mücken ganze Arbeit geleistet. Für einen Moment schloss er die Augen. Die hektische Welt hielt einfach gerade den Atem an. Solche Augenblicke waren selten und unendlich kostbar. Er wusste, dass sie jeden Moment aufstehen und gehen würde. Plötzlich unterbrach ein kleines Geräusch die Ruhe. Nichts als ein kurzes Hecheln. Noch bevor er irgendetwas unternehmen konnte, hörte er Sandra schreien. In Sekundenschnelle sprang sie panisch auf, warf sich zuerst halb auf ihn, um sich dann, nachdem er selbst aufgesprungen war, hinter ihm zu verschanzen. Der Auslöser dieser Panikattacke kam freundlich mit dem Schwanz wedelnd näher. Gerade als Maik den Hund auffordern wollte, zurück zum Haus zu gehen, war dieser dabei, seiner Freude über das Zusammentreffen besonderen Ausdruck zu verleihen. Er kam die letzten Meter angerannt und sprang an ihm hoch. Sandra schien die Körpersprache des Hundes völlig misszuverstehen, wich weiter zurück und verlor das Gleichgewicht. Reflexartig klammerte sie sich an Maiks Hüfte, der nicht bemerkt hatte, wie sehr sie sich dem Ende des Steges genähert hatten. Er wankte kurz, dann war es auch schon passiert. Maik verlor ebenfalls das Gleichgewicht. Mit einem lauten Platschen landeten beide im See. Er bemerkte nicht, wie er Sandra versehentlich seinen Arm an den Kopf schlug.

Prustend und lachend kam Maik an die Oberfläche. Auf dem Steg stand Brutus und schaute freundlich interessiert auf das Geschehen. Nur Sandra war nicht zu sehen. Irritiert sah Maik sich um. Dann reagierte er und tauchte wieder ab. Zum Glück fand er sie schnell, obwohl er unter Wasser kaum etwas erkennen konnte. Sandra schien bewusstlos zu sein. Er wollte sie aus dem Wasser ziehen, doch der vollgesogene Bademantel war schwer und hinderlich. Erst einmal an die Oberfläche mit ihr, damit sie Luft bekam. Wie schwer so ein Kleidungsstück sein konnte, wenn es nass war. Sie musste schnell ans Ufer, so viel war klar. Aber mit dem Bademantel war er zu langsam. Offen war das Ding mittlerweile bereits, also streifte er ihn ihr ab. Auch das war nicht ganz einfach. Am Steg konnte er unmöglich mit seiner schweren Last aus dem Wasser herauskommen. Er musste sie etwas weiter zu einer Stelle schleppen, an der das Ufer flacher und der Ausstieg einfacher war. Kaum hatte er Sandra herausgezogen, kam Brutus angeschlichen und beobachtete aus einigem Abstand, was er angerichtet hatte. Maik bemerkte es zwar, war aber vollends damit beschäftigt, die Gerettete aus der Bewusstlosigkeit zu holen. Vom Haus her näherte sich Herr Jansen, leise nach seinem Hund rufend.
„Nehmen Sie sofort Brutus weg", rief Maik ihm entgegen. Genau in dem Moment, als Herr Jansen hinzukam, öffnete Sandra die Augen. Erleichtert streichelte Maik ihre Wange. Damit sie sich aufrichten konnte, stützte er ihren Kopf. Der mittlerweile herangekommene Hamburger deutete die Situation völlig falsch. Verschwörerisch blinzelte er Maik zu, bevor er sich samt Brutus diskret entfernte. Wasser spuckend kam Sandra langsam zu sich. Sie fror. Da der Bademantel im See schwamm, war Maik klar, dass er sie wärmen musste. Also wollte er sie schnellstmöglich zurück zum Haus bringen.
„Leg' die Arme um meinen Hals", flüsterte er ihr zu. Dann nahm er sie hoch und trug sie Richtung Ferienwohnung.

Mittendrin hielt er an. Im Gegensatz zu seiner eigenen Wohnung ließen sich die Feriendomizile nicht ohne Schlüssel von außen öffnen. Sandra war nackt, der Schlüssel befand sich wahrscheinlich im Bademantel. Es blieb nur eine Lösung – er musste sie mit zu sich nehmen. So sanft es ihm wegen seiner nachlassenden Kräfte möglich war, bugsierte er sie in seine Wohnung und legte sie auf sein Bett. Schnell zog er eine Decke über die nackte, schlotternde Frau. Entweder war sie nicht so leicht, wie sie aussah oder er nicht mehr so kräftig wie früher. Heftig atmend setzte er sich zu ihr auf die Bettkante. Sie schlotterte immer noch. War es die Kälte oder der Schock? Er fragte nicht. Es war egal. Auch Sandra verlor nicht ein einziges Wort. Um sie besser wärmen zu können, legte er sich neben sie. Wider Erwarten rückte sie an ihn heran. Sie fühlte sich kühl an, weich und zart. Es kribbelte an den Stellen, an denen sich ihre Körper berührten. Wie lauter kleine Stromstöße. Draußen war wieder Ruhe eingekehrt. Nur die Vögel sangen ihr sommerliches Morgenkonzert. Drinnen war es so leise, dass Maik Sandras Atemzüge hörte. Ganz kurz schaute sie ihn an. War das ein prüfender Blick? Es ging so schnell, dass er ihn nicht deuten konnte. Jetzt drehte sie sich auf die Seite und – er konnte es kaum fassen – schlief sofort ein.
Wie lange war es her, dass eine Frau in seinem Bett gelegen hatte? Selbst die kurze Ferien-Episode mit der Cousine eines Freundes lag schon mehr als zwei Jahre zurück. ‚Kein schlechtes Gefühl', dachte er, während er sie ansah. Wenn auch seine bisherigen Gefährtinnen sich deutlich freiwilliger dort eingefunden hatten. Um seine Gedanken in andere Bahnen zu lenken, dachte er darüber nach, wie es zu dem Unfall gekommen war. Wieso war sie voller Angst vor Hunden? Und wie schaffte sie es, mit diesem Handicap in der Hauptstadt der Kläffer klarzukommen? Jeder Spaziergang musste für sie doch zum Höllentrip werden. An jeder Ecke konnte sie auf einen Vierbeiner treffen. Womöglich sogar ohne Leine. Für diese Art von Pho-

bie musste es doch eine Therapie-Möglichkeit geben! Maik nahm sich vor, das zu recherchieren. Und dann ereilte auch ihn unbeschreibliche Müdigkeit. Vielleicht, weil sie so ruhig atmend und friedlich neben ihm lag. Vielleicht auch, weil ihm einfach mehrere Stunden Nachtschlaf fehlten. Da erst gegen Mittag unaufschiebbare Pflichten auf ihn warteten, schloss er die Augen und schlief ein. In seinem Traum schmiegte sie sich an ihn und wollte ihn küssen. Ein schönes Gefühl. Genau in diesem Moment wachte er durch ein lautes Knallen auf. Enttäuscht, aus dem schönen Traum gerissen zu werden, fragte sich Maik, ob er etwas tun musste. Also richtete er sich auf und schaute zuerst zu Sandra, die immer noch schlief wie ein Murmeltier. Die Bettdecke war etwas verrutscht. Mit einem Anflug schlechten Gewissens gönnte er sich einen Blick auf ihren schönen Busen. In diesem Moment folgte ein zweiter Knall von draußen. Das Geräusch war so nah, dass es auf dem Hof seinen Ursprung zu haben schien. Eindeutig sein Zuständigkeitsbereich. Maik riss sich von dem angenehmen Anblick los, stand auf und trat ans Fenster. Um sehen zu können, was draußen vor sich ging, schob er die Gardine etwas zur Seite. War er wirklich wach? Er traute seinen Augen kaum. Mitten auf dem Hof parkte ein Z4 Roadster. Ein absolutes Protzauto, aber irgendwie auch ein klasse Wagen. Solche Fahrzeuge verirrten sich eher selten auf sein Grundstück. Das Verdeck war heruntergelassen. Ein sonnengebräunter Typ in Anzughose und hochgekrempeltem Edelhemd stand neben Sandras Wagen und spähte hinein. Die Sonnenbrille hatte er sich neckisch auf den Kopf geschoben. Sah nicht schlecht aus, der Kerl, aber man konnte erkennen, dass es sich um einen Bürohengst handelte. Schmaler Brustkorb, zu schmale Schultern. Jetzt blickte sich der Schönling wieder suchend um. Maik hatte keine Zweifel, wen dieser Mann suchte. Den Anflug von Schadenfreude, der in ihm emporstieg, weil das Objekt dieser Begierde ausgerechnet in seinem Bett lag, unterdrückte er schleunigst. Sein Blick fiel erneut auf Sandra, deren Augen immer noch geschlossen waren. Er trat zu ihr ans Bett, setzte sich auf die Kante und strich ihr mit einer sanften Bewegung über die Hand.

„Hey! Wach auf. Da ist jemand für dich."

Langsam öffnete sie die Augen, schien zunächst verwirrt ihn zu sehen.

„Hallo."

Er ahnte, dass dies die letzten ruhigen Sekunden mit ihr sein würden. Vor der Tür wartete ihre wirkliche Welt auf sie.

„Da draußen ist jemand, der aussieht, als wollte er zu dir."

Etwas ungläubig schaute sie ihn an und Maik konnte fast ihre Gedanken lesen. Wollte Dr. Dr. sie schon wieder zu irgendetwas abholen? Aber es war doch noch früh am Morgen. Oder etwa nicht? Maik registrierte, wie sie sich die Bettdecke fest um den Körper wickelte. Dann stand sie auf, trat ans Fenster und schob die Gardine beiseite. Vorsichtig blickte sie nach draußen, zog aber sofort den Kopf zurück. Bestürzung stand in ihr Gesicht geschrieben.

„Ach herrje", rief sie aufgebracht, „das ist mein Freund. Was will der denn hier?"

Sekunden später schien sie die Situation erst so richtig erfasst zu haben.

„Verdammt! Was mache ich denn jetzt?" An sich herunterschauend fügte sie hinzu: „So kann ich unmöglich rausgehen."

Hilfesuchend fiel ihr Blick auf Maik.

„Kannst du ihn nicht unter einem Vorwand wieder wegschicken?

Maik schüttelte den Kopf.

„Es ist doch nichts passiert. Ich gebe dir ein großes Handtuch."

Mit einem Mal war sie richtig munter.

„Geht's noch? Ich komme nur mit einem Handtuch bekleidet aus deiner Wohnung und sage: ‚Sorry Schatz – ich war vor ein paar Stunden ins Wasser gefallen und bin dann bei meinem Vermieter eingeschlafen?'"

Immer noch nackt ging besagter Vermieter ins Badezimmer und kam mit einem riesigen, bunten und recht neu aussehenden Badetuch zurück.
„Das geht auch als Strandkleid durch“, sagte er, während er es Sandra reichte. Ruhig griff er eine Jeans vom Stuhl neben dem Bett und zog sie sich über.
Sandra verlegte sich aufs Bitten. Ihre Gesichtszüge verrieten, wie nervös sie war.
„Bitte Maik. Das geht nicht. Kannst du ihm nicht sagen, ich wäre gerade losgegangen, um mir ein Rad zu leihen? Dann wird er wahrscheinlich versuchen, mich beim Fahrradladen zu erwischen, bevor ich losradle.“
Erneut traf ihn ein verzweifelter Blick. Diese Frau befand sich irgendwie ununterbrochen in Schwierigkeiten. Er hasste es, zu lügen. Warum sollte er es für sie tun?
„Ich denke, er ist dein Freund“, antwortete er, „dann weiß er doch, dass du dich ständig in Schwierigkeiten bringst. Er wird dir schon glauben.“
Kaum gesagt, tat ihm seine Aussage auch schon wieder leid. Nun wurde Sandra richtig wütend.
„Nein, das wird er nicht! Er kennt mich völlig anders. Und wir haben sowieso gerade Stress miteinander. Wenn er das jetzt mitbekommt, wird er denken, ich werfe mich dem Erstbesten an den Hals.“
Der Satz traf ihn nun wieder härter, als er sich eingestehen wollte. Diese eingebildete Tussi. Was dachte sie eigentlich, wen sie vor sich hatte?
„Dem Erstbesten. Klar“, rutschte ihm heraus.
Dann wandte er sich ab. Warum sollte er ihr helfen, die Beziehung zu diesem Gernegroß da draußen zu kitten? Sie kam näher und legte ihm ihre Hand auf die Schulter.
„Entschuldige. So habe ich das nicht gemeint.“
„Doch das hast du. Eigentlich hättest du vollständig sagen müssen: ‚dem erstbesten Ossi‘. Ist es nicht so?“
Sandras Stimme wurde lauter, klang beinahe verzweifelt:

„Das ist doch Blödsinn. Bitte Maik!“
Wieder dieser Rehblick. Eigentlich gehörte er nicht zu denen, die auf so etwas hereinfielen. Warum sein Großhirn bei ihr jetzt eine Ausnahme machte, wusste er selbst nicht.
„Also gut.“
Er griff nach seinem Shirt. Während er es überzog, öffnete er die Tür. Gemütlichen Schrittes schlenderte er an dem großen Wagen vorbei Richtung Bootssteg, wo der Neuankömmling – die Hände lässig in die Hosentaschen geschoben – auf den See starrte.
„Kann ich Ihnen helfen?“
Der Besucher drehte sich rasch zu ihm um, musterte ihn blitzschnell von Kopf bis Fuß.
„Ich suche meine Lebensgefährtin. Sie heißt Schalenbach – Sandra Schalenbach. Sie hat hier eine Ferienwohnung gemietet.“
Vor einer Antwort, musterte Maik erst einmal selbst den „Gernegroß“. Sein Gegenüber wirkte verunsichert.
„Ach die! Ihre Freundin ist schon vom Hof. Sie wollte sich ein Fahrrad leihen und Richtung Triepkendorf fahren.“
„Das hat Sie Ihnen gesagt?“, fragte er und die Betonung lag eindeutig auf „Ihnen“.
Maik nickte, drehte sich um und ging zurück zum Haus. Er hatte seine Aufgabe erfüllt.
„Und wo kann man hier ein Rad leihen?“, rief ihm der Schönling hinterher.
„Beim Motorradladen. Hier raus, links rum und dann auf der linken Seite.“
Sandra behielt recht. Wieder in seiner Wohnung angekommen, beobachteten sie gemeinsam vom Fenster aus, wie der Typ in seinen Wagen glitt und mit Karacho rückwärts vom Hof düste.
Erleichtert sah Sandra Maik an.
„Danke. Du hast mich schon wieder gerettet. Hast du noch einen Schlüssel für meine Wohnung?“

Maik wollte losgehen, um den Schlüssel zu holen, doch Sandra hielt ihn am Arm fest, wobei die Bettdecke, die sie noch immer um ihren Körper gewickelt hielt, verrutschte und etwas mehr Einblick zuließ. Schnell raffte sie die Enden wieder zusammen, bevor sie sich auf die Zehenspitzen stellte und ihm einen Kuss auf die Wange hauchte. Sie sahen sich für einen Moment in die Augen. Wenn dieser Kerl nicht aufgetaucht wäre, dachte Maik, und schalt sich sofort dafür. ‚Was dann?' fragte er sich streng. Diese Großstadtpflanze wäre nichts für ihn, das hatte sowieso keine Zukunft. Sie kam von einem anderen Stern, aus einer anderen Galaxie. ‚Und wenn schon', raunte eine Stimme in ihm, ‚es wäre trotzdem schön gewesen'.

19.

Hastig warf sich Sandra ein Sommerkleid über, bürstete ihr Haar und schlüpfte in ihre flachen Sandalen. Sie wollte unbedingt das Haus verlassen haben, bevor sie auf Laurenz traf. Zumindest wollte sie von irgendwoher zurückkommen, damit er Maik die Lüge abnahm. Ihr Weg führte zunächst über einen schmalen Wiesenweg Richtung Fahrradverleiher. Einer plötzlichen neuen Eingebung folgend, bog sie schon vorher ab, um in den Supermarkt zu gehen. Ihre Gedanken irrten zwischen Maik und Laurenz hin und her. Völlig überdreht und nervös, warf sie alles Mögliche in den Einkaufswagen, vor allem diverses Obst und Gemüse, Brötchen und Marmelade. Laurenz hasste Müsli. Er schlang sich normalerweise schnell ein Brötchen mit Marmelade herunter und trank seinen edlen Espresso dazu. Dann raste er ins Büro, während sie selbst noch in Ruhe aufaß.

Nur am Wochenende nahm sich Laurenz bisweilen auch Zeit für ein ausgiebiges Frühstück. Sonntags schlief er gern aus. Oft brachte sie ihm seinen Espresso ans Bett. Früher hatte er sie dann zu sich heran gezogen, mit ihr gekuschelt, sie verführt. Jetzt konnte sie sich nicht daran erinnern, wann er dies das letzte Mal getan hatte. Die Kuschelzeiten waren rar geworden. Und sie fielen kürzer aus. Was wollte er überhaupt hier? Sie konnte sich beim besten Willen nicht vorstellen, dass er seine Meinung geändert hatte und Hawaii sausen ließ. Eigentlich verspürte sie keine Lust, ihn schon wiederzusehen. Andererseits – war es nicht ein gutes Zeichen, dass er gekommen war? Er gab ihre Beziehung also noch nicht auf, dachte an die schönen Zeiten. Vor allem an die letzte Phase des Studiums und als das Berufsleben losging. Am Anfang ihrer Karrieren. Wie das klang – als ob sie schon alt wären und alles hinter sich hätten. Vielleicht haben wir das Beste tatsächlich hinter uns, dachte sie. Ihre Oma pflegte zu sagen, dass man sich eine Liebe immer wieder neu erkämpfen müsse, nicht gleich alles hinwerfen dürfe, wenn es mal anstrengend würde. Vor die Bilder mit Laurenz schoben sich erneut die Ereignisse vom Morgen. Sie hatte kein bisschen an Laurenz gedacht, als sie in Maiks Bett lag. Nicht, dass sie von dem wortkargen Macho etwas wollte, aber es hatte sich trotzdem gut angefühlt. Behaglich, geborgen, ruhig. Ein Gefühl von Freiheit war es, als sie alle Konventionen einfach über Bord warf und bei ihm liegen blieb. Natürlich hätte sie eigentlich sofort gehen müssen. Statt dessen genoss sie seine Nähe, die heitere Gelassenheit, die er ausstrahlte, auch seine Verblüffung, die er zu verstecken versuchte. In Maik´s Nähe schien ihr alles einfach, was derzeit mit Laurenz schwierig war. Mit zwei Einkaufstaschen bepackt, verließ sie den Supermarkt und machte sich zurück auf den Weg zur Ferienwohnung. Immer wieder sah sie sich um, aber der Z4 war nirgendwo zu entdecken. Ihre Beine juckten. Diese blöden Mücken.

Als sie schon von der Hauptstraße abbiegen musste, hielt neben ihr mit quietschenden Reifen ein Wagen. Laurenz grinste sie vom Fahrersitz aus an.
„Na, schöne Frau, darf ich Ihnen helfen?"
„Hallo Laurenz!"
Sie versuchte, überrascht auszusehen. Laurenz schien nichts zu merken. Er grinste breit und wartete darauf, dass sie sich neben ihn setzte. Sandra tat ihm den Gefallen und stellte die Taschen hinter den Fahrersitz.
„Was machst du denn hier?", fragte sie, doch Laurenz war wohl nicht zum Reden gekommen. Er legte den Arm um sie und zog sie zu sich heran. Mit einer fast zu heftigen Abwehrbewegung machte sie sich los.
„Was soll das? Wieso bist du hier?"
Laurenz wirkte irritiert, lehnte sich zurück, die Arme hinter dem Kopf gekreuzt. Eine Geste der Macht, wenn auch eine hilflose.
„Ich wollte dich abholen. Scheinst ja Ärger zu haben."
Sandra tat überrascht.
„Wie kommst du denn darauf? Hier ist alles bestens."
Ihr Gegenüber begann in seiner Hosentasche zu graben und holte mit triumphierender Geste den Ersatzschlüssel ihres Wagens hervor.
„Bist mit einem Boot abgesoffen, habe ich gehört."
Bevor Sandra zugreifen konnte, zog er seine Hand fort.
„Einen Kuss dürfte der wert sein, oder?"
Was wurde das? So kannte ihn Sandra nicht.
„Gib mir den Schlüssel."
„Erst küssen."
Sie beugte sich zu ihm und hauchte ihm einen Kuss auf die Wange. Natürlich reichte Laurenz das nicht. Er vergrub seine Hand in ihrem Haar, zog sie trotz ihres leicht störrischen Widerstands zu sich heran und küsste sie auf den Mund. Letztlich gab sie nach und erwiderte seinen Kuss. Es fühlte sich sogar ganz gut an. Da kribbelt noch etwas, stellte sie erfreut

fest. Seine Hände wanderten auf ihrem Rücken entlang. Verspielt begann er, den Reißverschluss ihres Kleides zu öffnen. Ruckartig setzte sich Sandra auf und streckte die Hand aus.
„Gib mir den Schlüssel!"
Er reichte ihn ihr.
„Komm mit nach Hause", bat er.
Das war der erste normale Satz, seit sie sich gestritten hatten.
„Warum bleibst du nicht hier?"
Mit einem abschätzigen Blick sah er sich um.
„Ich verstehe nicht, was du in diesem Kaff willst, wenn auf uns die Südsee wartet."
Sandra öffnete die Wagentür und stieg aus.
„Viel Spaß auf Hawaii."
Er griff über den Beifahrersitz hinweg nach ihrer Hand.
„Ich weiß, dass ich mich blöd verhalten habe am Samstag. Es tut mir leid. Aber die Südsee gegen das hier tauschen? Das kann ich nicht."
Mit einer ruckartigen Bewegung entwand sie sich seinem Griff.
„Musst du auch nicht. Wir sehen uns nach den Ferien wieder. Dann können wir darüber nachdenken, wie es mit uns weitergeht."
„Was soll das denn heißen? Machst du aus der Sache gleich eine Beziehungskrise?"
Statt einer Antwort holte Sandra die Taschen aus dem Wagen und machte sich auf den Weg zur Ferienwohnung. Wenige Sekunden später hörte sie das bekannte Motorengeräusch neben sich. Laurenz fuhr bis zum Grundstück der Schlichts neben ihr her, parkte dann den Wagen neben ihrem und folgte ihr zum Haus.
„Darf ich heute bleiben?", fragte er, während sie aufschloss.
„Fühl dich wie zu Hause."
„Lieber nicht", kommentierte Laurenz, nachdem er einen schnellen Blick in ihr Feriendomizil geworfen hatte.

Sandras Magen knurrte. Während Laurenz das Häuschen inspizierte, packte Sandra die Taschen aus und bereitete ein Frühstück zu. Etwas irritiert beobachtete ihr Lebensgefährte, wie sie in der Küche hantierte.
„Hast du noch nicht gefrühstückt? Es ist elf Uhr."
„Doch, doch. Aber ich habe schon wieder Hunger. War schwimmen."
„So ein langhaariger Tarzan sagte, du wolltest dir ein Fahrrad borgen."
Sandra verkniff sich ein Grinsen.
„Wollte ich auch. Aber dann bin ich doch erst einkaufen gegangen. Radfahren kann ich immer noch. Hast du Lust auf eine kleine Tour?"
Sie stellte alles auf ein Tablett und ging nun an ihm vorbei zur Terrasse. Laurenz folgte ihr, half sogar dabei, den Tisch zu decken.
„Warum nicht? Das Wetter ist toll zum Radfahren."
Nebenan bellte Brutus. Sandra zuckte zusammen und wollte ins Haus fliehen, als sie die Stimme von Frau Jansen vernahm.
„Alles gut, Frau Schalenbach. Er ist angeleint."
Laurenz zog halb belustigt, halb besorgt eine Augenbraue hoch.
„Ein Hund in nächster Nähe?"
Sandra winkte ab.
„Kein Problem."
Kaum hatten sie sich hingesetzt und Kaffee eingegossen, stand plötzlich Herr Jansen pitschnass und in Badehose mit ihrem tropfenden Bademantel auf der Terrasse.
„Den habe ich gerade aus dem Wasser... "
Er brach ab, als er Laurenz sah.
Sandra stand auf, nahm ihm das tropfende Kleidungsstück ab, hängte es an den Sonnenschirmständer und sagte:
„Danke, Herr Jansen, wie nett von Ihnen. Darf ich vorstellen: Mein Lebensgefährte, Laurenz Langholtz."

Herrn Jansen standen die Fragezeichen ins Gesicht geschrieben, doch ganz Hanseat grüßte er höflich und verabschiedete sich sogleich wieder.
„Einen schönen Tag noch, ich wollte nicht stören, nur den Bademantel... "
Der Satz blieb unvollendet. Der Hamburger war vorher weg.
Kaum waren sie allein, wies Laurenz mit dem Kopf in Richtung des tropfnassen Kleidungsstückes.
„Wieso schwimmt der im See rum?"
Sandra biss ein großes Stück Brötchen ab.
„Ist mir heute morgen reingefallen, als ich schon trocken war", nuschelte sie kauend, „wollte ihn nachher holen."
Bevor er etwas erwidern konnte, fragte sie:
„Die Brötchen sind lecker, oder? Ich mache uns mal noch ein kleines Picknick fertig."
Schnell stand sie auf und ging zur Küche, um Nachschub zu holen. Das war ja gerade nochmal gut gegangen. Als sie am Kühlschrank hantierte, fiel ihr Blick auf den Hof. Maik war dabei, sich auf sein altes Motorrad zu schwingen. Er steckte in abgeschnittenen Jeans, trug dazu ein eng anliegendes blaues Shirt, das seinen gut gebauten Oberkörper zur Geltung brachte. Die Haare hatte er wieder zum Pferdeschwanz gebunden. Ein Typ aus einer ganz anderen Welt. Schaute er gerade zu ihr rüber? Konnte er sie in der Küche sehen? Er brauste vom Hof. Etwas nachdenklich sah sie ihm hinterher.
Als sie wieder auf die Terrasse trat, beobachtete sie, wie Laurenz versuchte, ihren nassen Bademantel auf einen Bügel zu hängen. Er musste sich diesbezüglich in der Diele bedient haben. Scheinbar hatte er das Kleidungsstück vorher weiter ausgewrungen. Das gute Stück sah schrecklich aus – sandig, schmutzig und lädiert. Ihr wurde heiß, als sie beobachtete, wie Laurenz mit der Hand in die rechte Tasche des Bademantels griff. Verdutzt holte er den Schlüssel hervor, der eindeutig der Ferienwohnung zuzuordnen war, denn an ihm

hing derselbe runde, hölzerne Anhänger wie an dem, den sie nun in Benutzung hatte. Fragend drehte er sich zu ihr um.
„Der Schlüssel war drin."
Sie versuchte, weiterhin völlig unbeschwert zu wirken.
„Kein Problem, ich hatte ja noch den zweiten."
Er legte den Kopf schief. Sein Gesichtsausdruck war eindeutig. Laurenz hielt sie für übergeschnappt. Aber das war ihr egal. Alles war besser als die Wahrheit. Jetzt half nur noch Ablenkung.
„Soll ich dir die Brötchen mit Käse belegen? Salatblatt und Tomate oder lieber pur? Zwei oder drei?"
Es funktionierte. Laurenz überlegte. Doch er hatte mal wieder andere Vorstellungen.
„Wir könnten doch auch irgendwo einkehren", schlug er vor.
Sie widersprach nur, um ihn gedanklich bei diesem Thema zu halten.
„Aber ich hatte mich auf ein Picknick gefreut."
Erstaunlicherweise gab er nach. Wahrscheinlich, um ihre Laune zu heben.
„Also gut. Dann bitte drei Brötchen mit Käse und allem, was du vorgeschlagen hast."
Während Sandra die Brötchen aufschnitt und belegte, ging der Blick ihres Lebensgefährten wieder zu ihrem Bademantel, von dem sich in regelmäßigen Abständen Wassertropfen lösten, die mit einem kleinen Geräusch auf dem gefliesten Terrassenboden landeten. Bevor Laurenz die nächste Frage formulieren konnte, die ihm förmlich schon ins Gesicht geschrieben stand, kam ihm Sandra zuvor:
„Möchtest du noch einen Apfel? Ich habe auch Kirschen und Melone da."
Wie schon zuvor gelang es ihr, seine Gedanken in eine andere Richtung zu lenken. Wieso musste der Jansen den Bademantel rausfischen? Kaum war sie mit dem Obst wieder auf der Terrasse zurück, ließ Laurenz sich nicht mehr von seiner Überlegung abbringen.

„Ich verstehe immer noch nicht, dass du das gute Stück einfach im See lässt, wenn es dir reinfällt. Wobei ich schon nicht verstehe, wie einem ein Bademantel in den See fallen kann. Das ist doch das teure Teil, was wir in Zürich gekauft haben."
Sie seufzte, um deutlich zu machen, wie sehr sie die Fragerei nervte.
„Es war noch früh am Morgen, als ich schwimmen war. Und nachdem mir der Mantel ins Wasser gefallen war, habe ich gefroren und bin schnell zum Haus zurück. Später habe ich ihn einfach vergessen."
Eine leichte Röte huschte über ihr Gesicht. Sie fühlte es und hoffte, Laurenz würde es nicht bemerken. Er war tatsächlich wieder abgelenkt. Sein Blick klebte an ihren mückenzerbissenen Waden, die höllisch juckten. Wenn sie, wie jetzt, saß und ihr Kleid hochrutschte, kamen sie etwas mehr zum Vorschein. Dennoch war sie erstaunt, als sie in seinem Gesichtsausdruck eine Mischung aus Besorgnis und Ekel erkannte.
„Sieht irgendwie nicht gesund aus und auch nicht nach einfachen Mückenstichen", kommentierte er.
Schnell wagte Sandra selbst einen Blick auf die Körperteile, mit denen sie einem ganzen Schwarm der Blutsauger das Weiterleben gesichert haben musste.
„Doch – das sind nur ..."
Sie brachte den Satz nicht zu Ende. Stattdessen starrte sie auf das, was ihre Beine sein sollten. Unzählige dicke, große, rote Pusteln waren entstanden, die nicht im entferntesten an Mückenstiche erinnerten. Eher an ansteckende Hautkrankheiten früherer Jahrhunderte. Laurenz war näher getreten und beäugte nun – mit einigem Abstand – ebenfalls kritisch ihre Beine.
„Wenn du dir in dem Haus nicht mal was eingefangen hast."
Statt Besorgnis lag nun neben Ekel eher Angst in seiner Stimme. Und schon zog er sich auf seinen Gartenstuhl zurück. In Sandra stieg Panik auf.

‚Bleib ruhig', sagte sie sich, ‚denk nach, was zu tun ist.'
„Sieht so aus, als müssten wir den Ausflug ein wenig verschieben", erklärte sie so ruhig, wie es ihr in dieser Situation möglich war, „ich muss wohl tatsächlich erst einmal zum Arzt."
Ohne eine weitere Erklärung zog sie sich das Kleid so tief es ging hinunter und eilte zum gegenüberliegenden Haus. Mutter Schlicht wusste sicher, wo sie den nächsten Arzt finden konnte. Laurenz machte keine Anstalten, ihr zu folgen.
Zum Glück war die alte Dame zu Hause. Sie warf nur einen kurzen Blick auf Sandras Waden, dann schüttelte sie den Kopf.
„Du hast aber auch Pech. Ich denke, das ist harmlos. Aber ich rufe mal kurz meine Freundin an."
„Ein Arzt wäre mir, ehrlich gesagt, lieber", warf Sandra leise ein.
Mutter Schlicht lächelte.
„Keine Sorge, auch in der Provinz gibt es nicht nur Kräuterhexen. Ingeborg ist Hautärztin. So – und jetzt setz dich mal hier hin und trink ein Glas Wasser. Du bist ja kreidebleich."
Während Mutter Schlicht im Nebenzimmer telefonierte, tat Sandra wie ihr geheißen, leerte das hingestellte Glas und versuchte, ruhig zu atmen. Eine ansteckende Hautkrankheit war das letzte, was sie in ihrem Beruf brauchen konnte. Kurz darauf erschien ihre Retterin wieder in der Küche.
„Du kannst zu ihr rübergehen. Sie schaut sich deine Beine gleich an. Die Berliner Straße kennst du ja schon. Gleich neben dem Frisörladen."
Beruhigend strich Frau Schlicht ihr über das Haar.
„Das wird schon wieder. Keine Sorge."
Nachdem Sandra sich ihre Tasche und den Schlüssel aus der Ferienwohnung geholt und das Kleid gegen eine Jeans eingetauscht hatte, wollte sie losgehen. Ihr Blick blieb an Laurenz hängen, der weiterhin stocksteif in seinem Gartenstuhl saß und scheinbar vermeiden wollte, irgendetwas im

Haus zu berühren. Was bei ihr die Hunde, waren bei ihm Keime. Bakterien, Viren und alles andere, was Krankheiten auslösen konnte, aber mit bloßem Auge nicht zu erkennen war, machte ihm Angst. Wahrscheinlich überlegte er schon, ob er sich besser in sein vermeintlich keimfreies Auto setzen sollte.
„Los, komm mit! Du musst mich ja nicht anfassen", forderte sie ihn auf. Nach kurzem Zögern erhob er sich und eilte durch das Haus Richtung Wohnungstür.
„Aber ich komme nicht mit rein."
Damit hatte Sandra sowieso nicht gerechnet, denn er vermied es immer, Türen, Türklinken oder auch Stuhllehnen in Arztpraxen zu berühren. Hautärzte suchte er eigentlich nie auf und wenn, dann bedeutete das Stress pur, denn vor Hautkrankheiten fürchtete er sich noch mehr als vor fast allen anderen. Seine schlimmsten Befürchtungen galten bisher jedoch Salmonellen. Eier wurden, wenn überhaupt, nur eingekauft, wenn sie am selben Tag verarbeitet werden konnten. Sämtliche Küchenutensilien, die mit den Eiern in Berührung gekommen waren, wurden sofort mit Geschirrspülmittel gereinigt und zusätzlich noch in die Spülmaschine gegeben. Gerichte mit rohen Eiern gab es bei ihnen überhaupt nicht. Sandra wunderte sich also nicht über die Reaktion ihres Lebenspartners. Im Gegenteil. Sie rechnete es ihm hoch an, dass er bereit war, sie zu begleiten. Die Hautärztin war schnell gefunden. Wie sich am Türschild herausstellte, praktizierte sie eigentlich nur noch selten. Laurenz wäre gern wieder umgekehrt.
„Die ist doch bestimmt nicht mehr auf der Höhe der Zeit", zischte er ihr zu, als sie den Klingelknopf betätigen wollte. Aber er musste ja auch nicht dieses grauenhafte Jucken ertragen und diese ekligen roten Pusteln. Sandra klingelte. Laurenz seufzte. Die Ärztin, die dann die Tür öffnete, hatte mit den Vorstellungen von Laurenz jedoch nichts gemein. Vor ihnen stand eine grauhaarige Frau mit flotter Frisur,

einem knallroten, modernen Rock und munteren, heiteren Augen.
„Sie sind Frau Schalenbach, nehme ich an", wandte sie sich sogleich an Sandra, „na, dann kommen Sie mal mit."
Die Zeit ins Behandlungszimmer zu gehen, reichte Sandra aus, um sich und Laurenz vorzustellen, der nun doch mitgekommen war.
Es war ihr beinahe peinlich, der Ärztin die furchtbaren roten Pusteln vorzuführen, die jetzt durch die Jeans so gut verdeckt wurden. Doch diese nahm ihre Beine so neugierig in Augenschein, als konnte sie sich nichts Interessanteres vorstellen. Die Diagnose war schnell gestellt, führte jedoch nicht nur bei Laurenz zu einer kleinen Panikattacke.
„Frau Schlicht hat mit ihrer Vermutung völlig recht gehabt. Eine Zerkariendermatitis."
Das klang schrecklich. Sandra erbleichte, musste sich setzen.
„Und was ist das genau?", fragte sie dann kleinlaut.
„Sie wurden von den Larven des Entenwurms angeknabbert," erklärte die Ärztin heiter, „kein Grund zur Sorge."
„Würmer?", kommentierte Sandra voller Ekel.
„Eigentlich befällt der Entenwurm vor allem Wasservögel. Ihre Beine wurden für solche gehalten. Den Irrtum bemerken die Larven aber sehr schnell und lassen wieder los. An den Auswirkungen des Versuchs hat man jedoch ein paar Tage Freude. Waren Sie in einem Teich baden oder standen sie mit den Beinen in einem Gewässer, an dem es viele Enten gibt und sogenannte Entengrütze – also die kleinen Blätter der Wasserlinse?"
Sandra musste nicht lange überlegen.
„Bei der Herfahrt habe ich mit den Waden in einem Tümpel gestanden und dann bin ich hier in diesem kleinen See gewesen, der auf dem Weg nach Rutenberg liegt. An der Stelle saßen eine ganze Menge Enten."
„Ich werde dafür sorgen, dass dort ein Schild aufgestellt wird. Und ich verschreibe Ihnen eine Salbe, die die Sympto-

me etwas lindert. In ein paar Tagen wird dann alles wieder besser aussehen."
Während Sandra erleichtert die Jeans wieder anzog, starrte Laurenz immer noch angeekelt auf ihre Beine.
„Und diese Larven befinden sich jetzt wirklich nicht mehr in der Haut?"
Die Ärztin schmunzelte.
„Ganz sicher nicht. Die sind auf Wasservögel spezialisiert."
„Also ist das nicht ansteckend?", hakte er noch einmal nach.
Sandra wurde die Unterhaltung langsam peinlich, aber die Hautärztin blieb völlig gelassen.
„Absolut nicht ansteckend", antwortete sie, während sie ein Rezept ausstellte, „aber Sie sollten vermeiden, in dem genannten See diesen Sommer schwimmen zu gehen. Sie wohnen doch bei Schlichts am Wurlsee – da können Sie unbesorgt baden. Ich wünsche Ihnen weiterhin schöne Ferien."
Zu Sandra gewandt fügte sie verschwörerisch hinzu:
„Maik hatte das als Kind auch einmal. Ist ja auch in jeden Tümpel gehüpft, weil er so versessen aufs Schwimmen war."
„Wer ist Maik?", fragte Laurenz, als sie draußen waren.
„Der Vermieter."
„Und warum erzählt sie dir das?"
Sandra zuckte mit den Schultern.
„Weiß nicht. Vielleicht, weil er mir geholfen hat, als ich das Boot versenkt habe."

20.

Der sonderbare Morgen und diese merkwürdige Berlinerin gingen Maik den ganzen Vormittag nicht aus dem Kopf. Wenn er nicht durch Arbeit abgelenkt war, dachte er an sie. Angefangen von der Diskussion beim Abendessen über das frühmorgendliche Schwimmen bis zur Attacke von Brutus, der Ohnmacht und natürlich dem Intermezzo in seinem Bett. Irgendetwas war anders als noch bei ihrer Ankunft. Anfangs konnte er sie nicht ausstehen. Sie ging ihm auf die Nerven. Sandra schien ihm der Prototyp einer Designerbeute zu sein, schlimmer als alle anderen Exemplare, die vor ihr diese Ferienwohnung bevölkert hatten. Aber sein Bild von ihr hatte Risse bekommen. Irgendetwas gefiel ihm an ihr. Nicht nur, dass sie außerordentlich gut schwimmen konnte und bildhübsch war. Nein – da war noch etwas. Sie spielte nicht das Weibchen, sondern begegnete ihm auf Augenhöhe. Dazu war sie schlagfertig und intelligent. Wenn auch voller Vorurteile gegen ihn und Ossis im Allgemeinen. Aber sie hatte Stil. Manchmal wirkte sie arrogant und herablassend. Vielleicht eine Art Schutzschild, um in ihrem Beruf bestehen zu können. Leider maß sie materiellen Dingen sehr viel Bedeutung bei. Viel zu viel. Und dann diese teuren Klamotten. Er sah sie in dem edlen Sommerkleidchen vor sich. Keine Frage – es stand ihr ausgezeichnet. Trotzdem mochte er es nicht. Für ihn symbolisierte es alles, was nicht in seine Welt passte: Oberflächlichkeit, die Macht des Geldes, die Ablenkung von den wirklich relevanten Fragen der Zeit, Verschwendungssucht. Wie sie bei der Ankunft mit Goldkettchen-Täschchen und hohen Schuhen auf ihn zugestakst gekommen war... Einfach furchtbar. Sie passte nicht hierher und sie passte nicht zu ihm. Aber über was sinnierte er hier eigentlich? Wenn eine Frau nicht die Richtige war, dann diese Managertussi. War er noch ganz bei Trost? Hatte er solchen Nachholbedarf, dass selbst so ein Exemplar von Frau Tagträumereien in Gang zu setzen vermochte? Zwei Jahre Abstinenz blieben wohl nicht folgenlos. Verwundert über sich selbst fuhr Maik nach Hause, schloss die Wohnungstür von innen ab und zog die Vorhänge vors Fenster. Heute wollte er von seinen Feriengästen nichts mehr sehen und hören. Die Terrassentür zum Garten öffnete er dagegen sehr weit, um den Sommer und den Duft der Wiese

hereinzulassen. Schließlich ging er nach draußen. Der Wind bewegte seine Hängematte langsam hin und her. Die Sonne stand günstig, das Plätzchen lag derzeit im Schatten. Ideale Voraussetzungen für eine kleine Siesta. Wie er diesen Ort und seine Hängematte liebte. Neben ihm dufteten die Kräuterbeete, vor ihm stand der Apfelbaum, der dieses Jahr besonders viel trug und rechterhand erstreckte sich die kleine Wiese, auf der er schon als Kind gespielt hatte. Eigentlich – so hatte er es sich vorgestellt – sollten hier schon lange seine eigenen Kinder spielen. Seit Elke fort war, hatte er keine Frau mehr getroffen, mit der er diesen Wunsch gern in die Tat umsetzen wollte. Mit keiner hatte er sich so verstanden, mit keiner so wunderbar albern sein und streiten können. Keine war so unabhängig und ungewöhnlich gewesen. Die nachfolgenden Beziehungen wurden ihm schnell langweilig. Es fehlte etwas. Und er gehörte nicht zu den Männern, die lieber den Spatz in der Hand nahmen, als auf die Taube auf dem Dach zu warten. Er wusste, wie es sich mit einer Taube anfühlte. Der Spatz kam nicht mehr in Frage. Maik schloss die Augen. Es lohnte nicht, länger darüber nachzudenken. Das war alles so lange her und vergangen. Alles war doch gut. Wozu brauchte er überhaupt eine Frau? Nein – er brauchte keine. Vor allem keine hektische und komplizierte Großstadttrine. Alles, was er wollte, hatte er hier gefunden. Über diesem beruhigenden Gedanken schlief er ein. Doch sein zufriedenes, ruhiges Dasein sollte nicht lange währen. Nach knapp einer halben Stunde rüttelte jemand an ihm. Ohne die Augen zu öffnen, wusste er, dass es sich um seine Mutter handelte. Warum hörte sie nicht auf zu rütteln? Jetzt rief sie sogar seinen Namen.
„Maik. Maiiiiik. Wach auf!“
Es klang dringend. Was hatte er denn dieses Mal vergessen zu tun? Noch bevor er daran einen Gedanken verschwenden konnte, ertönte eine zweite Stimme, die ihn nun doch dazu veranlasste, die Augen zu öffnen. Eine Stimme, die er nicht kannte.

„Guten Tag, Herr Schlicht. Mein Name ist Karla Loewe. Ich bin Hauptkommissarin und ermittle im Tötungsdelikt van Plaag."
Mit einem Satz war er hoch. Die ruckartige Bewegung hätte ihn fast aus der Hängematte fallen lassen. Vor ihm standen seine Mutter, die Frau, die sich eben vorgestellt hatte, der dicke Lychener Polizist Günter Lustig in Uniform sowie ein weiterer Mann ohne Uniform. Die Kommissarin stellte den Unbekannten vor.
„Dies ist mein Kollege Oberkommissar Sven Teichmann. Herrn Polizeihauptmeister Lustig kennen Sie ja sicher."
Maik nickte.
„Van Plaag ist tot?", fragte Maik, bevor die Kommissarin wieder etwas sagen konnte. Nun begann Günter, auf ihn einzureden.
„Maik, dir wird vorgeworfen, die Tat begangen zu haben."
Maik glaubte, zu träumen und zwickte sich heimlich. Aber die vier Gestalten waren noch da.
„Ich soll diesen schrecklichen Investor um die Ecke gebracht haben? Aber warum denn?"
„Weil Sie mit ihm auf Kriegsfuß standen", mischte sich nun der andere Kommissar ein.
„Außerdem wurden Sie von Zeugen beobachtet", ergänzte die Kommissarin.
Maik wurde es mulmig zumute. War hier doch jemand mit versteckter Kamera? Er entschied sich dafür, den Rummel ernst zu nehmen.
„Das ist doch Unsinn. Ich habe niemanden getötet. Und van Plaag war mit seinem schrecklichen Megastall-Projekt nicht gerade mein Freund. Aber deshalb bringe ich ihn doch nicht gleich um."
„Du sollst zu einer Gegenüberstellung mitkommen", fügte nun Günter Lustig hinzu, „bitte zieh dir etwas an und komm mit."
„Genau."

Erneut redete der andere Kommissar, dieser Seemann oder wie er hieß, „Sie sind Beschuldigter einer schweren Straftat. Alles, was Sie ab jetzt sagen, kann gegen Sie verwendet werden. Und Sie haben das Recht zu schweigen."
Maik beobachtete, wie seine Mutter kreidebleich wurde. Gerade im richtigen Moment sprang er auf, um sie aufzufangen. Der Kommissar deutete die schnelle Geste als Fluchtversuch und stellte ihm ein Bein, sodass Maik beinahe mitsamt seiner Mutter im Arm hintenübergekippt wäre. Zum Glück sprang Günter Lustig hinzu und fing ihn ab. Während sich Maik und der Polizist um Mutter Schlicht kümmerten, sicherten die beiden Kommissare den Weg ab.
„Soll ich einen Krankenwagen rufen?", fragte die Kommissarin, die sich als Löwe oder Wolf vorgestellt hatte, besorgt. Doch in diesem Moment kam die alte Dame wieder zu sich. Resolut setzte sie sich im Gras auf.
„Was ist denn das für ein Quatsch. Mein Maik hat niemanden umgebracht."
„Das sagen alle Mütter", kommentierte der übereifrige Kommissar, „auch die von Schwerverbrechern."
Polizist Lustig zog Maik nach oben, der sich gegen den harten Griff ein wenig zur Wehr setzte, indem er die Hand des Polizisten wegschlug. Daraufhin warf sich dieser Kommissar auf ihn und legte ihm Handschellen an. Die ganze Situation kam Maik noch immer irgendwie surreal vor. Was passierte hier gerade? Der Kommissar zerrte ihn durch die Wohnung nach draußen. Auf dem Hof parkten ein Funkwagen, bei dem das Blaulicht angeschaltet war, sowie ein weiterer unbekannter Wagen. Teichmann steuerte mit ihm auf das andere Auto zu. Gerade als er genötigt wurde, in dieses einzusteigen, kamen Sandra und ihr Schönling zurück. Maik wusste nicht, warum es ihm so viel ausmachte, warum er sich fast schämte, dass sie ihn so sah. Statt sprachlos oder noch schlimmer hämisch mitanzusehen, was sich zutrug, mischte sie sich ein.

„Was ist denn hier los?", fragte sie laut Mutter Schlicht, die daraufhin jammerte:
„Maik soll diesen holländischen Investor umgebracht haben, der hier einen riesigen Schweinestall bauen will."
Sandras Beau stand derweil daneben und starrte abschätzig auf die Szenerie.
„Hat er denn kein Alibi?", hakte Sandra etwas leiser nach. Maik hörte es dennoch.
„Danach haben die gar nicht gefragt", stellte seine Mutter verblüfft fest.
„Ich soll dabei gesehen worden sein", rief ihr Maik zu, während er versuchte mittels seiner körperlichen Überlegenheit das Einsteigen in den Wagen zu verzögern.
Sandra machte Anstalten, sich an die Kommissarin zu wenden, als Laurenz sie am Arm packte.
„Das wird schon alles seine Richtigkeit haben", zischte er so laut, dass es alle hören konnten, „lass uns gehen!"
Sandra schüttelte barsch seinen Arm ab.
Die Kommissarin hielt inne und ging zwei Schritte auf Sandra zu.
„Herr van Plaag – der Investor der großen Schweinemastanlage in Laafdett – wurde heute Nacht gegen vier Uhr erschlagen", erklärte sie ruhig, „nach Zeugenaussagen passt die Täterbeschreibung auf Herrn Schlicht. So – und nun fahren wir zum Präsidium."
Maik wurde schlagartig klar, dass er ein Alibi hatte. Genau um diese Zeit war er mit Sandra durch den Wurlsee geschwommen. Aber würde sie dies im Beisein ihres Lebensgefährten auch zugeben? An ihrem Gesicht konnte er ablesen, wie es in ihr arbeitete. Was würde sie tun? Ihre Beziehung retten oder ihn? Sie schien dieselbe Frage zu bewegen, denn sie warf einen kurzen Seitenblick auf den Mann, der mit eindeutig angewidertem Gesichtsausdruck noch immer neben ihr ausharrte.
„Sie können Herrn Schlicht loslassen", wandte sie sich an

den Kommissar, „er kann es nicht gewesen sein. Ich war mit Maik um diese Zeit schwimmen."
„Um vier Uhr früh?", entfuhr es dem Kommissar und Laurenz gleichzeitig.
„Wir konnten nicht schlafen", fügte sie erklärend hinzu, was die Sache aber nicht besser machte. Ihr Lebensgefährte drehte sie an der Schulter zu sich herum.
„Was soll das? Was heißt ‚wir' konnten nicht schlafen?"
Alle Augen waren nun auf Sandra gerichtet.
„Es ist nicht, wie du denkst", erwiderte sie, „ich erkläre es dir später."
Doch darauf schien ihr Typ nicht warten zu wollen. Er ließ sie stehen und stapfte zu seinem BMW. Maik schaute ihm hinterher. Wie konnte eine solche Frau mit so einem Schnösel liiert sein? Der passte doch gar nicht zu ihr.

21.

Laurenz stieg in den Wagen und zog wütend die Tür zu. Sandra riss sie wieder auf.
„Warum lässt du mich nicht erklären, was passiert ist?"
Beleidigt stierte Laurenz vor sich hin.
„Hast dich ja schnell neu orientiert", murmelte er.
„So ein Quatsch. Du siehst wieder mal nur, was du sehen willst. Dann fahr eben."
Sie warf die Wagentür ebenso schwungvoll zu, wie sie sie geöffnet hatte. Als Sandra sich umdrehte und gehen wollte, stand plötzlich diese Kommissarin vor ihr.
„Ich benötige eine detaillierte Aussage von Ihnen. Am besten kommen sie mit aufs Präsidium."
Traurig schaute Sandra zu Laurenz, der noch bewegungslos im Wagen saß.
„Geben Sie mir fünf Minuten."

Die Kommissarin nickte und entfernte sich ein paar Meter. Sandra wusste nicht genau, warum sie es tat – aber sie öffnete die Autotür erneut. Vielleicht war es ein Anflug schlechten Gewissens oder der Wunsch, nicht schon wieder im Streit mit ihm auseinanderzugehen.
„Los du sturer Esel – komm raus“, forderte sie ihn versöhnlich auf, „ich erklär dir alles. Und dann kannst du ja immer noch entscheiden, ob du bleibst oder nicht.“
Ihre Ansprache zeigte Wirkung. Laurenz stieg tatsächlich wieder aus. Schnell drückte Sandra ihm einen Kuss auf die Wange.
„Ich war nur im Morgengrauen schwimmen. Das ist alles. Jetzt muss ich kurz mit zur Polizei wegen der Aussage. Wartest du auf mich?“
Als er nickte, drehte sie sich zur Kommissarin um.
„Kann losgehen.“
Sandra und Maik wurden getrennt nach Eberswalde gebracht und auch in verschiedenen Räumen befragt. Immer wieder wollten die Kommissare Details von Sandra hören. Sogar der Bademantel, den Herr Jansen aus dem Wasser gefischt hatte, bekam plötzlich eine Bedeutung. Zuerst dachte Sandra, sie könnte ihren kleinen Unfall verschweigen, doch die Kommissare bohrten immer wieder nach und letztlich war klar, dass die beiden Aussagen identisch sein mussten. Sonst würde sie Maik eher schaden als nützen. Sandra bekam mit, dass Maik zu einer Gegenüberstellung gebracht wurde. Nur kurz begegneten sie sich auf dem Flur. Gleich zwei Polizisten flankierten ihn – als wäre er ein Schwerverbrecher. Maik lächelte ihr trotzdem zu, schien merkwürdigerweise bester Laune zu sein. Vielleicht brachte die Verwechslung etwas Abwechslung in sein dröges Kleinstadtleben. Warum sonst sollte ihn das alles so heiter stimmen?
Als Sandra mit einem Taxi zurück zum Grundstück der Schlichts kam, war von Maik nichts zu sehen. Er war wohl

noch bei der Polizei. Laurenz lag in einem Liegestuhl auf der Terrasse und schlief. Auf dem Tisch stand ein nur halb ausgetrunkenes Glas Wasser und ein leerer Teller. Daneben die Lunchbox, die Sandra vorbereitet hatte. Sie war ebenfalls leer. Er hatte beide Portionen verdrückt. Leise ging sie zurück in die Küche, bereitete sich ein Butterbrot zu, schnitt einen Apfel auf und nahm beides mit nach draußen. Dann setzte sie sich auf einen Stuhl und aß, während sie dabei das Profil ihres Freundes studierte. Seine ebenmäßigen Gesichtszüge, die jetzt ganz entspannt und friedlich wirkten. Er wusste, wie gut er aussah. Es machte ihn ein wenig eitel. Sein Aussehen war jedoch nicht der Grund, warum sie mit ihm zusammen war. Wann nur hatten sie beide angefangen, sich zu verändern? Mit den 10 Stunden-Tagen und dem höheren Einkommen verloren sie die Unbeschwertheit. Nur manchmal im Urlaub waren sie noch so albern und unbekümmert wie damals im Studium. Das Studium. Es schien ihr ewig lange her zu sein. Sie waren ausgegangen, hatten das Leben genossen. Geld verdienen war für sie damals noch nicht der Lebenszweck, sondern nur ein Mittel zum Zweck. Sie konnte nicht einmal Laurenz die Schuld daran geben. In Sachen Ehrgeiz gaben sie sich nichts. Für Laurenz machte sich Erfolg daran fest, wie hoch sein Einkommen war. Bei ihr ging es mehr um Anerkennung. Aber sie hatte den Wettstreit mit Laurenz um das höhere Gehalt angenommen. Wie hatte ihn das gewurmt, als sie ein Jahr lang mehr verdiente als er. Prompt wechselte er die Firma, erklomm die nächste Karrierestufe und wurde noch angespannter. Er veränderte sich. Manchmal fragte sie sich, ob von dem Laurenz, den sie mit 27 kennen gelernt hatte, noch etwas übrig war. In den zehn gemeinsamen Jahren hatte er sich sehr verändert.Wie würde er mit ihrem Geständnis umgehen? Dass sie nachts mit einem anderen Mann zum Schwimmen gegangen war, würde er vielleicht noch akzeptieren. Die Geschichte mit der Ohnmacht und auch das, was danach passierte, dürfte eher schwierig zu vermitteln sein. Sandra beschloss, Laurenz diesen Teil der Geschichte zu verschweigen. Es würde alles nur noch mehr verkomplizieren. Entweder wäre er sauer auf sie oder auf Maik. Sie überlegte noch, welche Worte sie wählen sollte, als Laurenz die Augen aufschlug. Eine Weile sahen sie sich einfach nur an. Schließlich stand Laurenz auf, trat zu ihr, nahm ihre Hand und zog sie sanft aber bestimmt hoch.

„Komm."

Seine Hand in ihrer folgte Sandra ihm ins Haus. An der Treppe angekommen, wandte Laurenz sich zu ihr, liebkoste ihren Hals und küsste sie. Zuerst war es nur eine kleine Berührung mit den Lippen, die sich irgendwie zart und unschuldig anfühlte. Mit einem Mal war es mehr. Viel mehr. Und es fühlte sich verdammt gut an. Als wenn jemand wieder auftaucht, den man lange schmerzlich vermisst hat. Die alte Bekannte, die hier zurückgekommen war, hieß Leidenschaft. Sandra wusste später nicht mehr genau, wie sie die Treppe hinauf gelangt war. Nur, dass sie schon auf der letzten Stufe kein Oberteil mehr anhatte. Sie spürte ein kurzes Zögern von Laurenz, als er ihr die Jeans auszog und einen Blick auf ihre mit Pusteln bedeckten Beine warf. Doch selbst dieser Anblick schien ihn nicht abhalten zu können. Lachend schleuderte er die Hose über seinen Kopf nach hinten.

„Komm her, mein kleiner Entenwurm", rief er übermütig und zog sie näher zu sich heran. Sehr nah. So nah, wie schon sehr lange nicht mehr.

22.

Maik verstand nicht, warum er trotz seines Alibis so viele Stunden bei der Polizei festgehalten wurde. Mehrfach befragten ihn die Kommissare nach dem Ablauf des Abends, der Nacht und des Morgens und jedes Mal gab er dieselben Antworten. Seine Besorgnis stieg. Irgendwann fragte er sich, ob Sandra die Geschichte anders erzählt hatte – weniger verfänglich. Dann würde die Polizei womöglich an ihrer Aussage zweifeln. Das Ergebnis der Gegenüberstellung war ihm auch nicht mitgeteilt worden, obwohl diese schon Stunden zurücklag. Jetzt saß er wieder hier in diesem Befragungsraum, vor sich ein Glas Wasser. Sein Magen knurrte. Er wusste nicht, wie lange es her war, dass ihm einer der Beamten ein belegtes Brötchen mitgebracht hatte. Es hatte wie Pappe geschmeckt und der Käse darauf war so gummiartig, dass es auch etwas anderes hätte gewesen sein können. Aber immerhin stillte das Ding zumindest kurz den Hunger. Was würde als nächstes geschehen? Wie lange würden die Befragungen noch fortgeführt? Die Kommissarin war sehr freundlich, ihr Mitarbeiter behandelte ihn dagegen wie einen bereits überführten Serienmörder. Mittlerweile war er zugleich müde und aufgewühlt. Und das erste Mal an diesem Tag ließ er einen Gedanken daran zu was wäre, wenn er unschuldig im Gefängnis landete. ‚Das überlebe ich nicht', schoss es ihm durch den Kopf, ‚das war es dann'. Seine Träume, seine Freiheit, seine Hoffnungen – alles wäre dahin. Aber was waren seine Träume eigentlich? Wohin wollte er mit seinem Leben? War es gut, so wie es war? Bisher hatte er diese Frage erfolgreich verdrängt. Jetzt wo er hier saß, in diesem grauen, kalten Raum ließ sie sich nicht mehr so einfach wegschieben. Sie war mit einem Mal groß und mächtig. Was wollte er noch vom Leben? Ruhm, Reichtum und Besitz waren ihm egal – all das band Menschen an Dinge und Tätigkeiten, die sie unfrei machten. Aber etwas in ihm hatte noch nicht aufgehört daran zu glauben, dass es irgendwo eine Frau gab, die zu ihm passte, mit der er ein gemeinsames Leben und eine Familie haben würde. Die mit ihm die kleinen alltäglichen Abenteuer bestehen würde und der materielle Dinge nicht so wichtig

waren. Die sich nicht aufgab in der Beziehung, sondern ein eigenes Leben hatte, das er mit ihr teilen könnte. Die mit ihm gemeinsam einen eigenen kleinen Kosmos gestaltete und trotzdem irgendwie unberechenbar blieb. Eine Frau, mit der er Kinder haben wollte und die trotzdem nicht nur für die Familie lebte, sondern auch für sich selbst. Aber so eine gab es wahrscheinlich nicht. Zumindest nicht hier. Und die Berlinerin? Er schalt sich für diesen Gedanken und verwarf ihn sofort. Durchaus aufregend diese Sandra, aber das war es dann auch. Er schaute auf die Uhr – es war spät geworden. Eigentlich hätte er heute im Restaurant bei Marco aushelfen sollen. Wahrscheinlich hatte seine Mutter bereits alle informiert. Hoffentlich regte sie sich nicht zu sehr auf. Sie war nicht mehr die Jüngste. Maik stand auf – er konnte einfach nicht mehr stillsitzen. Langsam schritt er den Raum ab. Zehn Schritte in die eine und acht Schritte in die andere Richtung. Als ihm dies zu langweilig wurde, lief er Dreiecke, Kreise und Achten. Warum passierte hier eigentlich nichts? Hatten die ihn vergessen? Kurz nach 21:00 Uhr öffnete sich endlich wieder die Tür. Die Kommissarin erschien recht gut gelaunt, setzte sich an den Tisch. Er nahm ebenfalls Platz.
„Entschuldigen Sie, dass Sie so lange warten mussten. Die Ereignisse haben sich überschlagen. Bei der Gegenüberstellung wurden Sie eindeutig als Täter identifiziert und ..."
„Das ist doch Quatsch", unterbrach er sie vehement und stand auf. „Ich war das nicht!"
„Wenn Sie mich ausreden lassen würden, könnte ich Ihnen genau dies bestätigen, Herr Schlicht."
Mit einem Nicken bedeutete sie ihm, sich wieder zu setzen. Maik schwieg, blieb aber stehen.
„Wir haben ihr Alibi überprüft, die anderen Feriengäste befragt und einen weiteren Zeugen gefunden, der bestätigen konnte, dass Sie zur fraglichen Zeit anderes zu tun hatten als Herrn van Plaag umzubringen. Sie hatten sozusagen alle Hände voll zu tun, wie uns der Zeuge mitteilte."

Kommissarin Loewe, eine attraktive Frau Ende vierzig, schmunzelte und wirkte irgendwie zufrieden, als sie fortfuhr.
„Aber nicht nur das. Wir haben vielleicht auch schon den richtigen Täter gefunden. Er befindet sich zwar auf der Flucht, aber es ist nur eine Frage der Zeit, bis wir ihn finden."
„Dann kann ich jetzt gehen?"
Sie nickte, stand auf und reichte ihm die Hand.
„Wollen Sie nicht wissen, wer die Tat begangen hat?"
Eigentlich war Maik gerade alles egal. Er wollte nur raus hier. Trotzdem nickte er.
„Es besteht der Verdacht, dass van Plaag einen Politiker aus dem Landtag bestochen hat. Und weil der nicht mehr spurte, wollte er ihn irgendwie auffliegen lassen. Van Plaag hat es mit seinen Spielchen wohl zu weit getrieben."
„Welche Partei?", fragte Maik, schon an der Tür.
„Spielt das eine Rolle?"
Er überlegte kurz.
„Nein – eigentlich nicht. Ich wüsste nur gern, ob er die Entscheidung für seinen Megastall gekauft hat."
„Möglich – der Gesuchte hat Beziehungen zur Regierungskoalition. Wenn Sie möchten, bringt Kollege Teichmann Sie im Wagen nach Lychen. Liegt sozusagen fast auf seinem Heimweg."
Eigentlich wollte Maik keine Minute mehr mit diesem Kerl verbringen. Andererseits hatte er auch keine Idee, wie er sonst zurück käme. Ein Bus fuhr schon längst nicht mehr und ein Taxi kam für die lange Strecke von Eberswalde nach Hause für ihn nicht in Frage. Was blieb ihm also übrig, als zuzustimmen? Die Rückfahrt verlief zunächst erwartungsgemäß angestrengt. Der Kommissar bemühte sich, besonders nett zu sein. Er hatte sich sogar entschuldigt. Aber Maik war nicht nach Smalltalk. Der Schreck darüber, wie schnell das eigene Leben durch äußere Umstände verändert werden konnte, saß noch zu tief. Immer wieder fragte er sich,

wer ihn beschuldigt haben könnte und warum. Außerdem rief er gleich seine Mutter an, um sie zu beruhigen. Doch die wusste schon Bescheid. Die Kommissarin war schneller gewesen. Nach Hause wollte er aber nicht – lieber zu Marco ins Gasthaus. Ein Bier in Gesellschaft brächte ihn vielleicht auf andere Gedanken. Der Kommissar hielt direkt vor dem Eingang. Maik hätte eigentlich nur die Tür zur Gaststube öffnen müssen. Doch er zögerte. Es war halb elf abends. Er fühlte sich müde und erschöpft. Von drinnen drangen Stimmen nach draußen. Menschen lachten. Maik holte tief Luft und drückte schließlich die Klinke hinunter. Bratengeruch kam ihm entgegen und erinnerte ihn daran, dass er noch immer nichts gegessen hatte. Einige bekannte Gesichter lächelten ihm aufmunternd zu. Er nahm den Weg zur Küche, wo er auf seinen Freund traf, der dabei war, Pfannen zu säubern.
„Du machst ja Sachen“, begrüßte der ihn.
„Ist noch was zu essen da?“
Marco öffnete den Schrank, in den er eben die Pfanne gestellt hatte und holte sie wieder raus.
„Bratkartoffeln und ein Guinness?“
Maik nickte nur, zog sich einen Stuhl von draußen herein und sah dem Freund beim Kochen zu. Er hätte Marco dabei helfen sollen, er wollte es auch. Trotzdem blieb er wie angewurzelt sitzen, als hätte jemand bei ihm die Handbremse angezogen.
„Ist das Leben hier das, was du leben willst?“, fragte er den Freund stattdessen.
Etwas überrascht sah Marco ihn an, während er die Pfanne schwenkte.
„Mmmh. Es ist ok.“
„Das meine ich nicht. Wir arrangieren uns alle. Aber hast du andere Ziele und Träume gehabt?“
„Hatten wir die nicht alle? Ich bin zufrieden.“
„Und was würdest du dir wünschen, wenn du einen Wunsch frei hättest?“

Marco zögerte keine Sekunde mit der Antwort:
„Mehr Kunden im Winter“, lachte er.
Und nach einer Weile:
„Was haben die denn bei den Bullen mit dir gemacht? Bist du ok?“
„Jaja, alles gut.“
Ein Bier und den vollen Teller mit Bratkartoffeln in der Hand, ging Maik zurück in den Gastraum und setzte sich an einen leeren Tisch. Marco kam aus der Küche dazu. Zwei weitere Freunde rutschten von den Tresenhockern und zogen sich Stühle heran.
‚Ist es das, was mein Leben ausmacht?‘, fragte sich Maik ‚Verwurzelt zu sein in einem Landstrich, bei Menschen, die man schon immer kennt? Oder war das heute ein Wachrütteln, damit ich zum Wesentlichen komme?‘
Es blieb ihm keine Zeit, diesen Gedanken weiter zu verfolgen, denn es kamen noch zwei Freunde dazu, die unbedingt wissen wollten, was Maik widerfahren war, die ihm auf die Schulter klopften und sich mit ihm über die wiedererlangte Freiheit freuten. Es war nach ein Uhr nachts, als Maik endlich zu Hause eintraf. Er hatte drei Bier getrunken. Genug, um die Ereignisse des Tages in einem weniger dramatischen Licht zu sehen, aber nicht genug, um sie zu verdrängen. Vor dem Hoftor hielt er kurz inne, sah sich um. Das war sein Zuhause, er kannte jeden Baum, jeden Strauch, jeden Stein und den Zaun hatte er Stück für Stück selbst zusammengezimmert. Eine Fledermaus zischte vorbei. Maik schloss auf, trat auf den Hof. Das Protz-Auto von Sandras Freund war noch da – er war also nicht gleich abgefahren. Wäre ja auch schön blöd, eine Frau wie sie einfach zurückzulassen. So dumm schien er jedenfalls nicht zu sein. Statt direkt zu seiner Wohnung zu gehen, drehte Maik eine Runde auf dem Grundstück. Er ging am Eingang zur Haushälfte seiner Mutter vorbei zum See, spazierte langsam am Ufer entlang bis zu den beiden Ferienhäuschen. Leise schlugen kleine Wellen

ans Ufer und ein Käuzchen rief. Alles lag in ein helles Dunkel getaucht. So etwas kannte er nur von daheim. Die Gärten waren leer, die Lichter in den Häusern längst verloschen. Es fühlte sich gut an, wieder zu Hause zu sein. Vielleicht war das heutige Erlebnis wichtig, um ihm zu zeigen, wie reich sein Leben war. Bei der Berlinerin schien im Schlafzimmer eine Kerze zu brennen. Ein kleines Licht flackerte ab und zu. Dann bewegte sich die Gardine ein wenig. Maik wollte seinen Weg schnell fortsetzen, doch er blieb wie angewurzelt stehen. Sandras Konturen waren zu sehen. Sie schien nackt zu sein. Er konnte ihren Busen erkennen. Hinter ihr tauchte die Silhouette des Z4-Fahrers auf, der die Arme um sie legte. Fluchtartig suchte Maik das Weite. Er hatte kein Interesse daran, noch mehr von der Versöhnung mitzubekommen. Sonst ließ es ihn kalt, was seine Feriengäste so trieben. Manchmal amüsierte es ihn. Heute Abend war es ihm weder egal, noch fand er es amüsant. Er war neidisch.

23.

Köstlicher Kaffeeduft strömte Sandra in die Nase und bewegte sie dazu, die Augen zu öffnen. Laurenz saß im Pyjama auf ihrer Betthälfte, vor sich ein Tablett mit zwei Tassen frisch gebrühtem Kaffee, aufgeschnittenem Obst, Honigbroten und Orangensaft. Aus dem bunten Wiesenblumenstrauß, der auf dem Wohnzimmertisch stand, hatte er zwei Stängel herausgezupft und dekorativ neben die Honigbrote gelegt.
Er zwinkerte ihr zu.
„Mehr hat dein Kühlschrank nicht hergegeben.“
Sie stützte sich auf die Ellbogen und betrachtete das liebevoll zusammengestellte Frühstück.
„Sieht sehr lecker aus. Ich habe einen Bärenhunger.“

Laurenz setzte sich im Schneidersitz neben sie aufs Bett und begann, den Kaffee zu schlürfen. Als Sandra nach dem Teller mit den Broten griff, kam ein Zettel darunter zum Vorschein. Mangels anderem Papier hatte Laurenz auf die Rückseite einer Visitenkarte ein Herzchen gemalt und „Ich liebe dich", darauf geschrieben. Auch unter ihrer Tasse fand sie eine solche Botschaft. Unter der Obstschale eine weitere. Sie sollte sich wohl darüber freuen – irgendwie berührte es sie auch. Aber sie hätte es noch schöner gefunden, wenn er es ein einziges Mal nicht geschrieben sondern gesagt hätte. Wenn Laurenz einmal ausgesprochen hätte, was er für sie empfand. Aber er schrieb immer nur kleine Botschaften. Am Anfang ihrer Beziehung lagen sie überall: Zwischen ihren Socken, in der Zuckerdose, am Bildschirm – sogar in ihren Schuhen. Zuerst fand sie es einfach nur süß. Irgendwann begann sie, etwas zu vermissen. Laurenz konnte nicht nur die drei Worte nicht aussprechen. Er blieb in allen Gefühlsdingen stumm und verteilte stattdessen Zettelchen. Aber dieser Informationsfluss hatte den Nachteil, dass die Strömung nur eine Richtung kannte – von ihm zu ihr. Sobald Sandra dazu ansetzte, über ihre Beziehung reden zu wollen oder einfach nur ihre Gefühle auszudrücken, würgte er sie ab – mit einem lustigen Spruch, dem Blick auf die Uhr oder einem unaufschiebbaren Telefonat. Die Gefühlsäußerungen blieben Einbahnstraßen. Das war schade, aber vielleicht sollte sie ihn einfach so nehmen, wie er nun einmal war. Schließlich war sie auch nicht fehlerfrei. Sie kam nicht dazu, weiter darüber nachzudenken. Laurenz hatte damit begonnen, ihr den Nacken zu streicheln. Seine Hände blieben nicht dort. Sie wanderten zu ihrem Hals und schließlich weiter zu ihren Brüsten. Dabei küsste er sie gekonnt auf die Stelle zwischen Hals und Schulter, deren Berührung sie binnen kürzester Zeit auf Touren brachte. Auch dieses Mal verfehlte die Liebkosung nicht ihre Wirkung. Sandra legte die gerade angebissene Honigstulle zurück auf den Teller und lehnte sich mit dem Rücken an seine Brust. Er hatte freie Bahn – die Frage war nur, wie sie das Tablett vom Bett bekamen. Laurenz löste das Problem, indem er sie auf seinen Körper zog. Nun war Platz genug für sie, ihn und das Tablett.

Als Sandra das nächste Mal erwachte, war Laurenz verschwunden. Aus dem Badezimmer hörte sie Wasser rauschen. Neben ihrem Kopfkissen lag wieder eine seiner Visitenkarten.

‚Fahr mit mir nach Hawaii', stand darauf, ‚es ist wichtig'.

Sandra seufzte. Eigentlich hatte sie gehofft, er würde Hawaii für dieses Jahr vergessen und bei ihr bleiben. Sie hatte keine Lust auf eine lange Flugreise, luxuriöse, aber unpersönliche Pool-Landschaften und Longdrinks an der Bar – auch nicht nach dieser wirklich wunderschönen Nacht. Warum konnte er nicht ein einziges Mal nachgeben? Sandra stand auf und trat ans Fenster. Vor ihr breitete sich der See aus, der herrlich von der Sonne beschienen wurde. Ein paar Schönwetterwölkchen zogen träge heran. Warum sah Laurenz nicht die Schönheit dieser Landschaft? Sie fragte ihn, als er etwas feucht und splitternackt wieder neben ihr stand, während sie ihm zärtlich eine nasse Haarsträhne aus dem Gesicht strich.

„Ich mag nicht nach Hawaii. Kannst du nicht hier bei mir bleiben?"

Verärgert wandte er sich ab.

„Ich habe achtzehntausend Euro für diese Reise ausgegeben – für zwei Personen. Das lasse ich doch nicht so einfach sausen. Für das Geld habe ich hart gearbeitet."

Sandra stemmte die Hände in die Hüften.

„Es war abgemacht, dass ich aussuche, wohin wir dieses Jahr fahren."

Laurenz schlüpfte in eine Unterhose und setzte sich aufs Bett, um sich Socken anzuziehen.

„Wir können doch nächstes Jahr irgendwo in Deutschland

Urlaub machen. Es muss ja nicht gerade Brandenburg sein. Bayern ist auch ganz schön und es gibt dort ganz exklusive Hotels."
Etwas angeekelt sah er sich im Schlafzimmer um.
„Nicht so etwas Primitives hier. Dafür brauche ich nicht zu verreisen. Da habe ich es zu Hause luxuriöser. Der Wannsee ist auch schön und gleich bei uns um die Ecke. Wenn wir erst Kinder haben, wird das sowieso erstmal nichts mehr mit den Fernreisen."
Sandra war einigermaßen erstaunt, Laurenz von gemeinsamen Kindern reden zu hören. Und sie wurde wieder nicht gefragt. In der ganzen Zeit ihrer Beziehung war klar gewesen, dass sie beide Karriere machen wollten. Von Kindern war nie die Rede gewesen und sie hatte sich gehütet, davon anzufangen. Vielleicht streute er das Schlüsselwort auch nur ein, um vom eigentlichen Thema abzulenken. Erwartete er, dass sie ihm um den Hals fiel, weil er sich vorstellen konnte, mit ihr Kinder zu haben? So einfach wollte sie es ihm nicht machen. Auch bei den Kosten für die Reise war ihr die Luft weggeblieben. Das war für zwei Wochen selbst für seine Verhältnisse viel Geld und sie fragte sich, was er da wohl gebucht hatte.
„Du weißt ganz genau, wie wichtig mir unsere Abmachung ist. Und trotzdem hast du einfach gebucht. Ich möchte nicht nach Hawaii. Warum akzeptierst du das nicht?"
Der Streit nervte Laurenz zunehmend. Sandra sah es schon an seinem Gesichtsausdruck, noch bevor er zu einer Antwort ausholte. Auf seiner Stirn bildete sich immer eine waagerechte Falte, wenn er sich ärgerte und er kniff die Lippen zusammen. Entsprechend fiel auch die Antwort aus.
„Ich verstehe dich einfach nicht. Andere Frauen würden Luftsprünge machen, wenn ihre Männer sie so verwöhnen wollten. Und du willst nicht mal das Hotel wissen, sondern nur deinen Willen durchsetzen."
Sandra platzte fast. Aber sie hielt sich zurück – wie schon so oft. Sie wollte den Zauber der gestrigen Nacht nicht voll-

ends verfliegen lassen. Sie wusste nur, dass sie dieses Mal nicht nachgeben würde. Viel versöhnlicher als ihr zumute war, sagte sie:
„Wir können doch in diesem Jahr getrennt verreisen. Andere Paare machen das auch. Vielleicht tut uns die kleine Trennung ja ganz gut."
An seinem frustrierten Blick erkannte sie schon, dass dies nicht die Antwort war, die er erwartet hatte. Mittlerweile war Laurenz vollständig angezogen.
„Wie du willst. Aber ich garantiere für nichts", presste er zornig hervor, ohne zu erklären, was er mit diesem Satz meinte. Dann griff er nach der kleinen Sporttasche, in der er die wenigen Utensilien für diese Nacht untergebracht hatte und ging hinunter zur Haustür. Noch einmal sah er sie eindringlich, beinahe flehend an. Als Sandra nicht reagierte, drückte er so heftig die Klinke hinunter, dass sie befürchtete, der zierlich wirkende Griff würde abbrechen. Aber es fiel nur der Schlüssel hinunter, nachdem Laurenz die Tür mit großer Wucht zugeworfen hatte. Langsam ging sie die Treppe hinunter und sah noch, wie sein Wagen viel zu schnell mit quietschenden Reifen vom Hof brauste.

24.

„Kann es sein, dass du schlechte Laune hast?", fragte Andreas leicht vorwurfsvoll und schreckte Maik damit aus seinen trüben Gedanken.
„Nee. Wieso?"
„Du redest ja sonst auch nicht viel, aber heute gar nicht. Seit 'ner Stunde sind wir hier und du hast bisher nichts gesagt."
Maik drehte sich auf seiner Decke etwas herum, damit er seinen Kumpel ansehen konnte.
„Erzählst ja selber nichts."

„Doch. Ich hab nur keine Antwort bekommen. Da habe ich wieder aufgehört."
„Du hast was erzählt? Tschuldigung, ich war wohl in Gedanken."
Maiks Blick fiel auf die Motorräder, die nebeneinander am Waldrand standen. Hier war er vor ein paar Tagen erst mit der halbnackten Sandra Designerbeute langgedüst. Er musste grinsen. Sandra war schon eine ziemliche Großstadtpflanze – aber langweilig wurde es mit ihr nicht.
„Hallo, ich bin immer noch da", brachte sich Andreas in Erinnerung, „darf ich an deiner fröhlichen Gefühlsregung teilhaben oder wollen wir lieber schwimmen gehen?"
Maik sah auf den Zenssee, der vom Sonnenlicht malerisch in Szene gesetzt wurde und mit seinem kühlen, klaren Wasser lockte.
„Gute Idee."
Die beiden Männer standen auf und zogen die kurzen Hosen aus. Nunmehr im Adamskostüm trabten sie die wenigen Meter zum Ufer.
„Wer zuerst da ist", rief Andreas und begann damit einen zwischen ihnen beliebten Wettstreit. Während Maik auf den Steg rannte und mit gekonntem Kopfsprung im See landete, spurtete Andreas die kurze Strecke über den Sand und warf sich ins Wasser. Es war wieder einmal nicht auszumachen, wer der schnellere von beiden war. Was sie nicht davon abhielt, jeweils für sich den Sieg zu reklamieren. Beim anschließenden Schwimmen ging es nicht darum, zu gewinnen. Andreas hätte ohnehin keine Chance gehabt. Dabei war er auch kein schlechter Schwimmer. Maik lächelte, als er an die wenigen Versuche im Wettschwimmen dachte, in denen er Andreas immer weit abhängen konnte. Maik wollte wirklich an etwas anderes denken als an die Berlinerin. Es gelang ihm nur nicht. Welches Thema er sich auch vornahm, irgendwie tauchte sie früher oder später darin auf. Überlegte er, ob er die fehlenden Pflastersteine auf dem Hof ersetzen sollte,

um die Stolperfallen endlich zu glätten, sah er sie mit ihren Stöckelschuhen vor sich. Dachte er daran, was seine Mutter durchgemacht haben musste, als er verhaftet wurde, tauchte seine Retterin auf. Selbst wenn er Stockenten auf dem Wasser ausmachte, kamen ihm sofort ihre entenwurmgeplagten Beine in den Sinn. Und in der abendlichen, vom Kerzenschein beleuchteten Szene in der Ferienwohnung hätte er auch ganz gern die männliche Hauptrolle eingenommen. Eigentlich wollte er sich bei ihr noch für ihre schnelle Aussage bei der Polizei richtig bedanken, aber nun war ja dieser nörgelige Wichtigtuer aufgetaucht. Dessen abschätzigen Blicken wollte er sich nicht aussetzen. Also verschob er die Sache auf später. Wahrscheinlich brächte ihr die Geschichte sowieso nur Ärger mit dem Typen ein. Schien ja mächtig eifersüchtig zu sein der Gockel. Wie blöd der geguckt hatte, als sie sagte: „Sie können Herrn Schlicht loslassen. Er hat ein Alibi. Wir waren schwimmen." Maiks Schadenfreude verflog, als ihm erneut bewusst wurde, dass Sandra mit diesem Typen letzte Nacht scheinbar viel Spaß hatte. Wie sie wohl in dieser Hinsicht war? Würde sie sich fallenlassen können oder hatte sie Angst vor Kontrollverlust? Würde sie eher passiv genießen oder eher den aktiveren Part übernehmen? Er hatte seit Elke ein paar Freundinnen gehabt – aber mit keiner war es auch nur annähernd so schön gewesen. Mit Elke ging alles – beim Sex rumalbern oder ernst sein, mal romantisch, mal wild und auch mal irgendwie abgefahren. Wie damals, früh morgens auf dem Schulhof. Wenn sie einer entdeckt hätte – nicht auszumalen, wie die Schuloberen das für ihre Zwecke genutzt hätten. Wahrscheinlich hätten sie einen Schulverweis ausgesprochen, froh, die beiden Unangepassten loszuwerden. Das war alles schon nach dem Ende von Elkes Schwimmkarriere gewesen. Als sie keine Medaillenanwärterin mehr war, verlor das System das Interesse an ihr und daran, ihre unbändige Art zu tolerieren. Aufheulender Motorenlärm ließ Maik im Schwimmen innehalten und zurück

Richtung Ufer blicken. Er sah gerade noch, wie Andreas mit seiner Maschine im Wald verschwand. Wahrscheinlich hatte er sich den Ausflug anders vorgestellt. Ärgerlich über sich selbst nahm er sich vor, seinen Freund am Abend anzurufen und sich zu entschuldigen. Weiter zu schwimmen machte nun auch keinen Sinn mehr, denn es änderte nichts an seinen Gedanken. Sie kannten im und außerhalb des Wassers nur ein Thema. Vielleicht würde es helfen, zu arbeiten. Marco hatte gefragt, ob er heute im Gasthaus helfen könnte. Schnell kraulte er zurück, packte seine Siebensachen zusammen, startete die Maschine, nicht ohne vorher über sie zu streicheln, und machte sich auf den Weg. Das Restaurant war richtig voll. Wie immer, wenn die Ferien in Berlin und Brandenburg begannen. Maik nickte Heike kurz zu, die gerade vier volle Teller in den Hof jonglierte. Sie war im achten Monat schwanger und arbeitete immer noch voll mit. Als er die kleine Küche betrat, verschlug ihm die aus Bratfett und allerlei anderen Düften angefüllte Luft fast den Atem. Das Fenster war nur angelehnt. Er öffnete es. Marco schlug ihm voller Freude über sein Erscheinen auf die Schulter, ohne die Pfanne mit Fisch aus den Augen zu lassen, die vor ihm auf dem Herd stand. Auf allen anderen Flammen köchelte ebenfalls etwas.
„Schön, dass du da bist. Hier ist grad richtig Stress. Kannst du die Maränen vorbereiten?“
Maik nickte, ging zum Kühlschrank und begann routiniert, eine frische Lieferung des örtlichen Fischers zu bearbeiten. Auch eine Tätigkeit, bei der die Gedanken ab und an auf Reisen gehen können. Allerdings war es in der kleinen Küche alles andere als ruhig. Heike und eine weitere Bedienung flitzten hin und her, riefen Marco Bestellungen zu und holten volle Teller ab. Da ihn aber niemand ansprach, versank er trotzdem wieder in seiner eigenen Welt. Ob die Berlinerin jetzt gemeinsam mit dem Schönling abfahren würde? Wer weiß, vielleicht wäre sie abends schon weg. Dann könnte er

sich nicht einmal mehr bedanken. Erleichtert fiel ihm ein, dass seine Mutter ihre Handynummer besaß. Er könnte ihr also schreiben. Aber wozu? Nach allem, was ihr hier widerfahren war, würde sie wahrscheinlich nicht mal mehr am Wochenende einen Fuß auf Brandenburger Boden setzen. Ein Wiedersehen wäre mehr als unwahrscheinlich. Letztlich war sie nichts als ein bunter Schmetterling, den der Wind für kurze Zeit in sein Leben geweht hatte. Es wurde Zeit, dass er sie vergaß.

Nach und nach landeten die von ihm vorbereiteten Fische in Marcos Pfanne. Heike kam herein, setzte sich völlig verschwitzt auf den großen stählernen Mülleimer und wedelte sich Luft zu. Besorgt wischte ihr Marco mit einem Tuch über die Stirn.

„Mach mal halblang. Das ist zu viel für dich. Eigentlich solltest du gar nicht mehr arbeiten."

Maik nahm eine der Schürzen vom Haken und band sie sich um.

„Ich mach weiter."

Sie nickte.

„Danke. Tisch drei kriegt noch zwei Wasser und 'ne Cola. Die mosern schon rum. Berliner."

Während Maik hinter dem Tresen Getränke zusammenstellte und dann an die Tische brachte, war er gezwungen, sich auf seine Arbeit zu konzentrieren. Da blieb keine Zeit für gedankliche Verirrungen. Schon aus diesem Grund machte es ihm heute mehr Spaß als sonst.

„Du machst ja Sachen", sprach ihn ein vor einiger Zeit aus dem Westen übersiedelter Bauunternehmer an, der Zander und Bier bestellte, „ich habe mir echt Sorgen gemacht."

Maik verzog das Gesicht. Er hatte ihm nie angeboten, ihn zu duzen. Der tat es aber trotzdem. Es gab Dinge, die irgendwie nicht zu ändern waren.

„Hast gedacht, du wirst mich los, was? Dann könntest du den sogenannten Investoren weiter in den Hintern kriechen

für deine Aufträge. Wird nix draus. Ich war es nicht."
Am Nebentisch saß eine Gruppe junger Männer aus dem Ort, die mitgehört hatten und nun auf die Tische klopften.
„Aber ohne die schöne Berlinerin hätt's böse enden können", feixte der Sohn des Pfarrers, der wohl aller Welt zeigen musste, dass seine Pubertät zu Ende ging, „wart ihr wirklich schwimmen oder hast du ihr gezeigt, was wir hier noch so können?"
Wieder johlte die Gruppe. Maik verkniff es sich, etwas zu erwidern. Er ging zurück hinter den Tresen, um Bier zu zapfen. Doch das Thema war bei den Jungs noch nicht durch. Sie wollten ihn offensichtlich provozieren. Wieder war es der Pfarrerssohn, der den Ton angab.
„Vielleicht hat er ihr auch gezeigt, wie man ein Boot richtig in den Hafen bekommt."
Dazu war er aufgestanden und machte eindeutige Beckenbewegungen. Wieder grölten die Halbstarken und prosteten ihm zu. „Das mit dem Bootfahren scheint ja bisher nicht ihre starke Seite zu sein."
Maik verteilte wortlos die zwei frisch gezapften Biere und hoffte, das Thema wäre jetzt wirklich erledigt.
Aber nein – nun schaltete sich ein anderer Gast ein. Maik erkannte in ihm den Bootsverleiher aus Feldberg.
„Mit dem Kajak geht die Frau jedenfalls besser um als ihr."
Wieder wurde gelacht.
„Hast du ihr das beigebracht oder was?", rief einer aus der Jugendgruppe.
„Jo", bestätigte der Angesprochene zufrieden lächelnd, „hab ich. Zerreißt euch das Maul über 'ne andere Tussi. Die hier ist schwer in Ordnung. Habt ihr kein Mädchen in eurem Alter, über das ihr lästern könnt?"
„Keine so hübsche wahrscheinlich", hörte Maik jetzt Marco sagen, der seine Küche kurz im Stich ließ, um Luft zu schnappen, „und jetzt ist gut. Wer hier weiter rumgrölt, kann sein Essen nach Hause mitnehmen."

Maik stellte dem Bootsverleiher das bestellte Bier vor die Nase. Leise fragte er.
„Sie hat Stunden bei dir genommen?“
Der andere nickte.
„Sie macht sich ausgezeichnet. Nicht so kraftlos, wie man das oft sieht.“
Eine Stunde später, der größte Ansturm war vorbei, band Maik sich die Schürze ab und ging zu Marco in die Küche.
„Ich muss los.“
Das Kopfnicken des Freundes bekam er nicht mehr mit, denn er war schon aus der Tür.

25.

Sandras Gedanken drehten sich im Kreis und immer wieder um Laurenz. War die letzte Nacht nichts anderes als Berechnung? Wollte er nur erreichen, dass sie ihren Urlaubsplan aufgab und mit ihm nach Hawaii fuhr? Ein wenig wunderte sie sich darüber, dass sie ihm so etwas überhaupt zutraute. Er war schließlich der Mann, mit dem sie ihr Leben verbringen wollte. In ihren Gedanken setzte sie hinter diese Überlegung allerdings inzwischen ein dickes Fragezeichen. War Laurenz wirklich noch der Mann, mit dem sie leben wollte? Und die augenblickliche Krise – war sie nur ein Zeichen von Überarbeitung oder Beziehungsroutine? Oder zeigte sich jetzt, dass ihre Liebe doch nicht für ein ganzes Leben reichte?
Nach Laurenz’ theatralischem Abgang hatte sie sich zurück aufs Bett gelegt und starrte an die Decke. Nicht einmal die große Spinne, die in der rechten Ecke über der Tür saß, konnte ihre Aufmerksamkeit lange fesseln. Je mehr sie über ihre Beziehung nachdachte, desto trauriger wurde sie. Alles, was sie miteinander erlebt hatten, schien sie nicht mehr zu verbinden. Bei all dem Vorankommen und Karriere

machen war etwas unbemerkt verloren gegangen: die Unbeschwertheit. Was waren sie zusammen albern gewesen! Ging es jetzt nur noch darum, wer in einem Streit nachgab und wer mehr verdiente? War es vorbei? Fühlte es sich so an, wenn eine Beziehung zerbrach? Irgendwann raffte sich Sandra auf, ging ins Bad und duschte. Unentschlossen, was sie anschließend tun sollte, saß sie im Wohnzimmer herum. Draußen schien die Sonne, aber sie hing wie bleiern in ihrem Sessel fest. Was hätte Oma ihr geraten? ‚Frauen geben viel zu oft nach', hatte sie mal gesagt, ‚und dann wundern sie sich, wenn ihre Wünsche nicht ernst genommen werden.' Hatte sie auch zu oft nachgegeben? Offensichtlich nahm Laurenz sie ja nicht ernst. Schließlich stand sie auf und trat auf die Terrasse. Der See lag im Sonnenschein, die Äste der Bäume wiegten sich ein bisschen im lauen Wind. Alles war so friedlich. Wahrscheinlich sah es hier vor hundert Jahren schon so aus. Die großen Bäume standen gewiss damals schon und das Wasser war genauso blau wie heute. Nur die Menschen am Ufer des Sees wechselten immer wieder. Wer hatte wohl damals mit Liebeskummer an diesem Ufer gestanden? Wie kurz die Lebensspanne eines Menschen doch war. Ein ewiges Kommen und Gehen. Worauf wartete sie eigentlich? Laurenz war weg und würde nun wohl ohne sie nach Hawaii fliegen. Warum genoss sie ihre Ferien nicht, wenn doch die eigene Zeit so kurz bemessen war. Mit einem Mal wusste sie, was sie jetzt tun wollte. Zwei Stufen auf einmal nehmend stürmte sie nach oben und riss den Badeanzug vom Trockner. Drei Minuten später war sie im Wasser. Und tatsächlich – schon nach ein paar Zügen fiel alles Schwere von ihr ab. Jedenfalls für die knappe Stunde, die sie gleichmäßig und ungestört das Wasser durchpflügte. Zuerst schwamm sie noch etwas hektisch, später wurden die Schwimmzüge länger und ruhiger. Als sie wieder herauskam, lag das Grundstück verlassen da. Niemand zu sehen. Keine Hamburger, kein Hund, kein

Maik, auch keine Mutter Schlicht. Irgendwie merkwürdig. Eilig trocknete sie sich ein bisschen ab und wickelte sich das Handtuch so um die Hüfte, dass möglichst wenig von ihren Beinen zu sehen war. Die vielen Pusteln waren ihr peinlich. Wieder gingen ihre Gedanken zu Laurenz. Wie ungewöhnlich, dass er trotz der Pusteln mit ihr geschlafen hatte. Normalerweise hätte er sich geekelt und gewartet, bis alles verheilt war. Zurück in der Ferienwohnung warf sie sich ein leichtes langes Kleid über und ging in die Küche. Das Schwimmen hatte sie hungrig gemacht. In ihren Vorräten fand sich noch ein Paket Spaghetti. Es machte richtig Spaß, in der kleinen Küche herumzuwerkeln. Nudeln waren genau das richtige bei Liebeskummer. Am besten noch eine große Portion Eis dazu. Aber war das, was sie bewegte, tatsächlich Liebeskummer? Sandra kam nicht dazu, den Gedanken zu Ende zu bringen. Es klopfte an der Tür. Schnell stopfte sie die letzte Gabel Spaghetti in den Mund und stand auf, um zu öffnen. Vor ihr standen Dr. Dr. Klammergriff nebst Gattin Marion. Beide grinsten um die Wette.
„Hast du Lust, dir heute das Kirchlein im Grünen anzusehen? Wir wollten gerade hinfahren und dachten, dieses Mal hast du vielleicht Zeit mitzukommen. Den Hausherrn haben wir eben bei der Arbeit getroffen. Da war uns klar, dass du wahrscheinlich gerade allein bist."
Was dachten die beiden denn über sie und Maik? Glaubten die etwa... nun, warum eigentlich nicht? Sollten die beiden doch denken, was sie wollten. Ihr Angebot kam tatsächlich nicht ungünstig. Die Abwechslung – inklusive des Dauergeplappers von Dr. Dr. – würde sie gewiss prima von ihrer Gedankenschleife um Laurenz ablenken.
„Klar. Gerne. Ich muss nur noch meine Tasche holen."

Die beiden brachten sie an einen wirklich bezaubernden Ort. Mitten im Grünen stand ein kleines Kirchlein, umgeben von 500 Jahre alten Linden.

„Die Fachwerk-Kirche wurde um 1700 nach Christus gebaut", dozierte Dr. Dr. „In der DDR wurde natürlich nichts daran gemacht. Sie verfiel praktisch. Vor ein paar Jahren hat sich ein Förderverein der Sache angenommen und sie wieder herrichten lassen."
Bewundernd sah Sandra sich um. Einfach idyllisch. Wie Laurenz das hier wohl gefallen hätte? Er war sehr kulturinteressiert – auch wenn er das am liebsten in den großen Weltstädten auslebte. Schon wieder Laurenz. Sie verbat sich den Gedanken und hörte lieber Jürgen Klammergriff zu, der wie immer seine Marion festhielt.
„Die Kirche war schon so baufällig, dass sie abgerissen werden sollte."
Gemeinsam betraten sie das kleine Gebäude. Drinnen war es recht kühl und geräumiger als man von außen vermutet hätte.
„Wollen wir uns einen Moment setzen?", fragte Dr. Dr. und schien richtig ergriffen. In diesem Moment machte sich Marion von ihm los.
„Mach mal. Ich warte draußen."
Sandra schloss sich erstaunt Marion an, froh, wieder in den Sonnenschein zu kommen. Neben dem Kirchlein waren rustikale Sitzgruppen für Wanderer aufgestellt. Die beiden Frauen setzten sich unter eine große alte Linde.
„Das kann jetzt einen Moment dauern", erklärte Marion, „er liebt diese Kirche. Hat auch Einiges springen lassen für die Restaurierung."
„Und du?", fragte Sandra.
„Ach, weißt du, ich mach mir nichts aus Kirchen. Nicht aus alten und auch nicht aus neuen."
Sie lachten. Dann schwiegen sie, während sie in die Sonne blinzelten und einem Greifvogel zusahen, der über der Kirche seine Kreise zog.
„Woher weißt du eigentlich, dass Jürgen der Richtige für dich ist?", fragte Sandra unvermittelt. Marion schien über

die Frage überrascht, ließ sich aber nicht aus der Ruhe bringen.
„Er ist ein bisschen eigen, das stimmt", entgegnete sie nachdenklich, „aber er ist ein guter Mann. Aufmerksam, großzügig, liebevoll. Und fleißig. Ich hab' ein angenehmes Leben mit ihm. Das ist deutlich mehr, als ich von den Kerlen sagen kann, die ich vorher hatte."
Sie schwiegen wieder. ‚Vielleicht bin ich zu anspruchsvoll', dachte Sandra.
„Falls du auf den Prinzen mit dem weißen Pferd wartest – lass es. Der kommt nicht", ergänzte Marion, als hätte sie ihre Gedanken gelesen, „man muss Kompromisse machen oder alleine bleiben."
Bei Oma hatte der Satz etwas anders geklungen, erinnerte sich Sandra:
‚Kompromisse machen beide Seiten immer. Die große Liebe gibt es trotzdem. Wenn du die findest, merkst du nicht mehr, dass du Kompromisse machst.'

Es war schon kurz vor neun Uhr abends, als Sandra von den beiden wieder bei den Schlichts abgesetzt wurde. Hinter ihr lag ein harmonischer Abend. Dr. Dr. war nach dem Besuch der Kirche so aufgeräumt und fröhlich, dass sie alle gemeinsam noch einen kleinen Spaziergang durch Lychen unternommen hatten. Jürgen kannte sich hier bestens aus und wusste interessante Anekdoten zu erzählen. Auch einen kleines Uhren- und Schmuckgeschäft hatten sie angesteuert, wo sie einen kleinen Bernsteinanhänger erworben hatte. ‚Jetzt hat der Tag doch noch ein gutes Ende genommen', dachte Sandra. Ab ins Bett und alles Belastende verdrängen. Sie tauschte ihr Kleid gegen ein kurzes Nachthemd und suchte im Bad nach ihrer Nachtcreme. Hatte sie sie in den Schrank gelegt? Tatsächlich fand sie das Gesuchte dort. Wahrscheinlich hatte sie Laurenz mit seinem Ordnungsfimmel dorthin geräumt. Als sie nach der Tube greifen wollte, fiel ihr ein kleines Kistchen ins Auge, davor stand einer von Laurenz' Zetteln.

„Wenn du mich liebst, kommst du mit. Der Flieger geht übermorgen um 10:00 Uhr ab Tegel", stand darauf. Neugierig öffnete Sandra die kleine Schachtel. Zu ihrem Erstaunen befanden sich darin zwei Ringe – Eheringe. Sie staunte nicht schlecht, als sie entdeckte, dass ihrer beider Namen und der Hochzeitstag bereits eingraviert waren. Demnach sollte sie in einer Woche heiraten. Er hatte sie nicht einmal gefragt. Weder danach, ob sie ihn überhaupt heiraten wollte, noch nach dem Ort, der Zeit, der Art. War er noch ganz bei Trost? Er bestimmte alles und sie sollte sich darüber freuen? Zornig warf sie das Kästchen an die Badezimmerwand. Es sprang auf. Der Inhalt flog heraus und rollte durch den Raum. Sie kümmerte sich nicht darum. Kurz kam ihr Marion in den Sinn. ‚Er ist ein guter Mann', hatte sie gesagt. Laurenz war nach Marions Definition sicher auch ein ‚guter Mann'. Sie würde ihn trotzdem nicht heiraten. Wütend und traurig über die verfahrene Situation ließ sie ihren Tränen freien Lauf. Es hatte auch Vorteile, wenn niemand da war, dem man sich erklären musste.

26.

Maik hatte es den ganzen Tag über vermieden, nach Hause zu gehen. Jetzt hatte er es eilig. Ob sie noch da war? Und ihr Typ? War er geblieben oder abgefahren? Kaum erreichte er das Hoftor, stellte er zufrieden fest, dass das Protzauto weg war, Sandras Wagen aber nicht. Aber was bedeutete das schon? Vielleicht waren sie zusammen unterwegs. Im vorderen Teil des Hauses war kein Licht zu sehen. Also ging er zum See hinunter und näherte sich von dort der Ferienwohnung. Die Terrasse war leer, aber im Schlafzimmer brannte Licht.

Mit einem Mal war er bester Laune. Sie war also da – und allein. Schnell ging er in seine Wohnung, holte eine Flasche guten Rotwein, sammelte noch eine Schale Erdbeeren im Garten und wechselte die nach Bratfett riechende Kleidung. So gerüstet klopfte er innerlich angespannt an Sandras Tür. Drinnen regte sich nichts. Natürlich war ihm bewusst, dass dies ein eindeutiges Signal war und er wieder gehen sollte. Sie schien keinen Besuch zu wollen. Aber vielleicht hatte sie ihn auch nicht gehört? War doch immerhin möglich. Deutlich lauter versuchte er es erneut. Wieder geschah nichts. Ob sie schon schlief? Noch einmal ging Maik zum Seeufer und schaute auf die Rückseite des Hauses. Das Licht brannte noch und das Fenster stand sperrangelweit offen. Er wollte schon nach ihr rufen, als er Geräusche hörte. Das klang wie... wie heftiges Schluchzen. Je weiter er sich der Terrasse näherte, desto deutlicher wurde das Geräusch. Bis es keinen Zweifel mehr gab. Sie weinte. Deshalb öffnete sie also nicht. Wahrscheinlich war ihr Typ im Streit abgehauen. Was um alles in der Welt tat er selbst gerade eigentlich? Warum trieb er sich hier wie ein Einbrecher herum? Die Frau da oben war noch immer jene Tussi, die hier mit ihren Stöckelschuhen und Designerfummeln angekommen war, der es mehr um Schein, als um Sein ging. Er wollte wieder gehen. Morgen war schließlich auch noch Zeit für sein Vorhaben. Aber irgendetwas hielt ihn zurück. War sie wirklich die, für die er sie anfänglich hielt? Warum war er überhaupt hierher gekommen? Doch nicht, weil er sie nicht leiden konnte, sondern... was? Richtig – er wollte sich ja nur bedanken. Am besten sofort. So etwas schob man nicht ewig auf. Also stellte er sich unter ihr Fenster und rief laut ihren Namen. Er hielt den Atem an. Zunächst geschah nichts. Aber dann erschien Sandra am Fenster. Sie trug ein Nachthemd. Noch ein Zeichen dafür, dass sie auf Besuch nicht mehr eingestellt war. Normalerweise hätte er spätestens jetzt sein Sprüchlein gesagt, wäre gegangen und hätte sie in Ruhe gelassen. Aber

dieser Besuch war nicht ‚normal' für ihn. Noch einmal wollte er seine Chance nicht verstreichen lassen. Hatte er nicht sogar so etwas wie eine Fürsorgepflicht gegenüber seinen Feriengästen? Sich in den Schlaf zu heulen, erfüllte eindeutig nicht die Anforderungen an einen schönen Urlaub.
„Was ist denn los, Maik? Ich möchte schlafen."
„So klingt es also, wenn du schlafen gehst? Machst du das jeden Abend? Ist das gut für den Teint oder die Lungen?"
„Du hast gelauscht?"
„Nein – nur geschaut, ob du da bist. Deine Einschlafgeräusche waren nicht zu überhören."
Er sah, wie sie sich mit dem Handrücken noch ein paar Tränen wegwischte.
„Ich möchte mich bei dir für die Rettung vor der Staatsgewalt bedanken."
„Nicht nötig. Ich habe nur die Wahrheit gesagt. Nicht der Rede wert."
„Wenn die Wahrheit so unangenehme Konsequenzen hat, ist das nicht selbstverständlich."
Er hielt die Weinflasche in die Höhe.
„Wir könnten uns den Abend hiermit schön trinken."
„Ich bin schon im Nachthemd."
„Macht nichts. Ich könnte mir auch schnell einen Schlafanzug anziehen."
Sie lächelte etwas gequält.
„Also gut, aber nur eine halbe Stunde."
Kurz darauf ließ sie ihn durch die Terrassentür herein. Statt des Nachthemdes trug sie eine leichte Jogginghose und eine Strickjacke, deren Enden sie mit einer Hand zusammenhielt.
„Ich hab dich schon nackt gesehen", kommentierte er.
„Muss ja nicht zur Gewohnheit werden", gab sie lächelnd zurück.
Ihre verheulten Augen bewusst ignorierend, steuerte Maik das Sofa im Wohnzimmer an. Sandra ging in die Küche, um

Gläser zu holen und brachte auch noch Erdnüsse mit. Er öffnete die Flasche und schenkte ihnen ein. Bestimmt war es am besten, direkt zur Sache zu kommen.

„Ist er wegen deiner Aussage weg?"

Sandra kuschelte sich in den Sessel und zog die Füße an ihren Po.

„Nein. Hat nichts mit dir zu tun."

Maik überlegte, ob es sinnvoll war, sie nach dem Grund für den Abgang ihres Freundes zu fragen. Sandra deutete sein Schweigen als Aufforderung.

„Eigentlich ist der Anlass nicht so wichtig, sondern was langfristig zu unserem Streit geführt hat. Lass uns über etwas anderes reden. Wie war es auf dem Präsidium?"

„Sie wissen jetzt inzwischen schon, wer der wirkliche Täter ist."

„Dann war meine Aussage gar nicht notwendig?"

„Doch. Der Zeuge wollte mich als Täter erkannt haben. Möchte wissen, wie der auf mich gekommen ist! Ohne dich hätte es das für mich gewesen sein können. Dann hätten sie vielleicht gar nicht weiter ermittelt."

Sie schwiegen einen Augenblick.

„Lass uns auf meine Freiheit anstoßen", schlug Maik vor.

„Und auf meine", ergänzte Sandra, „es sieht so aus, als wäre ich bald Single."

„Kann auch ganz schön sein."

Sie hoben ihre Gläser. Zu Maiks Erstaunen trank Sandra den edlen Tropfen in einem Zug aus und hielt ihm das Glas zum Nachfüllen hin.

„Der ist gut. Ich dachte, ihr Ossis trinkt nur das halbtrockene Zeug."

„Was denkst du denn noch so über uns Ossis?", neckte er, „Vielleicht kann ich ja mit deinen Vorurteilen heute aufräumen."

„Na schön, dann aber bitte gegenseitig. Ihr habt bestimmt auch ein paar verschrobene Ansichten über uns."

Sie überlegte kurz.
„Ihr könnt alles reparieren, aber nichts selbst erfinden."
„Falsch. In Lychen wurde z.B. die Reißzwecke erfunden."
Sie lachte.
„Oh, ohne diese Erfindung würden wir wahrscheinlich heute ohne Pinnwand leben müssen. Das wäre in der Tat furchtbar. Ich nehme alles zurück. Jetzt du."
Maik musste nicht lange nachdenken.
„Euch geht es immer nur ums Geld. Ihr seid Egoisten, die nie an die Gemeinschaft, sondern immer nur an sich selbst denken."
„Habe ich heute widerlegt, indem ich deinen Hintern gerettet habe."
„Ok. Das gilt. Du bist dran."
Sandra legte den Kopf nachdenklich zur Seite und den Finger an die Nase. Diese Frau schaffte es, verheult und gleichzeitig ungeheuer hübsch auszusehen.
„Ihr hängt nostalgisch immer noch an Altem, statt was Neues zu wagen. Und ihr redet euch die Vergangenheit schön. Immer sind die anderen Schuld an eurer Misere."
Maik nickte.
„Stimmt zum Teil. Aber zum anderen nicht. Schau dich um, was hier alles passiert ist. Du siehst immer nur, was noch getan werden muss, nicht dass, was erreicht wurde. Warst du nicht gut essen am Stadttor? Marco hat mit nichts angefangen und immer noch Kredite abzubezahlen. Wir haben sogar einen Ökoladen in Lychen und eine Bürgerinitiative, die sich für mehr Umweltschutz einsetzt. Alles schon wie bei euch. Nur jünger."
„Beachtlich", stimmte Sandra ironisch zu, „und wo sind die Millionen aus dem Soli geblieben?"
„Dass du mit deinem schönen Schlitten hier so bequem angedüst kommen konntest, hast du einer recht guten Straße zu verdanken. Da zum Beispiel wurde der Soli verbaut. Und in den neu angelegten Fahrradstraßen." Er holte kurz Luft.

„Und in einigen Projekten, die leider den Bach runtergingen."
Sie lachten. Sandras Glas war schon wieder leer. Maik überlegte, ob er wirklich nachschenken sollte und füllte nur halbvoll.
„Lass mir auch noch etwas."
Sie prostete ihm zu und schien schon einen kleinen Schwips zu haben.
„Du bist dran."
„Euch geht es immer nur um den schönen Schein, nicht um die wirklich wichtigen Dinge. Die Designerfummel sind wichtiger, als ob jemand was kann."
„Ein Punkt für dich. Da ist was dran. Aber ist auch nicht neu. Kennst du die Geschichte von des Kaisers neuen Kleidern? Die ist viel älter als die deutsche Teilung."
Sandra zog sich die Strickjacke fester um die Schultern. Sie schien zu frieren.
„Soll ich dich wärmen?", fragte Maik im Spaß, „habe ich ja schon Übung drin."
Zu seinem Erstaunen stand sie auf, setzte sich zu ihm aufs Sofa und legte ihren Kopf an seine Schulter. Es fühlte sich gut an, als er seinen Arm um sie legte. So gut, dass er mehr wollte. Aber wäre es richtig, ihr dies zu zeigen? In ihrer Situation? Mit Liebeskummer und beschwipst? Sandra unterbrach seinen Gedankengang, indem sie den Kopf hob und seinen Hals küsste, während sie ihre rechte Hand unter sein Shirt schob. Am liebsten hätte er sie jetzt geküsst. Aber so einfach war das alles nicht. Er taugte einfach nicht zum Tröster für eine Nacht. Es fiel ihm schwer, aber er holte langsam und nachdrücklich ihre Hand wieder zum Vorschein. Sofort saß sie kerzengerade da.
„Entschuldige, ich dachte..."
Klar, dass sie seine unbeholfene Geste falsch verstehen musste. Er war einfach aus der Übung.
„Die Sache ist leider komplizierter als du denkst", sagte er und nahm ihre Hand in seine.

„Bist du schwul?“, fragte sie und klang etwas enttäuscht, „die nettesten Kerle sind immer schwul.“
„Nee, ich bin so wenig schwul wie Jansens Hund gefährlich ist.“
Sie musste lächeln.
„Dann bist du in meinen Augen aber ziemlich schwul.“
Er sah sie noch immer fest an. Seine Ernsthaftigkeit schien sie zu erschrecken. Aber sie schwieg, erwiderte seinen Blick.
Er seufzte.
„Es ist schlimmer“, sagte er leise, „viel schlimmer.“
„Bist du krank? Impotent?“, provozierte sie.
„So ähnlich. Ich habe mich in dich verliebt. Ich weiß auch nicht, wie ich mich in so eine eingebildete, oberflächliche Stadttussi vergucken konnte. Aber ich tauge nicht mehr als Strohwitwentröster. Ich fürchte, ich wäre zu anhänglich.“
Nach einer kurzen Pause, in der sie beide etwas betreten dreinschauten, erwiderte Sandra verschmitzt lächelnd:
„Du hast recht. Dann kommt nur noch sofort heiraten oder Trennung in Frage. Ich kann sowieso nichts mit dir anfangen. Meine Beine hat der Entenwurm angeknabbert. Bin nicht vorzeigbar.“
Sie brachte ihn tatsächlich zum Lachen.
„Du hast so schöne Beine, die kann kein Entenwurm der Welt entstellen.“
„Na dann...“
Sandra machte sich von ihm los und ging die Treppe hinauf. Dabei öffnete sie demonstrativ die Strickjacke und ließ sie zu Boden fallen.
„Du hast die Wahl. Du kannst warten, bis ich dir ewige Liebe schwöre – was vielleicht nie passieren wird. Oder du kommst jetzt mit und beweist mir, was du eben behauptet hast. No risk, no fun.“
Dieser Berlinerin gelang, was keine Frau nach Elke mehr geschafft hatte. Sie verblüffte ihn und fegte alle seine Be-

denken beiseite. Sandra war noch nicht auf der obersten Treppenstufe angekommen, als er bei ihr war und sie an sich zog. Alles ging unglaublich schnell. Plötzlich waren sie nackt. Es war wie ein Rausch. Doch genau das ließ Maik mittendrin innehalten. Es war das erste und vielleicht auch das letzte Mal mit ihr. Er wollte keinen Rausch, er wollte es genießen, wollte, dass sie es immer erinnern würden. Diese Nacht sollte sich auch in seine Erinnerung einbrennen. Nichts durfte sich später aus seinem Gedächtnis davonschleichen können. Langsam löste er sich von ihr. Sandra schien sein Zögern anders zu interpretieren und deutete auf den Nachttisch.
„Da sind welche drin."
Ein wenig erschüttert über sich selbst war er schon. Dass er daran nicht gedacht hatte! Vielleicht weil es mit ihr so anders war. Die Unterbrechung kam wie gerufen. Sandra rührte sich nicht. Sie blieb auch ruhig liegen, als er sich vor sie hockte, mit den Fingern über ihre Haut fuhr und sie betrachtete. Sie war schön, fast zu schön. Sagen konnte er es ihr nicht, obwohl er es gewollt hätte. Doch alle Worte, die ihm in den Sinn kamen, fand er zu platt, um sie auszusprechen. Dann lieber Stille. Sie hatte die Beine angewinkelt. Er begann, ihre Schenkel zu streicheln. Sandra schloss nur ab und an kurz die Augen, um sie dann wieder zu öffnen und ihn mit einem leichten Lächeln wieder anzuschauen. Maik küsste eine Narbe auf ihrem linken Knie, dann schob er mit einer sanften Geste ihre Beine auseinander und küsste sich weiter nach oben. Als er bei ihrem Hals angekommen war und sie genießerisch den Kopf zur Seite legte, wusste er, dass es so weit war. Und es würde unvergesslich sein, weil er noch nie zuvor eine größere Übereinstimmung gespürt hatte. Ihm war, als wüsste sie genau, was er dachte, als wollte sie genau das, was er vorhatte. Sie schlang ihre Beine um ihn, zog ihn an sich. Es hätte dieser letzten Aufforderung nicht bedurft – er hätte auch so nicht mehr warten wollen.

27.

Als Sandra erwachte, lag Maiks schwerer Arm über ihrer Schulter. Er musste sie die ganze Nacht so umarmt haben, denn in genau dieser Haltung waren sie eingeschlafen. Löffelchen – sie liebte das. Behutsam schob sie seinen Arm beiseite, um sich etwas aufsetzen und ihn betrachten zu können. Was für ein Kerl. Da war kein Gramm Fett zu viel. Die meisten Männer vom Land waren untrainiert und trugen Bauch. Der hier hatte schöne breite Schultern und eine schmale Taille. Aber er sah dabei nicht aus wie diese schrecklichen Bodybuilder, die kaum noch die Arme an den Körper anlegen können und deren Gang ein wenig dem großer Affen glich. Wären bei Maik nicht die langen Haare und dieser Zopf, er wäre fast zu gut aussehend. Eben dieser Zopf hatte in der Nacht gelitten. Einzelne Haarsträhnen hingen heraus. Das gab Punktabzug. Wahrscheinlich war er auch einige Jährchen älter als sie. Ein paar Augenfältchen waren schon auszumachen und einige graue Haare auch. Sie lächelte, weil es genau Maiks Vorurteilen entsprach, dass sie sich nach dieser Nacht zuerst Gedanken über sein Aussehen machte. Dabei gab es einiges, was sie darüber hinaus erstaunt hatte. Sie konnte sich nicht erinnern, jemals mit einem so aufmerksamen, zärtlichen und zugleich maskulinen Liebhaber geschlafen zu haben. Was der alles mit seinen geschickten Händen anzufangen wusste! Einfach unglaublich. Es störte sie nicht einmal, dass seine Hände immer noch ein wenig nach Fisch rochen. So war das eben mit Jungs vom Land. Ihre Arbeit konnte man sehen, riechen, schmecken. Die Business Class roch nach Aftershave und oft nach Angst. Angst zu versagen, Angst vor Kontrollverlust, Angst vor gesellschaftlichem Abstieg, vor dem Einbruch der Börsenkurse. Es waren viele Ängste, die auch ihr eigenes Leben bestimmten. Ob Maik das überhaupt kann-

te? Machte er sich so viele Gedanken über die Zukunft? Machte er sich überhaupt viele Gedanken?
„Wie ist denn die Musterung ausgefallen?“, fragte er plötzlich, „darf ich mich wieder bewegen?“
„Oh – Ich dachte, du schläfst noch.“
Er streckte seinen Arm aus und zog sie wieder näher zu sich heran.
„Unterschätze nie einen Ossi. Wir haben Erfahrung in der verdeckten Ermittlung. Lauter Stasispitzel.“
Sandra kuschelte sich an ihn.
„Du hast mir heute Nacht noch ein Vorurteil bestätigt“, flüsterte sie.
„Da bin ich aber neugierig.“
„Es heißt, Ostmänner seien gute Liebhaber.“
Lachend drehte er sie zu sich herum und küsste sie.
„Schön, dass meine kleine Westmaus zufrieden ist.“
Ein Klingeln holte sie aus ihrer Weltentrücktheit. Sandras Handy war so laut, dass Maik sich hastig aufsetzte.
Sandra unterließ es zu erwähnen, dass Laurenz ihr diesen Klingelton als Spaß immer wieder einstellte. Sie stand auf und holte das Gerät aus ihrer Tasche. Das Display verriet, dass die morgendliche Idylle durch ihren Chef gestört wurde. Aber sie hatte dieses Mal keine Lust ranzugehen. Während sie dem Gerät beim erneuten Klingeln zusah, fiel ihr Blick auf die Uhrzeitanzeige. Sie erschrak ein wenig. Halb elf – alles andere als früh am Morgen.
„Mein Chef...“, erklärte sie Maik, der auf den Ellbogen gestützt interessiert zu ihr rübersah.
„Geh’ jetzt nicht ran – bitte.“
Es war das erste Mal, dass Sandra einen Anruf von Henri wegdrückte. Fühlte sich gar nicht so schlecht an. Mit einem übermütigen Sprung war sie wieder im Bett, das dabei ein merkwürdiges Quietschen von sich gab. Dabei verfehlte sie Maik nur knapp, der sich schnell etwas zur Seite gedreht hatte.
„Das habe ich noch nie gemacht.“

„Dann wurde es Zeit."
Der Anruf lenkte sie trotzdem ab. Am Montag würde die Präsentation anstehen und sie hatte versprochen, persönlich zu erscheinen. Ohne Vorbereitung wäre das auch nicht zu machen. Dabei ginge bestimmt mindestens ein halber Urlaubstag verloren. Wie erwartet, meldete das Telefon eine Nachricht auf ihrer Mailbox. Sie stand wieder auf und hörte sich an, was Henri zu sagen hatte. Er erinnerte sie natürlich an den Präsentationstermin. Kein Wort der Entschuldigung für die Störung. Er fragte auch nicht, wie es ihr ging – wie selbstverständlich erwartete er sie zur Arbeit.
„Was ist?", fragte Maik.
„Ich muss Montag ins Büro."
„Du hast doch aber für drei Wochen gebucht", erwiderte er verwundert.
„Ja – ich habe eigentlich Urlaub – aber es steht eine wichtige Präsentation an. Wir könnten einen richtig guten neuen Auftrag generieren."
„Hast du keine Vertretung?"
„Irgendwie nicht. Mein Chef möchte, dass ich das mache. Lass uns frühstücken. Es ist schon spät."
Maik sprang ebenfalls auf, spurtete auf sie zu und nahm sie in den Arm.
„Waren wir denn hier schon fertig?"
Sandra staunte, wie schnell er herausgefunden hatte, wie er sie auf Touren brachte. Diese kleine Stelle zwischen Hals und Schulter¬, sie sorgte auch dieses Mal dafür, dass das Frühstück verschoben werden musste.

Eine Stunde später machte sie sich erneut von Maik los, stand auf und ging unter die Dusche. Die offene Schachtel mit den Ringen lag immer noch in der Ecke. Maik hatte sie entweder nicht gesehen oder ignoriert. Was Laurenz jetzt wohl machte?

Was würde aus ihnen beiden werden? Maik war es gelungen, ihren gestrigen Kummer einfach wegzuzaubern. Nur einmal hatte sie kurz an Laurenz gedacht. Allerdings weniger, weil sie ihn vermisste. Eher weil Maik in der ersten Nacht tat, was Laurenz in den vergangenen zehn Jahren nur schriftlich gelungen war: er machte ihr eine Liebeserklärung. Zwar fand sie dies in seinem Fall etwas verfrüht, aber sie freute sich trotzdem. Auch wenn es die Angelegenheit natürlich verkomplizierte. Ja – es machte Spaß mit ihm. Und die letzte Zeit war alles andere als spaßig gewesen. Andere Frauen aus ihrem Bekanntenkreis vergnügten sich des Sommers gern mal mit einer Ferienliebe. Warum sollte sie das nicht auch tun? Bisher war sie viel zu brav gewesen. Hatte Laurenz nicht gedroht, er könne für nichts garantieren, wenn er allein nach Hawaii führe? Was anderes sollte damit gemeint sein, als ein Seitensprung? Seitensprung. Wie sich das anhörte. Waren sie überhaupt noch zusammen?

Als sie aus dem Bad kam, war Maik dabei, ein fulminantes Frühstück zuzubereiten. Oder jedenfalls das, was er darunter verstand. Ihr Müsli war dabei nicht zum Zuge gekommen. Dafür hatte er aus ihrem gesamten Eiervorrat ein Omelett mit vielen Zwiebeln gebrutzelt, Tomaten aufgeschnitten, Brötchen getoastet, Kaffee gekocht und die Sektflasche, die Laurenz mitgebracht hatte, geöffnet. Als echter Naturbursche war er immer noch nackt.

„Gerade hast du noch ein Vorurteil bestätigt“, bemerkte sie, bevor er sie zur Begrüßung küsste, als wäre sie stundenlang weg gewesen. Erst danach erkundigte er sich, welches Vorurteil sie meine.

„Dass Ossis gern nackig rumlaufen, während wir Wessis uns etwas überziehen.“

„Wird das über uns gesagt?“

Er schaute an sich herunter und murmelte „Mist – stimmt ja sogar.“

Sandra zog sich ein leichtes Sommerkleid an und deckte auf der Terrasse den Tisch. Ihr Liebhaber war im Bad verschwunden. Kam er anschließend nackt zum Frühstück, um sie zu provozieren oder machte er das wirklich immer so?
„Du hast nichts an", bemerkte sie.
„Ich weiß", retournierte er, „nur für dich. Du hast mich vorhin so bewundernd angesehen."
Wieder schaffte er es, sie zum Lächeln zu bringen, der Situation alle Schwere zu nehmen.
„Wenn dich jemand sieht...", entgegnete sie leise und wusste, dass es gouvernantenartig klang.
Der nackte Maik stellte sich vor den Tisch und breitete die Arme aus.
„Wer bitte soll mich hier sehen? Es ist nicht mal ein Boot auf dem See."
In diesem Moment klopfte es kurz an der Abtrennwand und im nächsten Augenblick stand Frau Jansen auf der Terrasse, die verlegen sofort den Blick von Maik zu Sandra wandte. Dann lief sie rot an.
„Entschuldigen Sie, ich wusste ja nicht.... wir dachten, weil Ihr Freund gestern abgereist..."
Sie brachte beide Sätze nicht zu Ende und verschwand so schnell wie sie gekommen war.
Maik grinste nur, während Sandra sich vor Lachen kaum halten konnte und im Haus verschwand, um die Nachbarn nicht zu düpieren.
„Du hast meinen Ruf versaut", erklärte sie Maik später beim Essen, „und bei meiner Figur gibst du dir alle erdenkliche Mühe."
Dabei deutete sie auf das riesige Omelett.
„Ich zeige dir nur die ortsübliche Küche", erwiderte der nackte Liebhaber grinsend.
„Jetzt kommt wirklich keiner mehr her", erklärte er im Brustton der Überzeugung, womit er eindeutig recht behielt. Nicht einmal seine Mutter hätte ihn wohl bei ihr vermutet.

28.

Hatte er plötzlich Flügel? Maik fühlte sich so leicht und beschwingt, als wäre er ein Teenager nach dem ersten Mal. Alles ging ihm heute leicht von der Hand. Was für eine Frau, was für eine Nacht! Kaum zu glauben: Er hatte sich bis über beide Ohren in die Berliner Großstadtmaus verliebt. Dass sie seine Gefühle noch nicht erwiderte, war ihm nicht entgangen. Aber er hatte seine Chance genutzt. Alles andere würde sich finden. Nur ab und an stiegen schwierige Gedanken in ihm auf. Lebten sie nicht in völlig unterschiedlichen Welten? Würden diese Welten miteinander vereinbar sein? Er konnte ihr keine Urlaubsreisen in ferne Länder bieten, keinen großen Wagen – nicht einmal einen kleinen. Er besaß auch kein geregeltes Einkommen. Würde sie sich schämen, ihn ihren Freunden vorzustellen, ihren Eltern? Und wie ginge es bei ihm? Könnte Sandra sich hier einfügen, würden seine Freunde sie akzeptieren? Seine Mutter schien ja ganz begeistert zu sein von ihr zu sein... als Feriengast. Aber auch als Schwiegertochter? Die im Badezimmer verstreut herumliegenden Trauringe waren ihm nicht entgangen. Zuerst hatte er einen der Ringe aufgehoben, weil er dachte, er wäre heruntergefallen. Als er dann gesehen hatte, dass es sich um einen Ehering handelte, war er erschrocken. Kam er doch zu spät, war sie schon verheiratet? Dann war ihm die Gravur aufgefallen und er hatte eins und eins zusammengezählt. Also legte er den Ring genau dorthin zurück, wo er ihn gefunden hatte. Sein Fund warf trotzdem Fragen auf. Er verdrängte sie allesamt geflissentlich. Diesen Tag wollte er sich nicht verderben lassen. Durch nichts und niemanden. Seine Mutter staunte nicht schlecht, als er plötzlich auftauchte und als erstes die Eingangstür reparierte.

„Was ist denn in dich gefahren?“, fragte sie, „Wo warst du überhaupt, ich habe dich überall gesucht.“

„Ganz in deiner Nähe", hatte er grinsend geantwortet, „wie immer."
Als er mit der Tür fertig war, fuhr er mit dem Motorrad zum Baumarkt, holte Kies für die Löcher in der Auffahrt und füllte diese auch gleich auf. Plötzlich stand wieder seine Mutter neben ihm.
„Könntest du bitte aufhören, vor dich hinzupfeifen", bat sie, „oder mal ein anderes Lied nehmen?"
Erstaunt hielt Maik inne. Hatte er gepfiffen?
„Ich pfeif' doch gar nicht."
Seine Mutter stützte wie gewohnt die Hände in die Hüften, um ihre Aussage zu untermauern.
„Doch – und immer diesen alten Mist. Sag' bloß, du hast das selbst nicht gemerkt. Wirst du alt?"
Kopfschüttelnd verschwand sie wieder.
Es war schon später Nachmittag, als er zu ihr in die Küche kam.
„Gibt es Kuchen?", fragte er, als sein Blick auf ein Blech mit Kirschschnecken fiel. Seine Mutter füllte einen Pott mit Kaffee und stellte ihn auf den Tisch. Maik nahm einen großen Teller aus dem Schrank und legte fünf Schnecken darauf. Den vollen Teller in der einen Hand, griff er mit der zweiten nach dem Kaffee.
„Schlimm, wenn ich heute nicht hier esse?", fragte er, wartete die Antwort seiner Mutter aber gar nicht ab. Als sie „Nee, natürlich nicht", sagte, war er schon wieder bei der Tür, die er mit dem Ellbogen öffnete. Ihm war klar, dass sie durchs Fenster schauen würde, um zu sehen, wohin er ging, wem er den Kuchen mitbrachte. Spätestens jetzt ahnte sie sicherlich etwas.

Sandra saß immer noch über den Laptop gebeugt, als er zu ihr auf die Terrasse kam. Sie hatte sich den Sonnenschirm aufgestellt und arbeitete am Gartentisch. Das alte Ding war eigentlich zu niedrig dafür. Müde sah sie aus und genervt.

Maik stellte den Kuchenteller und die Kaffeetasse auf den Tisch.
„Pause."
Sie seufzte.
„Am liebsten würde ich für Montag absagen."
„Warum tust du es nicht?"
„Weil ich gesagt habe, dass ich komme."
„Freiwillig?"
Sandra dachte kurz nach.
„Es war eher Erpressung."
„Na also. Lass es."
„So einfach ist das nicht!", erwiderte sie unerwartet heftig und sah ihn verärgert an. Maik erklärte sich ihre Laune damit, dass sie zu wenig geschlafen hatte und jetzt schon stundenlang arbeitete. Er beschloss, nichts mehr dazu zu sagen. Wenn sie der Auffassung war, sie müsste auch im Urlaub arbeiten, dann war das ihre Angelegenheit. Aber irgendwie schien seine naive Frage sie angepiekst zu haben. Sie schob noch eine Erklärung hinterher.
„Weißt du, ich leite diesen Bereich", ließ sie ihn wissen, „da kann ich nicht einfach so tun, als ginge mich das nichts an."
Maik nickte nur. Diese kleine Geste schien sie aber nicht mitbekommen zu haben. Barsch fuhr sie ihn an.
„Vielleicht ist es egal, ob du heute oder morgen bei einem deiner Kumpels aushilfst. Bei mir ist das anders. Bei dem Gehalt wird erwartet, dass ich Leistung bringe und zur Stelle bin, wenn es um einen so wichtigen Auftrag geht."
Warum tat sie das? Warum musste sie ihn demütigen, um sich zu rechtfertigen? Das passte gar nicht zu ihr. Doch was wusste er schon. Er kannte sie kaum. Maik vermutete, dass sie unter enormem Druck stand. Sandra hatte die Augen schon wieder auf den Computer geheftet, griff aber nach der Tasse, um einen Schluck daraus zu nehmen.
„Igitt", stieß sie aus und pulte sich einen Kaffeekrümel aus dem Mund, „was ist das denn?"

Maik konnte sich ein Grinsen nicht verkneifen.
„Landesübliche Küche. Kaffee türkischer Art."
Endlich schaute sie ihn richtig an. Sie lächelte sogar, allerdings etwas gequält, während sie die Tasse zu ihm rüberschob.
„Vielen Dank, wirklich aufschlussreich. Im Westen haben wir inzwischen so etwas, das nennt sich Kaffeefilter. Sehr segensreiche Erfindung."
Sie sahen sich an.
„Was ist los?", fragte er, „Warum bist du so schlecht gelaunt?"
„Weil ich keine Lust habe auf die Präsentation, auf die Fahrt nach Berlin. Und weil ich dir dummes Zeug erzähle. Andere Bereichsleiter machen auch Urlaub und müssen vertreten werden. Nur ich bin zu blöd, um mich abzugrenzen."
Sie schob den Laptop beiseite und griff nach einer Kirschschnecke.
„Von deiner Mutter?"
„Hmmm."
„Echt lecker", stellte sie kauend fest, „viel besser als vom Bäcker."
Maik baute sich hinter Sandras Stuhl auf und massierte ihre Schultern.
„Wie wäre es mit einer kleinen Erfrischung? Wir könnten eine Runde schwimmen gehen. Ich muss nachher auch noch arbeiten. Bei Marco im Restaurant ist gerade Hochbetrieb."
Sandra hatte die Augen geschlossen. Die Massage schien ihr gut zu tun.
„Wenn wir nicht wieder um die Wette schwimmen oder Rettungsschwimmer spielen müssen, wäre das eine ganz hervorragende Idee."
Maik zog sich das Shirt über den Kopf.
„Dann los!"
Seine potenzielle Schwimmpartnerin sah ihn erstaunt an.
„Ich muss mich noch umziehen."

„Papperlapapp. Ohne Klamotten ist es viel schöner."
Er zog sie vom Stuhl und Richtung See.
„Ich habe aber auch kein Handtuch."
„Wozu? Die Sonne scheint doch", erwiderte er und zog sie weiter.
„Ich kann doch nicht nackt auf dem Steg rumstehen", protestierte Sandra und sträubte sich.
„Was sollen denn Jansens denken?"
„Wir gehen nicht zum Steg", erklärte er, „wir haben einen Nackedei-Extra-Eingang zum See. Nur ein paar Meter."
Gerade noch auf seinem Grundstück gelegen, gab es eine winzige Lücke im Schilf. Er hatte hier heimlich vor einiger Zeit etwas Sand ausgebracht, so dass er nun über einen sehr kleinen, aber auch geschützten Zugang zum See verfügte. Sie hatten das Ziel schon erreicht. Zwischen Büschen am Ufer versteckt kam die schilffreie Zone zum Vorschein. Er zog Sandra in seinen Arm und öffnete zuerst die zwei Knöpfe auf der Rückseite ihres Kleides, um es ihr schließlich an den Beinen hochzuschieben und über den Kopf zu ziehen. Sie half ihm, indem sie die Arme nach oben streckte. Vom BH hatte er sie genauso schnell befreit. Doch auch seine Gefährtin war weder untätig noch ungeschickt. Seine Hose fiel in rekordverdächtiger Zeit. Gemeinsam durchquerten sie die kleine Schneise. Sandra vorneweg. Er könnte sich daran gewöhnen, sie so zu sehen. Ihre schlanke Taille, die kleinen, festen Brüste, die durch das Schwimmen trainierten Arme und Beine. Auch den großen Leberfleck mitten auf ihrem Po fand er einfach reizend. Das Wasser wurde zunehmend tiefer und bald erstreckte sich vor ihnen der offene See. Maik genoss es, neben ihr zu schwimmen, ihr ab und an dabei zuzusehen, wie sie mit Armen und Beinen ruhig und kraftvoll das Wasser durchpflügte. Erst in der Mitte des Sees pausierten sie einen Moment. Sah sie nicht schon viel fröhlicher und entspannter aus? In diesem Punkt waren sie sich sehr ähnlich. Hatte er Sorgen, ging er schwimmen. Sobald es das Wetter zuließ,

trainierte er. Sogar einen Neoprenanzug hatte er sich zugelegt, um schon im Frühjahr, wenn das Wasser eigentlich noch zu kalt war, die Badesaison eröffnen zu können. Die Wintermonate kamen ihm immer elendig lang vor. Schwimmbäder mochte er nicht und mied sie, wenn möglich. Zudem war dafür immer eine Menge An- und Abreisezeit einzuplanen. Schließlich war man hier nicht in der Großstadt, wo sich in jedem Bezirk eine Schwimmhalle befand. Während er noch sinnierte, strahlte seine Begleiterin über das ganze Gesicht.
„Fühlt sich auch tagsüber gut an, so ohne alles."
„Sieht auch gut aus", erwiderte er und tauchte neben ihr ab, um sie an den Füßen zu kitzeln. Sie reagierte, indem sie ebenfalls tauchte und ihn in den Po kniff. Eine Weile kabbelten sie sich über und unter Wasser, bis sie vor Lachen und nach Luft schnappend wieder nebeneinander auftauchten.
„Hast du Kraft bis rüber?", fragte er.
„Klar."
Und schon legte sie los. Maik war wirklich überrascht, wie routiniert sie die lange Strecke zurücklegte. Erst nach anderthalb Stunden erreichten sie wieder das heimische Ufer. Sandra schien ihre Nacktheit völlig vergessen zu haben, denn sie ging ohne nach rechts und links zu schauen an Land. Dabei übersah sie jedoch einen hartnäckigen Verehrer. Der war weiß, verfügte über ein dickes Fell und schien sich aufrichtig zu freuen, sie wiederzusehen. Maik bemerkte, wie Brutus angespurtet kam und wollte sie warnen. Aber da war es bereits zu spät. Schon sprang er um Sandras Beine herum, die nicht in der Lage war, sich zu rühren. Stocksteif und schlotternd vor Angst stand sie da. Maik bekam es mit der Angst zu tun, als er ihr Gesicht sah. Als erste Maßnahme packte er den Hund am Halsband und zog ihn in Richtung Terrasse.
„Komm' mit, ich habe ihn", rief er ihr zu, aber sie bewegte sich weder vor noch zurück. Fast sah es aus, als würde sie jeden Moment ohnmächtig werden. Eine Leine gab es

für das Vieh natürlich wieder nicht. Also rief er nach den Jansens. Vergeblich. Da fiel ihm das Tau ins Auge, mit dem er die Sonnenschirme am Wegfliegen hinderte. Mit einer Hand den jaulenden Hund festhaltend, mit der anderen das Band lösend, sah er zu Sandra hinüber. Schwankte sie? Hinter ihr lagen mehrere große Steine im Gras. Wenn sie fiele, könnte das böse enden.
‚Nicht fallen', dachte er, ‚bitte nicht fallen'.
Endlich konnte er den Hund am Zaun fixieren, was dieser mit wütendem Bellen quittierte, und zu Sandra zurückrennen. Mittlerweile hatte sie sich ins Gras gesetzt, schlotterte aber immer noch. Er kniete sich neben sie.
„Bist du ok?"
Seine Geliebte blieb stumm. Maik strich ihr sanft über die Wange.
„Sandra? Hörst du mich?"
Ihre Atmung schien normal zu sein. Lähmte sie ein Schock? Was sollte er nur tun? In Filmen wurden solche Fälle oft mit einer Ohrfeige gelöst. Kam hier irgendwie nicht in Frage. Er konnte sie doch nicht schlagen. Aufgeregt zermartete er sich sein Gehirn noch nach einer Lösung, als Sandra plötzlich schwungvoll aufstand.
„Das kann so nicht weitergehen. Ich muss diese blöde Angst loswerden."
Bittend schaute sie ihn an.
„Hilfst du mir dabei?"
Erleichtert kam er auf die Beine und zog die immer noch nackte Frau in seine Arme. Ihre Haare dufteten nach See und Sommerwiese. Über Sandras Kopf hinweg beobachtete er, wie Herr Jansen auf ihre Terrasse eilte, weil er den jaulenden Hund suchte. Maik schob seine nackte Geliebte ein wenig hinter ein Gebüsch, bis Herr Jansen mit dem Tier wieder auf seiner Terrassenseite angekommen war.
„Natürlich helfe ich dir. Aber jetzt sollten wir uns zuerst etwas anziehen."

Er spürte, wie ihre Anspannung nachließ.
„Versprochen?“
„Versprochen.“

29.

Sandra wurde es etwas mulmig zumute. Ob ihre Idee, Maik zu seinem Einsatz im Restaurant zu begleiten wirklich gut war? Zuerst hatte er etwas gezögert, als sie es ihm vorschlug. Vielleicht wollte er die mittlerweile stadtbekannte, jeden Fettnapf treffende Liebschaft nicht seinen Freunden vorstellen. Doch mit einem Mal schien er sich richtig zu freuen. Händchen haltend schlenderten sie durch den Ort. Wahrscheinlich gaben sie ein lustiges Paar ab. Maik trug ausgefranste, kurze Jeans, Turnschuhe, die schon bessere Tage gesehen hatten, und ein ausgeleiertes T-Shirt. Sie selbst war in einem älteren Gucci-Kleid losgegangen und fühlte sich trotzdem völlig overdressed. Warum nur hatte sie so viele Schickimicki-Klamotten eingepackt? Ehrlicherweise beantwortete sie sich die Frage selbst, denn sie besaß kaum noch etwas anderes. Maik schien das alles nicht zu kümmern. Er hielt ihre Hand und ließ auch nicht los, als er unterwegs Bekannten begegnete. Alle grüßten freundlich. Zweimal beließen sie es nicht beim freundlichen Winken. Die Leute hielten an. Maik stellte Sandra als seine Freundin vor. Natürlich ließ sich niemand etwas anmerken. Sandra entgingen die leicht hochgezogenen Augenbrauen und das angedeutete Schmunzeln jedoch nicht. Sie kannte diese Art tratschiger, vorurteilsbeladener Kenntnisnahme nur zu gut. Hierin schienen Ost und West sich gleich zu sein. Die einen schauten ehrlich besorgt drein – es waren jene, die Maik zur Begrüßung umarmten. Die anderen wirkten belustigt. Bei allen spürte

Sandra Blicke in ihrem Rücken, wenn sie weitergingen. Was hatte Oma immer gesagt:
„Wenn sie glotzen – Brust raus, Schultern zurück. Wer aufrecht geht, ist immer im Vorteil."
Die Leichtigkeit des Morgens war ihr dabei aber abhanden gekommen – obwohl sie Omas Ratschlag befolgte. Am liebsten wäre sie umgekehrt. Das hier hatte mit Urlaub nichts mehr zu tun. Hier ging es um Gesellschaftsspiele. Die hasste sie schon im Job. Mitten auf dem Marktplatz, auf dem buntes Treiben herrschte, blieb Maik plötzlich stehen, sah sie an und strich ihr zärtlich eine Haarsträhne aus dem Gesicht.
„Wenn dir das hier unangenehm ist, kannst du gerne umkehren. Ich würde es verstehen."
Er sagte es leise, zog sie dabei zärtlich an sich und küsste sie auf die Nasenspitze. Es kitzelte ein wenig. Es fühlte sich gut an. Heiter. Für den Bruchteil einer Sekunde sah sie Laurenz' Grinsen vor sich.
„Das wird nie was", erklärte er kürzlich, als sie ihm von einer Mitarbeiterin berichtete, die als Akademikerin einen Kfz-Mechaniker geheiratet hatte, „denen gebe ich keine zwei Jahre."
Auf ihre Frage, womit er das begründe, hatte er lapidar erwidert: „Weil es nicht reicht, wenn's im Bett klappt".
Maik wartete geduldig, sah sie verliebt und ungeheuer gut gelaunt an. Seine Augen strahlten so viel Wärme aus. Nein – sie würde sich diesen Tag nicht verderben lassen. Nicht durch ihren Chef und erst recht nicht durch wildfremde Leute, die sie nach dem Urlaub vermutlich nie wiedersehen würde. Sie wollte Spaß und sie wollte sehen, wie Maik so lebte. Was hatte sie schon zu verlieren? Ihre gute Laune kehrte zurück. Übermütig schlang sie die Arme um seinen Hals und küsste ihn, bis er nach Luft schnappte.
„Natürlich komme ich mit. Oder bin ich nicht vorzeigbar?"
Die Frage beantwortete ihr Gefährte, in dem er fest ihre Hand ergriff und den Weg zielstrebig fortsetzte.

Schon von draußen waren Stimmen aus dem Gasthaus zu hören. Da schien einiges los zu sein. Maik wählte nicht den Vordereingang, sondern ging mit ihr über den Biergarten Richtung Küche. Das kannte sie schon. Hier hatte sie ihren ersten Abend in Lychen verbracht und Dr. Dr. Klammergriff mit seiner Marion kennengelernt. Ohje – war das voll. Nach ihnen kamen noch mehr Leute herein. Maik zog Sandra mit sich zur Küche. Hinter einem Herd, auf dem drei Pfannen und ein Topf dampften, schwitzte ein großer, schlanker Typ, den sie um die vierzig schätzte. Er trug die gleiche Frisur wie Maik sowie Jeans und Shirt. Die große weiße Mütze auf seinem Kopf ließ Sandra schlussfolgern, dass es sich wohl um Marco handeln musste. Auf einem Stuhl in der Ecke der Küche saß eine hochschwangere Frau vor einem Glas Wasser und wischte sich den Schweiß von der Stirn. Ihre langen Haare wurden mit einem Band im Nacken zusammengehalten. Die Luft in dem kleinen Raum war furchtbar heiß. Es roch nach allen möglichen Speisen, vor allem aber nach gebratenem Fisch. Maiks Erscheinen zauberte beiden Personen ein Lächeln ins Gesicht.
„Marco und Heike", stellte er vor, „sie haben den Laden hier aus dem Boden gestampft."
Er zog Sandra etwas nach vorn.
„Und dass hier ist die schlimmste Großstadttussi, die je mein Grundstück betreten hat. Ich weiß nicht warum, aber ich glaube, ich bin verliebt."
Marco reichte ihr zur Begrüßung den Ellbogen, da seine Hände fettig waren. In seinem Gesicht stand freudiges Erstaunen. Heike stand auf, kam ihr entgegen und streckte ihr mit einem breiten Lächeln die Hand entgegen.
„Wenn das keine Überraschung ist", sagte sie dabei verschmitzt, „wir haben schon viel von dir gehört."
„Das habe ich befürchtet", erwiderte Sandra.
Die andere Frau sah ihr sehr intensiv in die Augen. Es schien, als wollte sie noch etwas hinzufügen. Doch in diesem

Augenblick kam völlig gestresst die zweite Bedienung herein und rief Bestellungen in den Raum.
„Könntest du wieder mitmachen, Heike? Draußen ist die Hölle los."
Die Angesprochene nahm ihre Schürze vom Stuhl und band sie sich um den sehr üppigen Bauch.
„Tut mir leid, aber ich muss weitermachen" seufzte sie, und an Sandra gewandt, „setz dich doch einfach an die Theke. Maik übernimmt da bestimmt wieder."
„Aber erst später", insistierte der Koch, „jetzt wird er hier gebraucht."
Maik nahm sich eine Schürze aus dem Schrank und band sie sich um. Marco zählte unterdessen auf, was als nächstes vorzubereiten war. Heike schob Sandra freundschaftlich Richtung Tür.
„Ich glaube, die beiden brauchen uns grad nicht."
Maik blinzelte ihr noch kurz zu, dann stand sie im Gastraum. Heike verschwand im Biergarten. Sandra sah sich um. An der Theke war tatsächlich noch ein Platz frei – zwischen einem grauhaarigen Mann in gelber, alter Cordhose und einem Kerl mit weißem Oberhemd und dickem Goldkettchen um den Hals. Letzterer schien mit einer Frau da zu sein, denn er unterhielt sich intensiv mit seiner Nachbarin. Sandra fand ihn ausgesprochen unsympathisch. Hoffentlich müsste sie sich nicht mit ihm unterhalten. Im Vorbeigehen stellte ihr Heike ein Guinness hin. So gerüstet, nahm Sandra ihre Umgebung näher in Augenschein. Von draußen aus dem Biergarten drangen Stimmen und Gelächter herein, im Hintergrund lief irische Folkmusik vom Band. Dazu das Stimmengewirr aus dem Gastraum. Es war das typische Durcheinander einer gut besuchten Gaststätte. Insgesamt wirkte das ganze Ambiente sehr gemütlich. Vor einigen Jahren war sie mit Laurenz in einem Pub in Irland gewesen. Die Atmosphäre hier erinnerte sie daran. Für Laurenz war es dort zu hemdsärmelig zugegangen, zu wenig ‚zivilisiert',

wie er es nannte. Biertrinkende Männer, die Musik mit Löffeln machten und dazu auf dem Tisch herumtanzten – das war nichts für ihn. Ihr selbst hatte es ganz gut gefallen. Die Leute waren so nett und fröhlich gewesen. Eine Weile betrachtete sie das muntere Treiben in der Gaststätte. Leere Teller und Gläser wurden in die Küche gebracht und volle den Gästen serviert. Ihre Studentenzeit fiel ihr ein. Das bisschen Geld, das Oma ihr damals geben konnte, reichte einfach nicht zum Leben. Gerade, als sie ihre kleine Studentenbude wieder vor sich sah, die sie im zweiten Semester ergattert hatte, wurde Heike praktisch direkt vor ihrer Nase ohnmächtig. Zwei Männer hatten es mitbekommen und fingen sie auf. Einer rief nach Marco, der sofort aus seiner Küche geflitzt kam. Heike war derweil schon wieder zu sich gekommen.

„Dass du das noch verantworten kannst", blaffte der eine der beiden Männer ihn vorwurfsvoll an.

Marco half seiner Frau, sich auf einen der Stühle zu setzen.

„Ab übermorgen kommt die Aushilfe", erklärte er, „ich kann doch nicht dicht machen."

Mittlerweile war auch Maik aus der Küche herbeigeeilt.

„Ich übernehme", entschied er, „müssen alle eben etwas länger auf's Essen warten."

In diesem Moment schritt Sandra ein.

„Lass mal – das kann ich doch machen. Hol mir mal eine Schürze."

Maik lachte zu laut. Es tat ihr weh. Nicht, weil er lachte, sondern wie er es tat. Es lag Häme darin. Und dann sein Spruch, das sei sicher gut gemeint, aber nicht nötig. Heike saß immer noch recht benommen auf ihrem Stuhl. Marco half ihr auf und wollte sie nach draußen an die frische Luft führen.

„Wenn du helfen willst", rief er Sandra zu, „dann gern. Du findest alles, was du brauchst hinter der Theke, rechts neben dem Waschbecken. Auch eine Kurzliste mit den Preisen."

Maik wollte auch etwas sagen, unterließ es aber, als er Sandras Gesicht sah. Ihr war sowieso klar, dass er ihr die Aufgabe nicht zutraute. Für ihn war sie das verwöhnte Managerweibchen. Wie konnte er sich in sie verlieben, wo er sie doch so wenig kannte? Es schien an der Zeit, ihm zu zeigen, dass sein Bild von ihr unvollständig war.
„Ab in die Küche“, wies sie ihn an, „oder hast du nichts zu tun?“
Natürlich war ihr klar, dass sie von sämtlichen Einheimischen ab jetzt auf Schritt und Tritt beobachtet wurde. Nur die Touristen nahmen den Personalwechsel kaum wahr. Sandras einzige Sorge galt den Preisen. Aber Marcos Liste war super. Alles, was es an Speisen und Getränken gab, stand klein darauf, gut lesbar daneben die jeweiligen Preise. Sie schnappte sich Heikes Geldbörse, die auf dem Tresen lag, und los ging es. Beinahe fühlte sie sich wieder wie in ihrer Studienzeit. Mehrere Jahre hatte sie damals gekellnert. Laurenz' Eltern waren erfolgreiche Unternehmer und konnten ihn unterstützen. Ihrer Großmutter war das in dem Umfang nicht möglich gewesen. Und ihre eigene kleine Waisenrente reichte für den Lebensunterhalt nicht aus. So arbeitete sie eben am Wochenende oder manchmal zusätzlich abends in einem Touristen-Restaurant am Ku'damm. Schon allein das Trinkgeld finanzierte ihr eine schöne Reise im Jahr. Der Stundenlohn war nicht sehr hoch, reichte aber für Kleidung und Bücher. Den Rest deckten dann die Waisenrente und Omas Zuschuss. Zum Glück hatte sie sich bequeme Schuhe zu dem Kleid angezogen. In Pumps wäre der Job nicht machbar gewesen; der Boden des Hofgartens war mit Feldsteinen gepflastert. Mit der anderen Bedienung sprach sie ab, wer für welche Tische zuständig war. Sandra übernahm vor allem den kleineren Innenraum, die andere maßgeblich den Biergarten. Zum Glück war die Speisekarte übersichtlich. Jedes Mal, wenn sie in die Küche kam, um etwas zu holen oder Geschirr abzuladen, traf sie auf Maik. Zu-

erst schaute er herablassend. Auch ohne Worte signalisierte er ihr, dass sie zum Scheitern verurteilt war. Ganz im Gegensatz zum Gastwirt, der ihr immer wieder aufmunternd und dankbar zunickte. Nach zwei Stunden, die recht reibungslos verliefen und in denen sie einen richtig guten Job machte, wechselte auch Maiks Gesichtsausdruck. Nun lag Anerkennung darin und ein bisschen Verwunderung. Die Hochphase im Restaurant schien nach und nach vorüber. Jetzt wurde weniger Essen bestellt, dafür umso mehr Getränke. Vor allem Guinness und Kilkenny. Sandra stellte fest, dass die gefüllten Halblitergläser auf die Dauer doch ganz schön schwer zu transportieren waren. Maik wechselte von der Küche an die Theke, zapfte jetzt das Bier, das sie verteilte. Mittlerweile schaute er wieder wie ein verliebter Kater. Eigentlich war ihm Sandra wegen seiner hochnäsigen Reaktion von vorhin noch böse. Gleichzeitig genoss sie seine bewundernden Blicke, mit denen er ihr Tun verfolgte. Der Typ mit dem Goldkettchen, der vorher neben ihr an der Theke gesessen hatte, war immer noch da. Aber die Frau war weg. Dafür saß er jetzt mit zwei ähnlich sympathischen Herren an einem der Tische. Vier „Halbe“ hatte sie ihm bestimmt schon hingestellt. Langsam wurde es lauter in der Runde. Maik schien die drei auch zu beobachten. Als Sandra das erste Mal eine Pause machen und sich zu Maik an den Tresen stellen wollte, rief das Goldkettchen nach der Bedienung. Kaum war sie bei den Männern am Tisch, um die Bestellung aufzunehmen, streifte der Arm des Mannes zufällig ihre Hüfte. Dieses Spiel kannte sie ganz gut von früher. Sie legte etwas Distanz zwischen sich und den Gast, während sie sich die Zahl der Biere merkte. Einer der Herren bestellte Schmalzstullen. Als sie die Gläser brachte, vermied sie es, dem Unsympathischen zu nahe zu kommen. Trotzdem kam es, wie sie erwartet hatte. Kaum hatte sie sein Glas vor ihm hingestellt, fühlte sie seine Hand an ihrem Po. Dass es diese Art von Typen immer noch gab, verwun-

derte sie. Änderte sich das denn nie? Sie beugte sich etwas weiter zu diesem ekligen Kerl herunter.
„Nehmen Sie sofort Ihre Hand da weg", zischte sie leise, „sonst zeige ich Ihnen, was Nervenpunkttechnik beim Karate bedeutet."
Leider war der Typ zu blöd oder schon zu besoffen, um ihre Warnung ernst zu nehmen. Jetzt packte er erst richtig zu. Noch viel schlimmer aber war, dass Maik jetzt auf die Szene aufmerksam geworden war. Noch bevor sie selbst tätig werden konnte, kam er schon angerannt, packte sich den Kerl am Schlafittchen und zog ihn vom Stuhl. Vergeblich versuchte Sandra ihm klarzumachen, dass sie seine Hilfe nicht benötigte. Mittlerweile waren die Augen sämtlicher Anwesender auf Maik gerichtet, der dem Goldkettchen etwas zuflüsterte und ihn dann losließ.
„Das hättest du gerne, was?" erwiderte der Grapscher, setzte sich wieder und zog sich das Hemd gerade. Dann zückte er seine Brieftasche, warf einige kleine Scheine auf den Tisch und strebte zum Ausgang. Seine beiden Kumpane blieben verblüfft sitzen. Als er bei der Tür war, drehte er sich nochmal um.
„Träum weiter, Maik Schlicht. Das kannst du eh am besten."
Nach dem Abgang des Ekels ruhten alle Augenpaare wieder auf ihr und Maik. Der ging seelenruhig zurück an den Tresen und stellte ihr einen Orangensaft hin. Sandra schwang sich auf einen der Barhocker und schaute ihn belustigt an.
„Ich hätte das auch alleine geschafft."
Seinem Blick konnte sie nicht entnehmen, ob er ihr glaubte. Er wirkte verschlossen. Sie trank das Glas in einem Zug aus und stellte es ihm wieder hin. Als sie weitermachen wollte, hielt er sie am Handgelenk fest.
„Entschuldige", raunte er ihr zu.
„Was denn?"
„Ich hätte es ahnen können. Eigentlich hätte ich den Tisch selbst übernehmen müssen."

„Wird der öfter übergriffig?", erkundigte sie sich.
„Leider benimmt er sich manchmal daneben. Ich hätte ihm längst Hausverbot erteilen sollen."
„Warum hast du nicht? Ist Marco dagegen?"
Maik schüttelte so heftig den Kopf, dass sein Pferdeschwanz hin und her schaukelte.
„Dieser Mistkerl ist mein Onkel", gestand er ihr und die Wut stand ihm ins Gesicht geschrieben.
Sandra konnte sich ein Grinsen nicht verkneifen.
„Na, das nenne ich mal eine herzliche Aufnahme in den Kreis der Familie."

30.

Maik sah auf die Uhr. Es war weit nach Mitternacht, das Gasthaus geschlossen. Normalerweise machte es ihm Spaß, mit Heike und Marco hier zu sitzen, ein Bier zu trinken und den Arbeitstag ausklingen zu lassen. Heute war es anders. Am liebsten wäre er sofort gegangen, um mit Sandra allein zu sein. In Gedanken versunken, blitzten Bilder der vergangenen Nacht auf. Seit dem Morgen ging ihm dieses alte Lied nicht mehr aus dem Kopf. ‚Oh what a lady, what a night'. Vor allem diese eine Zeile wiederholte sich ständig, wenn er an Sandra dachte oder sie ansah – so wie jetzt, wo sie mit seinen Freunden in ein Gespräch vertieft war. Nicht im Geringsten hätte er damit gerechnet, dass sie kellnern konnte. Also war sie doch nicht mit dem Silberlöffel im Mund geboren worden. Auch in diesem Punkt hatte er sich getäuscht. Marco und Heike wirkten ganz begeistert von ihr. Eigentlich sollte er sich darüber freuen. Aber jetzt wollte er nichts lieber, als mit ihr allein sein. Stattdessen saß sie hier und diskutierte mit den beiden irgendetwas. Über was redeten sie eigentlich? Maik versuchte, sich auf die Unterhaltung zu konzentrieren.

„Heimat ist mehr, als ein Bett, ein Tisch und ein Dach über dem Kopf", stellte Marco an Sandra gewandt gerade fest.
„Das weiß ich. Aber Zuhause zu bleiben kann doch kein Lebensziel sein. Ohne eine Arbeit, die mich ernährt, wird mich das Daheimsein nicht glücklich machen. Wir leben in einem geeinten Europa und ihr sagt, es sei nicht zumutbar, in die nächstgrößere Stadt zu gehen, um dort zu arbeiten und zu leben?"
Maik wurde hellhörig. Über wen sprachen sie?
Heike schaltete sich ein.
„Du siehst doch selbst, wie groß schon der Unterschied zwischen Berlin und hier ist. Das packt nicht jeder."
Sandra wirkte nach dem arbeitsreichen Abend etwas müde, blieb aber hartnäckig in der Argumentation.
„Einen Versuch wäre es trotzdem wert. Es gibt für jemanden wie Maik keinen Grund, der Gemeinschaft auf der Tasche zu liegen. Das Leben ist nicht immer ein Wunschkonzert."
„Ich liege niemandem auf der Tasche", unterbrach Maik erbost. Was redeten die hier eigentlich für wirres Zeug.
„Kein Arbeitslosengeld im Winter?", fragte Sandra spitz, „Was ist denn, wenn die Touristen weg und keine Boote mehr zu putzen sind. Dann brauchen die beiden hier wahrscheinlich auch keinen Hilfskoch mehr."
Maik verschlug es die Sprache.
Warum tat sie das? Und warum stellten die anderen den Quatsch nicht richtig?
„Ich beziehe keinerlei Zuschüsse", stellte er klar. Seine Laune sank deutlich, „wie kommst du denn darauf?"
Heike unterbrach den aufkeimenden Streit.
„Wir sprachen nur gerade über die Wirtschaftssituation hier in der Gegend und die hohe Arbeitslosenquote."
„Und da seid ihr ausgerechnet auf mich gekommen? Ihr wisst doch, dass ich keine Zuschüsse bekomme."
„Dass du sie nicht beantragst, heißt ja nicht, dass du sie nicht brauchen würdest", erläuterte Marco.

Maik stand auf. Das hier grenzte an Verrat.
„Ich bin hundemüde. Ihr könnt ja gern noch weiter über mein bedauernswertes Schicksal plaudern. Ich geh' nach Hause."
Sandra erhob sich ebenfalls.
„War schön bei euch. Gute Nacht", rief sie Marco und Heike noch zu, während Maik ohne Gruß an der Tür angelangt war und aufschloss. Sandra rannte hinterher. Draußen hakte sie sich versöhnlich unter. Es war stockdunkel. Die Straßenlaternen gaben nur wenig Licht ab. Der Ort lag ganz friedlich im Schlummer und ein lauer Wind strich über ihre Haut. Nachdem sie ein paar Meter gegangen waren, drückte sie seinen Arm.
„Entschuldige. Ich wollte dich nicht verletzen. Wahrscheinlich ist mir das Guinness zu Kopf gestiegen."
Maik war zu enttäuscht und zu müde, um die Entschuldigung einfach anzunehmen. Was dachte sie nur von ihm? Für was hielt sie ihn eigentlich? Schweigend trotteten sie nach Hause.
„Warum hast du eigentlich nichts gelernt?", fragte Sandra plötzlich, „Du kannst doch so vieles, hast eine Menge Talente."
Abrupt blieb er stehen.
„Nicht zu fassen – du denkst, ich hätte keine Ausbildung? Wie kommst du darauf?"
Sandra sah ihn an.
„Weil du dich mit Gelegenheitsjobs und der Vermietung von zwei Ferienwohnungen über Wasser hältst. Und die beiden haben eben erzählt, dass die Auslastung der Ferienwohnungen zu wünschen übrig lässt."
So langsam dämmerte ihm, was für ein Bild sie von ihm haben musste. Aber konnte er ihr das verübeln? Aus ihrer Sicht machte der Rückschluss, er hätte nichts gelernt, durchaus Sinn. Dennoch hatte sie sich mit ihm eingelassen. Mit einem Loser ohne Ausbildung und ohne Zukunft. Aber

warum? Abenteuerlust? Ablenkung von den heimischen Problemen? Bock auf Abwechslung beim Sex? Irgendetwas in dieser Art musste es sein. Und er naives Landei verknallte sich in sie. Warum musste dieser Tag, der außergewöhnlich schön begonnen hatte, mit einer solchen Erkenntnis enden? Noch immer standen sie etwas unschlüssig auf der menschenleeren, dunklen Straße und sahen sich an. Nicht einmal ein Auto war unterwegs. Dafür hörte man die Grillen aus den umliegenden Wiesen zirpen. Sandra schien auf eine Antwort zu warten. Was sollte er sagen? Dass er studiert hatte? Würde sie dann anders über ihn denken? Würden sich ihre Gefühle für ihn ändern? Er wollte nicht geliebt werden, weil er dies oder jenes gelernt oder studiert hatte. Er wollte so akzeptiert und geliebt werden, wie er war.

„Ich bin in der DDR aufgewachsen, schon vergessen? Da ist keiner ohne Ausbildung geblieben."

Schweigsam gingen sie weiter. Dieses Mal war es ein angespanntes Schweigen. Eines, bei dem man die Worte spürt, die noch nicht gesagt wurden.

„Was hast du denn gelernt?", fragte Sandra schließlich etwas kleinlaut. Natürlich hatte er mit dieser Frage gerechnet. Aber er wollte sich nicht rechtfertigen müssen. Eine ehrliche Antwort wäre aber genau darauf hinausgelaufen.

„Es ist spät und ich bin müde. Können wir das morgen erörtern?"

Mittlerweile hatten sie ihr Ziel fast erreicht. Maik war immer noch hin- und hergerissen. Einerseits wollte er ihr nah sein und das fortsetzen, was letzte Nacht so wunderbar begonnen hatte. Andererseits war er verstimmt. Die Erkenntnis, dass Sandra in ihm nur eine willkommene Ferienablenkung sah, betrübte ihn so sehr, dass er eigentlich allein sein wollte. Langsam schloss er das Hoftor auf. Immer noch untergehakt, gingen sie gemeinsam die wenigen Meter bis zu den Häusern. Er spürte die Haut ihrer Hand. Jede Berührung fühlte sich so gut an. Der Kies knirschte leise unter ihren Füßen.

Eine Katze, die herumstromerte, machte sich davon, als sie näher kamen. Immer, wenn er nachts nach Hause kam, stellte er fest, dass die Beleuchtung nicht ausreichte. Wurde Zeit, dass er sich der Sache annahm. Zwischen dem Ferienhaus und dem Eingang zu seiner Wohnung blieben sie stehen. Er war immer noch unentschlossen. Sandra sagte nichts. Über ihnen funkelten Sterne. Eigentlich sehr romantisch.
„Irgendwie hätte ich gern gewusst, mit wem ich die Nacht verbringe", flüsterte Sandra schließlich, „zumindest im Moment ist es mir egal, ob du Stasi-Spitzel oder inhaftierter Regimegegner warst. Morgen will ich aber die Auflösung wissen."
Sie sah süß aus bei ihrer Erklärung. Und so ganz unverständlich war ihre Neugier nun auch wieder nicht. Hatte sie gerade gesagt, sie wollte die Nacht mit ihm verbringen? So sauer war er dann doch nicht, dass er dieses Angebot ausschlagen würde. Merkwürdigerweise hatte sie mit diesem einen Satz auch den grauen Vorhang vor seinem Gemüt weggerissen.
„Einverstanden. Auflösung morgen früh", stimmte er zu, packte sie an der Hüfte und warf sie sich quasi über die Schulter. „Oh", entwich es ihr erstaunt, während er sie zu seiner Haustür trug, „damit wäre wohl die Frage nach dem ‚zu dir oder zu mir' auch geklärt."
„Wenn ich für dich schon der Tarzan vom Dorf bin, dann wenigstens richtig", gab er zurück und öffnete die Tür. Erst am Bett ließ er sie wieder runter.
„Ich habe weder Zahnbürste noch Nachthemd dabei", protestierte Sandra ein wenig.
„Brauchst du beides nicht", antwortete er bestimmt, setzte sich zu ihr aufs Bett und küsste sie. Unerwartet stürmisch erwiderte sie seinen Kuss. Endlich. Viel zu lange hatte er auf diesen Moment warten müssen. Sandra lehnte sich zurück, streckte die Arme nach oben und räkelte sich. Eine Geste wie eine Einladung. Langsam, ganz langsam schob er ihr Kleid hoch, bis er es ihr abstreifen konnte.

31.

Dieses blöde Handy. Warum hatte sie den Klingelton immer noch nicht verändert? Langsam rappelte Sandra sich hoch. Dazu musste sie Maiks schweren Arm von ihrem Oberkörper schieben. Jetzt nur noch die Tasche finden. Maik knurrte derweil „mach das aus". Mit halboffenen Augen starrte sie auf das Gerät. Es war Laurenz. Erschrocken sah sie auf die Uhr. In einer Stunde würde der Flieger gehen. Munterer als ihr zumute war, meldete sie sich.

„Hallo!"

„Hallo Traumfrau. Bist du schon am Flughafen?", erkundigte er sich, „Ich stehe auf der Aussichtsplattform und warte auf dich."

Sandra spürte, wie Hitze in ihr aufstieg und sie rot anlief. Laurenz stand am Flughafen, wartete auf sie und wollte heiraten. Und sie? Lag mit einem anderen Mann im Bett und hatte ihren Lebensgefährten schon mehrfach betrogen. Dann kam ihr wieder in den Sinn, wie die Hochzeitsplanung verlaufen war.

„Sandra? Bist du noch dran?", hörte sie Laurenz fragen.

„Ja. Bin dran. Ich bin in Lychen."

Am anderen Ende hörte sie nur noch Flughafengeräusche. Laurenz schien es die Sprache verschlagen zu haben.

„Du ziehst das wirklich durch?", fragte er schließlich, als sie ebenfalls schwieg, „Es ist dir wichtiger, dich durchzusetzen als mich zu heiraten?"

„So würde ich das nicht zusammenfassen", erklärte Sandra ruhig, „ich kann mich nur nicht daran erinnern, dass du mich gefragt hättest."

Wieder Schweigen am anderen Ende.

„Heißt das, du willst nicht?" fragte Laurenz irritiert, „Dann machst du wegen dieser Sache Schluss?"

„Das habe ich nicht gesagt. Aber ich möchte ungern zu meiner eigenen Hochzeit zitiert werden. Und ich fliege dieses

Jahr nicht nach Hawaii. Alles andere können wir nach dem Urlaub klären. Es sind ja nur noch zwei Wochen."
Es klickte. Laurenz hatte das Gespräch beendet. Da stand sie nun. Nackt in der Wohnung eines anderen Mannes, während Laurenz am Flieger auf sie wartete und schon einen Hochzeitstermin festgelegt hatte. Sie schüttelte den Kopf. War die Frau, die gerade aus dem Bett von Maik aufgestanden war, noch die Sandra, die sie kannte? War sie noch sie selbst? Was geschah gerade mit ihr?
„Bereust du es?", fragte Maik, der aufgestanden war, um ihr eine Decke über die Schulter zu legen. Da stand er, der Kerl mit dem sie die Nacht verbracht hatte, der es geschafft hatte, sämtliche Gedanken an Laurenz wegzuschieben. Vor ihr tauchten Bilder des gestrigen Abends auf und von den Stunden, die sie hier bei ihm war. Schon lange war sie nicht mehr so heiter, gelöst und ausgeglichen gewesen. Dies war eine der schönsten Nächte ihres bisherigen Lebens, so viel war sicher. Vielleicht gab es ja eine runderneuerte Sandra? Eine mutigere, stärkere. Vielleicht war sie jetzt die Frau, die sie immer sein wollte. Etwas übermütig schlang sie die Arme um Maik, wobei die Decke von ihren Schultern wieder herunterrutschte.
„Nein. Es war wunderbar. Du warst wunderbar. Aber ich kann dir keine Versprechen für irgendetwas geben. Es ist so vieles noch unklar."
Maik nickte.
„Möchtest du jetzt gehen oder bleiben? Ich könnte dir noch ein hausgemachtes Frühstück anbieten. Sogar in Bio-Qualität und mit Müsli."
„Nanu – nicht wieder landesübliche Küche?"
Er grinste.
„Wie Madame möchte – ich bin auf alles vorbereitet."
Sandra sah ihn an, wie er da nackt vor ihr stand. Ein Bild von einem Mann – bis auf diesem Zopf natürlich, der jetzt wieder arg gelitten hatte. Was immer da zwischen ihnen

war – Laurenz' Flieger würde auf jeden Fall in ein paar Minuten abheben. Betrogen hatte sie ihn sowieso schon. Und eine Entscheidung stand erst in zwei Wochen an. Warum sollte sie Maik verprellen? Er hatte mit ihrem eigenen Durcheinander nichts zu tun.
„Du hast das alles minutiös geplant, was?", scherzte sie, „Und wenn ich nicht mitgekommen wäre? Hättest du dann das Müsli selbst gegessen?"
„Du denkst wohl, nur Städter mögen Getreideflocken", antwortete er und liebkoste dabei ihren Rücken, „die Hühner unseres Nachbarn finden die auch ganz lecker."
Maiks Küche war erstaunlich geräumig, wenn auch etwas spartanisch eingerichtet. Er hatte zwei vom Stil her völlig unterschiedliche Buffetschränke aufgearbeitet und sie durch einen grünen Anstrich vereinheitlicht. Zwischen den Schränken verlief eine Arbeitsplatte, die ebenfalls wiesengrün war. Dazu die weißen Wände und eine hübsche Bordüre in grün und weiß. Der Herd war ein ziemlich altes Modell und wirkte etwas ranzig. Vom Kühlschrank ganz zu schweigen. War das ein DDR-Modell? Hinter einem Durchbruch stand ein Esstisch, an dem sechs Personen Platz finden konnten. Der Tisch war definitiv etwas Besonderes, ein Einzelstück. Ob er ihn selbst gefertigt hatte? Die Stühle wiederum waren aufgearbeitete Altmodelle. Aber alle waren weiß gestrichen und hatten grüne Sitzkissen erhalten. Ein kleiner grüner Flickenteppich unterstrich die heitere Note des Raumes. Keine Frage, hier wohnte einer mit Geschmack, handwerklichem Geschick und wenig Geld. Sandra griff nach ihrem Kleid und wollte es überziehen, doch Maik protestierte, legte ihr seinen Bademantel um die Schulter.
„Noch nicht. Bitte. Wenn du das Designer-Ding wieder anhast, wird alles irgendwie förmlich."
Also setzte sie sich ungekämmt und nicht gewaschen an den Frühstückstisch, den ihr Liebhaber sehr schön eindeckte.

Ihm schien ihr Anblick zu gefallen. Zumindest schaute er sie so an. Er selbst blieb mal wieder nackt, obwohl es recht frisch war. Aber schließlich trug sie ja auch gerade seinen Bademantel. Die Sonne war verschwunden. Erste Regentropfen klopften an die Fensterscheibe.
„Du bist mir noch eine Antwort schuldig", erinnerte sie ihn an sein gestriges Versprechen, während sie sich zwei Kirschen von dem Teller nahm, den er bereits hingestellt hatte.
„Rate doch mal", erwiderte er und räumte seinen Kühlschrank leer, um das Frühstück aufzubauen.
„Was könnte ich denn sein?"
Sandra spuckte die Kerne auf eine Untertasse und dachte nach. Er war handwerklich geschickt. Vor allem mit Holz schien er gut umgehen zu können.
„Möbeltischler?"
Belustigt schüttelte er den Kopf.
„Dann Metzger", schob sie schnell hinterher.
Maik prustete los.
„Wie kommst du denn darauf?"
„Letztens habt ihr doch hier geschlachtet", entgegnete Sandra ein wenig entschuldigend.
Jetzt verschlug es ihrem Gegenüber fast die Sprache.
„Ich gehe ganz gern mal angeln. Aber schlachten – nee, bestimmt nicht."
„Es war aber überall Blut zu sehen" untermauerte Sandra ihre Vermutung, „deine ganzen Klamotten waren rot davon."
Bei dem Gedanken an dieses Bild lief ihr immer noch ein kalter Schauer über den Rücken. Maik fletschte ein wenig die Zähne.
„Ja. Dein Liebhaber ist ein eiskalter Schlächter. Und er will Blut sehen. Rrrrrrr."
Nackt vollführte er eine Art Kriegstanz um den Esstisch, bis sie sich beide vor Lachen bogen. Außer Atem setzte er sich neben sie.

„Ich habe Kirschen geschlachtet", stellte er richtig, „fünf große Eimer voll."
Munter sah er Sandra an. Die hatte aber nun keine Freude mehr an dem Ratespiel.
„Sag's mir endlich. Du hast es versprochen."
Maik griff nach ihrer Hand.
„Wäre es arg schlimm, wenn ich deiner Vorstellung vom handwerklich begabten Taugenichts nicht entsprechen würde?"
Sandra wusste nicht so recht, was er ihr eigentlich mitteilen wollte und warum er sich damit so schwer tat. Sie stand auf, ging um den Tisch herum und zog ihn hoch.
„Das scheint ja ein schwerwiegendes Geständnis zu werden. Und wer weiß, was danach ist. Ich möchte jetzt auf der Stelle noch einen Kuss."
Wie von ihr vermutet, ließ sich Maik nicht zweimal bitten. Während er sie küsste, schob er sie ins Wohnzimmer. Nebeneinander kamen sie auf dem Sofa zu sitzen, dass auf jeden Fall zu den ältesten und hässlichsten Möbeln seiner Einrichtung gehörte. Es ächzte vernehmlich, als sie sich zu zweit hineinfallen ließen.
„Ich dachte, es ist besser, du sitzt, wenn du es erfährst."
„Mach's nicht so spannend, Maik Schlicht, ich bin schon völlig verunsichert, mit wem ich da zwei Nächte verbracht habe. Was bist du?"
Statt einer Antwort grinste er nur.
„Warum ist dir so wichtig zu wissen, was ich gelernt habe? Du weißt doch, womit ich meinen Lebensunterhalt verdiene. Genügt das nicht?"
„Nein", entgegnete sie fest, „das reicht mir nicht. Es sagt viel über einen Menschen aus, welchen Beruf er erlernt hat. Vielleicht möchte ich dich einfach besser kennen lernen."
Maik schien die Antwort nicht zu gefallen. Er verzog ein wenig das Gesicht. Gleichzeitig streichelte er ihr die Haare nach hinten.

„Hängt davon wirklich ab, was du für mich empfinden kannst?"
Sandra verstand sein Zögern nicht. Hatte er kein Vertrauen zu ihr? War das, was er ihr mitteilen würde, so abschreckend, dass er sich zuerst ihrer Gefühle für ihn versichern wollte? Oder ging es hier wieder um seine Vorurteile und sein Bild von der Welt? Sie beschloss, ihn herauszufordern.
„Vielleicht möchte ich sehen, ob du deine Potenziale nutzt. Das würde eine Menge über dich aussagen."
Er staunte.
„Dir genügt also nicht, was du mit mir erlebst?"
Sandra erhob sich.
„Doch – es genügt für einen Ferienflirt", entgegnete sie und hoffte inständig, er würde sie nicht gehen lassen. Sandra holte das Kleid, ihre Unterwäsche und ihre Schuhe aus dem Schlafzimmer. Mit allem zurück im Wohnzimmer, begann sie langsam, sich anzuziehen. Auf dem Sessel sitzend, streifte sie sich den Bademantel ab. Noch immer saß Maik regungslos auf dem Sofa. Als sie ihr Kleid in die Hände nahm und es sich überstreifen wollte, stand er endlich auf, trat zu ihr und nahm ihr das Kleidungsstück aus der Hand.
„Okay. Du hast gewonnen."
Mit dem Kleid in der Hand ging er zu einem Sideboard und holte einen dicken Ordner hervor.
„Mein Leben", sagte er etwas theatralisch, als er ihn ihr in den Schoß legte, „ich kümmere mich derweil weiter ums Frühstück. Sonst verhungern wir noch."
Bevor er erneut in die Küche ging, zog er sich ein Unterhemd und Boxershorts über. Sandra sah ihm durch die geöffnete Tür kurz zu, wie er herumhantierte. Dann widmete sie sich neugierig der Lektüre. Schon nach wenigen Seiten schaute sie verblüfft wieder zu ihm in die Küche. Aber er schien zu beschäftigt, um ihren Blick zu erwidern. Ganz klar – er hatte sie an der Nase herumgeführt. Von wegen Handwerker. Maik konnte einen Studienabschluss mit Auszeichnung

vorweisen. Er war Diplom-Sportlehrer. Sie fand auch noch ein Zertifikat für eine Zusatzausbildung als Fitnesscoach. Er hatte sogar eine DDR-Jugend-Schwimmmeisterschaft gewonnen und diverse kleinere Sportturniere. Dazu kamen noch ein paar Semester Psychologiestudium – zumindest hatte er einige Scheine gemacht. Warum wollte er ihr das am liebsten verschweigen? Sandra legte den Ordner beiseite, zog den Bademantel wieder über und ging zu Maik in die Küche. Der war dabei, Filterkaffee zu brühen. Als er sie kommen sah, stellte er den Wasserkessel ab.
„Zufrieden?", fragte er. Sandra schüttelte den Kopf.
„Warum schälst du als Hilfskoch Kartoffeln?", fragte sie unumwunden.
„Was ist falsch daran, einem Kumpel zu helfen?"
„Nichts. Aber du machst nichts aus dir und deinen Potenzialen. Warum bleibst so unter deinen Leistungsmöglichkeiten?"
Maik goss Wasser auf den Filter. Nach einem Moment drehte er sich zu ihr herum.
„Was heißt denn das? Für wen oder was soll ich denn erfolgreich sein? In der DDR ging es angeblich immer ums Kollektiv, um die sozialistische Idee. Dabei haben sich nur einige wenige selbst in die Taschen gewirtschaftet. Für was oder wen soll ich es jetzt tun? Für dieses kranke System, dass wir heute haben, wo wenige Menschen so reich sind wie der gesamte Rest? Warum ist dir deine Karriere so wichtig?"
Sandra war um die Antwort nicht verlegen.
„Ich will einfach erfolgreich sein, will anerkannt und respektiert werden. Und ich möchte ein ordentliches Gehalt, damit ich mir was leisten kann."
Er verzog das Gesicht.
„Was leisten können... Schau dich um – ich habe alles. Ich brauche nicht mehr. Am wenigsten die Anerkennung irgendeines Systems."

„Es geht hier nicht mehr um ein System. Es geht um dich, um deine soziale Stellung, deinen Beitrag zu der Gesellschaft, in der wir leben."
Maik unterbrach das Kaffeekochen. Mit einem Mal stand er direkt vor ihr, sah sie an.
„Mir sind alle diese Zeichen von Anerkennung durch irgendwen unwichtig. Meine Freunde wissen, wer ich bin und was ich bin. Und sie mögen mich so, wie ich bin. Es würde mich sehr glücklich machen, wenn du das auch könntest."
In Sandras Kopf überschlugen sich die Gedanken. Zum ersten Mal blitzte die Frage auf, ob sie sich eine längere Beziehung zu Maik vorstellen könnte. Doch wie sollte das gehen? Sie arbeitete in Berlin, musste gesellschaftliche Verpflichtungen erfüllen. Dazu gehörte es auch, seinen Lebenspartner einzubeziehen, ihn wichtigen Menschen vorzustellen. Für Laurenz war das selbstverständlich. Aber wie wäre das mit Maik, der fast jegliche Konvention ablehnte? Es wäre der schiere Horror für ihn, sie auf Empfänge zu begleiten und Smalltalk zu machen. Abgesehen davon – mit seinem Erscheinungsbild würde er mehr auffallen als ihr lieb war. Sie lebten einfach in verschiedenen Welten, die nicht zusammen passten. Seine Einstellung teilte sie ebenfalls nicht. Natürlich gab es einiges zu kritisieren. Aber für sie war diese Gesellschaft die freieste, offenste und demokratischste, die es derzeit gab.
Maik wartete noch immer auf eine Antwort. Der Wasserkessel summte derweil leise vor sich hin.
„Ich mag dich auch so wie du bist. Es ist wirklich schön mit dir. In deiner Nähe kommt mir alles irgendwie leicht vor. Aber wir sind längerfristig wohl nicht kompatibel. Unsere Leben und unsere Einstellungen sind einfach zu unterschiedlich."
„Verstehe."
Abrupt wandte er sich ab und tat, als wäre er sehr mit der Vorbereitung des Frühstücks beschäftigt. Doch alles, was er

jetzt tat, wirkte konfus. Sandra stand wie angewurzelt in der Küche, sah zu, wie er Dinge aus den Schränken nahm und wieder hineinstellte. Endlich drehte er sich wieder zu ihr um. Seine Augen schienen etwas gerötet, sein Übermut verflogen.
„Ich habe eigentlich keine andere Reaktion von dir erwartet. Nur erhofft."
Etwas versöhnlicher und mit einem angedeuteten Lächeln fügte er hinzu:
„Bist eben ein richtiger Wessi. Lass uns frühstücken und nicht mehr drüber reden."
Auch Sandra war mit einem Mal traurig, ohne genau den Grund zu kennen. Was war denn anders als vor ein paar Minuten? Sie wusste jetzt, dass Maik ein richtig kluger Kopf war, das aber nicht nutzte. War ihr das nicht vorher schon klar gewesen? In den letzten Tagen war es ihr doch längst aufgefallen. Und in den Nächten auch. Warum schwang jetzt zwischen ihnen so etwas Schweres? Weil Maik mehr wollte als sie? Auch das war nicht neu.
„Können wir nicht einfach die gemeinsame Zeit genießen?", fragte sie, „Ohne an das Danach zu denken?"
Maik sah sie einen Moment lang an, dann nahm er die Kaffeekanne in die Hand und goss ihr ein.
„Ich kann's versuchen."

32.

Was für ein trüber Tag. Das Wetter war leider nicht geeignet, um Maiks Laune zu verbessern. Mittlerweile war aus dem kleinen Schauer am Morgen ein richtiger Landregen geworden. Es goss in Strömen. Sämtliche Gartenarbeiten, die er sich für heute vorgenommen hatte, fielen aus. Der einzige Vorteil war, dass er den Garten nicht zu wässern brauchte. Sandra hatte sich direkt nach dem Frühstück nach Feldberg aufgemacht, um ihre letzte Kajak-Übungsstunde zu nehmen. Zuerst wollte sie nicht zugeben, dass sie Stunden genommen hatte. Nachdem sie bemerkte, dass er längst Bescheid wusste, erklärte sie ihm, wie viel Spaß ihr das Paddeln machte. Aber ob bei dem Regen heute überhaupt geübt werden konnte? Jetzt saß er hier in seiner Wohnung, in der es flächendeckend Anzeichen der letzten Nacht gab, in der Sandra überall gegenwärtig schien. Warum konnte er sich nicht aufraffen und irgendetwas mehr oder weniger Sinnvolles tun? Immer wieder beschäftigten ihn dieselben Fragen: Wie kam es, dass sie nach dieser Nacht nicht ebenso euphorisiert war wie er? Sie hatten doch mehr miteinander erlebt, als nur ein bisschen netten Sex. Immer wieder sah er Sandra vor sich. Beinahe war es, als fühlte er noch einmal, wie es war, als sie sich liebten. Ihre Bewegungen, die Berührungen, die Höhepunkte, die geflüsterten Geständnisse. Alles nur Spaß? Vielleicht war das ihr so. Was wusste er schon über ihr Leben? Nichts. Gar nichts. Außer, dass sie viel Kohle verdiente und mit diesem Gernegroß zusammen war. Er schüttelte den Kopf. Hatte er sich tatsächlich eingebildet, dass diese Managertussi dauerhaft mit ihm zusammen sein wollte? Was war er nur für ein Tor. Sicherlich, ein Urlaubsflirt kam ihr vielleicht als Abwechslung ganz gelegen. Aber mehr? Um seine Mutter nicht zu beunruhigen, ließ er sich pünktlich zur Kaffeezeit bei ihr blicken. Er hoffte, sie würde nicht merken, wie es um ihn bestellt war. Vor allem hoffte er, sie würde keine Fragen stellen. Seine Mutter tat ihm den Gefallen. Sie sprachen kurz über das Wetter und die noch zu erledigende Gartenarbeit. Er lobte den exzellenten Kirschkuchen. So bekam ihn wirklich nur seine Mutter hin. Maik nahm sich zwei Stück mit in seine Wohnung - vielleicht schaute Sandra ja doch noch einmal bei ihm vorbei. Seine Mutter ließ auch das unkommentiert, schmunzelte nur ein wenig.

Aber sie fragte ihn nichts. Maik hielt es trotzdem nicht lange bei ihr aus. Nach einer Dreiviertelstunde verabschiedete er sich, trug den Kuchenteller in seine Wohnung hinüber und stellte ihn in die Küche. Draußen regnete es immer noch – wenn auch nicht mehr so stark. Marco und Heike wollte er im Gasthaus heute nicht aushelfen. Sie hatten sich nicht bei ihm gemeldet und er war noch immer sauer. Sollten sie ihn doch anrufen, wenn sie seine Hilfe brauchten. Aufdrängen würde er sich jedenfalls nicht. Unruhig lief er in der Wohnung umher, bis er im Flur seinen Motorradschlüssel liegen sah. Eine kleine Spritztour wäre prima – auch wenn diese bei dem Wetter ihrem Namen alle Ehre machen würde. Nur raus hier. In seinen ältesten Jeans und Regenjacke schwang er sich kurz darauf auf sein Gefährt. Zunächst führte ihn sein Weg Richtung Templin. Welch eine Freude, die Kurven auszufahren; trotz des regnerischen Wetters. In Annenwalde besuchte er eine befreundete Malerin. Er hatte sie irgendwann auf den Namen „Waldfee“ getauft. Das schlechte Wetter hielt die Touristen davon ab, die Galerie der Fee zu besuchen. Darum hatte sie Zeit, um ihm ihre neuen Werke zu zeigen. Es gelang ihr, Maik etwas abzulenken. Er wusste schon immer, dass sie ihr Fach beherrschte – aber diese Waldbilder waren aus seiner Sicht etwas ganz Besonderes. Sie malte den Wald nicht einfach ab, sie malte seine Seele. Ob jemand wie Sandra ihn bezüglich seiner Heimatverbundenheit jemals verstehen würde? Schon wieder Sandra. Als doch noch andere Besucher in der Galerie eintrafen, verabschiedete er sich und fuhr zurück. Seine Hose war bereits pitschnass. Vor ein paar Tagen, mit Sandra hintendrauf... nein, er wollte jetzt nicht daran denken. Sandra, Sandra, Sandra... was für Hormone waren es, die ihn so in Schach zu halten vermochten? Des Grübelns satt, fuhr er bei Heiko vorbei. Dort war heute sicher Flaute. Bei dem Wetter lieh sich niemand ein Boot aus. Er würde also Zeit haben. Heiko saß am Computer und erledigte Büroarbeiten. Maik wusste, dass der Freund diesen Schreibkram hasste und die Störung ihm wohl gerade recht kam. Mit einer Tasse Tee setzten sie sich ans Fenster und sahen auf den See hinaus. Der Wind ließ die Wellen auf ihm tanzen. Der Regen hörte sich hier richtig schön an, wenn er aufs Wasser fiel. Wie ein leises, einfaches Lied.

„Hast dich ja doch in die Braut verguckt", begann Heiko das Gespräch und eröffnete Maik damit die Möglichkeit, sich die ganze Angelegenheit von der Seele zu reden. Ohne diese Aufforderung hätte er es wahrscheinlich nicht getan. Natürlich wusste Heiko das – er kannte Maik so lange sie lebten. Schon in der Schule hatten sie nebeneinander gesessen. Die beiden Männer sahen sich bei ihrer Unterhaltung nicht an, sondern beobachteten vom Fenster aus das Naturschauspiel. Nur einmal zeigte Heiko mit dem Finger kurz nach draußen, als der Wind eine Plastiktüte auf den See hinaus trieb.

„Lassen immer alles fallen diese Touristen", kommentierte Maik, doch Heiko widersprach.

„Unsere Leute sind nicht besser. Kommen auch immer mit den blöden Tüten aus dem Laden."

Es sollte nicht das einzige Mal an diesem Nachmittag bleiben, dass Heiko die Meinung seines Freundes nicht teilte. Besonders überraschte Maik, dass Heiko Sandra verteidigte, obwohl die so beharrlich nach seinem Beruf gefragt hatte.

„Tu doch nicht so, als wäre dir sowas egal. Wenn deine Freundin Investmentbankerin wäre, fändest du das doch auch nicht gerade toll. Gehört doch dazu, wissen zu wollen, was einer so ist."

„Es geht ihr doch gar nicht darum, was ich mache", erklärte Maik ungeduldig, „sondern wie der gesellschaftliche Status des Jobs ist. Es geht doch nur um die Frage, ob ich vorzeigbar bin oder nicht."

Heiko schüttelte den Kopf.

„Selbst wenn es so wäre – glaubst du, Anne hätte mich genommen, wenn ich nichts auf die Reihe bringen würde?"
Maik wollte diese Aussage so nicht stehenlassen.
„Im Umkehrschluss hieße das aber, Anne würde dich verlassen, wenn das hier schief geht."
„Nee. Das ist eine andere Situation. Ich habe ja wenigstens etwas versucht und zumindest jetzt schon ein paar Jahre meinen Beitrag zum Familieneinkommen geleistet. Außerdem könnte ich etwas anderes machen. Irgendetwas würde mir schon einfallen."
Jetzt war es Maik, der plötzlich aufgeregt nach draußen zeigte und die Unterhaltung unterbrach.
„Da hat sich ein Boot losgerissen."
Kurz beobachteten die Freunde, wie das Ruderboot vom Wind immer weiter davongetrieben wurde.
„Sieht aus wie der Kahn vom Bürgermeister", stellte Heiko fest.
„Hast du alle Boote weggeräumt oder ist eines greifbar?", erkundigte sich Maik. Der Freund nickte.
„Steht noch eins auf der Wiese."
„Na komm – fangen wir den Kahn ein."
Es dauerte zwanzig Minuten, bis die beiden das Boot abgeschleppt und an Heikos Steg sicher vertäut hatten.
Maik war nun endgültig durchnässt und begann zu frieren.
„Ich muss los."
Heiko nickte.
„Gib ihr ein bisschen Zeit", riet er noch, als Maik den Helm aufsetzte. Überrascht über so viel Verständnis für Sandra fuhr Maik nach Hause. War in Heikos Worten Kritik an ihm mitgeschwungen? Bekam er zu wenig auf die Reihe? Nein, Quatsch. Heiko war sein bester Kumpel aus Kindheitstagen. Vielleicht wollte er nur ein gutes Wort für Sandra einlegen. Sandra. Insgeheim hoffte er, sie wäre schon zurück. Es hatte ihn wirklich erwischt. Wie eine Erkältung oder eine Magenverstimmung. ‚Vielleicht geht es ja ebenso schnell

vorbei', hoffte Maik. Dann hätte er wieder seine Ruhe und sein altes Leben zurück. Warum musste diese Frau auftauchen und alles durcheinanderbringen? Er war doch ganz gut klargekommen ohne weibliche Begleitung und all das anstrengende Drumherum. Dennoch – als er auf den Hof rollte, ging sein erster Blick zum Parkplatz. Ihr Auto stand dort, als wäre es nie weggewesen. Wieso freute er sich jetzt? Vielleicht war sie ja trotzdem nicht da, sondern zu Fuß unterwegs oder schlafen gegangen. Gab ja nachzuholen, was in der vergangenen Nacht zu kurz gekommen war. Letzte Nacht. Schon wieder fielen ihm die Szenen ein. Wenn man sonst etwas erinnern wollte, dann erwiesen sich die grauen Zellen häufig als wenig hilfsbereit. Heute spielten sie ihm denselben Film unaufgefordert immer wieder vor. Es blieb Maik nichts anderes übrig, als zunächst in seine Wohnung zu gehen, um sich umzuziehen. Mittlerweile drang die Feuchtigkeit auch durch die alte Regenjacke. Seine Hose tropfte sowieso. An der Haustür zog er sich Schuhe und Hose aus, bevor er hineinging. Seine Vorsicht bewirkte jedoch nicht viel. Wohin er auch trat, hinterließ er dicke schmutzige Tropfen auf dem Fußboden. Unter der Dusche wurde ihm wieder wärmer, nur die Gedanken an die letzten zwei Nächte ließen sich nicht abspülen. Eigentlich schade – wäre praktisch gewesen. Aber da war noch mehr als nur Gedanken. Sie mündeten in etwas, das mit dem Wort „Verlangen" recht gut umschrieben werden konnte. Verlangen danach, sie zu sehen, zu spüren, zu lieben. Wie ein Teenager wartete er darauf, dass sie sich meldete oder ein Zeichen von ihr kam. In der Küche standen noch die zwei Kuchenstücke. Eines aß er gleich auf, obwohl es schon Abendbrotzeit war. Sollte er noch einmal zu seiner Mutter rübergehen? Sicher hatte sie für ihn etwas gekocht. Maik schaute aus dem Fenster. Der Regen hatte tatsächlich nachgelassen. Und Sandras Wagen stand noch immer auf dem Parkplatz. Von ihr selbst gab es keine Spur. In der Ferienwohnung brannte auch kein Licht. Vielleicht erholte sie sich doch von der letzten Nacht? Er trug die nassen Sachen ins Bad und warf sie in die Waschmaschine, bevor er die wenigen Schritte zur Nachbarwohnung machte. Noch bevor er öffnete, hörte er von drinnen Stimmen. Jemand lachte. Unverkennbar Sandra. In der letzten Nacht hatte er sie auch öfter lachen hören. Was für ein schönes Geräusch. Auch jetzt. Trotzdem zögerte er kurz. Sollte er die beiden Frauen stören? Schließlich siegte die Sehnsucht oder was immer das auch war und ließ ihn die Tür öffnen.

33.

Völlig übermüdet und emotionsgeladen war Sandra bei ihrem Lehrer angekommen. Der winkte nur ab, als sie sich ein Kajak aussuchen wollte.
„Das wird heute nichts", erklärte er rigoros, „das ist wirklich kein Paddelwetter. Wir können noch eine halbe Stunde Theorie machen. Es gibt ein paar gute Dehnungsübungen, um Rückenschmerzen nach einer Tour vorzubeugen."
Etwas halbherzig ließ sich Sandra die Übungen zeigen, machte sie auf einer Matte im Bootshaus nach. Dann war ihre letzte Stunde vorüber. Nach Bezahlung der Rechnung und einem kräftigen, herzlichen Händeschütteln ging sie mit aufgespanntem Regenschirm den Weg zurück zu ihrem Auto. Ungewohnt, nicht mit Udo von Feldberg wegzufahren. Was sollte sie jetzt tun? Zurück zu Maik wollte sie noch nicht. Sie hielt es für besser, erst einmal das eigene Gefühlschaos etwas zu ordnen. Am Wagen angekommen, tauschte sie die Sportschuhe gegen ihre Wanderschuhe und beschloss, sich das Örtchen Feldberg genauer anzusehen. Bisher war sie nur bis zum Bootsverleiher und in die

Chocolaterie gekommen. Dabei wirkte der Ort sehr einladend. Überall hatten die Bewohner Rosen und andere schöne Blumen gepflanzt. Nur schade, dass es so heftig regnete. Mit dem Schirm, der neuen Outdoor-Regenjacke und den Wanderstiefeln fühlte sie sich trotzdem gut gerüstet. Ihr Weg führte sie von der Halbinsel herunter. Rechterhand sah sie die Chocolaterie. Also hielt sie sich diesmal weiter links und schlenderte eine große Straße bergauf. Dabei gingen auch ihre Gedanken spazieren. Ihr Leben schien ein einziges Chaos zu sein: Zwei Kerle, ein Heiratsantrag und mittlerweile schon zwei unbeschreibliche Nächte, in denen sie viel zu wenig geschlafen hatte. War sie jemandem schon einmal so nah gewesen wie jetzt Maik? Sandra konnte sich nicht erinnern, schon irgendwann vorher beim Sex so entspannt gewesen zu sein. Alles geschah einfach. Überhaupt schien „einfach“ die beste Beschreibung dafür, wie es mit Maik war. Unkompliziert, schön, innig. Was war anders am Sex mit Laurenz? Vielleicht, dass sie selbst dachte, sie dürfe die Kontrolle über sich nie so richtig aufgeben, dass sie ihm gefallen und alles richtig machen wollte. Laurenz war in allen Dingen ein anspruchsvoller Mann. Sie ging immer davon aus, dass das beim Sex genauso ist. Bei Maik war es anders. Sie spürte keinerlei Ansprüche, fühlte sich frei und ungezwungen. Laurenz war auch ein guter Liebhaber. Es machte Spaß mit ihm. Früher konnten sie beim Sex auch albern sein, irgendwie losgelöst. In den letzten Jahren stellten sie sich rein technisch zwar besser aufeinander ein, weil sie sich gut kannten und wussten, was dem anderen gefiel. Trotzdem hatte sie mit ihm noch nie eine solche Innigkeit erlebt. Ihr fiel kein besseres Wort dafür ein. Manchmal hielt Maik sie einfach nur fest, während er sie liebte – ohne sich zu rühren. Wie er sie hielt und streichelte, das war anders als sie es bisher kannte. Es löste etwas in ihr aus, dass irgendwie tiefer ging als alles vorher. Vielleicht schien es aber nur so, weil er ihr letztlich ein Fremder war.

Konsequenzen gab es nicht. Man konnte jederzeit problemlos auseinandergehen und alles vergessen. War „es" darum mit Maik so unglaublich? Oder waren sie sich längst nicht mehr fremd? Doch was war es dann? Und Laurenz? Würde er ihr diesen Seitensprung verzeihen können? Würde sie ihm überhaupt davon erzählen? Oder wäre es besser, nichts zu sagen, um ihn nicht zu verletzen? Wollte sie überhaupt zu ihm zurück? Liebte sie ihn eigentlich noch? Je länger sie nachdachte, desto verzwickter erschien ihr die Situation. Was hatte sie da nur angestellt? Früher wäre ihr nicht im Traum eingefallen, Laurenz allein in die Ferien fahren zu lassen und selbst etwas anderes zu unternehmen – auch wenn sie es manchmal ganz gern gewollt hätte. Am Strand oder am Pool herumzuliegen und zu wissen, dass man permanent beobachtet wurde, fand sie wenig erstrebenswert. Im Laufe der Jahre hatte sie sich aber daran gewöhnt. Und dann waren da noch diese unbedeutenden Gespräche mit den anderen Feriengästen, die – wie sollte es in solch exklusiven Hotels auch anders sein – natürlich ebenfalls gesellschaftlich angesehene berufliche Positionen innehatten. Manche der Ärzte, Professoren, Manager und Unternehmer waren wirklich nett. Die meisten jedoch fand sie anstrengend oder langweilig. Sie sprachen über das Wetter, die Börsenkurse, den neuesten Klatsch oder auch die Vor- und Nachteile der Ferienanlage, in der sie sich gerade befanden. Alles belangloses Zeug, aber anstrengend. Dagegen waren Dr. Dr. Klammergriff und Gattin richtig nette, unkomplizierte Leute. Sandras Gedanken wanderten wieder zu Laurenz. Noch vor ein paar Tagen hätte sie nicht gedacht, Laurenz untreu zu werden. So schwierig sich ihre Beziehung auch im Moment darstellte – sie hätte sie nie von sich aus beendet. Wieso um alles in der Welt hatte sie mit Maik geschlafen? Und das nicht nur einmal? Innerhalb weniger Tage stand ihr Leben auf dem Kopf. Sie tat Dinge, die einfach nicht zu ihr passten. Oder zumindest nicht zu der Frau,

die sie bisher war. Nun gab es sie aber – diese neue Sandra. Merkwürdig, wie gut sich diese neue Haut anfühlte: freier, selbstständiger, mutiger.
Verstrickt in ihre Gedanken, kollidierte sie beinahe mit einer Werbefahne am Rand des Bürgersteigs.
„Buchhaltestelle“ stand darauf. Sie lächelte. Nett, diese kleine Wortspielerei. Sandras Blick fiel auf den Eingang eines kleinen Buchladens. Neugierig geworden und dankbar für die Unterbrechung ihrer Grübelei, klappte sie kurzerhand den Schirm zu und ging hinein. Der Laden erwies sich als sehr gemütlich. Mehrere Ständer mit Postkarten fielen ihr auf. In der Ecke stand ein kleines Sofa – wie gemacht, um darin sitzend in Büchern zu schmökern. Ringsherum hohe Regale mit Büchern, wie es sich für ein solches Geschäft gehörte. Der Buchhändler, ein großer, junger Kerl, nicht unbedingt schlank in der Erscheinung, begrüßte sie freundlich. Das Auffallendste an ihm waren seine fröhlichen Augen, seine positive Ausstrahlung. Es schien, als wäre er jemand, der dem Leben immer eine heitere Seite abzugewinnen vermochte.
„Kann ich Ihnen helfen?“, fragte er, „Suchen Sie etwas Bestimmtes?“
„Tja“, überlegte sie, „eine Lektüre, die von allen Alltagssorgen ablenkt. Das wäre ideal.“
„Einen Krimi“, schlug er vor.
„Nein“, entgegnete sie energisch, „mein Leben ist derzeit aufregend genug. Lieber etwas Entspannendes, Heiteres.“
Der Buchhändler schmunzelte wissend.
„Na, dann ein schöner Liebesroman.“
Fast ein wenig zu heftig wehrte Sandra auch diesen Vorschlag ab.
„Bloß nicht. Gefühlsverwicklungen kann ich grad überhaupt nicht gebrauchen.“
Der nette Buchhändler dachte nach, ließ den Blick über seinen Regalbestand schweifen, bis sein Gesicht sich erhellte.

„Wie wäre es mit einem Kochbuch? Eine meiner Kundinnen schwört darauf und behauptet, ein Kochbuch zu lesen, sei phänomenal entspannend."

„Klingt gut. Haben Sie irgendetwas Verrücktes, Unkonventionelles?"

Er ging zum Regal, holte ein großes Buch heraus und reichte es ihr.

„Vegan. Liegt gerade sehr im Trend."

Sandra fand ein veganes Kochbuch nun zwar nicht gerade verrückt, aber doch interessant. Damit wollte sie sich schon länger einmal befassen.

„Wunderbar. Nehme ich."

Solche Läden haben wir in der Stadt nicht mehr, dachte sie bedauernd, als sie sich verabschiedete. Nur noch riesige Buchtempel, wo es alles gab – nur niemanden mehr, der einem dabei half, herauszufinden, was man eigentlich wollte. Das Buch sicher im Rucksack verstaut, ging sie weiter die Straße hinauf. Ein Geschäft für Haushaltswaren zog ihre Aufmerksamkeit auf sich. Der Laden erinnerte sie an ihre Kindheit. Damals gab es bei ihnen um die Ecke so einen. Man konnte vom Nähgarn bis zum Suppentopf alles bekommen. Und nie ging man hinaus, ohne ein persönliches Wort gewechselt, einen kleinen Schnack gehalten zu haben. War das hier heute auch noch so? Obwohl sie nichts benötigte, ging sie hinein. Zwei ältere Damen überlegten lautstark vor einem Stand mit Einweckgläsern, wie viel sie von jeder Sorte wohl brauchen würden. Am anderen Ende des Ladens hatte sich vor dem Tresen eine kleine Schlange gebildet. Das Zeichen an der Wand wies diese Ecke als Postfiliale aus. Sandra ging durch die wenigen Regalreihen, schaute sich an, was es so gab und erstand schließlich ein Set hübscher Haarbänder. Und wie früher bei Oma um die Ecke, stand man nicht einfach in der Schlange und wartete. Es wurde erzählt und zugehört. Eine Frau berichtete der Verkäuferin gerade von ihrem Sohn, der jetzt in Berlin

studierte. Sandra liebte die Atmosphäre solcher Geschäfte. Deutlich besser gelaunt als noch zuvor, setzte sie ihren Weg fort. Eine Ecke weiter befand sich tatsächlich ein Naturkostladen. Sie konnte es kaum glauben. Davor standen mehrere Tische und Stühle, die allerdings wegen des Wetters nicht zum Einsatz kamen. Einsam und nass warteten sie auf die Sonne. So wie sie selbst. Obwohl – einsam war sie nun wirklich nicht. Im Gegenteil. Eigentlich gab es in ihrem Leben gerade einen Mann zu viel. Der köstliche Duft von Mittagessen strömte aus dem kleinen Laden. Sandra glaubte, den Geruch von Thymian zu identifizieren. Auf einer großen, alten Schiefertafel wurde ein mediterraner Reisteller angekündigt. Der Rest der angebotenen Speisen war nicht mehr lesbar. Der Regen hatte die Schrift abgewaschen. Vom Duft gelockt und ihrem leeren Magen angetrieben, ging sie hinein. Drinnen war es voller als erwartet. Mehrere Leute standen mit Einkaufskörben an einer Käsetheke, an der zugleich auch kassiert wurde. Sandra bestellte den Reisteller und setzte sich auf einen der beiden Barhocker am Fenster. So konnte sie beim Essen beobachten, was sich draußen abspielte. Ab und an hastete jemand mit Regenschirm vorbei. Ein paar Jugendliche trotzten dem Wetter ohne dieses praktische Hilfsmittel. War wohl bei den jungen Leuten nicht mehr angesagt, einen Schirm aufzuspannen. Das Essen schmeckte vorzüglich und sie verdrängte alle schweren Gedanken, um es genießen zu können.
„Kein schönes Urlaubswetter“, stellte der freundliche Naturkostladner fest, als er den Tisch abräumte, „soll aber morgen wieder besser werden.“
„Hoffentlich“, entgegnete Sandra und fragte sich, ob sie so leicht als Urlauberin zu erkennen war oder der gute Mann jeden Einwohner Feldbergs persönlich kannte und wusste, dass sie nicht dazugehörte. Eine heiße Schokolade gönnte sie sich noch als krönenden Abschluss, dann machte sie sich auf den Rückweg zu ihrem Auto. Etwas bedauernd ließ sie Feld-

berg hinter sich, nahm sich aber vor, bei Gelegenheit noch einmal wiederzukommen. Hier gab es bestimmt noch mehr zu entdecken. Wie gewohnt fuhr sie nach Lychen zurück, nicht wissend, was sie dort erwarten würde und wie es weitergehen sollte. Am liebsten hätte sie mit Franzi telefoniert, doch ihre beste Freundin schwirrte gerade irgendwo in Afrika rum. Moni kam nicht infrage. Sie war ein Fan von Laurenz und würde kein Verständnis für ihre Eskapaden aufbringen. Blieb noch Claudia – aber die hatte schon nicht verstanden, warum Sandra ausgerechnet Brandenburg als Urlaubsziel gewählt hatte. Claudia war nichts Besseres eingefallen, als Sandra das Brandenburg-Lied dieses bekannten Kabarettisten vorzusummen. Damit fiel auch sie aus. Alle anderen Freundschaften bestanden aus Paaren, die Laurenz und sie im Laufe der Jahre gemeinsam kennengelernt hatten. Wenn sie da etwas erzählen würde, wüssten es bald alle. Laurenz inbegriffen. Wie der sich jetzt wohl fühlte? Ließ er es sich auf Hawaii gut gehen und flirtete die Touristinnen an? Er konnte außerordentlich charmant sein. Merkwürdigerweise machte ihr diese Überlegung nichts aus. Sollte er doch seinen Spaß haben – er hatte hart gearbeitet und sich einen schönen Urlaub verdient. So richtig konnte sie sich aber nicht vorstellen, dass er es auf einen Seitensprung ankommen ließ. In zwei Wochen würden sie weitersehen und vielleicht neu starten. Gleichzeitig fragte sie sich, ob sie „aufs Land" würde ziehen können. Fast unmerklich schüttelte sie den Kopf und verwarf den Gedanken. Ob Maik da war? Fast ein bisschen erleichtert stellte sie fest, dass sein Motorrad nicht auf dem Hof stand. Dabei regnete es immer noch. Ganz schön gefährlich, sich bei dem Wetter auf die Maschine zu schwingen. Machte sie sich gerade Sorgen um ihn? Es fühlte sich tatsächlich so an. Noch immer platterte es. Sandra saß noch im Auto und holte den Regenschirm hervor, als es an die Scheibe klopfte und ihr bereits einer hingehalten wurde. Mutter Schlicht persönlich, wie immer in Kittelschürze,

wurde selbst nass, während sie den Schirm über Sandras Fahrertür hielt. Schnell stieg Sandra aus.
„Ich muss mit dir sprechen", sagte sie alte Dame nervös, „am besten jetzt sofort."
„Is' was passiert?", fragte Sandra unsicher.
„Wie man's nimmt", erwiderte ihr Gegenüber.
Maiks Mutter machte es spannend. Erst als Sandra eine Tasse frisch gebrühten Kaffees vor sich und ein Stück Kirschkuchen zur Hälfte aufgegessen hatte, begann sie die Unterhaltung.
„Es geht um meinen Jungen", erklärte sie und nach einer gewissen Kunstpause, „ich weiß, dass ihr was miteinander angefangen habt. Bin ja nicht blind und auch nicht blöd. Aber es gibt etwas, dass du wissen solltest."
In der nächsten halben Stunde erfuhr Sandra viel über Maik. Sie fühlte sich ungut dabei. Lieber wäre es ihr gewesen, er hätte ihr selbst erzählt, dass er bereits einmal verheiratet gewesen war, seine Frau ihn verlassen hatte. Zugegebenermaßen war es recht unwahrscheinlich, dass Maik ihr erläutert hätte, wie ihn dieser Verlust aus der Bahn geworfen und verändert hatte. Mutter Schlicht schien sich ihre Worte gut zurechtgelegt zu haben. Kurz und präzise schilderte sie, was mit Maik nach der Trennung passiert war. Auch, dass er zwar kurzzeitig Freundinnen hatte, diese Beziehungen aber nach einer gewissen Zeit immer beendete.
„Bei dir ist es anders", stellte seine Mutter gerade fest, „es hat ihn richtig erwischt. Er ist irgendwie wie damals – heiter, glücklich, unbeschwert."
„Warum erzählst du mir das alles?", fragte Sandra, der bei den Berichten immer mulmiger wurde.
„Weil du wahrscheinlich anders empfindest als er. Sag es ihm bitte bald, damit er sich nicht allzu viele Hoffnungen macht."
Sandra musste lachen, obwohl ihr eigentlich nicht danach zumute war.

„Ich finde, dein Sohn ist ziemlich selbstbewusst. Das schafft er schon."
Mutter Schlicht wollte etwas erwidern, aber in dem Moment ging die Tür auf und Maik kam herein. Zuerst begrüßte er seine Mutter mit einem Kuss auf die Stirn. Dann ging er zu Sandras Tischseite, zog sie schwungvoll von ihrem Stuhl hoch, küsste sie kurz auf den Mund und dann lange auf den Hals.
„Ich habe dich vermisst", flüsterte er dabei in ihr Ohr, „schrecklich vermisst."

34.

Maik wusste nicht genau, warum er diesen Versuch unternahm, Sandra seine Ansichten zu erklären. Was sie miteinander verband, war nichts als ein Sommernachtstraum, der vorüber sein würde, wenn Sandras Urlaub endete. Zu unterschiedlich ihrer beider Leben, ihre Vorstellungen von der Zukunft. Trotzdem wollte er keine Sekunde dieses Traums versäumen. Und wenn sie beide ihre Leben weiterlebten, sollte sie ihn wenigstens verstehen können. Wie er es genoss, sie hinter sich auf dem alten Motorrad zu spüren. Sogar den verstaubten Helm hatte sie sich aufgesetzt. Was sie wohl für ein Paar abgaben? Beide in Jeans, seine uralt, ihre supermodern und hauteng. Er in einem schlabbrigen Shirt, sie mit dieser feschen Tunika, die sicherlich im Fahrtwind wehte und ihre schlanke Figur betonte. Stundenlang hätte er so mit ihr durch die Landschaft fahren können. Ihre Arme umfassten seinen Oberkörper und er spürte ihre Brüste an seinem Rücken, ihre Beine an seinen. Sogar die Sonne ließ sich blicken und sorgte dafür, dass die Straßen langsam trockneten. Noch war jedes Schlagloch ein Miniteich, den es zu umfahren galt. Aber bald würde davon

nichts mehr übrig sein. So wie von diesen gemeinsamen Stunden. Aus dem Regenwasser wurden Wolken und aus ihrer Zeit hier eine Erinnerung. Eine mehr in seiner traurigen Sammlung. Die Frauen, die er wollte, verließen ihn. Die Frauen, die ihn mochten, liebte er nicht. ‚Wahrscheinlich wird das so bleiben, Maik Schlicht', sagte er sich, ‚finde dich damit ab.' Ja – er würde auch diesen vergeblichen Traum überleben, weitermachen wie vorher. Aber es würde wieder eine Narbe bleiben. Ein entgegenkommender Lastwagen, der in der Kurve die Hälfte der Gegenspur einnahm, lenkte ihn von seinen Gedanken ab. Er zog etwas ruckartig die Maschine nach rechts. Wie Sandra hintendrauf mitging! Als würde sie ständig bei ihm auf dem Sozius sitzen. Nur ihr Griff um seinen Körper war fester geworden und sie schmiegte sich noch mehr an ihn an. Nein – er wollte jetzt noch nicht ankommen. Maik überlegte – ein kurzer Umweg, wenigstens zehn Minuten Verlängerung. Wenn er über Feldberg führe, könnte er ein paar Minuten mehr herausholen. Die Richtung schien seiner Begleiterin zu gefallen. Im Ort angekommen, winkte sie sogar jemandem zu und brachte sie beide durch ihre heftigen Bewegungen ein bisschen ins Schlingern. Leider lag der Ort bald hinter ihnen. Maik fuhr zu der kleinen freien Stelle, von der aus sie einen guten Blick auf den See haben würden. Wie oft hatte er hier allein gestanden! Jetzt war es das erste Mal mit jemand anderem. Das erste Mal mit einer Frau. Sandra stieg ab, nahm den Helm vom Kopf und schüttelte ihre Mähne etwas aus.
„Schon Pause?", wollte sie wissen.
„Wir sind da."
Unbefangen sah sie sich um.
„Schön hier. Bist du mit mir hergekommen, um mir diesen See zu zeigen?"
Er nahm sie an der Hand, ging ein paar Schritte mit ihr über die Wiese bis an den Rand des Hügels. Vor hier aus bekam man einen schönen Überblick.

„Siehst du das große Haus da unten am See?“
Sie nickte.
„Super Lage. Wohnt da ein Wessi drin? Oder weshalb zeigst du mir das?“
„Das Grundstück gehörte mal meiner Familie. In der DDR wurden wir enteignet, nach der Maueröffnung haben wir es zurückbekommen.“
„Wow. Dann bist du ja wohlhabend, Maik Schlicht,“ alberte sie, „’ne richtig gute Partie.“
„Willst du die traurige Geschichte hören, warum ich trotzdem ein armer Schlucker bin?“
Sie schien seine ernste Stimmung zu spüren, ließ seine Hand los und setzte sich auf die Steinkante, die bereits getrocknet war. Direkt an dem kleinen Abhang, der ihnen den Blick nach unten zum See ermöglichte.
„Na dann los“, forderte sie ihn auf.
Maik ließ sich neben sie plumpsen, richtete den Blick ebenfalls nach vorn, um sich nicht ablenken zu lassen.
„Hier pflegten einige der DDR-Bonzen das Wochenende zu verbringen und zur Jagd zu gehen. Zuerst bekamen wir nach der Maueröffnung das kleine Grundstück am Wurlsee zurück. Da gab es keine rechtlichen Fragen, alles war eindeutig. Am Wurlsee war meine Familie auch zu Hause, bevor die Leute, die sich Sozialisten nannten, aber Bonzen waren, es sich selbst unter den Nagel rissen. Später haben wir dieses Grundstück hier zurückbekommen. Die rechtlichen Auseinandersetzungen zogen sich eine Weile hin. Es gehörte den Eltern meines Vaters, das Haus am Wurlsee dagegen der Familie meiner Mutter. Die ältere Schwester meiner Mutter war an einer angeborenen Herzkrankheit bereits gestorben. So gab es keine weiteren Ansprüche. Wir konnten einziehen. Später bekam Vater dieses traumhafte Grundstück samt Haus zurück. Leider – wie man jetzt sagen muss. Mein Vater war Ingenieur. Von Finanzdingen hatten weder er noch meine Mutter Ahnung. Und er wollte

seiner Familie etwas bieten in den neuen Zeiten. Mit der Rückgabe des Grundstücks kamen auch zwei Berater. Die brachten ihn dazu, es unter Wert zu verkaufen und das Geld – immerhin eine halbe Million – in dubiosen Fonds anzulegen, die dann in der Wirtschaftskrise alle hops gingen. Das Geld war futsch – bis auf einen kläglichen Rest, mit dem wir die zwei Ferienhäuser bauten. Als klar war, dass wir nichts von der Kohle würden retten können, hat sich Vater immer öfter sinnlos betrunken."

Er hielt in der Erzählung inne und sah Sandra an. Aufmunternd lächelte sie ihm zu.

„Einmal ist er von seiner Sauftour nicht zurückgekommen. Er hatte in einer Kurve die Kontrolle über das Auto verloren. Der Wagen überschlug sich. Natürlich hatte er sich im Suff nicht angeschnallt. Er starb noch am Unfallort."

Maik machte wieder eine Pause. Warum stiegen ihm jetzt, so viele Jahre später, noch Tränen in die Augen? Sandra blieb still, sah ihn nur an. Noch nie hatte er einer seiner Freundinnen davon erzählt. Seine Freunde kannten die Geschichte sowieso.

„Es ist wie die Geschichte vom Fischer und seiner Frau", fuhr er fort, als er wieder sprechen konnte, „nur dass meine Mutter nicht die treibende Kraft war – im Gegenteil. Es war vielmehr die Gier, immer noch mehr haben zu wollen. Mehr Geld, mehr ich weiß nicht was."

Er sah seiner Begleiterin in die Augen, die merkwürdigerweise auch feucht schienen.

„Dabei braucht es so wenig, um glücklich zu sein", fügte er noch hinzu, „was nützen mir zwei Autos, wenn ich doch nur in einem fahren kann? Wozu brauche ich Designerklamotten, wenn einfache Kleidung mich auch wärmt?"

Sandra nahm seine Hand in ihre.

„Ich verstehe, was du mir sagen willst. In meinem Leben gibt es Parallelen. Aber ich habe andere Schlüsse daraus gezogen."

Er zog sie an sich.
„Erzählst du's mir?"
Sandra lehnte sich an ihn, gemeinsam sahen sie auf den See hinaus. Wieder wollte er die Zeit am liebsten anhalten, sie ewig so im Arm haben.
„Meine Geschichte ist auch traurig. Als ich acht Jahre alt war, sind meine Eltern bei einem Autounfall ums Leben gekommen. Auf der Landstraße kam ihnen ein Auto auf der falschen Seite entgegen. Der andere hatte in der Kurve überholt. Alle waren sofort tot. Ich bin dann bei meiner Oma aufgewachsen. Sie hat mich sehr geliebt und in jeder Hinsicht versucht, mir meine Eltern zu ersetzen. Aber sie hatte nur eine kleine Rente. Selbst mit meiner Waisenrente zusammen war es nicht leicht. Verreisen war nicht drin. Wir hatten einen Kleingarten, in dem ich die Ferien verbrachte. Trotzdem hat sie mich sogar während des Studiums noch etwas unterstützt. Ich habe gekellnert, um studieren zu können. Damals habe ich mir geschworen, alles zu tun, um nie wieder arm zu sein. Nach dem Studium habe ich eine gute Stelle gefunden und angefangen, mit dem Geld Oma zu helfen. Sie war dann schon sehr alt. Als sie Pflege benötigte, hat mein Einkommen alles erleichtert. Und jetzt genieße ich es, mir schöne Fummel kaufen zu können, nicht nur das Nötigste. Ich möchte nicht bei jeder Anschaffung überlegen müssen, ob das Geld auf dem Konto dafür auch reicht. Laurenz habe ich während des Studiums kennengelernt. Seine Eltern sind wohlhabende Unternehmer, haben sich alles selbst aufgebaut. Weil sie hart gearbeitet haben. Für sie und ihn ist die Maxime, es durch die eigene Leistung zu etwas zu bringen. Leute, die arbeiten könnten, aber lieber Stütze kassieren, sind für sie Sozialschmarotzer. Und Schwarzarbeit unsozial. Ich finde, sie haben recht."
Wenn Maik bis vor diesem Gespräch noch einen Funken Hoffnung hatte, dass sie doch irgendwie einen gemeinsamen Weg finden würden, war er jetzt verloschen. Sie würde

seine Art zu leben nie tolerieren können. Und er hatte sich ein völlig falsches Bild von ihr gemacht. Zumindest das freute ihn. Nicht in eine oberflächliche Westtussi hatte er sich verliebt, sondern in eine mit Tiefgang. Machte die Sache aber nicht gerade leichter. Schweigend sahen sie auf den See hinunter. Aus dem großen Haus kam ein grauhaariger Mann heraus, der in ein großes Auto stieg und wegfuhr. Maik fühlte Sandra nah bei sich, konnte sie sogar verstehen. Was sollte er auch sagen? Dass sie das zehnte Haute Couture-Kleid trotzdem nicht brauchte, weil es ihr Leben nicht besser machte? Dass er selbst nicht mehr benötigte, als sie so zu spüren wie gerade eben? Sie streckte die Beine nach vorn, presste sich dabei fester an seine Brust. Ihr Haar wehte ein wenig im Wind und duftete nach Sommer. Genießerisch vergrub er seine Nase an ihrem Kopf, streichelte dabei ihren Nacken. Ob sie auch hier, mitten in der Natur, auf die Liebkosung ihrer empfindlichen Stelle zwischen Hals und Schulter reagieren würde? Auf einer noch recht feuchten Wiese? Eine solche Erregbarkeit an dieser Stelle hatte er noch bei keiner Frau erlebt. Wie bei einem Lichtschalter. Wenn er es richtig anging, nicht zu vordergründig, brachte er sie damit schnell an den Punkt, von dem es kein Zurück mehr gab. Sollte er es wagen? Im Moment wünschte er sich nichts mehr, als sie genau auf dieser Wiese zu lieben, die er bisher nur allein besucht hatte. Vielleicht könnte sie diesem Ort die Traurigkeit nehmen, die ihn hier immer überkam. Dieses Fleckchen Erde bekäme eine andere Bedeutung für ihn. Sandra lehnte noch immer an ihm, ihre Hände lagen auf seinen Oberschenkeln. Die Haltung wurde für ihn etwas anstrengend. Wenn er es versuchen wollte, dann genau jetzt. Mit einer Hand stützte er sich weiterhin nach hinten ab, mit der anderen wanderte er ihren Arm nach oben, während er den Kopf zu ihr hinunterbeugte und zunächst ihr Ohr küsste. Sie regte sich nicht. Langsam küsste er sich tiefer, bis er genau an dem Punkt angekommen war, der sie so erregen konnte. Sie seufzte leise, also machte er weiter, bis sie den Kopf zu ihm drehte und ihn fragend ansah – so als wollte sie sich vergewissern, dass er tatsächlich genau das vorhatte, was sie vermutete. Ein Lächeln von ihm genügte und sie lehnte sich wieder an ihn, um das Spiel seiner Lippen zu genießen. Kurz darauf spürte er, wie ihre Hände an seinen Oberschenkeln emporglitten. Sie wollte wirklich! Was für eine Frau. Langsam ließ er sich zurücksinken, bis er das feuchte Gras in seinem Rücken spürte und rutschte ein wenig vom Abhang weg. Sandra drehte sich um, hockte sich auf ihn und beugte sich vor, um ihn zu küssen. Ihre Tunika war vorn durchgeknöpft. Wie ungemein praktisch. Ganz langsam öffnete er einen Knopf nach dem anderen, bevor er ihr das Kleidungsstück von den Schultern zog. Darunter trug sie ein eng anliegendes Hemdchen, deren dünne Träger er ihr nach unten abstreifte. Noch einmal sah sie ihn fragend an, sah sich um. Maik wusste auch so, dass hier niemand außer ihnen war. In all den Jahren hatte er hier nie eine Menschenseele angetroffen. Mit einer Hand streichelte er ihr Haar, mit der anderen jene Stelle, die sie aus der Fassung zu bringen vermochte. Warum nur konnte man in solchen Momenten die Zeit nicht anhalten? Es blieb nur, sich dieses Bild ins Gedächtnis einzubrennen, damit es nie wieder verloren ging.

35.

Was war nur mit ihr geschehen? Während Sandra das Auto Richtung Berlin steuerte, versuchte sie, sich selbst zu verstehen. Mittlerweile freute sie sich darüber, den Urlaub für die Präsentation unterbrechen zu können. Einerseits, weil sie ungeheuer aufgekratzt war und sich wie achtzehn fühlte bei den verrückten Sachen, die sie tat. Andererseits, weil sie ein schlechtes Gewissen hatte und nur zu gut wusste, dass bald aus der Ferienliebschaft ein Problem werden würde. Sie zählte nicht mehr mit, wie oft sie Laurenz schon mit Maik betrogen hatte. Und Betrug war es wohl, wenn sie es ihm nicht beichtete. Konnte man das, was sie mit Maik tat, noch als Seitensprung bezeichnen? Mittlerweile waren es schon so viele Sprünge. Und sie hatte jeden einzelnen genossen, wie nichts vorher. Sogar das Mal auf der feuchten Wiese – wie machte dieser Mann das bloß? Faszinierend, wie ruhig und zugleich aufregend es mit ihm war. Schade, dass sie sonst so wenig gemeinsam hatten. Seine sozialkritische Haltung konnte sie noch verstehen. War ja einiges schief gelaufen bei der Wiedervereinigung. Sie schämte sich für jeden Wessi, der die Menschen im Osten nach der Öffnung der Mauer übers Ohr gehauen hatte. Aber so wenig, wie alle Ossis gutgläubige Narren waren, bestand der andere Teil der Republik aus geldgierigen Finanzhaien. Was sie weder verstehen noch akzeptieren konnte aber war, dass er aus sich nichts machte, keinen Ehrgeiz aufbrachte. Und dabei besaß er so hervorragende Abschlüsse. Wenn sie daran nur dachte, verdarb es ihr die Stimmung. An Laurenz hatte sie in den letzten Tagen nur selten einen Gedanken verschwendet – meist, wenn sie das schlechte Gewissen plagte. Was er wohl gerade machte? Lag er allein am Strand von Hawaii? Ob er ihrer Beziehung noch eine Chance gab? Oder sich schon neu orientierte? Nein – bei allem Ehrgeiz, bei allem Sinn für Statussymbole – er war äußerst beständig in seinen Gefühlen und seinem Tun. Wenn er sie heiraten wollte, hatte er sich das genau überlegt. Sehr genau. Laurenz tat nur selten etwas Unüberlegtes. Also ging er wohl davon aus, dass es ein Leben halten könnte. Ein Leben lang. War das nun viel Zeit oder wenig? Konnte sie sich ein Leben mit Laurenz noch immer vorstellen? Jedenfalls nicht in der Art, wie vor ihrer Abreise. Diese Sandra gab es nicht mehr, sie war irgendwo zwischen Zens- und Platkowsee abgesoffen – wie das Boot. Wären Laurenz und sie unter diesen Umständen bereit und in der Lage, das Ruder in ihrer Beziehung noch einmal herumzureißen? Und könnte dies dann von Dauer sein? Oder kehrten die alten Verhaltensmuster zurück, sobald der Alltag sie wiederhatte? Und überhaupt: Würde Laurenz ihr verzeihen können? Nur eines stand für sie fest: Sollte sie ihn wirklich heiraten, dann nicht mit diesem Betrug im Gepäck. Wenn sie aber beichtete, hieße dies auch, um Verzeihung bitten und bereuen zu müssen. Die letzten Tage bereuen? Nein – das ginge nicht. Sie gehörten zu den schönsten ihres Lebens.

Mittlerweile hatte Sandra die Stadtgrenze fast erreicht. Der Verkehr nahm deutlich zu, obwohl die Schulferien schon begonnen hatten. Normalerweise war dann weniger los. Zum Glück sollte die Präsentation erst um elf Uhr stattfinden und sie war früh genug losgefahren. Unter dem Vorwand, am nächsten Tag fit sein zu müssen, hatte sie die letzte Nacht allein verbracht und den Abend genutzt, um sich vorzubereiten. Kaum zu glauben, dass sie erst vor etwas über einer Woche in Lychen angekommen war. Ihr kam es wie eine kleine Ewigkeit vor. Natürlich staute es sich auf der AVUS wieder. Eine Stunde vor dem Termin erreichte sie ihren Arbeitsplatz. Schon in der Eingangshalle bei den Kolleginnen vom Empfang begegneten ihr erstaunte Blicke.

„Schon aus dem Urlaub zurück?“, fragte eine der älteren Kolleginnen entsetzt, „Sind schon drei Wochen um?“

Kopfschüttelnd und fröhlich grüßend eilte sie nach oben in ihr Büro. Ihre Assistentin wartete schon, hatte alles vorbereitet und testete nun, ob die Technik funktionierte. Auch ein Kaffee stand bereit. Wie immer wuselten ein Haufen Mitarbeiter durch die Gegend, sprachen über Einzelheiten von Projekten, lächelten ihr zu, wechselten einige Worte mit ihr. Dieses Unternehmen war ein kleiner Kosmos für sich. Und sie war einer der Planeten, die hier einen Platz hatten. Es machte Spaß, zu dieser Welt zu gehören. Nur,

wie sollte sie Maik das erklären? Zugegeben: nicht jeder Auftrag, nicht jedes Event, machte wirklich Sinn. Einige Firmenveranstaltungen dienten ausschließlich der Imagepflege. Aber wenn alles gut lief, konnte sie diese letztlich auch ihrer Erfolgsliste zufügen. Vieles von dem, was sie hier tat, würde Maik ablehnen. Maik. Immer Maik. Was kümmerten sie seine Einstellungen überhaupt?
Sandra schüttelte die Gedanken an Maik und seine Gesellschaftskritik ab, bevor sie in die Präsentation ging. Wenn der Kunde ihrer Idee zustimmte, konnte sie zwei Arbeitsplätze in ihrem Bereich für drei Jahre sichern. Grund genug, sich zu konzentrieren. Henri begrüßte sie mit einem Augenzwinkern.
„Deine Entwürfe haben mir gefallen. Also los."
Natürlich bedankte er sich nicht für ihr Erscheinen. Sandra seufzte. Ein bisschen würde sich auch hier verändern müssen. Die neue Sandra erwartete ein Dankeschön, wenn sie extra ihren Urlaub unterbrach.
Der Termin lief ausgezeichnet. Der Kunde war sympathisch, und ihre Ideen kamen gut an. Er sagte sogar sofort zu – sie hatte tatsächlich den Auftrag in der Tasche! Im Anschluss beraumte sie gleich zwei Meetings an. Aufgaben mussten verteilt und Details besprochen werden. Nicht zu vergessen, dass der Erfolg mit dem Team auch noch ein bisschen gefeiert werden wollte. Mit einem Mal war es halb acht und sie so müde, dass ihr die Strecke nach Lychen lang vorkam. Warum nicht zu Hause übernachten und ausgeschlafen zurück in die Ferien fahren? Ein bisschen Abstand von Maik, um nachdenken zu können, wäre auch ganz gut. Und sie könnte sich noch ein paar Klamotten einpacken. Eine weitere Jeans und einen dickeren Pullover für die Abende wären gut. Laurenz' BMW stand natürlich direkt vor der Tür. Sein Lieblingsplatz für den Wagen. So konnte er ihn vom Wohnzimmerfenster aus jederzeit in Augenschein nehmen. Fast ein wenig belustigt stellte sie fest, dass der Wagen auch jetzt dort stand, obwohl Lau-

renz auf Hawaii weilte. Seine Marotten kannte sie so gut wie seine Garderobe. Verwundert merkte Sandra dann, dass die Wohnungstür nur zugezogen, aber nicht abgeschlossen war. Ob Frau Meyer bei ihnen war? Um diese Zeit am Abend? Noch in der offenen Tür stehend, erstarrte sie. Keinen Augenblick lang war sie davon ausgegangen, auf Laurenz zu treffen. Vom Flur aus sah sie ihn im Wohnzimmer am Esstisch vor dem Laptop sitzen. Er schien ebenso erstaunt wie sie, fing sich aber schneller. Nur mit Slip und Unterhemd bekleidet, kam er ihr entgegen. Während er sie umarmte, bemerkte Sandra, dass den Tisch mindestens fünf leere Bierflaschen und drei Pizzakartons zierten. Sein Kuss schmeckte nach beidem. Er schien sich aufrichtig zu freuen, sie zu sehen.

„Was machst du hier?", fragten sie sich gleichzeitig und lachten verlegen. Statt einer Antwort, begann Laurenz eilig, seine Bierflaschen und die Kartons vom Tisch zu räumen und in die Küche zu bringen. Sandra wäre am liebsten sofort wieder umgekehrt. Auf ein Zusammentreffen mit ihm war sie nicht vorbereitet. Wieso war er nicht auf Hawaii? Sie legte ihre Tasche ab und trat ins Wohnzimmer. Ihr Ordnungsfanatiker hatte ein kleines Chaos verursacht. Im Schlafzimmer und auch im Bad lagen diverse Kleidungsstücke auf dem Fußboden herum. Die Geschirrspülmaschine stand offen, vielleicht weil sie sich wegen Überfüllung nicht mehr schließen ließ. Der absolute Knaller aber waren die leeren Bierflaschen neben dem Bett. Während sie sich langsam durch die Wohnung bewegte, huschte Laurenz immer wieder an ihr vorbei, um dieses oder jenes wegzuräumen. Wieso trank Laurenz überhaupt Bier? Bisher hielt er das für ein Getränk des einfachen Volkes. Ein guter Wein oder auch einmal ein teurer Whiskey, das kannte sie von ihm. Aber Bier? Mit der Situation etwas überfordert, setzte sie sich an den Esstisch. Sofort kam Laurenz angespurtet.

„Soll ich deinen Koffer hochtragen?"

Sandra atmete tief durch.

„Ich habe keinen Koffer dabei. Musste nur eine Präsentation machen. Morgen fahre ich zurück."
„Henri hat dich echt aus dem Urlaub geholt?"
Sandra nickte.
„Wär' dir auf Hawaii nicht passiert", rutschte es ihm heraus. Da war er wieder, der alte Laurenz. Fast hatte sie ihn vermisst.
„Wieso bist du nicht auf Hawaii?", griff Sandra das Stichwort auf. Laurenz hob die Schultern und sah sie ernst an.
„Weil allein heiraten nicht geht."
Sie schwiegen. Hatte er wirklich nur wegen der Hochzeit nach Hawaii gewollt?
„Wieso hast du mich nicht vorher gefragt?"
Es fiel Laurenz sichtlich schwer, zu antworten. Wie immer in solchen Situationen stand er auf. Meist war die Diskussion dann eigentlich auch zu Ende. Sandra nahm sich vor, so lange zu schweigen, bis er fortfahren würde. Dieses Mal war anders. Laurenz war ans Fenster getreten, sah hinaus. Noch immer trug er nur Unterwäsche. Immerhin mehr als Maik zu Hause anhatte. Maik. Sie verdrängte den Gedanken an ihn sofort. Es schien Laurenz leichter zu fallen, über seine Gefühle zu sprechen, wenn er sie dabei nicht ansehen musste, denn er starrte weiter aus dem Fenster.
„Ich wollte dich überraschen. Dachte, du freust dich, weil ich die Initiative ergreife. Hab in einer Show gesehen, dass Frauen auf so etwas abfahren. Alles komplett heimlich vom Mann geplant – Traumhochzeit unter Palmen und so."
Er drehte sich zu ihr um. Ein trauriger Rehaugenblick traf sie. Am liebsten hätte sie ihn in den Arm genommen und getröstet. Sein Plan war völlig nach hinten losgegangen. Doch etwas hielt sie davon ab. Wenn sie ihn jetzt tröstete, wäre es wie ein Eingeständnis eines eigenen Fehlers.
„Ich habe einfach nicht genug nachgedacht", gab Laurenz nun zu und sah sie dabei tatsächlich an, „du bist anders als diese Frauen und ich hätte es nach all der Zeit wissen müssen."

Innerlich gab sie ihm recht. Sie hasste Shows, in denen Leute anderen ihre Gefühle gestehen oder Heiratsanträge machen. All diese Dinge waren für sie privat und sie fühlte sich vor dem Fernseher wie ein Voyeur. Das hätte er wissen können. Andererseits – in Marions Augen wäre Laurenz das Sinnbild eines ‚guten Mannes'. Und für sie? Sandra kam nicht dazu, sich diese Frage zu beantworten. Laurenz war noch nicht fertig. Er wirkte regelrecht aufgewühlt, als er zu ihr an den Tisch kam und sie zu sich hochzog.

„Ich habe kapiert, dass meine Idee nicht so super war. Ich habe mich daneben benommen. Aber warum hast du mit diesem Kerl was angefangen?"

Sandra stand so nah bei ihm, dass sie glaubte, er könnte spüren, wie ihr Herz einen Moment lang aussetzte. Sollte sie sich dumm stellen? Vielleicht war es nur ein Trick von ihm? Andererseits wurde ihr schlagartig klar, dass sie ihn jetzt nicht belügen könnte. Die Stunde der Wahrheit war also schneller gekommen als erwartet. Eine Frage blieb vorher.

„Woher weißt du das?"

Er zog sie noch enger an sich, versuchte, sie auf den Hals zu küssen. Erschreckt stieß Sandra ihn ein wenig weg. Laurenz deutete die Geste falsch.

„Habe die Fotos angesehen, die du gemacht hast."

„Du hast meine Fotos angesehen?"

„Du hast mir mal das iCloud-Passwort gegeben. Schon vergessen?"

Sandra konnte es nicht fassen. Ihre vielen Schnappschüsse, die Bilder von Maik und ihr – er kannte sie alle.

„Damit du dir die Bilder von der New York-Reise runterladen konntest. Für dieses eine Mal", rief sie erzürnt und sah ihn wütend an.

Laurenz schien zu spüren, dass es für ihn nicht so gut lief.

„Ich wollte einfach wissen, woran ich bin."

„Du hättest mich anrufen können. Oder gar nicht erst wegfahren."

Sandra brachte noch mehr Abstand zwischen sich und Laurenz, in dem sie auf die andere Seite des Wohnzimmers ging.
„Du hast dich diesem Provinztarzan an den Hals geworfen, weil ich abgereist bin?", rief nun Laurenz, dessen Wut sich langsam Bahn brach, „Ich bin also Schuld daran, dass du mich betrügst?"
Auf diese Frage wusste Sandra keine Antwort. Gab es überhaupt eine? Musste immer jemand Schuld sein? Sie beobachtete, wie Laurenz mit den Fingern knackte. Auch eine seiner Angewohnheiten. Er tat es immer, wenn er hochgradig nervös war.
„Lass das bitte", forderte sie ihn auf, wie schon so oft.
Tatsächlich ließ er seine Hand sofort los. Jetzt wusste er aber nicht mehr, wo er sie lassen sollte. Er trug nicht einmal eine Hose, in deren Tasche er sie hätte stecken können. So hatte sie ihn noch nie erlebt.
„Warum trinkst du eigentlich Bier?", fragte sie und hoffte, sie könnte ihn von der Schuldfrage ablenken. Laurenz ging ein klitzekleines Lächeln durchs Gesicht.
„Scheinst ja drauf zu stehen. Da wollte ich es auch mal probieren."
Auch Sandra konnte sich ein Lächeln nicht verkneifen.
„Muss wohl geschmeckt haben. Ist ja nicht bei einem geblieben."
Laurenz nutzte die kleine Entspannung, um den Abstand zwischen ihnen zu verringern. Als Sandra in die andere Richtung auswich, resignierte er und setzte sich aufs Sofa.
„Warum fickst du mit diesem Ferienhausheini? Brauchst du es prollig?"
Hatte er das wirklich gesagt? Laurenz, der immer großen Wert auf eine gewählte Ausdruckweise legte?
„Das ist nicht dein Niveau", entgegnete sie, ging in den Flur und griff nach ihrer Handtasche.
„Deins auch nicht", rief Laurenz ihr hinterher, dann fiel die Tür ins Schloss. Noch bevor Sandra die Haustür erreicht

hatte, war Laurenz bei ihr und stellte sich davor. Immer noch in Unterwäsche. Frau Neumann-Degenhardt würde ihre Freude haben.
„Bitte bleib. Es tut mir leid. Ich verstehe dich nur nicht."
Im oberen Stockwerk ging die Tür leise auf. Sie sahen sich an und mussten wider Erwarten lächeln.
„Ein ganz ehrenwertes Haus", flüsterte Laurenz, nahm Sandra die Tasche ab und zog sie an der Hand Richtung Treppe.

Die Sonne war gerade aufgegangen, als Sandra sich davonschlich und ohne zu duschen oder zu frühstücken ins Auto setzte, um nach Lychen zu fahren. Nicht einmal die Jeans und den Pulli hatte sie mitgenommen, denn sie wollte den Schrank im Schlafzimmer nicht öffnen. Das hätte Laurenz womöglich geweckt und sie wusste einfach nicht, wie sie ihm erklären sollte, was in ihr vorging. Wie hätte sie ihm sagen sollen, dass es ein Fehler war, mit ihm zu schlafen? Wie hätte sie erklären sollen, dass sie dabei kaum etwas für ihn empfunden hatte? Eigentlich hatte sie sich Klarheit erhofft. Laurenz war ihr Lebensgefährte. Seinen Fehler hatte er eingesehen und sie auch wegen ihrer Affäre nicht verlassen wollen. Wenn sie sich nun mit ihm vertrüge, so ihre Überlegung, wäre alles wieder gut. Sie verstanden die Welt des jeweils anderen, stellten sie nicht infrage. Sie würden ein paar Dinge ändern, heiraten und miteinander glücklich sein. Ein Trugschluss. Während Laurenz glücklich neben ihr eingeschlafen war, lag sie wach. Und dann kam die Sehnsucht. Eine Sehnsucht, wie sie sie bisher nicht kannte. Nicht nach Laurenz, sondern nach Maik. Sie konnte es selbst kaum glauben, aber sie hatte sich in diesen merkwürdigen Träumer verliebt. Vielleicht gab es ja doch einen Weg für sie beide. Einen Kompromiss. Wenn Maik sich als Personal Trainer selbstständig machte, könnte er in der Woche in Berlin seine Kunden betreuen und am Wochenende führen sie gemeinsam nach Lychen. Ihre Kontakte

würden ihm helfen, genügend zahlungskräftige Kunden zu bekommen. Gestresste Managerinnen und Manager, gelangweilte Gespielinnen und Ehefrauen, Mittvierziger mit Gewichtsproblemen – Maik könnte sie alle trainieren. Und er müsste seine Heimat nicht aufgeben. Berlin lag ja quasi vor der Haustür. Er müsste sich für den Job nicht einmal besonders stylen, könnte bleiben wie er war. Als Personal Trainer würde ihm seine Art und sein Stil sogar nützen. Er würde sich abheben von der Masse.
Ihre Idee euphorisierte sie so, dass sie ihre Müdigkeit kaum spürte. Um diese Zeit waren die Straßen Richtung Umland frei. Sie war wie losgelöst. Kurz vor halb sieben fuhr sie dann so leise wie möglich auf das Grundstück der Schlichts. Die Sonne überflutete schon die Wiese und ließ den See strahlen. Sandra vergewisserte sich, dass Brutus nicht draußen herumlief und ging zum Steg. Es war noch frisch. Sie fror ein wenig, wurde aber durch den Anblick entschädigt. Keine einzige Welle brach das Spiegelbild der Umgebung auf dem See. Wie frisch gebügelt lag er vor ihr. Wie es wohl wäre, hier zu Hause zu sein? Auch im Herbst und Winter. Wie es dann wohl hier aussah, wenn der Nebel über dem Wasser lag oder der See gefroren war und Schnee darauf rieselte? Sie liebte nicht nur Maik, sie hatte sich auch in diese Landschaft verliebt. In diesen See. Plötzlich hörte sie Schritte hinter sich und drehte sich um. Es war Maik, der in Jeans und ohne Oberteil zu ihr kam. In der Hand seinen Bademantel.
„Schon zurück?“, fragte er zärtlich und zog sie an sich, „Ich habe dich vermisst“.
Er legte ihr den Bademantel um die Schulter und rubbelte ihre Arme, um sie zu wärmen.
Sein Haar war verwuschelt und noch nicht zum Zopf gebunden. Ob sie sich daran jemals gewöhnen würde?
„Ich dich auch“, sagte sie und wusste, was dieses kleine Geständnis für ihn, für sie beide bedeutete. Maik hatte sofort

verstanden, sie unter den Armen gepackt und wirbelte sie im Kreis, bis ihr schwindlig wurde.
„Heißt das, du bleibst hier bei mir?“, fragte er, als er sie wieder auf den Boden ließ.
„Ich habe da so eine Idee“, erklärte Sandra, „für einen Kompromiss.“

Leider fand Maik ihren Vorschlag nicht so gut, wie sie es sich erhofft hatte. Eigentlich lehnte er ihn komplett ab. Sie saßen am Küchentisch seiner Wohnung und tranken Kaffee.
„Ich habe alles hier, was ich brauche“, betonte Maik erneut, „was soll ich in Berlin?“
Sandra riss der Geduldsfaden. Vielleicht war sie auch nur maßlos enttäuscht über seine Reaktion.
„Das ist hier alles provisorisch. Du machst dir selbst etwas vor“, unterbrach sie ihn, „tu doch nicht so, als wüsstest du das nicht. Irgendwann wird dein Motorrad endgültig kaputt sein, das Haus ein neues Dach brauchen oder eine neue Heizung. Was ist, wenn deine Mutter mal zum Pflegefall wird? Du wirst mehr Geld benötigen, als du mit deinen Gelegenheitsjobs verdienen kannst.“
„Es wird sich immer eine Lösung finden lassen“, widersprach er heftig, „vieles kann ich selbst machen.“
Sandra zögerte, ob sie den aufkommenden Streit auf sich nehmen wollte. Doch die Sache war ihr zu wichtig.
„Glaubst du wirklich, die Welt wird besser, wenn du dich verweigerst? Nur wer mitspielt, kann auch etwas verändern“, hielt sie dagegen, spürte aber schon, dass es zwecklos war. Doch bevor sie aufgab, wollte sie wenigstens versuchen, ihren Traum zu retten.
„Es gäbe so viel zu tun“, fügte sie darum hinzu, „wenn du einen ordentlichen Job hättest, könntest du deine Mutter unterstützen. Nicht andersherum, wie jetzt. Dazu müsstest du allerdings mal deinen Arsch hochkriegen und einer geregelten Arbeit nachgehen.“

„So denkst du über mich?", fragte Maik barsch zurück, „dass ich ein fauler Sack bin, der seiner Mutter auf der Tasche liegt?"
„Nein... naja – Ist es nicht so?"
Maik wollte gerade etwas erwidern, als sie hörten, wie ein Fahrzeug deutlich zu schnell auf das Grundstück donnerte. Er stand auf und ging ins Schlafzimmer, um von dort aus auf den Hof zu sehen. Sandra folgte ihm. Es war Laurenz' Wagen, der den Lärm verursachte. Der fehlte ihr gerade noch. Bevor sie Maik etwas erklären konnte, drehte der sich vom Fenster weg und zu ihr um.
„Dein zukünftiger Mann holt dich ab", sagte er leise. Es klang kühl und bitter. Dann ließ er sie einfach stehen und ging an ihr vorbei in den Garten.

36.

Maik hielt es zu Hause nicht mehr aus. Unruhig stand er vom Sofa auf und ging in den Garten. Es nieselte. Egal. Ein bisschen Abkühlung tat seinem Gemüt ganz gut. Immer, wenn er sich länger in seiner Wohnung aufhielt, überkam ihn diese Traurigkeit. Seit zwei Wochen ging das so – seit dem Tag, an dem Sandra mit ihrem Typen abgefahren war und nichts mehr von sich hören ließ. Aber was erwartete er auch? Wieso sollte sie sich mit einem wie ihm abgeben, den sie offensichtlich für einen Versager hielt? Wahrscheinlich war sie mit ihrem Gernegroß jetzt auf Hawaii und heiratete den Idioten. Es lohnte nicht, sich darüber Gedanken zu machen. Der Typ passte sowieso besser zu ihr. Angeberauto, viel Kohle, schicke Verpackung. Wütend schlug er mit der flachen Hand gegen den kleinen Pflaumenbaum, der daraufhin einige noch unreife Früchte abwarf. Er trug das erste Mal seit er ihn vor fünf Jahren eingepflanzt hatte und Maik freute sich schon auf die Ernte. Etwas erschrocken über sich selbst, strich er kurz begütigend über die Rinde, als könnte er damit etwas gutmachen und ging wieder hinein. Als er an der Stereoanlage vorbeikam, schaltete er das Radio ein. Keine gute Idee. Oh nein – natürlich spielten sie genau jetzt diesen Song. Schon war der Refrain wieder in seinem Kopf. „Oh what a lady, what a night". Schnell drückte er den Knopf erneut, das Gerät verstummte. Half aber nichts. Der Refrain hatte sich festgesetzt, wie all die Bilder, die er so beharrlich zu verdrängen versuchte. Das Telefon rettete ihn. Selten ging er so schnell an den Apparat. Meist hörte er erst, wer auf den Anrufbeantworter sprach. Es war Marco, der ihn bat, abends im Restaurant zu helfen. Heike konnte nicht mehr arbeiten und die neue Bedienung hatte sich krank gemeldet. Auch das noch. In der Küche half Maik gern aus, auch die Arbeit am Tresen war okay. Aber den Kellner zu spielen, gehörte nicht zu den Aufgaben, die er gern machte. Immerhin gab es Trinkgeld – der einzige Vorzug dieses Jobs. Derzeit konnte er jeden zusätzlichen Euro brauchen. Das Motorrad war kaputt und dieses Mal hatte er es nicht allein hinbekommen. Die Maschine musste in die Werkstatt. Maik hätte aber auch so zugesagt. Marco und Heike brauchten seine Hilfe – also würde er auch zur Stelle sein. Über ihren Streit sprachen sie nicht mehr. Marco hatte nach zwei Tagen wieder angerufen und Maik gebeten, zu kommen. Dann war es wie immer. Sie blendeten einfach alles aus, was mit Sandra zusammenhing. Trotzdem schien es Maik manchmal, als hinge Ungesagtes im Raum, wenn er mit den beiden zusammen war. Vor allem bei Heike. Dabei hatte sie wahrlich genug eigene Probleme, um die sie sich kümmern konnte. Das Kinderzimmer für den Nachwuchs war noch nicht einmal fertig. Warum nur ging ihm dieser Song nicht aus dem Kopf? Wieder sah er Sandra in seinem Arm liegen, lächelnd, glücklich. Wie sie sich auf der feuchten Wiese geliebt hatten. Das war noch tiefer gewesen, als die Male davor. „Oh what

a lady, what a night". Genug. Er musste los. Dann würde das hoffentlich aufhören. Nur noch schnell umziehen.
Marco hatte untertrieben, als er am Telefon sagte, es sei viel los. Die Hütte war rappelvoll. Wie immer mittwochs, am Livemusik-Abend. Eine Geräuschmischung aus Blues, Stimmen und Tellerklappern kam ihm entgegen. Vor der Toilette standen mehrere Frauen an. Trotz des Nieselregens, der erst vor kurzem aufgehört hatte, war jeder Platz auch im Biergarten belegt. Fast wäre ihm die andere Kellnerin um den Hals gefallen, als sie ihn sah. Maik band sich die Schürze um. Wenigstens gab es heute wieder nur die eingeschränkte Karte – die Rechnerei ging dann viel schneller. Als er sich einen Überblick über seinen Zuständigkeitsbereich verschaffte, blieb sein Blick an einem Mann hängen, der am Tresen saß. Er konnte ihn nur von hinten sehen: schlank, edler Anzug, gestylte Frisur. Sofort kam ihm Sandras Lover in den Sinn. ‚Quatsch', sagte er sich, ‚was sollte der hier?' Was war nur los mit ihm. Nicht nur, dass ständig Sandra vor seinem geistigen Auge auftauchte und er auf der Straße jedes schlanke, blonde, weibliche Wesen mit entsprechender Größe sofort für die Frau hielt, die ihm nicht aus dem Kopf ging. Jetzt weitete sich sein Spleen sogar schon auf die Kerle aus. Maik wandte sich von dem Mann am Tresen ab und ging zu einem der Tische, wo ein Gast aufgeregt mit der Hand fuchtelte, augenscheinlich um den Kellner zu rufen. Natürlich wollte der etwas bestellen, was heute nicht auf der Karte war. Typisch Tourist. Maik machte sich mit dem Extrawunsch auf den Weg zu Marco in die Küche, als der Mann am Tresen sich umdrehte und ihn direkt ansah. Der ähnelte Sandras Laurenz nicht nur. Er war es tatsächlich. Was machte der hier? Ganz nüchtern schien er auch nicht mehr zu sein. Vor ihm standen schon zwei leere große Guinness-Gläser. Auch der Typ aus Berlin schien ihn nun erkannt zu haben. Zunächst schaute er ihn verwundert an, dann hämisch.

„Ein Kellner", sagte dieser Kerl so laut, dass es im Umkreis alle hören konnten, „sie hat sich in einen Kellner verguckt."
Mehrere Augenpaare ruhten nun auf dem Berliner, der wiederum Maik anstarrte. Dieser hatte den anfänglichen Schreck überwunden und wollte seinen Weg in die Küche fortsetzen.
„Noch so ein Bier, Herr Kellner", rief Laurenz ihm nun hinterher, „ich möchte noch so ein verdammtes Bier."
Maik verzog sich in die Küche. Dort blieb er wie angewurzelt stehen. Wohl wissend, dass er dazu keine Zeit hatte. Aber er benötigte einen Augenblick, um sich zu vergegenwärtigen, was sich da draußen gerade abgespielt hatte. Marco sah ihn fragend an.
„Gibt's ein Problem?"
„Nee. Alles ok."
Maik ging an die Theke, zapfte mehrere Biere und stellte auch Sandras Typ eins hin. Der nutzte die Gelegenheit und hielt Maik am Handgelenk fest.
„Ich wollte mal sehen, was meine Freundin an dem Kaff hier so findet", erklärte er ungefragt, das Wort „meine" besonders betonend, „Irgendwas muss es doch sein, dachte ich. Aber hier ist nichts. Gar nichts. Nur ein bezopfter Kellner, der gut ficken kann."
Maik reagierte nicht, zog aber seine Hand resolut weg. Dann verließ er den Tresen und bediente an den Tischen weiter. Eine knappe halbe Stunde geschah nichts, dann orderte Sandras komischer Kerl das nächste Bier. Mittlerweile wirkte er leicht derangiert. Das Hemd war ihm aus der Hose gerutscht, der Schlips war bierfeucht und hing schief. Die Besetzung vor dem Tresen hatte derweil komplett gewechselt. Nun saßen ein paar Einheimische auf den Barhockern, die Touristen waren nach draußen gewechselt und hörten der Musik zu. Maik vermied es, dem Mann zu nahe zu kommen. Es nützte nur nichts, weil der andere seine Nähe suchte. Fliehen konnte er ja nicht.

„Sie will Abstand, hat sie gesagt", ließ er Maik leicht lallend wissen. „Ich hab's selbst vermasselt", fügte er dann leiser hinzu, „an dir kann es nicht liegen. Ein Kellner! Nein wirklich. Ich habe es vergeigt. Und du hattest leichtes Spiel."
Als Maik immer noch nichts erwiderte, ergänzte der Stadtheini: „Jetzt ist sie natürlich durcheinander."
Dabei bestätigte er sich seine Aussage durch heftiges Kopfnicken. Maik überließ ihn wieder sich selbst und kümmerte sich um seine Aufgabe. Als er nach einer weiteren Stunde zum Tresen sah, war der durchgeknallte Kerl endlich verschwunden. Er atmete tief durch. Das war ja nochmal gut gegangen. Was fand Sandra nur an dem? Es konnte doch nicht nur sein Geld und sein Status sein. Und was hatte der da gefaselt? Sie wolle Abstand? Also hatten sie noch nicht geheiratet. Irgendetwas in ihm ließ ihn sich leichter fühlen, fast ein wenig beschwingt. Doch warum? Für ihn änderte sich nichts. Sie wollte scheinbar weder den einen noch den anderen Mann so nehmen, wie er war. Die nächsten Bierbestellungen lenkten ihn ab und halfen ihm dabei, die Gedanken an Sandra wenigstens zeitweise zu verdrängen.
Kurz nach Mitternacht kam Heike und sorgte dafür, dass Marco und er vor dem Heimweg noch etwas zu essen bekamen. Bratkartoffeln, Schmalzstullen und Bier – was eben so übrig war. Nicht unbedingt das Richtige zu dieser Uhrzeit. Maik biss von seiner Stulle ab und schüttete kauend die Trinkgeldbörse aus. Das Ergebnis konnte sich sehen lassen.
„Hey – hat sich ja richtig gelohnt", freute sich Marco und klopfte ihm auf die Schulter, „biste wohl wieder charmant zu den Urlauberinnen gewesen!"
Es sollte ein Scherz sein, traf Maik aber unvermittelt. Sein Gesichtsausdruck schien so eindeutig, dass Marco ein „'tschuldigung", hinterher schob und sich müde einen Stuhl an den Tisch heranzog. Heike wirkte gegen sie beide ziemlich munter. Mit einem Ächzen ließ sie sich neben Maik auf der Bank nieder, die Hände auf dem gewölbten Bauch gefaltet.

„Das geht so nicht weiter“, stellte sie ruhig fest. Maik ahnte irgendwie, dass diese Aussage nichts mit ihrer Schwangerschaft zu tun hatte.
„Die Band war prima. Waren die schon mal da?“, versuchte er einen Themenwechsel.
„Nee“, ging Marco auf seinen offensichtlichen Ablenkungsversuch ein, „heute war Premiere.“
„Das geht so nicht weiter“, wiederholte Heike nun nachdrücklich und sah Maik dabei intensiv an.
Dieser versuchte, erstaunt zu schauen.
„Was denn?“
Heike nahm seine Stulle und biss ebenfalls davon ab. Noch kauend erwiderte sie, „du musst mit ihr reden.“
Jetzt nur nicht zugeben, dass man genau versteht, was gemeint ist. Vielleicht war sie von diesem Thema wieder abzubringen.
„Mit wem soll ich reden?“
„Du weißt genau, wen ich meine, Maik Schlicht. Tu nicht so.“
Wenn sie ihn mit Vor- und Nachnamen ansprach, kündigte dies meist tiefergehende Diskussionen an. Er stand auf und steckte sich den letzten Rest des Schmalzbrotes in den Mund.
„Ich werd’ dann mal. Ist spät“, nuschelte er.
Mit kräftigem Druck packte Heike seinen Arm und zog ihn zurück auf die Bank.
„Du bleibst hier. Jetzt wird nicht gekniffen. Wir müssen dir was sagen.“
So nachdrücklich wurde Heike selten. Verblüfft setzte sich Maik wieder.
„Muss das heute sein?“, schaltete sich Marco ein, „Wir können doch ein andermal... “
Er verstummte, als er dem Blick seiner Frau begegnete.
„Nein, können wir nicht. Weil ich mir das nicht mehr mit ansehen möchte. Das macht mich unglücklich. Und ich möchte nicht unglücklich sein. Setz du dich bitte auch wie-

der hin", befahl sie Marco, der nervös aufgesprungen war. Ihr zuliebe kam er zurück, setzte sich aber nur halb auf den Stuhl. Maik wurde es mulmig. Am liebsten wäre er getürmt. Ging aber nicht, wenn er die Freundschaft zu Heike nicht aufs Spiel setzen wollte. Sie räusperte sich, sah ihn an und lächelte ein bisschen.
„Du bist ein Idiot", stellte sie als erstes fest und griff gleich wieder nach seinem Arm, damit er gar nicht erst den Versuch unternahm, zu gehen.
„Ein lieber zwar – aber ein Idiot."
Marco wollte etwas beisteuern, aber Heikes Blick ließ ihn innehalten.
„Diese Frau ist der Knaller. Endlich mal eine, wie du sie brauchst. Und was machst du? Spielst den Eingeschnappten, weil sie ehrlich zu dir ist."
„Ich... "
„Nee Maik – du hast Funkstille. Jetzt rede ich", wehrte sie seinen Unterbrechungsversuch ab, „hab' schon viel zu lange gewartet damit."
Als sie sicher war, dass er zuhörte, fuhr sie fort.
„Niemand erwartet von dir, dass du ein karrieregeiler Bürohengst wird. Auch Sandra nicht. Aber eigentlich finden wir alle, dass du zu wenig aus dir machst. Es geht nicht darum, Dinge zu kaufen, zu besitzen, reich zu werden oder irgendsowas. Aber du lässt dich hängen und deine Begabungen verkümmern. Es kann doch nicht dein Lebensziel sein, hier den Hilfskellner zu machen. Mensch, du hast ein Diplom mit Auszeichnung in der Tasche!"
Heike holte Luft, eine Pause entstand.
„Und ich dachte, ihr seid meine Freunde", bemerkte er zu Heike gewandt und erhob sich. Sie versuchte erneut, ihn am Arm festzuhalten, aber er schüttelte ihre Hand ab und ging zur Tür. Bevor er rausgehen konnte, stand Marco neben ihm.
„Wir sagen dir das, weil wir deine Freunde sind. Weil wir... "

Er wollte noch etwas hinzufügen, aber Maik hatte ihn zu Seite geschoben und stürzte hinaus. Wut und Trauer machten seinen Gang schneller, aber auch schwerer. Gab es denn gar nichts mehr, was noch von seinem alten Leben übrig war? Jetzt verrieten ihn auch noch seine besten Freunde. Am liebsten hätte er geheult, aber das konnte er schon länger nicht mehr. Seit Elke eigentlich. Damals hatte er geweint – nachts, wenn er allein war. Elke hatte er überwunden – genau wie das Weinen. Er würde auch über Sandra hinwegkommen. Warum ihm nun Heike und Marco in den Rücken fielen, verstand er nicht. In seine Gedanken versunken, hätte er fast nicht bemerkt, dass die Nobelkarosse von diesem Laurenz mitten auf seinem Grundstück stand. Was machte der noch hier? Maik trat an den Wagen heran. Die funzelige Hofbeleuchtung ließ nur einen kleinen Lichtstrahl ins Auto dringen, doch der reichte aus, um festzustellen, dass sich niemand darin befand. Was auch immer der Typ hier wollte – Maik hatte darauf keine Lust. Kurz sah er sich auf dem Grundstück um. Doch von Laurenz war nichts zu sehen. Die beiden Ferienwohnungen lagen im Dunkeln – seine Gäste schliefen längst. Und genau das wollte Maik jetzt auch tun. Noch ein Blick zum Steg und zum Ufer. Aber auch da konnte er nichts Ungewöhnliches ausmachen. Also ging er in seine Wohnung, schloss hinter sich ab, streifte sich das verschwitzte, nach Küche riechende Shirt ab und ging Richtung Badezimmer. Plötzlich drückte jemand vergeblich die Klinke der Wohnungstür hinunter. Dann klopfte es. Wenn das dieser Berliner Gernegroß war, konnte der da draußen von ihm aus schwarz werden. Das Geräusch ignorierend, setzte er seinen Weg fort.
„Mach bitte auf, Maik", hörte er seine Mutter rufen. Es klang angestrengt. Das Shirt noch in der Hand, hastete er zur Tür. Hoffentlich hatte Sandras Schönling ihr keinen Ärger gemacht. Der Anblick dessen, was er sah, als er die Tür geöffnet hatte, verschlug ihm regelrecht die Sprache. Da stand

seine alte Mutter, auf die sich der sternhagelvolle Berliner stützte.
„Was um alles... ", setzte er an, wurde aber barsch von seiner Mutter unterbrochen.
„Willst du, dass ich zusammenbreche? Hilf mir gefälligst."
Der Typ hob kurz den Kopf, grinste besoffen und stützte sich noch mehr auf seine Mutter. Bevor sie in die Knie zu gehen drohte, sprang Maik hinzu und übernahm den Kerl. Und jetzt? Noch immer im Türrahmen stehend, blickte er fragend seine Mutter an.
„Der wollte in diesem Zustand Auto fahren. Hab ihm den Schlüssel abgenommen."
Maik verstand noch immer nicht.
„Er muss bei dir bleiben... bis morgen früh. Ich habe doch nur das eine Bett."
„Kommt nicht infrage", versuchte sich Maik zu wehren, „am See steht eine Bank."
Doch es half nichts. Es traf ihn ein derart befehlender Blick seiner Mutter, dass er seufzend den schrecklichen Berliner in seine Wohnung zerrte und aufs Sofa bugsierte. Dort ließ er ihn allerdings so liegen, wie er war. Seine Mutter legte dem ungebetenen Gast noch eine Decke über, dann marschierte sie zurück zur Tür.
„Lass ihn am Leben", scherzte sie, „der ist gar nicht so übel".
Dann war sie raus. Maik warf einen verächtlichen Blick auf den Kerl, der Sandra heiraten wollte und fand ihn einfach nur erbärmlich. Jetzt sabberte der auch noch. Um diesem Anblick zu entkommen, ging Maik ins Bad und dann sofort ins Bett. Das war ein langer, harter Tag gewesen. Ein Tag mit einem unschönen Ende. Er wollte nur noch schlafen. Es dauerte nicht lang, bis ihm die Augen zufielen. Leider auch nicht, bis er sie wieder öffnen musste. Ein dumpfer Aufprall ließ ihn hochschrecken. Es dauerte einen Moment, bis er sich erinnerte, dass er nicht allein war. Ein lautes Stöhnen drang zu ihm ins Zimmer. Notgedrungen schlug er die Bettdecke auf

und ging ins Wohnzimmer. Draußen wurde es schon langsam hell. Es musste gegen fünf Uhr sein, schätzte Maik. Nebenan bot sich ihm ein unschönes Bild. Dieser Laurenz war vom Sofa auf den Glastisch gefallen, was die alte, schon halb gesprungene Scheibe nicht mehr ausgehalten hatte. Sie war zerbrochen. Der andere Mann starrte fassungslos auf seine Hand, an der Blut herunterlief.
„Ich verblute", rief er aufgeregt, „ich verblute."
„So schnell leider nicht", gab Maik genervt zurück, marschierte so halbnackt wie er war ins Bad und kam mit Alkohol, Verbandszeug und Pflaster zurück. Laurenz zitterte und schien völlig außer sich zu sein. Der Schreck, gepaart mit zu viel Promille im Blut, ließ ihn scheinbar panisch werden. Es blieb Maik nichts anderes übrig, als sich zu ihm zu setzen, um ihn zu beruhigen.
„Zeig her. Wird schon nicht so schlimm sein."
Ängstlich schob der andere seinen Arm zu Maik.
„Du musst die Jacke ausziehen."
Auch dieser Anordnung kam Laurenz ohne Widerspruch nach. Wieder streckte er Maik den Arm hin. Der krempelte den Hemdsärmel hoch und besah sich die Wunde. Eigentlich nur ein tieferer Kratzer, der sich vom Handballen zehn Zentimeter aufwärts zog. Maik tupfte die Stelle mit Alkohol ab, was sein Patient mit einem Zischlaut kommentierte und legte etwas Verband an, weil die Pflaster nicht groß genug waren. Laurenz beobachtete ihn fasziniert. Allerdings starrte er nicht auf seine Hand, sondern auf Maiks nackten Oberkörper.
„Das kann doch nicht der Grund sein", sinnierte er dabei, „so eine ist sie nicht."
Etwas barsch schob Maik die versorgte Hand zurück zu ihrem Besitzer. Dann stand er auf und räumte das beiseite, was von seinem Couchtisch übrig geblieben war. Die ganze Zeit beobachtet von diesem Berliner, der seinen verbundenen Arm von sich weg hielt, als wäre er eingegipst. Maik hinge-

gen wollte nur noch zurück ins Bett. Er war so müde, dass die Augen schwer wie Blei zu sein schienen. Sein nächtlicher Besucher hatte sich merkwürdigerweise schneller erholt.
„Ich weiß wirklich nicht, was sie an dir findet", wiederholte er, „aber im Moment will sie dich mehr als mich."
„Das gibt sich", kommentierte Maik, schon an der Schlafzimmertür.
„Ja, das denke ich auch", stimmte der andere zu, „aber sie wird das erst einsehen, wenn sie gemerkt hat, dass du nicht der Richtige bist."
„Wird sie schon", murmelte Maik, dem der Knabe immer noch auf die Nerven ging. Er hoffte, damit sei diese Unterhaltung beendet. Aber er hatte sich getäuscht. Laurenz war aufgestanden und kam hinter ihm her.
„Verstehst du nicht?", fragte er und packte Maik an der Schulter, „du musst erst mit ihr zusammen sein. Sonst kommt sie nicht zu mir zurück."
Maik schüttelte den Kopf ob so verquerer Logik und wischte Laurenz' Hand von seiner Schulter.
„Was macht dich eigentlich so sicher, dass es mit uns nicht klappen kann?"
Der andere lächelte gequält.
„Du magst gut gebaut sein und vielleicht auch gut im Bett. Aber du bist ein Kellner. Und Sandra ist schön, klug, begabt, ehrgeizig. Was du kannst, reicht einfach nicht für sie."
„Das werden wir ja sehen", erwiderte Maik kampfeslustiger, als ihm eigentlich zu Mute war. Als er die Schlafzimmertür von innen zumachen wollte, vernahm er noch einmal die Stimme des Berliners.
„Damit ich mir das Unglück nicht mit ansehen muss, gehe ich für meine Firma ein halbes Jahr nach Japan. Mein Flieger geht morgen Nachmittag."
Maik schloss die Tür hinter sich und ging zurück ins Bett. Was immer jetzt in seinem Leben passieren würde, musste warten, bis er ausgeschlafen war. Als er erwachte, waren

sowohl Laurenz als auch sein Wagen verschwunden. Nur der kaputte Couchtisch zeugte noch davon, dass diese merkwürdige Begegnung überhaupt stattgefunden hatte. Und ein Zettel, der im Bad am Spiegel heftete, auf dem stand:
„Wenn es schneller geht, ruf mich an, falls dir wirklich was an ihr liegt." Es folgte eine Handynummer. Maik riss das Ding ab, zerknüllte es und warf es in den Mülleimer. Dann öffnete er die Tür zum Garten weit, brühte sich einen starken Kaffee, bestrich eine Stulle dick mit Honig und begann, Pläne zu schmieden.

37.

Es gab tatsächlich jemanden, der von dem ganzen Schlamassel in ihrem Leben profitierte, dachte Sandra, während sie unbemerkt ihren Chef bei dieser langweiligen Teamsitzung ansah. Nie hatte sie mehr gearbeitet in ihrem Leben, nie in so kurzer Zeit so viel Erfolg eingeheimst. Henris Umsatz stieg. Zufrieden lächelte er zu ihr herüber. Ihr Gegenlächeln fiel kurz aus. Eigentlich tat sie nichts anderes mehr, als zu arbeiten. Sie pendelte nur noch zwischen der Wohnung von Franzi, die ihr seit zwei Wochen Asyl gewährte, und der Firma hin und her. Manchmal joggte sie, wenn es gerade hell wurde, bevor sie ins Büro fuhr. Vor sieben Uhr zu beginnen, bedeutete, dass sie Ruhe hatte, um kreativ zu sein. Das ganze Gebäude schien noch in einer Art Dornröschenschlaf zu liegen. Sie ging durch die Räume ihrer Abteilung, sah überall mal aus dem Fenster, hielt einen kurzen Schwatz mit dem Hausmeister und setzte sich dann an den Schreibtisch. Es folgten zwei Stunden ohne Unterbrechung durch Telefon, E-Mails oder Fragen. Die meisten Kollegen trafen erst gegen neun Uhr ein. Nur Kristin war da, sorgte dafür, dass wirklich nichts und niemand sie in dieser Zeit

stören konnte. Wenn die anderen kamen, hatte sie schon die ersten Ideen ausgeheckt, Aufgabenlisten geschrieben und Entwürfe gecheckt. Zwei neue Aufträge waren dabei herausgesprungen, die Geld in die Firma spülten. Henri lächelte immer noch zufrieden. Sandra schaute zur Leinwand, wo ein Kollege die neue Projektmanagement-Software vorstellte. Diese Präsentation dauerte jetzt bereits zwei Stunden. Sie war müde. Müde von der monotonen Stimme des Kollegen, müde von der vielen Arbeit und vom nächtlichen Grübeln. Sie musste hier raus, sonst würde sie vermutlich in wenigen Minuten eingeschlafen sein. Doch wie sollte sie das anstellen? Diskret überprüfte sie ihre Kalendereintragungen auf dem Smartphone. Leider stand erst in zwei Stunden der nächste Termin an. Um überhaupt etwas zu tun, goss sie sich eine Tasse Kaffee ein. Es war die vierte. Weder die drei Vorgängerinnen hatten ihr über die Müdigkeit hinweg helfen können, noch der Versuch, dem Vortrag zu folgen. Der Chef lächelte sie schon wieder an. Also nach vorn schauen. Die Minuten zogen sich endlos hin. Was hätte sie in dieser Zeit alles schaffen können! Vergeudete Zeit. Aber Henri wollte eine ausführliche Darstellung für alle leitenden Manager seines Hauses. Die neue Software unterschied sich von der alten nur marginal. Warum diese lange Sitzung? Sie griff nach der Kaffeetasse, nahm einen Schluck. Irgendetwas tun, nur damit ihr die Augen nicht zufielen. Da ging plötzlich leise die Tür auf. Endlich geschah etwas, dass ihre Aufmerksamkeit auf sich zog. Und die der anderen fünfzehn Kollegen, die jetzt zur Tür starrten. Kristin kam herein, wuselte geschäftig um die Stühle herum, bis sie bei ihr stand und ihr geheimnisvoll einen Zettel überreichte. Kristin war die Beste. Sie muss geahnt haben, wie langweilig diese Veranstaltung war.
„Neuer Kunde da", stand auf dem Blatt, „will dich unbedingt sofort sprechen. Kennt dich angeblich von einer Veranstaltung."

Sandra erhob sich sofort, schickte Henri ein bedauerndes Achselzucken hinüber und verließ mit Kristin den Raum. Im Rücken die neidischen Blicke der fünfzehn anderen. Und der verärgerte des Chefs. Draußen fiel sie ihrer Mitarbeiterin beinahe um den Hals.
„Danke für die Rettung. Ich habe mich schon gefragt, wie ich die nächsten zehn Minuten überstehe."
Kristin sah sie erstaunt an, hob eine Augenbraue.
„Da ist wirklich einer in deinem Büro und will unbedingt nur mit dir sprechen. Pat ist bei ihm. Ich gehe grad mal zum Imbiss. Muss mir was zu essen holen."
Sandra sah ihr nach. Kristins Hose spannte heftig am Po. Sah so aus, als wäre sie in die nächste Konfektionsgröße gerutscht. Warum nur aß diese wunderhübsche, fleißige Frau so viel? Ihre Assistentin verschwand im Fahrstuhl. Sandra hatte keine Lust auf einen unangemeldeten Termin. Aber wenn es sich um einen potenziellen Kunden handelte, blieb ihr nichts anderes übrig. Immer noch besser, als weiter in dem Meeting gegen den Schlaf zu kämpfen. Im Fahrstuhl begegnete sie zwei ihrer studentischen Mitarbeiterinnen, die sich verschwörerisch ansahen und kicherten. War sie damals auch so mädchenhaft gewesen? In welchen Typ waren die denn gerade wieder verschossen? Gut aussehende Jungs gab es hier ja einige. Und die wussten die Gunst der Studentinnen auch auszunutzen.
„Alles ok?", fragte sie, um etwas zu sagen.
Die beiden kicherten wieder albern.
„Klar", antwortete die eine, „Alles bestens", bestätigte die andere.
Kaum waren sie auf ihrer Etage angekommen, bogen sie ab Richtung Kaffeeküche und kicherten dabei noch lauter vor sich hin. Kopfschüttelnd setzte Sandra ihren Weg fort. In den durch gläserne Trennwände voneinander getrennten Büros rechts und links des Flures wurde gearbeitet. Die Türen standen offen. Grafiker brüteten über Entwürfen, Texter

diskutierten neue Slogans. Eine umtriebige Atmosphäre, wie immer. Trotzdem war sie froh, dass ihre eigenen Geschäftsräume von außen nicht einsehbar waren. Als sie sich dem Büro näherte, hörte sie lautes Gelächter und Wortfetzen. Eigentlich schade, dass sie nichts sehen konnte.
„Gutaussehender Typ", hörte sie eine ihrer Mitarbeiterinnen sagen, „angeblich Personal Trainer." Kichern.
„Wahrscheinlich der Call-Boy – weil der andere sie verlassen hat."
Wieder Gekicher.
„Genau", stimmte die Grafikerin ein, „so ist kein normaler Typ gebaut."
Wieder dieses mädchenhafte Glucksen.
Sandra blieb stehen.
„Personal Trainer – das ich nicht lache", stimmte nun eine ihr bekannte Stimme aus der Personalabteilung zu. Lautes Lachen ertönte. Was machte die denn eigentlich hier? Mit einem Blick zur Uhr vergewisserte sich Sandra, dass die Mittagspause längst vorbei war. Es schien Zeit zu sein, ihre Mitarbeiter darauf aufmerksam zu machen. Sandra schob ihren Kopf zur Tür herein.
„Ist der Ablaufplan für das Hoffest nächste Woche fertig?", fragte sie und sah in die Runde. Schnell beugten sich die Köpfe wieder über Papiere und zum Bildschirm. Die Kollegin aus Human Resources, bekannt für ihr loses Mundwerk, eilte aus dem Raum, während Sandra hinein und zu ihrem Büro ging. Innerhalb ihres Geschäftsbereiches befanden sich wieder gläserne Wände. Samantha, zuständig für Eventorganisation, stand mit einem Typen auf der Terrasse und schäkerte. Nein – wenn Sandra die Gesten der Mitarbeiterin richtig deutete, flirtete sie ihn sogar an. Der Kerl war nur von hinten zu sehen, trug Anzugjacke und Jeans. Sein Zopf erinnerte sie sofort wieder an Maik. Jetzt nur nicht an Maik denken, sagte sie sich, sonst wäre diese Traurigkeit gleich wieder da, die sie seit Wochen mit Arbeit versuchte in den

Griff zu bekommen. Nicht bei jedem Mann mit Zopf handelte es sich um Maik, wie sie immer wieder feststellen musste. Überall hatte sie geglaubt, ihn zu erkennen. Und dann war er es doch nicht. Zöpfe bei Männern waren wohl wieder hip – hatte sie nur vorher nicht so richtig bemerkt. Allerdings eher bei deutlich jüngeren. Schreckliche Mode. Nun war sie dabei, sich abzugewöhnen, in jedem Bezopften Maik zu sehen. Bei dem hier schien es sich um den neuen Kunden zu handeln, der sie sprechen wollte. Neugierig geworden, wollte sie auf die Terrasse hinausgehen, als der Mann sich umdrehte. Er sah nicht nur von hinten Maik ähnlich. Dieses Mal war es Maik. Nein, Quatsch. Sie kniff die Augen zusammen, öffnete sie wieder. Der Typ sah immer noch aus wie...
„Maik“, rutschte es ihr freudig heraus und sie bemerkte das sofort gesteigerte Interesse der Mitarbeiterin, die die Szene aufmerksam verfolgte.
„Dann brauche ich Sie ja tatsächlich nicht mehr bekannt zu machen“, schlussfolgerte diese richtig, bewegte sich aber nicht vom Fleck.
„Herr Schlicht sagte, er kenne Sie von einer Veranstaltung.“
„Ja, tatsächlich“, bestätigte Sandra, um Fassung bemüht, „wir kennen uns von so einer Art Veranstaltung.“
Maik grinste nur. Wieso sah er so verdammt gut aus? Die Anzugjacke stand ihm ausgezeichnet. Auch diese fesche enge Jeans dazu. Der Zopf war kürzer und ordentlich gebunden. Er wirkte insgesamt irgendwie anders als sonst. Der Zopf gepflegt, der Bart gut rasiert. Wer hatte ihm nur dieses Outfit besorgt? Vor allem – was machte er hier? Noch immer stand er wortlos und grinsend einfach nur in der Terrassentür. In der Hand eine riesige schwarze Tasche, die schwer zu sein schien.
„Darf ich dich in mein Büro bitten?“, fragte sie.
„Gern.“
Er folgte ihr durch den Raum zu ihrem Arbeitsplatz. Sorgfältig schloss sie die Tür hinter sich, wohl wissend, dass sie

durch die Glastür und die Glasfenster von draußen bestens zu sehen waren. Da standen sie nun. Er mitten im Raum vor ihrem Schreibtisch, sie noch an der Tür. Keiner sagte etwas. Maik griente nur, stellte die Tasche sanft auf den Boden. Sie versuchte, freundlich und unverbindlich dreinzuschauen, obwohl sie ihm am liebsten um den Hals gefallen wäre. Von irgendwoher war ein Kratzen zu hören.
„Was machst du hier?", fragte sie schließlich.
„Schön, dich zu sehen", antwortete er und kam zwei Schritte näher, als wollte er sie umarmen. Hastig drehte sich Sandra um. Wie sie durch den Blick nach draußen feststellte, hafteten die Augenpaare mehrerer Kolleginnen auf ihr und dem Geschehen in ihrem Büro. Plötzlich waren alle wieder da. Resolut griff sie nach dem kleinen Seil der Jalousie und ließ sie zuerst bei der Tür, dann beim großen Fenster hinunter. Bisher hatte sie von diesem Privileg, Jalousien an ihrem Büro zu haben, noch nie Gebrauch gemacht. Jetzt bekamen die Kolleginnen draußen zwar erst recht Futter für ihre Tratscherei, aber das war ihr egal. Maik war hier. Langsam wandte sie sich ihm wieder zu.
„Schön, dich zu sehen", wiederholte er. Es waren nur zwei Schritte zueinander und sie wusste nicht zu sagen, ob Maik oder sie schneller war. Die Umarmung fühlte sich gut an, noch immer vertraut. Ein kleines Kribbeln zog durch ihren Körper. Warum nur ließ er sie so schnell los? In seinen Augen lag ein verschmitztes Lächeln. Sandra nutzte die Zeit, ihn genauer zu betrachten.
„Du siehst gut aus", ließ sie ihn wissen, während sie sein Outfit ins Visier nahm, „steht dir."
„Und du arbeitest zu viel."
„Woher weißt du das?"
„Ich habe eine ganze Weile auf dich gewartet. Du hast nette Mitarbeiterinnen."
Maik nestelte in der Innenseite seiner Jacke herum und zog eine Visitenkarte heraus, die er ihr reichte.

Maik Schlicht
Diplom-Sportlehrer
Fitnesscoach
Personal Trainer

Erstaunt sah sie ihn an. Er grinste nur.
„Ich habe schon fünf Kunden – Dr. Dr. Klammergriff ist auch dabei."
„Hast du dich eben bei meinen Mitarbeiterinnen auch als Personal Trainer vorgestellt?", fragte sie.
Er nickte. Zumindest war ihr jetzt klar, über wen gerade im Büro getratscht wurde. Und was die heruntergelassenen Jalousien jetzt für eine Bedeutung bekamen, darüber wollte sie lieber nicht nachdenken.
„Die Mädels da draußen halten dich für meinen Callboy", klärte sie ihn auf und konnte sich das Lachen nun nicht mehr verkneifen. Er guckte irritiert, stand etwas verlegen da, als hätte er etwas falsch gemacht. Nun wirkte er doch ein bisschen wie Tarzan in New York.
„Entschuldige", murmelte sie, „du siehst wirklich toll aus."
Sie schwiegen wieder.
„Ich habe deinen Vorschlag umgesetzt, wie du siehst", sagte er und noch bevor sie etwas erwidern konnte: „Du fehlst mir."
Schnell legte sie ihm die Hand auf den Mund.
„Moment mal."
Sandra ging leise die zwei Schritte zur Tür, drehte sich um und riss sie mit einem Ruck auf. Zwei Damen wichen erschreckt zurück und fielen beinahe hintenüber. Kristin saß an ihrem Schreibtisch und grinste sie über das kleine Chaos hinweg an.
„Gibt es etwas?", fragte Sandra die beiden jungen Kolleginnen freundlich.
Eine der beiden errötete und überreichte ihr die Postmappe, dann drehten beide ab. Sandra schloss die Tür.

„Was wolltest du sagen?“, wandte sie sich wieder an Maik. Statt einer Antwort zog Maik sie zu sich heran und küsste sie endlich. Es war einer von diesen Küssen, die durch Mark und Bein gingen, die wärmten, die eine Vorahnung zuließen auf etwas noch viel größeres. Einer von denen, die zu schnell endeten. Das Kratzgeräusch war wieder da und ein leises Jaulen. Sandra sah sich ängstlich um. Was war das denn nun wieder?
„Ich hab gedacht, ich werde jetzt mal als dein Personal Trainer endlich meinen Auftrag beginnen.“
„Ich habe dich beauftragt?“, fragte Sandra irritiert, „Das wüsste ich aber.“
„Hast du mich nicht gebeten, dich von deiner Hundephobie zu befreien“, erinnerte sie Maik, „als wir nach dem Nacktbaden aus dem Wasser kamen?“
Doch, natürlich erinnerte sie sich an den Zusammenstoß mit diesem weißen Ungeheuer. Wie sie sich an alles aus dieser Ferienwoche erinnerte, als wäre es gestern gewesen. Maik ging zu der großen Tasche, die immer noch mitten im Raum stand, öffnete sie und zog ein kleines, weißes Bündel heraus, dass ihm sofort die Hand ableckte. Ein Hundebaby. Bevor sie es sich näher überlegen konnte, hatte Maik ihr das niedliche Wesen schon in den Arm gelegt. Fast hätte sie es erschreckt fallen lassen, doch es fühlte sich so weich an. Der Welpe schmiegte sich in ihre Armbeuge, als wüsste er, dass er Überzeugungsarbeit leisten sollte.
„Dein eigentlicher Therapeut“, erklärte Maik, „ich habe ihn ‚Sigmund‘ getauft.“
Das kleine Vieh begann, in ihrem Arm zu zappeln. Sie ließ es auf den Boden, sah zu, wie es ihr Büro inspizierte.
„Ich dachte, so ein Mini macht dir vielleicht keine Angst.“
Sandra wusste nicht genau warum, aber sie fürchtete sich vor diesem Tier wirklich nicht.
„In dem Maße, wie er wächst“, erklärte Maik ruhig, „wird deine Angst nachlassen“.

Sandra verfolgte immer noch das eifrige Tun des Tieres, das sich am Papierkorb zu schaffen machte, bis er umfiel.
„Aber ich arbeite von früh bis spät", fiel ihr ein, „das geht gar nicht."
Maik zog sie wieder zu sich heran, streichelte ihr Haar.
„Das lässt sich ändern. Und ich bin ja auch noch da. Vielleicht kann ich ihn sogar mitnehmen zum Training. Am Wochenende können wir uns zusammen in Lychen um ihn kümmern."
„Was wird das, Maik Schlicht?", fragte sie.
„Der Anfang von etwas sehr Gutem", antwortete er und küsste sie wieder, wobei er sie versehentlich Richtung Tür schob. Sandras Ellenbogen geriet an die Klinke. Ohne sein beherztes Zugreifen wäre sie wohl rücklings hingeschlagen, als sich die Tür öffnete. Alle starrten sie an. Sigmund nutzte die Gelegenheit und entwich nach draußen, wo ihn begeisterte „Ist der süüüß"-Rufe empfingen.
Sandra machte sich von Maik los, drehte sich um und sagte in den Raum hinein:
„Darf ich vorstellen: Maik Schlicht. Fitnesscoach, Personal Trainer und der Mann, bei dem mein Hund unter der Woche wohnt."
Maik trat neben sie.
„Und der dafür sorgt, dass sie am Wochenende nicht mehr arbeitet."
„Und bitte auch nicht vor neun Uhr morgens", rief Kristin begeistert mit vollem Mund, während sie Sigmund den Kopf kraulte, „ich bin so müde, dass ich zu viel esse."
„Mal sehen, was sich da machen lässt", antwortete Maik, nahm Sandras Hand, zog sie zurück ins Büro und schloss die Tür.

Ende

„Es ist ein lobenswerter Brauch:
Wer was Gutes bekommt, der bedankt sich auch!“

Wilhelm Busch (1832-1908)

Damit aus einem Text ein Buch wird, gibt es einiges zu tun. Schließlich möchten Sie alle ein möglichst fehlerfreies Lesevergnügen genießen und auch ein ansprechendes Cover ist wichtig. Denn wenn das Äußere nicht gefällt, werden Sie, liebe Leserinnen und Leser, das Werk gar nicht erst in die Hand nehmen, geschweige denn kaufen.
Weil ich als Autorin aber nicht auch gleichzeitig Designerin, Korrekturleserin und meine eigene Probeleserin sein kann, bin ich sehr froh, für all die Tätigkeiten Unterstützung gefunden zu haben.

Ein herzliches Dankeschön an
- Wolfgang Steinmetz, der das Manuskript Korrektur gelesen hat,
- Vanessa Gelhaar, die darüber hinaus die Cover-Fotos in den Weiten der Online- Fotodatenbanken gefunden hat,
- meine beste Freundin, die aus dem Bild dann den Buchtitel gezaubert hat,
- Ingrid Kussatz, die als Testleserin wichtige Impulse gegeben und mit viel Geduld in der heißen Phase der Titelfindung meine diversen Vorschläge per SMS kommentierte,
- Michael Hildebrandt, den Buchhändler von Feldberg, der mich dazu ermutigt hat, der Geschichte ein Happyend zu geben. Ein guter Rat, wie ich finde.
- Dr. Frank Ruede, der an den richtigen Stellen schmunzelte oder lachte, als ich ihm das Manuskript vorlas.
- meinen Ehemann Stefan Grieger, der es immer erträgt, wenn ich im Urlaub und am Wochenende stundenlang beim Schreiben in konzentriertes Schweigen versinke. Und dafür, dass er immer an mich glaubt.